Armin Strohmeyr Sophie von La Roche

Armin Strohmeyr

Sophie von La Roche

Eine Biografie

RECLAM
LEIPZIG

1. Auflage, 2006
Umschlaggestaltung: Stefan Schmid, Stuttgart,
unter Verwendung eines anonymen Porträts
(Freies Deutsches Hochstift, Frankfurter Goethe-Museum,
Frankfurt am Main, Foto: U. Edelmann)
Autorenfoto Umschlagklappe: privat
Gesetzt aus Rotis Serif
Satz: Reclam, Ditzingen
Druck und Bindung: Ebner & Spiegel, Ulm
Printed in Germany
ISBN-13: 978-3-379-00835-8
ISBN-10: 3-379-00835-4

www.reclam.de

für Nils

Inhalt

»Mit Blumen bekränzt und manche im Trauergewand«

Kindheit und Jugend (1730–1749)

Ein Mädchen! – Eine Enttäuschung. Als Maria Sophia Gutermann am 6. Dezember 1730 in Kaufbeuren zur Welt kommt, kann der Vater nicht verhehlen, dass ihm ein Sohn, ein Stammhalter, lieber gewesen wäre. Dabei ist Georg Friedrich Gutermann kein altmodischer Mensch. Er hat in Tübingen, Straßburg und Leiden Medizin studiert und ist seit gut zwei Jahren Stadtphysicus in der Freien Reichsstadt im Allgäu. Aber in gewissen Punkten hängt er doch überkommenen Anschauungen nach. Der Lehre von der Humoralpathologie etwa – obschon er als junger Student in Leiden von der Entdeckung des menschlichen Blutkreislaufs vernommen hat. Aber die Erklärung der Auswirkung unterschiedlicher Lebenssäfte und ihrer Verhältnisse zueinander auf die Temperamente und die Physis des Menschen erscheint ihm nicht ohne weiteres widerlegbar zu sein. Gutermann glaubt an die Beeinflussung der Zeugungskraft durch die Körpersäfte, die wiederum durch bestimmte Lebensweisen verdickt oder verdünnt werden. Für den Zeugungsakt legt sich der Stadtphysicus eine besonders krause Theorie zurecht: Mädchen, so glaubt er, werden häufig geboren, wenn die Frau unbescholten in die Ehe ging, der Mann hingegen bereits »Erfahrungen« zu verbuchen hatte.

Gutermann muss demzufolge vor der Ehe ziemlich viele »Erfahrungen« gesammelt haben. Denn in der knapp zwanzigjährigen Ehe mit seiner Frau Regina Barbara kommen in ununterbrochener Folge zwölf Mädchen zur Welt. Erst das dreizehnte Kind ist ein Sohn. Doch da hat sich Vater Gutermann bereits mit seinem Schicksal abgefunden.

Georg Friedrich Gutermann ist ein typisches Kind einer Zeit, die gleichermaßen den Pietismus wie den Glauben an die Wissenschaften kennt, den Aberglauben wie die rationale Skepsis. Er wird 1705 in der oberschwäbischen Reichsstadt Biberach an der Riß geboren. Die Stadt ist wie viele freie Reichsstädte Schwabens von paritätischen Grundsätzen geprägt – zumindest äußerlich. Im Augsburger Religionsfrieden von 1555 war ein Vergleich zwischen den beiden großen Konfessionen herbeigeführt worden. In gemischtkonfessionellen Städten sollten demnach beide Bekenntnisse als gleichberechtigt eingestuft werden. Vor allem städtische Ämter wurden von nun an doppelt besetzt, mit je einem katholischen und protestantischen Vertreter. Diese Doppelung – zur Friedenswahrung gedacht – förderte gleichwohl häufig die Abkapselung und Entfremdung der Bekenntnisse, da doch jedes penibel auf seine Rechte und Posten pochte. Auch Biberach ist von diesen paritätischen Gepflogenheiten geprägt. Sogar die Stadtpfarrkirche wird von beiden Konfessionen als Gotteshaus benutzt.

Georg Friedrich Gutermann entstammt einem streng protestantischen Haus. Zu Beginn des 18. Jahrhunderts breiten sich pietistische Strömungen aus, die die protestantische Konfession mit ihrer strengen Gebundenheit an das evangelische Wort durch die Hingabe an eine schwärmerische Frömmigkeit erneuern wollen. Auch die Familie Gutermann unterliegt diesen Einflüssen. Georg Friedrich soll nach dem Willen seines Vaters Theologie studieren und Pfarrer werden. Doch dem jungen Mann scheinen die theologischen Haarspaltereien alte Zöpfe zu sein. Noch sind Erinnerungen an den Dreißigjährigen Krieg lebendig, der – als Konfessionskrieg begonnen – bald seine wahre menschenverachtende Fratze gezeigt hat. Georg Friedrich

Gutermann will aus der geistigen Behäbigkeit Biberachs heraus, möchte die Welt kennenlernen und eine »exakte« Wissenschaft studieren, die dem Menschen ganz konkret nützt. Er beginnt zwar ein Theologiestudium in Tübingen und Halle, wendet sich aber gegen den Willen des Vaters bald davon ab und geht nach Leiden. Dort unterrichtet der berühmte Mediziner Herman Boerhaave. Er ist der Begründer der modernen klinischen Beobachtung, die ein besonderes Augenmerk auf das Symptom eines Krankheitsbildes richtet, und führt als Erster das Thermometer und die Lupe bei der Untersuchung ein.

Für Georg Friedrich Gutermann öffnet sich eine Welt. Begierig nimmt er die neuen medizinischen Erkenntnisse auf und ist fasziniert vom regen, weltoffenen Handelstreiben in der niederländischen Stadt. Dennoch kehrt er in seine schwäbische Heimat zurück, freilich in der Absicht, dort als Arzt und Wissenschaftler Karriere zu machen. Er heiratet eine aus dem nahen Memmingen stammende Bürgerstochter, die 1711 geborene Regina Barbara von Unold. Das Paar zieht nach Kaufbeuren im Allgäu, wo Gutermann die Stelle des Stadtphysicus erhält. Damals besitzt der Ort die Privilegien paritätischer Reichsunmittelbarkeit und spielt auch eine wichtige Rolle als Marktstadt für das bäuerliche katholische Umland. In einem langgestreckten, repräsentablen dreistöckigen Haus in der heutigen Ludwigstraße bezieht das junge Paar eine Wohnung.

Der Charakter Georg Friedrich Gutermanns ist zwiespältig. Sein ganzes Leben ist er zwischen alter und neuer Zeit, Tradition und Fortschritt, protestantischer Frömmigkeit und naturwissenschaftlicher Vernunft hin- und hergerissen. Und er ist ungeduldig und unwirsch, gegen sich und andere. Sophie hat im hohen Alter, ein Jahr vor ihrem Tod, ein zaghaftes Bekenntnis abgelegt, wenn sie schreibt, ihr Vater sei »ein ansehnlicher, hübscher, aber auch sehr heftiger, dabei frommer Mann« gewesen. Solch eine Äußerung ist für die damalige Zeit vielsagend, die noch den bedingungslosen Gehorsam kennt und das eherne Gebot, die Eltern zu ehren.

Bis 1737 bleibt die sich ständig vergrößernde Familie in Kaufbeuren. Es sind prägende Kinderjahre für Sophie, Jahre, an die sie sich gern erinnert, die sie vielleicht ein wenig idealisiert. Der Stadt Kaufbeuren hat sie jedenfalls zeitlebens ein zärtliches, sehnsüchtiges Andenken bewahrt. Mit über fünfzig Jahren erkundigt sie sich bei einem Kaufbeurer Bürger, dem Schriftsteller Christian Jakob Wagenseil, nach der Stadt ihrer Kindheit und nach bestimmten Örtlichkeiten, die in ihrem Gedächtnis mit einem Glücksgefühl verbunden sind: »Ich suchte in meiner Seele die Gefüle des Vergnügens auf, welche immer die gröste und gleiche Gewalt über mich hatten – und ich fand die sanftesten und dauerhaftesten in den ersten Jahren meiner Kindheit, welche mir in Kaufbeuren vorüberflossen.« Sie sieht sich – den Brief schreibt sie aus dem fernen Speyer – im Geiste durch eine blühende Frühlingswiese vor den Toren der Stadt springen und bittet Wagenseil, doch »dieses Frühjahr auf die Wiese zu gehen, welche – ich glaube – nicht weit von dem Thor ist, an welchem die Wohnung des Stadt Consulenten und Stadt Physici in einem Hause vereinigt waren. Pflücken Sie dort [...] einige Wiesenblümchen für mich ab, legen Sie Grashälmchen dazu, und lassen Sie dann, in einem Buch verbreitet, trocknen, damit ich das kleine Bouquet von Ihnen in einem Brief erhalten kann. Sie verbinden mich sehr, wenn Sie diesen kleinen Wunsch erfüllen.« Dieser Ort eines glücklichen Kindheitserlebnisses lässt sie nicht los. »Ich möchte reich genug seyn«, schreibt sie an Wagenseil, »um diese Wiese zu kaufen, sie mit schönen Reihen Obstbäumen zu besezen, Spaziergänge und Ruhebänke hineinzustiften, und dies der Mädchenschule zu schenken.«

Die kleine Sophie springt nicht nur in der Blumenwiese herum, sie sieht auch mit vor Staunen offenem Mund das traditionelle »Tänzelfest«, bei dem die Kaufbeurer Kinder kostümiert durch die Stadt ziehen. Macht sie den Umzug gar selbst mit? Immerhin muss Wagenseil ihr im Jahre 1782 bestätigen, dass »das Ihnen bewußte Kinderfest noch gefeyert wird.«

Nicht alles in jener Kindheit ist unbeschwert. Sophie gesteht in der Erinnerung an ihre Kaufbeurer Zeit, viele Eindrücke seien »mit Blumen bekränzt und manche im Trauergewand, weil meine Tage, so wie anderer Menschen ihre, mit Freuden und Schmerzen vermischt worden sind«.

Das 18. Jahrhundert kennt noch keine kindgerechte Pädagogik. Kinder werden wie kleine Erwachsene behandelt. Sie müssen früh im Stall und auf dem Feld, in der Werkstatt und im Haushalt mithelfen. Kinderarbeit gilt damals nicht als verwerflich. Die Kindersterblichkeit ist hoch – auch Sophie wird die meisten ihrer zwölf Geschwister verlieren –, und gerade deswegen gilt ein Kind nicht als einzigartiges, unersetzbares Individuum. Stirbt ein Kind, währt die Trauer nicht lang. Es ist »zu den Engeln gegangen«, so die landläufige Bemerkung.

Aber gerade wegen dieser frühzeitigen Hereinnahme des Kindes in das Erwachsenenleben werden besonders talentierte Kinder frühzeitig gefördert. Vorzeitig vielleicht auch. Das beste und bekannteste Beispiel hierfür ist die systematische musikalische Ausbildung des jungen Wolfgang Amadé Mozart durch seinen Vater Leopold.

Es mag Resignation mitspielen, Fügung in das Unabänderliche oder schlicht die Einsicht, dass die älteste Tochter ausgesprochen begabt ist: Gutermann jedenfalls lässt Sophie eine für damalige Verhältnisse außergewöhnliche Erziehung und Bildung zukommen. Freilich eine Bildung, die nie die Notwendigkeit für Sophie außer Acht lässt, später eine folgsame Gattin und pflichtbewusste

Hausfrau zu sein. Aber Gutermann hat noch einen weiteren Grund, seine älteste Tochter in die Welt der Bücher einzuführen: die eigene Eitelkeit. Sophie selbst hat im hohen Alter behauptet, der Vater habe sie mit zwei Jahren in seine Bibliothek getragen, »wo er mich mit den schönen Verzierungen der Einbände und Titelblätter zu belustigen suchte«. Bald darauf lehrt er sie lesen, sie beherrscht es, so schreibt sie später, »mit 3 Jahren vollkommen«. Mit fünf habe sie die Bibel vollständig gelesen. Keine Lektüre für Kinder, denkt man an die vielen Geschichten um Mord, Ehebruch und Blutschande aus dem Alten Testament.

Sie gilt als Wunderkind, und ist doch vor allem ein kleines Mädchen. Die Mutter scheint Sophie »kindgerecht« behandelt zu haben. Regina Barbara ist eine eher einfache, warmherzige Frau, die unter den strengen, ungeduldigen Allüren des Ehemannes und den alljährlichen Schwangerschaften zu leiden hat. Abends erzählt sie ihren Kindern Geschichten, singt ihnen Lieder vor, spricht mit ihnen einfache Gebete. »Meine Mutter«, so erinnert sich Sophie, »hatte mich die Engel lieben gelehrt, welche mich, wie sie sagte, bei meinem Fleiße in allem Guten und Nützlichen umgeben würden.« Oft nimmt die Mutter das Mädchen bei der Hand und führt es aus der stickigen Studierstube hinaus ins Freie, vor das Stadttor, »wo ich«, so Sophie, »bei Gras und Wiesenblümchen sehr ruhig und glücklich war [...] und dort, nach Bitten und Weinen meine Kleidchen mit Pflanzen und Blümchen eingefaßt bekam«.

Der Vater will die Zeit seiner Tochter eher »nützlich« gefüllt sehen. Sophie lernt Französisch; sie wird es später perfekt beherrschen. Diese Sprache gilt im 18. Jahrhundert als Schlüssel für den Eintritt in die elegante Welt der bürgerlichen und adligen Salons. Daneben muss Sophie früh in Küche und Haushalt mithelfen. Ihre Bestimmung wird es einmal sein, eine tüchtige Gattin und Hausfrau abzugeben. Sie soll ihren Ehemann auch unterhalten und in

Gesellschaft glänzen können. Also lernt Sophie Klavier spielen, tanzen, zeichnen, Blumen malen, sticken. Systematische Bildung, die auf ein wissenschaftliches Studium hinführte, bleibt ihr verwehrt. Gerne möchte Sophie Latein lernen, da sie in der Bibliothek des Vaters viele Folianten entdeckt, die in dieser Sprache der Gelehrten geschrieben sind. Noch immer werden Vorträge und Seminare an den Universitäten in Latein gehalten, Dissertationen und Traktate lateinisch abgefasst. Erst langsam wird das Lateinische vom Französischen als Sprache der Aufklärung verdrängt, während das Deutsche nach wie vor in der Literatur als ungehobelt gilt, als Gelehrtensprache gar verpönt ist. Aber eine Gelehrtenmamsell möchte Vater Gutermann nicht im Hause haben, das gälte ihm als abscheuliche Schande. Sophie wird es zeitlebens bedauern, nicht die Sprache der Gelehrten erlernt zu haben. Sie weiß, dass ihr damit zahlreiche Gebiete der Forschung stets verschlossen bleiben und sie über eine Halbbildung nie hinauskommen wird. Im hohen Alter wird sie ihre Enkelin Bettine Brentano ermahnen: »Lern doch Latein.« Sie will, dass die junge Frau es in der Welt der Gelehrten einmal leichter haben wird und sich von den Herren Magistri und Doctores nichts mehr vormachen zu lassen braucht. Doch haben sich dann, um 1800, die Zeiten gewandelt. Das Deutsche erobert im Zuge der romantischen Bewegung den Büchermarkt und die Hörsäle, und Bettine und ihr Bruder Clemens weisen den Wunsch der Großmutter als skurril zurück. »Du kannst es ja«, schreibt Clemens belustigt an seine Schwester, »ihr zur Liebe eine Zeitlang lernen. Obschon die Sprache nichts enthält für Menschen und Vieh, sie ist hölzern und eingebildet, mit einer Wohlbeleibtheit, die in ihrer langen Toga sich auf den Bauch schlägt, um auf ihre Würde anzuspielen.« Das eigentliche Motiv, das hinter dem Wunsch der Großmutter steckt, und die Tragik ihrer lebenslang ungenügenden Bildung verstehen die beiden jungen Leute nicht.

Wichtig für die Entwicklung des Mädchens Sophie ist der Wegzug aus dem doch recht kleinstädtischen Kaufbeuren. 1737 siedelt die Familie zunächst nach Lindau über. Die Stadt auf einer Insel im Bodensee ist ebenfalls reichsunmittelbar und besitzt ein ähnliches Gepräge wie Kaufbeuren. In der Erinnerung wird Sophie vor allem die in der Ferne leuchtenden, schneebedeckten Alpen vor Augen behalten. Sie wird sich über vierzig Jahre gedulden müssen, um die Berge aus der Nähe sehen zu können. Vier Jahre verbringt die Familie Gutermann in Lindau, 1741 siedelt sie nach Augsburg über.

Augsburg hat zur Mitte des 18. Jahrhunderts seine einstige Stellung als europäisches Finanz- und Handelszentrum zwar verloren, strahlt aber in seinem ererbten Reichtum noch viel Weltstädtisches aus. Auch hier herrscht seit dem Augsburger Religionsfrieden die konfessionelle Parität. Die Bank- und Handelshäuser der Fugger, Welser, Hößlin und anderer Patrizierfamilien sind noch immer tätig und haben auch dem Gemeinwesen viel Geld gebracht. Prächtige Bürgerhäuser zieren die Oberstadt. Viele der ehemaligen Renaissancepaläste wurden barockisiert und werden in jenen Jahren nach dem so genannten »augsburgischen Geschmack« mit zierlichen Rokokoelementen versehen. Stiftungen, Schulen und Akademien zeugen vom Gemeinsinn der Augsburger Bürgerschaft. Daneben gibt es um die beiden Hauptkirchen, den Dom und die Basilika St. Ulrich und Afra, die beiden kirchlich geprägten Stadtteile mit ihren bedeutenden Klöstern und der bischöflichen Residenz. Aber auch die zum Lech hin gelegene Unterstadt und die Jakober Vorstadt strahlen Wohlhabenheit aus. Hier liegen die zahlreichen Betriebe der Handwerker: Weber, Tuchmacher, Kattundrucker und Kunstschmiede. Die Gold- und Silberschmiede – es sind in jenen Jahren fast zweihundertfünfzig – beliefern ganz Europa mit ihren erlesenen Tafelaufsätzen, mit Schmuck, Besteck und Kleinskulpturen. Aber auch die bildende Kunst hat einen überregionalen Ruf. Über sechzig Kupferstecher sind hier tätig, zahlreiche Landschafts- und Porträtmaler beliefern die Höfe Europas, über zwanzig Kunstverleger und zahlreiche Drucker und Notenstecher, bekannte Geigen- und Klavierbauer machen die Stadt zu einem geistigen und kunsthandwerklichen Zentrum. Eine Tageszeitung, die *Augsburger Ordinari Postzeitung*, erscheint bereits seit 1686, eine öffentliche Kunstschule wird seit 1710 vom Rat paritätisch geführt und verwaltet.

Für Georg Friedrich Gutermann bedeutet der Umzug in die Großstadt einen gesellschaftlichen Aufstieg. Er wird in Augsburg nicht nur Stadtphysicus, sondern auch Dekan des Collegium Medicum, der medizinischen Aufsichtsbehörde der Stadt. Im gleichen Jahr wird er in den Reichsadelsstand erhoben und darf sich »Gutermann von Gutershofen« nennen. Das Haus der Gutermanns liegt in unmittelbarer Nähe des prachtvollen Rathauses von Elias Holl, in der unteren Maximilianstraße, in bester Lage. Hier wohnen die alten bürgerlichen Geschlechter in prachtvollen Renaissance- und Barockpalais. Das Haus befindet sich, wie Sophie sich später ausdrückt, »am Berg«, oberhalb des jüdischen Ghettos und der Handwerkerstadt mit ihren verwinkelten Gassen und zahlreichen Kanälen. Manchmal, in klaren Sommernächten, führt der Vater das inzwischen zwölfjährige Mädchen mehrere Treppen hoch auf den Altan. Damals, lange vor der Erfindung von Gas- und elektrischer Beleuchtung, sind die Nächte noch tintenschwarz. Nur das Funkeln Tausender Sterne schimmert am Firmament. Der Vater erklärt Sophie den Sternenhimmel: den Fuhrmann, den Großen und Kleinen Bären, die Leier. Manchmal durchzittert eine Sternschnuppe die

Nacht, Ende August sprühen die Perseiden vom Himmel. Tagsüber kann man von hier aus nach Osten über den Lech bis ins Bayrische hinein blicken.

Sophie kennt bald nicht nur die Sternbilder am Himmel, sie hat auch Kontakt zum recht irdischen Leben der einfachen Leute. Die Mutter führt das Mädchen manchmal »zum Mittagessen zu unserer Milchfrau, wo wir«, so Sophie, »ländliche Arbeit und Kost kennen, Landleute schätzen, und für das Loos unseres Lebens dankbar seyn lernten«. Wenn Sophie wochentags mit der Mutter auf den Eier- oder Fischmarkt geht, sieht sie nicht nur Augsburger Marktfrauen, sondern auch Bauern und Bäuerinnen aus dem nahen Bayern in ihren bunten Trachten. Verwundert hört das Mädchen deren Dialekt, der so ganz anders ist als das Schwäbische. Im Hause Gutermann spricht man einen kernigen Allgäuer Dialekt, und auch Sophie übernimmt ihn, streut aber auch den einen oder anderen Augsburger Begriff hinein. Damals gilt es in den Regionen Deutschlands noch als ganz natürlich, in seinem angestammten Dialekt zu sprechen. Ein hochdeutsches Idiom gibt es erst ansatzweise; und nur als Schriftsprache auf dem Papier. Sophie wird ihr rundes, gutturales Schwäbisch zeitlebens sprechen, selbst noch als alte Dame in Offenbach am Main. Ihre Enkel Clemens und Bettine – beide in Frankfurt aufgewachsen – werden sich darüber bisweilen erheitern. Aber viel Unverwechselbares hat sich in Sophie von La Roches Büchern aus dem schwäbischen Dialekt her eingeschlichen und ihren Schriften sprachliche Kraft und melodiösen Ton verliehen.

Die Marktgänge und die Arbeit im Haushalt dürfen die Studien der zwölfjährigen Sophie nicht beeinträchtigen. Der Vater – er wartet noch immer auf einen Stammhalter – ist darauf bedacht, mit den Kenntnissen des Mädchens zu prangen. Eigentümlicher Stolz eines Mannes, der seine Tochter vorführt und ihr gleichzeitig das

Erlernen des Lateinischen als Grundlage höherer Bildung verwehrt. Aber trotz aller Spannungen, die das Verhältnis von Vater und Tochter durchziehen, verdankt Sophie ihrem Vater doch viel, allem voran Bildungshunger und sich nie erschöpfende geistige Neugier. Georg Friedrich mag Sophie gegenüber streng, bisweilen zu streng gewesen sein – doch gerade in seiner Spannung zwischen Pietismus und Wissenschaftsgläubigkeit hat er Sophie stark beeinflusst, vielleicht mehr, als sie selbst sich später eingestehen wollte.

An den Dienstagabenden lädt Georg Friedrich Gutermann Freunde und Kollegen zu einer gelehrten Herrenrunde nach Hause. Man spricht über die neuesten medizinischen und astronomischen Erkenntnisse, über große Politik, über Ränkespiel und Intrigenwirtschaft in der eigenen Stadt. Die protestantische Strenge im Hause Gutermann verbietet freilich einen legeren Herrenabend bei Wein und Tabakspfeife. Man ist bemüht, der Runde den Charakter eines wissenschaftlichen Kolloquiums zu geben. Also werden auch neu erschienene Bücher und wissenschaftliche Theorien diskutiert. Sophie darf an diesen Abenden länger aufbleiben, und der Vater macht sich einen Spaß daraus, indem er seine älteste Tochter »im Scherze« zu seinem Bibliothekar ernennt, der auf einen Wink hin die benötigten Bände aus der Bücherei holt, weil, so Sophie, »mein gutes Gedächtniß mich alle Titel und alle Stellen behalten ließ, welches ich dann auch zum Auswählen der Bücher für mich benutzte«. Des Vaters Kollegen staunen nicht schlecht über die bibliografischen Fähigkeiten des Mädchens. Manchmal vielleicht wirft sie auch ungefragt einen eigenen kleinen Kommentar in das Gespräch ein und erntet von den etablierten Herren wohlwollendes Lachen, vom Vater einen nicht ganz ernst gemeinten strengen Blick. Die Augen der Männer ruhen indes auch auf Sophies Äußerem wohlwollend: Sie wandelt sich vom Kind zu einem schmucken Mädchen mit feinen Gesichtszügen und wachem Blick.

Bei aller Wissenschaftsgläubigkeit bleibt Gutermann ein eifriger Protestant. Seine Frömmigkeit versucht er auch seinen Kindern zu vermitteln. Sophie muss tagtäglich eine Betrachtung in Johann Arndts *Vier Bücher von wahrem Christentume* lesen, ein Werk, das bereits in den Jahren 1605 bis 1610 erschienen ist und begreiflicherweise hundertdreißig Jahre später Gähnen und Langeweile hervorruft. Sonntags geht man zum Gottesdienst in die Kirche St. Anna, deren Geschichte eng mit dem Reformator Martin Luther verbunden ist. Wieder zu Hause, muss Sophie immer eine Predigt August Hermann Franckes studieren, zum Abschluss liest der Vater, der den berühmten Theologen einst in Halle kennengelernt hat, der Familie eine weitere Predigt Franckes vor.

Solch pietistische Lektüre ist nicht unbedingt dazu angetan, den wachen Geist und den Wissenshunger des heranwachsenden Mädchens zu befriedigen. Sophie hat im Alter vorsichtig Kritik geübt und gemeint, das habe allenfalls ihren Schreibstil beeinflusst, man könne dies »(wie ein Freund mir sagte) heute noch in allen meinen Werken an der Länge der Perioden« bemerken. Sophies Mutter hingegen besitzt mehr Sinn für die poetische, schwärmerische Ader der Tochter. Sie gibt ihr Barthold Heinrich Brockes' Gedichtsammlung *Irdisches Vergnügen in Gott* zu lesen. Für Sophie öffnet sich eine Welt: Diese Verse kennen das Gefühl, auch die Sentimentalität, die Begeisterung, die genaue, beinahe realistische Darstellung der Natur als Gottes Schöpfung. All das sind Eigenschaften, die später auch ihre eigenen Bücher durchziehen werden. Beinahe symptomatisch für Sophies späteres literarisches Schaffen und dessen Grundgehalt wirkt etwa die Einsicht, die Brockes bei der Beschreibung einer Kirschblüte hat, indem er vom Besonderen der Blüte auf das Höhere, Allgemeine verweist: »Wie sehr ich mich am Irdischen ergetze, / Dacht' ich, hat Gott dennoch weit größre Schätze. / Die größte Schönheit dieser Erden / Kann mit der himmlischen doch nicht verglichen werden.« Von Brockes übernimmt Sophie auch einen Gedanken, den sie als Vorsatz, als »liebe Vorschrift« über ihr eigenes Dasein stellt: »Mit schönen freundlichen Gedanken einzuschlafen; denn da würde man den anderen Morgen mit einer allen Hausgenossen angenehmen Miene erwachen, und immer geliebt seyn.«

Sie ist wissenshungrig, und Außenstehende sehen und fühlen das. Seit seiner Kaufbeurer Zeit ist Georg Friedrich Gutermann mit dem evangelischen Theologen und Philosophen Johann Jakob Brucker befreundet. Brucker hat Sophie auch getauft. Die »Sophia«, die Weisheit, ist Bruckers eigentliches Metier. Er hat in Jena bei Johann Franz Buddeus studiert, wirkt zwanzig Jahre lang als Rektor der Lateinschule in Kaufbeuren und veröffentlicht in den Jahren 1742 bis 1744 seine vielbeachtete fünfbändige *Historia critica philosophiae*, eine Geschichte der Philosophie. Das Werk erscheint in lateinischer und deutscher Sprache, und Brucker übt als kritischer Theologe, der Rationalismus und Offenbarung in Einklang zu bringen sucht, eine große Wirkung aus. Sogar in Denis Diderots *Encyclopédie* fließen Bruckers Erkenntnisse ein. 1744 wird Brucker als Pfarrer an die evangelische Kirche Heilig Kreuz in Augsburg berufen und tritt wieder in engen Kontakt zur Familie Gutermann. Von Sophies Intelligenz, ihrem Wissenshunger und auch von ihrem Charme ist der Geistliche angetan. Er bietet sich an, Sophie unterrichten zu wollen. Sophie ahnt, welche Ehre, welche Chance das für sie wäre. In einem späteren Brief von 1771 erinnert sie sich: »Ich bat meinen Vater auf Knien um die Einwilligung, aber er wollte nicht, und meine empfindungsvolle Mutter bereicherte nur mein Herz, in welches alle Geschäftigkeit meines Geists übergetreten ist.« Schließlich, nach langem Bitten und Betteln, gibt Vater Gutermann doch nach.

Fünfzehn ist Sophie, als sie ihren ersten Ball besuchen darf. Längst hat sich herumgesprochen, dass das hübsche Mädchen als gute Partie gilt, aus angesehenem Hause stammt und überdies klug ist. Ein älterer Gelehrter, der mit ihr auf dem Ball tanzt, ist von ihrem Wesen so angetan, dass er gleich anderntags im Hause Gutermann vorstellig wird und um ihre Hand anhält. Sophies Antwort kommt prompt: Sie weist ihn zurück. Als alte Frau bekennt sie etwas verschämt: »Ich that dies gewiß, weil er mir damals zu klug war!« Das ist vermutlich eine nachgeschobene Erklärung. Wahrscheinlicher ist, dass dem fünfzehnjährigen Mädchen der ältliche Freier einfach nicht gefallen hat. In den Augen des Vaters jedenfalls ein Fauxpas, eine Unbotmäßigkeit, ein peinliches Ereignis, das von Sophies Ungehorsam zeugt und ihn, den Vater, in der Stadt schnell zum Gespött machen kann.

Sophie ist durch das Studium der Bücher nicht fühllos gegenüber der Welt geworden. Sonntags, wenn sie nach St. Anna zum Gottesdienst geht, betrachtet sie sicherlich, sie ist jetzt sechzehn, mit Wohlgefallen den einen oder anderen jungen Mann. Sophie hat sich später in der Heldin ihres ersten Romans *Geschichte des Fräuleins von Sternheim* nach eigenem Bekenntnis selbst porträtiert:

»Sie war etwas über die mittlere Größe; vortrefflich gewachsen; ein länglich Gesicht voll Seele; schöne braune Augen voll Geist und Güte, einen schönen Mund, schöne Zähne. Die Stirne hoch, und, um schön zu sein, etwas zu groß, und doch konnte man sie in ihrem Gesichte nicht anders wünschen. Es war so viel Anmut in allen ihren Zügen, so viel Edles in ihren Gebärden, daß sie, wo sie nur erschien, alle Blicke auf sich zog. Jede Kleidung ließ ihr schön, und ich hörte Mylord Seymour sagen, daß in jeder Falte eine eigne Grazie ihren Wohnplatz hätte. Die

Schönheit ihrer lichtbraunen Haare, welche bis auf die Erde reichten, konnte nicht übertroffen werden. Ihre Stimme war einnehmend, ihre Ausdrücke fein, ohne gesucht zu scheinen. Kurz, ihr Geist und Charakter waren, was ihr ein unnachahmlich edles und sanftreizendes Wesen gab.«

Porträt Sophie Gutermann um 1750
Pastell von J. H. Tischbein d. Ä.

Ein Pastellporträt, um 1750 wahrscheinlich von Johann Heinrich Tischbein dem Älteren gemalt, zeigt Sophie Gutermann mit der Schreibfeder in der Hand, die strahlenden dunklen Augen freundlich dem Betrachter zugewandt.

Um 1747 lernt Vater Gutermann in einer gelehrten Gesellschaft in Augsburg den Leibarzt des Fürstbischofs Johann Ignaz Philipp von Hessen-Darmstadt kennen, den knapp dreißigjährigen Italiener Giovanni Lodovico Bianconi. Er stammt aus Bologna, der Stadt, deren Akademie in ganz Europa bekannt ist. Ein Kupferstich zeigt den Arzt in der Tradition antiker Bildnisse im Profil, mit lockigem Haar, römischer Nase, markanten Gesichtszügen, die Entschlossenheit ahnen lassen.

Bianconi kommt bald in das Haus Gutermann. Sophie gefällt ihm. Er bietet sich an, das junge Fräulein unterrichten zu wollen. Gutermann stimmt zu, vielleicht, weil Bianconi ein ärztlicher Kollege ist. Der Italiener ist ihm

Giovanni Lodovico Bianconi
(1717-1781)
Kupferstich von Joseph Benaglia
nach einer Zeichnung von
Carlo Bianconi

sympathisch, wenngleich er Katholik ist und als »Papist« in Diensten des Bischofs steht.

Für Sophie tut sich erneut eine Welt auf. Der bisherige Unterricht, den sie vom Vater und dem Prediger Brucker erhalten hat, ist stark religiös bestimmt gewesen, mit dem Ziel, aus Sophie eine fromme und verantwortungsbewusste Hausfrau zu formen. Bianconi hingegen ist ein umfassend gebildeter Mann, der die schönen Künste liebt und einen Sinn für alles Ästhetische besitzt. Er liest mit Sophie Bücher über Kunstgeschichte und Archäologie. Er unterrichtet sie in der höheren Mathematik des Cartesianers Jacques Rohault, lehrt sie seine Muttersprache, das Italienische, und weiß sie für die Poesie seines Landes zu begeistern. Er besucht mit ihr Musikabende und erkennt, dass sie eine schöne Singstimme hat, die unbedingt gefördert werden sollte. Sophie erinnert sich wehmütig: »Im 17ten Jahre schien ich von dem Schicksale zu eigentlichen Wissenschaften bestimmt zu werden, da Herr Bianconi, der als sächsischer Resident in Rom starb, mich zu seiner Frau begehrte, und mir alle italiänische Dichter und Geschichtschreiber, auch alle Kupfer der alten und neuen Künste von Rom und Griechenland kennen lehrte, auch in seiner Gegenwart beim Concertmeister [Johann

Georg] Lang am Claviere meine (wie man sagte) schöne Contra-Altstimme übte.«

Bianconi begehrt Sophie also zur Frau. Die Wahrheit ist: Beide verlieben sich heftig ineinander. Bianconi hält bei Vater Gutermann um die Hand der ältesten Tochter an. Der weist das Ansinnen zunächst zurück. Er will keinen Papisten zum Schwiegersohn. In privaten Angelegenheiten stößt die Augsburger Parität schnell an ihre Grenzen. Bianconi mag ein tüchtiger Arzt sein, aber Georg Friedrich Gutermann hat seine Tochter nicht jahrelang im pietistischen Sinne unterrichtet und geformt, damit sie ihm von einem welschen Schöngeist ausgespannt wird! Die Mutter Gutermann hingegen will in ihrer ausgleichenden Art versöhnen und redet ihrem Mann gut zu. Schließlich verloben sich Bianconi und Sophie. Vater Gutermann zögert immer noch mit seinem Einverständnis. Er spielt auf Zeit und will die Entscheidung hinausschieben.

Auch plagen die Familie in jenem Jahr 1748 andere Sorgen. Gutermanns Frau Regina Barbara, die inzwischen dreizehn Kinder zur Welt gebracht hat, von denen allerdings neun gestorben sind, erkrankt schwer. Sie ist gerade einmal sechsunddreißig Jahre alt, aber die zahlreichen Wochenbetten haben sie ausgezehrt. Es ist August, die sommerliche Schwüle liegt schwer auf der Stadt. Regina Barbara liegt im Bett, ihr Mann und die vier verbliebenen Kinder sitzen bei ihr. Gutermann, sonst in Gefühlsdingen eher reserviert, hält seiner Frau die Hand und spürt, wie die Pulsschläge immer schwächer und unregelmäßiger werden. Eine Freundin Sophies, die achtzehnjährige Elise Schorrer, ist auf Wunsch Regina Barbaras gekommen und spielt der Kranken auf der Laute vor. Die Mutter bittet Sophie, das Fenster zu öffnen, sie wolle noch einmal den Himmel sehen. Sophie öffnet den Fensterflügel, die Mutter deutet hinaus und sagt: »Dort, ihr Lieben! dort wieder – Sie auch, liebe Elise!« Kurz darauf stirbt sie.

Sophie hat das Jahrzehnte später in ihrem Buch *Schattenrisse abgeschiedener Stunden in Offenbach, Weimar und Schönebeck im Jahr 1799* wiedergegeben. Freilich beschönigt die alte Dame die Erinnerung, indem sie den Verlust der Mutter ins Frömmelnde, Gleichnishafte hebt. Sie habe damals, so Sophie, »auch das reine Vergnügen« bemerkt, »welches in ihren noch schönen Zügen und Augen ausgedrückt war«. Und weiter: »Damals schon, und seit den 52 Jahren, da ich meine Mutter verlohr, wünschte ich mir diese Stimmung der Seele an dem letzten Tage meines Lebens.« Das ist edel gedacht, trifft aber nicht die Verzweiflung, die Sophie und ihre minderjährigen Geschwister damals erfasste.

Die Prophezeiung der sterbenden Mutter wird bald Wirklichkeit: Elise Schorrer stirbt wenige Monate danach »an Auszehrung«, wie Sophie formuliert, wahrscheinlich also an der Tuberkulose. Auch den Tod der Freundin verklärt Sophie in ihrem späten Bericht von 1799: »Ihre Laute und Blumen mußten stets nahe genug um sie seyn, damit sie, in einem Augenblick der Kräfte, die Saiten der ersten berühren, und die zweyte fassen konnte. – Sie war, wie ich, 18 Jahre alt, aber sehr schön, rein, sanft, wirklich zum Engel erwachsen.«

Solch hehre Frömmlereien nützen der Familie Gutermann im Jahre 1748 freilich nicht. Georg Friedrich ist von der Situation überfordert. Er schickt seine vier verbliebenen Kinder zu seinen alten Eltern nach Biberach. Der Großvater Johann Adam Gutermann ist dort Senator und hat die räumlichen und finanziellen Möglichkeiten, die Enkel auf geraume Zeit aufzunehmen.

Die Kinderverschickung hat einen offiziellen und einen nichtoffiziellen Hintergrund: Georg Friedrich Gutermann nimmt sich eine »Auszeit« von einem Jahr. Er will Augsburg und dem Haus in der Maximilianstraße, das mit so viel bedrückenden Erinnerungen verbunden ist, den

Rücken kehren, in der Fremde neue Kraft finden und sein Inneres ordnen. Das äußert er so offen freilich nicht, es ziemt sich für einen gestandenen Patriarchen nicht, Schwäche zu zeigen. Der offizielle Grund lässt Sophies Herz schneller schlagen: Der Vater will sich die Angelegenheit mit der Hochzeit nochmals überlegen! Vielleicht hat Regina Barbara vor ihrem Tod begütigend auf ihren Mann eingeredet, ihm vielleicht ein Versprechen abgenommen? Jedenfalls zeigt sich Gutermann nun geneigt, trotz alledem den Schwiegersohn in spe näher kennenzulernen. Immerhin hat der Italiener Charakter, Manieren, er ist gebildet und verfügt über Geld und einen ausgezeichneten Posten. Dennoch will Gutermann Bianconis Familie sehen. So reist er, nachdem die Kinder in Biberach gut untergebracht sind, gemeinsam mit Bianconi nach Italien. Ein knappes Jahr werden die beiden unterwegs sein.

Eine Reise in ferne Länder wird damals als Bildungserlebnis gesehen. Lange vor Goethes legendärer Italienreise von 1786 bis 1788 wird das »Land, wo die Zitronen blühn« als Zentrum der Wissenschaften und Künste geschätzt und gewertet. Junge Adlige reisen auf ihren »Kavalierstouren« gerne dorthin, um ihren Geschmack zu schulen und diplomatische Kenntnisse zu erlangen. Bildende Künstler und Komponisten sehen in den Akademien und Schulen von Bologna, Ferrara, Venedig und Florenz immer noch Stätten bester Tradition und überragenden Kunsthandwerks. Und schließlich sind auch Kaufleute gerne in Italien unterwegs. Stoffe aus Mailand, importierte Gewürze, Spezereien und Edelsteine, die über die Häfen Venedigs und Genuas aus den Ländern des Orients und aus den fernen Gestaden der Neuen Welt kommen, gelangen über die Alpenpässe nach Deutschland. Nicht zuletzt aus diesem regen Italienhandel haben Freie Reichsstädte wie Augsburg, Memmingen und Biberach ihren Wohlstand bezogen.

Für einen biederen Bürger wie Georg Friedrich Gutermann war solch eine Tour jedoch etwas Außergewöhnliches. Er nimmt sich Zeit, solch eine Reise ist auch zu gefährlich und anstrengend, als dass man hetzen dürfte: Die Straßen über Fernpass und Reschenpass – die alte Route der römischen Via Claudia – sind in schlechtem Zustand. Immer besteht die Gefahr, dass die Kutsche umgeworfen wird, es auf den engen Kehren zu Unfällen kommt, die Pferde scheuen und in den Abgrund stürzen. Glücklich ist, wer die südlichen Gärten um den Gardasee ohne schwerere Zwischenfälle erreicht. Doch erst dahinter weitet sich das Land, breiten sich die vielbesungenen fruchtbaren Ebenen mit ihren Wein- und Baumgärten, mit Zitronen, Pomeranzen und Feigen aus. Georg Friedrich Gutermann genießt die Wärme der südlichen Regionen, die Freundlichkeit und Aufgeschlossenheit ihrer Bewohner. Ein Labsal nach all den Verlusten der letzten Jahre! Mit Bianconi reist er nach Bologna, lernt dort dessen Familie kennen, verkehrt an der berühmten Akademie, macht wahrscheinlich auch die Bekanntschaft der berühmten Dichterin und Mathematikerin Laura Bassi, die damals in ganz Europa als gelehrte Größe gilt. Wir wissen nicht, wie Gutermann, der etwas altväterliche Pietist, über solch eine Frau dachte. Möglich, dass sie ihm nicht ganz geheuer war. Ein »gelehrtes Weib« gilt damals in bürgerlichen deutschen Kreisen allenfalls als altjüngferliche Kuriosität, nicht aber als nachahmenswertes Vorbild.

Für Sophie wird unterdes die Zeit des Wartens lang. Ein Jahr kann im Nu verfliegen, es kann aber auch zur schier unendlichen Qual werden. Bei den Großeltern fühlt sie sich wohl. Biberach – wesentlich kleiner als das weltstädtische Augsburg – ist ihr sympathisch, die Einwohner sind zwar gesetzter, aber freundlich und heiteren Sinnes. Aber immer wenn der Postillon durchs Stadttor reitet, eilt sie hin, um zu fragen, ob ein Schreiben für sie dabei sei. Ein

Brief des Geliebten, ein paar Zeilen vielleicht nur? Oder eine Mitteilung des Vaters, seine endgültige Zustimmung zur Heirat vielleicht? Wieder und wieder ist keine Nachricht für sie dabei. Dann geht Sophie ruhelos vors Tor hinaus, spaziert am Ufer der Riß entlang, die sich durch die winterlichen, gelb und braun daliegenden Wiesen schlängelt. Manchmal wandert sie auch bis in das eine Meile nördlich liegende Dorf Warthausen. Oberhalb der Ortschaft thront auf einem Hügel eine prächtige Schlossanlage, wo – so erfährt Sophie – ein Grafengeschlecht namens Stadion residiert. Sie ahnt nicht, welche Rolle das Schloss in ihrem Leben noch spielen wird.

Die Wiesen am Ufer der Riß werden langsam wieder grün und sind mit Blumen übersät: Im Sommer des Jahres 1749 kehren der Vater und Bianconi aus Italien zurück. Sophie und ihre Geschwister verlassen das liebgewonnene oberschwäbische Städtchen und fahren zurück nach Augsburg. Vater Gutermann zitiert die älteste Tochter in sein Arbeitskabinett. Sophie zittert vor Aufregung. Dann die erlösende Nachricht: Er, Gutermann, habe in Bologna einen günstigen Eindruck von Bianconis Familie und den Verhältnissen gewonnen. Der Hochzeit stehe nichts mehr im Wege. Gesetzt denn, der Schwiegersohn stimme den Bedingungen des Ehevertrags zu. Bis dahin müsse sich Sophie gedulden.

Die Verhandlungen ziehen sich hin. Der Ehevertrag wird aufgesetzt, aber immer noch streiten sich die beiden »Parteien« um einige Kernfragen. Vater Gutermann bleibt hart. Er will doch sehen, ob sein schwäbischer Dickschädel nicht härter ist als der des Italieners! Nach einigem Hin und Her steht noch die Frage der Konfession etwaiger Kinder im Raum: Gutermann schert sich, wenn es um die eigene Familie geht, nicht um den vielgepriesenen Augsburger Religionsfrieden und beharrt darauf, dass Sophies Kinder protestantisch erzogen werden. Bianconi hingegen will seine Kinder zum katholischen Bekenntnis führen, das ist er seiner Familie in Bologna schuldig. Schließlich gibt Gutermann nach. Alle atmen auf. Aber kurz darauf besinnt er sich eines anderen. Er erinnert sich der These, wonach aus einer Ehe, in die die Frau als Jungfer geht, der Mann hingegen bereits »Erfahrungen« mitbringt, überwiegend Mädchen entspringen. Seine eigene Ehe mit Regina Barbara war schließlich der Beweis dafür! Also führt er einen gewieften Schachzug, indem er Bianconi vorschlägt, die Söhne könnten gerne katholisch erzogen werden, die Töchter hingegen seien protestantisch zu taufen. Insgeheim ist der alte Fuchs im Glauben, dass dieser Ehe ohnehin nur Mädchen entspringen werden.

Bianconi reagiert verständlicherweise ungehalten. Er fühlt sich von Gutermann erpresst und hingehalten. Der Streit eskaliert und endet im Zerwürfnis. Sophie hört den lauten Wortwechsel von ihrem Zimmer aus. Sie ahnt, dass damit alles aus ist.

Noch einmal trifft sie sich mit Bianconi – heimlich. Bianconi beschwört sie: Er habe die Berufung zum Leibarzt an den Dresdner Hof erhalten. Sophie solle mit ihm kommen, das Elternhaus einfach verlassen. Nach ihrer gemeinsamen Flucht aus Augsburg wolle er gerne dem Augsburger Rat Gutermanns Briefe vorlegen, worin der Schwiegervater sein grundsätzliches Einverständnis zu einer Ehe erklärt habe. Sophie schwankt, kämpft mit sich selbst. Dann wendet sie sich von Bianconi ab: »Ich versagte es«, so gesteht sie später, »weil ich meinen Vater nicht betrüben, nicht ohne seinen Seegen aus seinem Hause wollte.« Ihr ist all die Jahre eingetrichtert worden, dass im Leben einer Frau die Pflicht über der Neigung zu stehen hat, der Gehorsam über dem freien Willen. Sie hat das verinnerlicht, Ungehorsam käme ihr wie eine Todsünde vor.

Ein halbes Jahrhundert später hat sie sich in ihrem Buch *Mein Schreibetisch* Gedanken über die Pflicht gemacht. Ihre Ausführungen zeugen davon, wie sehr sie die Erwartungshaltung, die man ihr gegenüber zeigte, übernommen hat:

»Pflichten sind Einschränkungen unsers Willens und unserer Handlungen, welche wir uns um Andrer willen gefallen lassen müssen. Rechte sind Einschränkungen, welche sich Andre um unsert willen gefallen lassen müssen. [...] Wer blos von Rechten, aber nichts von Pflichten wissen will, ist, er sey übrigens was er wolle, ein Despot und Tyrann. – Guter Mensch und guter Bürger ist der, welcher bey allem Gefühl und Kenntniß seiner Rechte, ein eben so tiefes Gefühl und richtige Kenntniß von seinen Pflichten hat.«

Am Tag nach dem Streit mit Bianconi ruft der Vater Sophie zu sich in sein Kabinett. Er erklärt ihr kurz und bündig, die Verhandlungen seien gescheitert, das Verlöbnis sei hiermit aufgelöst, sie solle sich diesen welschen Kerl aus dem Kopf schlagen. Sophie bricht in Tränen aus, sinkt vor dem Vater auf die Knie, bittet und bettelt. Gutermann bleibt unbeugsam, er will sich von den Tränen eines Mädchens nicht erweichen lassen. Er fühlt sich im Recht, und dem Willen des Paterfamilias müssen sich alle unterordnen. Dann befiehlt er Sophie, in ihr Zimmer zu gehen und alle Stücke der Erinnerung an Bianconi, alle Briefe, Billets, Arbeitshefte, Bücher und Schmuckstücke zu holen. Sophie ahnt Schlimmes. Aber sie tut, wie ihr geheißen. Sie sucht alles zusammen und betritt wieder das Kabinett des Vaters. Was dann geschieht, hat Sophie ein Lebtag lang geheim gehalten. Erst im Alter, ein Jahr vor ihrem Tod, hat sie – von einem früheren privaten Brief abgesehen – die Kraft gefunden, vor der Öffentlichkeit darüber zu schreiben. Ihr Bericht wirkt abgeklärt, aber hinter der Distanz des Alters schimmert immer noch der ohnmächtige Schmerz des achtzehnjährigen Mädchens durch:

»Ich mußte meinem Vater alle seine [Bianconis] Briefe, Verse, schöne Alt-Arien, mit meinen sehr pünktlich ausgearbeiteten geometrischen und mathematischen Übungen, in sein Cabinet bringen, mußte alles zerreißen und in einem kleinen Windofen verbrennen; Bianconi's Portrait von [Johann Esaias] Nilson gemalt, wie er eine Marmorsäule mit der Unterschrift: le changement est contre ma nature [Unstete ist wider meine Natur] umfaßte, mußte ich mit der Scheere in tausend Stücke zerschneiden, einen Ring mit den verzogenen Buchstaben N. B. [wohl ein Erbstück Bianconis] in Brillanten und der Umschrift: *ohne Dich nichts* (sans vous rien) mit zwei in den Ring entgegen gesteckten Eisen, entzwei brechen und die Brillanten auf den rothen Steinen umher fallen sehen. – Die Ausdrücke meines Vaters dabei will ich nicht wiederholen. – So wollte man das Andenken des Mannes auslöschen, dem mein Geist so viel Schönes zu danken, mein Herz so viel Glück von ihm zu hoffen hatte, der mich nie gezankt, immer geliebt und gelobt hatte.«

Als sie dies fürchterliche Zerstörungswerk vollbracht hat, legt sie im Stillen ein Gelöbnis ab:

»Ich bin von dem Manne losgerissen, von dem ich das Beste, was ich weiß, gelehrt wurde. Ich kann nichts mehr für ihn thun, nicht für ihn leben. – Er wird keine Frucht seiner verehrungsvollen delicaten Bemühung, seiner künftigen Gattin Kenntnisse und Talente zu geben, genießen. – Nun so solt auch Niemand mehr jemals meine Stimme, mein Clavierspiel, die italiänische Sprache, die Bekanntschaft mit Rohault, oder irgend etwas, so er mich lehrte, hören, oder nur in mir vermuthen.«

Sophie hat dieses Gelübde eisern gewahrt. Niemals mehr ist der Name Bianconis über ihre Lippen gegangen – bis sie ein Jahr vor ihrem Tod diese Geschichte niedergeschrieben hat. Niemals hat sie ihren Zeitgenossen eingestanden, dass sie Italienisch spricht, etwas von höherer

Mathematik versteht, und dass sie über eine geschulte Singstimme verfügt. Auch ihr späterer Seelenfreund Christoph Martin Wieland äußerte einmal unwissend, Sophie verstehe kein Italienisch. Ihr Schwur gleicht einer Selbstvergewaltigung, einer Ausmerzung des Gefühls aus ihrem Herzen. In späteren Jahren haben Kritiker ihr oft ihre »Sentimentalität« spöttelnd vorgehalten. Die war zum einen der damaligen empfindsamen Mode geschuldet. Zum anderen aber scheint es so, als habe Sophie die Verarmung ihres Gefühlslebens, die sie durch das ihr Angetane erlitten hatte und die sie mit ihrem Gelübde auch noch bekräftigte, mit dem »falschen« Gefühl der Sentimentalen kompensieren wollen. Ihr Bewusstsein, als Frau zu Pflichterfüllung und Gehorsam bestimmt zu sein, war von da an jedenfalls unumstößlich festgelegt. Noch als publizistische »Erzieherin« von »Teutschlands Töchtern« hat sie dieses Verhaltensmuster erfüllt und keineswegs angezweifelt. In ihrem Altersrückblick bekräftigt sie wie zur Selbstrechtfertigung ihren Gehorsam gegenüber dem Vater und die Härte gegen sich selbst: »Ich habe Wort gehalten, und ihm alles dies, was meiner Eigenliebe hätte so sehr schmeicheln können, geopfert, – wie die Alten den Manen eines geliebten verstorbenen Freundes.«

Jahre später – Sophie ist noch nicht die berühmte Schriftstellerin – erkundigt sich Bianconi im fernen Dresden beim Hofmeister des Grafen Stadion nach der einstigen Geliebten und deren Talenten. Der Hofmeister antwortet dem Leibarzt verständnislos, dass Sophie zwar »als eine angenehme vernünftige Frau geschätzt würde, aber daß er nie etwas von besonderen Talenten« an ihr bemerkt hätte. Immerhin schreibt Bianconi später schwärmerisch über Augsburg, es gebe dort »die schönsten Bürgermädchen von ganz Deutschland zu Hunderten«. Aber das klingt eher nach Prahlerei denn nach persönlichem Verlust.

Sophie resümiert resigniert: »Stilles Lesen und Leben wurde mein Loos.« Kurzzeitig denkt sie daran, zum katholischen Glauben überzutreten und ins Kloster zu gehen. Sie bespricht sich darüber sogar mit ihrem alten Seelsorger Brucker. Der rät ihr dringend ab: Eine zerbrochene Liebe sei nicht ausreichend, um sich dem frommen Dienst einer Nonne zu widmen. Sophie resigniert endgültig. Sie hat sich dem Urteil des Vaters rückhaltlos gefügt. Sie ist bereit, zu tun, was von ihr erwartet wird, auch wenn es sie Tränen kosten wird. Der Vater will sich nochmals verheiraten. Er ist auf Brautschau, und da sind ihm die Kinder einstweilen im Weg. So schickt er sie erneut nach Biberach zum Großvater. Dort, so ist er sich sicher, wird Sophie auf andere Gedanken kommen und wieder Lebensmut fassen.

Sophie besteigt zusammen mit ihren Geschwistern die Extrapost, die sie nach Biberach bringen soll. Die Kutsche rumpelt über Kopfsteinpflaster durchs Rote Tor, Richtung Süden. Sophie blickt hinaus: Die flache, schier endlose Ebene des Lechfelds erscheint ihr öde und trostlos. Sie fürchtet nichts, sie erhofft nichts. Was auch immer sie in Biberach erwarten wird, es ist ihr gleichgültig.

»Ein schönes Gebäu in einer Wildnus«

Verlöbnis mit Wieland (1750–1754)

Für Sophie erscheint Biberach in jenen Wochen und Monaten des Winters 1749/50 wie ein Spiegelbild ihrer müden, desillusionierten Seele. Im Vergleich zum regen, lauten Augsburg ist die kleine oberschwäbische Reichsstadt beschaulich, bieder, wie eine Puppenstube. Einzig an den Markttagen geht es geschäftig zu. Manchmal, wenn Sophie allein eine Besorgung machen darf – beim Bäcker, beim Flickschuster, bei der Wäschefrau –, erlaubt sie sich einen Abstecher, dann spaziert sie durchs Viertel der kleinen Handwerker, der Weber und Färber, oder sie geht vors Grabentor hinaus, wo sich die Gärten der reicheren Bürger befinden, die jetzt im Winter grau und verödet daliegen.

Es wird Frühling, die Zugvögel kehren zurück. Von den Alpen bläst bisweilen der warme Föhnwind, der den einen Kopfweh bereitet, die anderen aber wie Champagner angenehm berauscht. Manchmal begibt Sophie sich, wenn sie von einer Besorgung kommt, zu einem kurzen Gebet in die Stadtpfarrkirche St. Martin. Hier wirkt Thomas Adam Wieland als evangelischer Stadtpfarrer. Die Wielands sind eine angesehene Familie. Sophie ist bereits mehrmals bei ihnen zu Gast gewesen. Man hat sie und die Geschwister dort herzlich aufgenommen, denn es besteht eine entfernte Verwandtschaft: Wielands Frau Regine Katharina, eine geborene Kick, ist die Cousine Georg Friedrich Gutermanns, beider Mütter sind Schwestern.

Thomas Adam und Regine Katharina Wieland sind 1736 nach Biberach gekommen. Sie haben zwei Söhne, der ältere ist der im September 1733 geborene Christoph Martin. Als Sophie zu Besuch weilt, ist er jedoch nicht zu

Hause. Aber die Eltern sprechen viel und mit Stolz von ihrem begabten Sohn: In der Lateinschule in Biberach sei er der Beste gewesen. Mit vierzehn haben ihn die Eltern in das Internat Kloster Berge bei Magdeburg geschickt. Hier hat sich Christoph Martin auf ein Theologiestudium vorbereitet. Er hat Latein, Griechisch und Hebräisch gelernt und etliche antike und neuzeitliche Philosophen gelesen. Seit vergangenem Jahr, so erzählen die Eltern, studiere der Sohn in Erfurt Philosophie und wohne bei dem Mediziner und Philosophieprofessor Johann Wilhelm Baumer, einem Verwandten mütterlicherseits. Sophie allerdings hat noch anderes gehört: Der junge Wieland schreibe Gedichte, so wird erzählt.

Das Haus der Wielands befindet sich in der Waaghausstraße. Der hohe Fachwerkbau grenzt auf einer Seite an den Kirchhof. An einem Sommerabend des Jahres 1750 kommt Sophie dort vorbei. Es ist lau, viele Fenster stehen offen. Da hört sie aus einem der Zimmer leise Klaviermusik. Sie ahnt: Das muss der sechzehnjährige Cousin sein, der, so hat sie bereits vernommen, vor wenigen Tagen in die Semesterferien nach Hause gekehrt ist. Fast ein halbes Jahrhundert später, Sophie ist bei Wieland zu Besuch, erinnert sie sich jenes Frühsommerabends des Jahres 1750:

»Ich schlief spat ein, denn meine Seele war zu sehr bewegt, und ich hörte noch Wielands ungekünsteltes, aber seelen-volles Clavierspiel, mit welchem er alle Abende seine Ideen und Gefühle, unter dem Einfluß seines sympathetischen Freundes Horaz, in sanften Einklang bringt. Vor 49 Jahren belauschte ich ihn das Erstemal bey der Aussicht nach dem weiten einsamen St. Martinskirchhof in Biberach –«

Auch der junge Wieland hat schon viel von seinen Cousinen gehört; von der klugen, etwas scheuen Sophie und von ihrer vier Jahre jüngeren Schwester Katharina, die von allen nur Cateau genannt wird und die gemeinhin als die Hübschere gilt. Dennoch ist Christoph Martin auf Sophie neugierig geworden, vielleicht auch, weil er von deren trauriger Liebesgeschichte vernommen hat. Wenige Tage nachdem er ins Elternhaus zurückgekehrt ist und Sophie ihn abends, ohne dass er es weiß, beim Klavierspiel belauscht hat, findet sich von dem noch nicht siebzehnjährigen Jüngling ein Brief im Hause Gutermann ein, der an die unbekannte Cousine gerichtet ist. Ungläubig nimmt Sophie das vom 1. Juni datierte Schreiben entgegen. Es ist im Übrigen anzunehmen, dass die Großeltern mitgelesen haben.

»Mademoiselle«, steht da artig und etwas gespreizt, »Ihr großzügiges und wahrhaft großes Herz läßt mich hoffen, daß Sie mir die Kühnheit verzeihen werden, Ihnen zu schreiben, da ich Ihnen doch unbekannt bin, wie auch in Anbetracht des großen Abstands zwischen der vollkommensten Person der Welt und mir.« Sophie traut ihren Augen nicht. Er, Christoph Martin, steht da, kenne »doch Ihre hervorragende Seele schon ziemlich gut [...]. Meine Mutter, die völlig eingenommen ist von Ihrer Konversation, macht mir davon die interessantesten Erzählungen.«

Sophie muss lächeln, dann greift sie zu Papier und Feder und antwortet dem jugendlichen Galan in ebenfalls artigen Worten. Ein paar Tage später kommt Christoph Martins überschwängliche Antwort: »In demselben Moment, da ich gerade Ihren unvergleichlichen Brief gelesen habe, setzen tausend verschiedene Bewegungen meine Seele in eine angenehme Verwirrung [...]. O! was für eine schöne Seele ist doch die Ihrige, und welch ein Vergnügen, sich mit ihr in süßer Sympathie zu verbinden.« Sophie ist sprachlos; sie liest weiter: »Sie werden mich töten, meine bezaubernde Base, wenn Sie mir die angenehme Hoffnung entziehen, Sie bei uns zu sehen. Denn da ich gezwungen bin, mein Studium der Jurisprudenz in Tübingen fortzusetzen, werde ich meine lieben Eltern Anfang Oktober verlassen, und welche Pein wäre das für mich, mir vergeblich geschmeichelt zu haben, Sie zu sehen und die schöne Hand zu küssen, die mir den schönsten Brief geschrieben hat, den ich in meinem Leben gelesen habe.«

Sophie stutzt. Der Vetter will schon bald wieder Biberach verlassen? Nach Tübingen? Und weshalb will er jetzt die Jurisprudenz studieren? Ein wankelmütiger Mensch, so denkt sie wohl.

Wenige Tage später lernen sich Sophie und Christoph Martin im Hause Wieland kennen – unter Aufsicht, die bürgerliche Etikette verlangt es so. Sophie ist überrascht. Ihr Vetter mag nicht besonders schön sein – er hat eine hohe Stirn, eine lange Nase, leicht vortretende Augen –, aber sein Witz, seine sprudelnden Einfälle, seine reiche Bildung und seine schwärmerische Ader gleichen das bei weitem aus. Wieland erzählt von seinen Studien, von Erfurt, von seinem Verwandten, dem Professor Baumer, bei dem er in Kost stand, und an dessen Tisch er doch oft hungern musste, weil dem Herrn Professor die Philosophie wichtiger als das leibliche Wohl gewesen sei. Eine Philosophie, so frotzelt der junge Wieland, von der er »eine abscheuliche Menge von Seelenblähungen« bekommen habe. Sophie kichert. Wie lange hat sie nicht mehr gelacht? Vater Wieland sieht den Sohn tadelnd an. Ihm sind die Flausen des Jungen suspekt. Im Kloster Berge, so munkelt man, habe der Sohn allerlei französische Atheisten gelesen: Pierre Bayle und Voltaire. Und auch antike Autoren, die nicht zum klassischen Kanon gehören, Erotiker und Hedonisten soll Christoph Martin dort heimlich studiert haben. Nein, einen Pfarrer wird er aus dem Jungen wohl nicht mehr machen können. Aber vielleicht wird das Studium in Tübingen den jungen Kopf wieder einrenken. Die Jurisprudenz ist ein Fach, das klares und genaues Denken erfordert und Übermut gehörig austreibt!

Christoph Martin und Sophie verständigen sich mit Blicken. Die Briefe und Billets, die sie wechseln, wissen sie inzwischen an den Eltern und Großeltern vorbeizuschleusen. Manchmal treffen sie sich wohl heimlich vor der Stadt: auf der Bleiche, wo die Mägde jetzt im Sommer die Weißwäsche auslegen, oder am Ufer der Riß. Sophie ist bei diesen Rendezvous zurückhaltend. Sie gibt nicht viel von sich preis. Was soll sie auch erzählen? Vom Vater, der sie gedemütigt hat? Von Bianconi? Von den geliebten Mathematikheften und Italienischstudien, die sie ins Feuer werfen musste? Wieland wird nie davon erfahren. Er ist auch nicht unbedingt der Mensch, der zuhören kann. Damals jedenfalls noch nicht. Zu gern plaudert er in jenen Wochen von sich selbst, von seinen Plänen, seinen Dichtungen, dem Sammelsurium, das die Vielzahl von Büchern und philosophischen Ideen in seinem Kopf angehäuft hat. Sophie sieht ihn verwundert an. Wieland besitzt sicherlich nicht die Reife Bianconis, nicht oder noch nicht dessen umfassende, gesetzte Bildung, nicht dessen Weltläufigkeit. Aber das Feuer, die ungestüme Begeisterung in Christoph Martins Kopf imponieren ihr.

An einem Sonntag im August besuchen die beiden den Gottesdienst in der Stadtpfarrkirche. Vater Wieland hält die Predigt über den Satz »Gott ist die Liebe«. Nach dem Gottesdienst spaziert Christoph Martin mit Sophie vor die Stadt hinaus, zum »Lindele«, einem alten Lindenbaum. Auf dem Weg dorthin ereifert sich der junge Wieland über des Vaters Predigt, die ihm kalt, nüchtern und langweilig vorkam. Wie man nur mit solch dürren Worten über die Liebe sprechen könne?!, fragt er Sophie. Er kommt ins Schwadronieren, schwärmt von der Liebe, wie er sie versteht, von der »Würde der menschlichen Seele und von der Ewigkeit mit ihr«. Später gesteht Wieland: »Niemals bin ich beredter gewesen als damals. Ich vergaß nicht, in der himmlischen Liebe einen großen Theil des Glückes der Geister zu setzen.«

Sophie ist gerührt, nach Wielands Zeugnis soll sie »vergnügte Thränen« vergossen haben. Jedenfalls ist sie von seiner Beredsamkeit angetan, von seiner Gefühlsseligkeit hingerissen. Es kommt zu scheuen Annäherungen, vielleicht zum ersten Kuss. An jenem Abend geben sie sich das Verlobungswort.

Bald erfahren die Verwandten davon. Wielands Eltern sind zunächst einverstanden. Sophie stammt aus angesehenem Hause, ist sogar mit ihnen verwandt, sie ist fleißig und klug, und an einer anständigen Mitgift wird es auch nicht mangeln. Sophies Großeltern denken nicht anders, halten sich aber zurück, denn Georg Friedrich Gutermann in Augsburg hat schließlich das letzte Wort. Als der von dem Verlöbnis erfährt, schwankt er zwischen Nichtachtung und Groll. Er kann diesen philosophierenden, dichtenden Jüngling, der noch nicht einmal siebzehn Jahre alt ist, beim besten Willen nicht als zukünftigen Schwiegersohn ernst nehmen! Christoph Martin, das gibt Gutermann der Biberacher Verwandtschaft zu verstehen, soll erst einmal seine Studien abschließen, einen anständigen Beruf ergreifen, dann wolle man weitersehen! Immerhin ist der junge Mann protestantisch, sodass zumindest die Religion die richtige wäre. Aber erst sollen die äußeren Umstände stimmen. Und insgeheim glaubt Gutermann eh nicht an die Ernsthaftigkeit dieses Verlöbnisses. So verzichtet er einstweilen darauf, Sophie nach Augsburg zurückzuholen.

Christoph Martin Wieland blüht unterdessen auf. Er sieht in Sophie nicht nur die Geliebte, sondern auch seine Muse. Will man ihm Glauben schenken, so hat er seine Liaison von Anbeginn an als Versuchsfeld seiner Liebes- und Dichtungstheorie gesehen. In einem Brief an Johann Jakob Bodmer vom 11. April 1752 schreibt er: »Ich lobte ihre Schönheit wenig; ich sagte ihr auch anfangs nicht viel von meiner Liebe. Ich bemühte mich nur ihre Seele zu unterhalten u: zu verschönern, u: lies ihr merken, daß dieses der edelste Beweis meiner Liebe sey.«

Freilich ist dies aus dem Abstand von anderthalb Jahren geschrieben. Wielands Briefe aus der ersten Zeit des Verlöbnisses klingen ungleich spontaner. Wenige Tage nach dem Spaziergang zum Lindele schreibt er an Sophie, wie er sich seine ideale Geliebte vorstelle. Es ist geradezu ein Katalog von Anforderungen. Hier eine kleine Auswahl:

»Sie muß eine Person sein [...], die viel Charme und Schönheit hat, um Augen und Vorstellungskraft zu bezaubern und die Sinne im allgemeinen ebenso wie auch meinen Geist mit einem schönen Gegenstand zu versehen [...]. Sie muß einen feinen, ernsthaften und ein wenig schweren Verstand haben. [...] Was das Herz angeht, das muß ganz gut, zugänglich, empfänglich sein für Eindrücke der Zärtlichkeit, des Mitleids und der Traurigkeit, nicht aber des Zorns [...]. Sie muß aufrichtig sein; [...] Sie muß delikat in all ihren Empfindungen sein, und insbesondere muß sie ihren Liebhaber mit großer Delikatesse behandeln. Wenn ich es bin, den sie liebt, muß sie von sich selbst eine bis zum Äußersten genaue Treue fordern. Ich sähe bei ihr auch gerne einen kleinen Tupfer Eifersucht [...].«

Auffällig ist, dass Wieland sich selbst im Zentrum des Verhältnisses sieht: Sophie soll auf ihn hin leben und lieben, sie soll seine Erwartungen erfüllen, sie soll ihn zur Inspiration beflügeln. Er geht davon aus, dass die Geliebte »sich alle Mühe gibt, mich zufrieden zu stellen, wenn ich es einmal nicht bin, auch wenn ich nicht ihretwegen verärgert oder zornig bin«.

Wie mag Sophie auf diese Liste von Vorbedingungen reagiert haben? Immerhin kommt Wieland nach seiner mehrere Seiten langen Aufzählung zu dem für sie beruhigenden Schluss: »Und nun beglückwünschen Sie mich, meine werte, vielgeliebte Sophie, oh! Beglückwünschen Sie mich, daß ich in Ihnen diese werte Person gefunden habe, die für mein Glück so nötig ist! [...] Diese ganze Nacht habe ich in den entzückenden Ideen meines Glücks zugebracht, meiner teuren Liebe, dem würdigen Gegenstand einer Hochachtung und Zärtlichkeit ohnegleichen; und diese schönen Ideen waren mir angenehmer als der Schlaf.«

Nachts liegt Wieland also schlaflos da und hat nicht nur idealische Vorstellungen von ihr. Die Briefe jener Zeit freilich verbergen alles Begehren nach körperlicher Liebe hinter einem Schleier von Tugend und Sittsamkeit. Wieland ist mit seinen knapp siebzehn Jahren noch völlig »unschuldig«, ebenso wie Sophie. Wenige Jahre später, in der Schweiz, wird er sich wandeln und für seine Zeit sehr gewagte erotische Dichtungen schreiben, die sich die Schäferlyrik der Antike zum Vorbild nehmen. Aber in Biberach ist er noch sehr der große Junge, der zwar etwas altklug über vieles spricht und schreibt, aber noch kaum über Lebenserfahrung verfügt.

Immerhin inspiriert ihn seine Leidenschaft für Sophie und seine Verliebtheit in die Liebe. Es entstehen Gesänge, die sich direkt an Sophie wenden oder aber zumindest von dem Hochgefühl jener Monate zeugen. Eine Ode, geschrieben zwischen Januar und März 1751 in Tübingen, stellt sogar das erste erhaltene Gedicht Wielands dar. Sie feiert die »englische Sophie« – das Wort ist im damaligen Sprachgebrauch (wie heute noch in dem Gebet »Englischer Gruß«) im Sinne von »engelsgleich« zu verstehen:

»[...] Englische Sophie, mein Herz, mein Licht
Du bist selbst, ja, du bist selbst die Tugend,
Aus der Anmuth aufgeblühter Jugend,
Reizt Sie selbst in Dir ein klug Gesicht.

O wie strahlt aus deinen schönen Blikken,
Wo mit weisem Ernst sich Anmuth paart,
Eine Seele von Seraph'scher Art,
Fähig mehr als Weise zu entzükken!«

Auch das 1752 veröffentlichte Lehrgedicht *Die Natur der Dinge*, eine Auseinandersetzung mit *De rerum natura* des römischen Dichters Lukrez, ist unter dem direkten Eindruck der Liebe zu Sophie entstanden. Wieland selbst bezeichnet es in seiner Vorrede als »Frucht eines enthusiastisch-philosophischen Gespräches zwischen einem noch sehr jungen und sehr platonischen Liebhaber, und seiner Geliebten«.

Freilich ist diese Selbsteinschätzung bereits aus einer gewissen zeitlichen und räumlichen Distanz erwachsen. Im Spätherbst 1750 ist Wieland nach Tübingen aufgebrochen, um dort nach dem Willen des Vaters Jura zu studieren. In Wahrheit jedoch beschäftigt sich der junge Mann, kaum ist er der direkten Aufsicht der Eltern entronnen, überwiegend mit Dichtung, Philosophie und Literaturtheorie. Seit der Begegnung mit Sophie ist ihm klar: Er will Schriftsteller werden.

Sophie ist wieder einmal zu untätigem Warten verdammt. Vom Vater in Augsburg kommen immer wieder Ermahnungen, das Verlöbnis mit Wieland aufzulösen und sich endlich einen Mann zu suchen, der ihr ein Auskommen bieten kann. Freilich hütet sich Gutermann, die Kritik an Christoph Martin offen auszusprechen; er will es sich mit seinem ehrenwerten Verwandten, dem Pfarrer Thomas Adam Wieland, nicht verscherzen. Und immerhin gibt es noch eine gewisse Hoffnung, dass der junge Mann endlich zur Vernunft kommt und sich in Tübingen hinter seine Folianten klemmt und die Gesetzestexte studiert.

Eben diese Hoffnung macht sich auch Sophie, denn sie weiß, dass Christoph Martins Gedichte – sosehr sie sich darüber freut – eine schlechte Grundlage für eine Haushaltskasse sind. Da erhält sie vom Vater die Aufforderung, ihre Sachen zu packen und nach Augsburg zurückzukehren. Auch die jüngeren Geschwister sollen sie begleiten.

Die Zeit im Elternhaus wird Sophie schwer. Sie ist für den Haushalt und die Erziehung der jüngeren Geschwister zuständig. Immerhin ist ihr Verhältnis zur vier Jahre jüngeren Schwester Katharina (Cateau) damals noch innig und herzlich. Doch auch Cateau muss sich vom Vater anhören, dass es an der Zeit sei, zu heiraten.

Obgleich Sophie wieder unter den Augen des gestrengen Vaters leben muss, kennt sie doch Mittel und Wege, um den Briefverkehr mit ihrem Verlobten aufrechtzuerhalten. Der, trunken von seiner dichterischen Schöpferkraft, ermutigt die junge Frau zu eigenen Versen. Das Deutsche gilt damals in gebildeten Kreisen vielfach noch als ungelenke Bauernsprache. Friedrich II. von Preußen schreibt eine deutsche Literaturgeschichte bezeichnenderweise auf Französisch, und Voltaire bezeichnet die Sprache der östlichen Nachbarn in seiner Satire *Candide* als allenfalls geeignet für Stallknechte und Pferde. Erst langsam muss sich die deutsche Sprache dieses Klischees entledigen, und es werden, noch vor den Weimarer Klassikern, Literaten wie Christoph Martin Wieland und Sophie von La Roche sein, die den Kritikern die Vielfalt und Geschmeidigkeit des Deutschen vor Augen führen und der deutschen Literatur den Anschluss an die europäische Hochliteratur ermöglichen.

Von solchen Gedanken und solchem Selbstvertrauen sind die beiden literaturliebenden Verlobten Christoph Martin und Sophie im Jahre 1751 allerdings noch weit entfernt. Sophie versucht sich mit ersten Versen und bedient sich des Französischen, das sie als Konversationssprache sehr gut beherrscht. Vielleicht auch schämt sie sich ihres schwäbischen Dialekts. Wieland redet ihr diese

Selbstzweifel aus. Wie soll eine tiefempfundene Dichtung zustande kommen, wenn man sich eines fremden Idioms wie einer Maske bedient, die verbirgt und nicht offenbart? Er ermutigt Sophie, indem er ihren Verstand mit dem Intellekt der bekanntesten weiblichen Gelehrten der Zeit vergleicht:

»Ich bitte Sie, unschätzbare Freundin, sich nimmer über sich selbst und über Ihren Verstand zu beschweren. [...] die Übung wird Sie so verschönern, daß Ihnen alle Französinnen weichen werden. Wie freue ich mich schon im Geiste, daß das Bildnis meiner Geliebten einst das Porträt einer [Émilie du] Châtelet, [Laura] Bassi, Gotschedin [Luise Gottsched] etc. so sehr überstrahlen wird.«

Noch ist das ein gewagtes Kompliment. Zu fragen wäre, inwiefern Wieland selbst an diese Prophezeiung glaubt, die zwanzig Jahre später eintreten wird.

Also greift Sophie erneut zur Feder und bringt ein paar deutsche Verse und eine Fabel zu Papier, die sie dem Verlobten nach Tübingen schickt. Leider sind diese frühen Versuche nicht erhalten. Wieland antwortet voller Enthusiasmus:

»Sie machen mir unendlich viel Vergnügen, wenn Sie sich in der Dichtkunst immer mehr üben, wie auch in der deutschen Sprache, welche viel schöner als die französische ist. Die Fabel, welche Sie mir geschickt haben, ist ganz artig, außer daß die Wörter ›verbande, fande, erführe‹ wider die deutsche Grammatik verstoßen. Es muß ›verband‹, ›fand‹, heißen, das e ist unerlaubt. Doch dieses ist eine Kleinigkeit, die ich meiner liebenswürdigen Schwäbin gar gern vergebe. Ihre Prosa ist unvergleichlich, mein Engel, und ich bin gewiß, daß es Ihre Verse auch bald sein werden.«

Sophie schickt ihm auch eine Satire zu, wobei sie sich offensichtlich an der zeitgenössischen französischen Literatur orientiert hat. Auch da weiß Wieland Löbliches und kleidet seine feine Kritik ins Gewand eines hübschen Bonmots:

»Ihre Satyre scheint mir hierin den französischen Marquisen zu gleichen, von welchen Herr von Voltaire versichert, so schön sie auch sein mögen und so künstlich sie auch aufgesetzt sind, doch beim ersten Antritt in ein Zimmer gleich vor den Spiegel zu laufen und sagen, sie sähen aus, daß man vor ihnen laufen möchte.« Und er setzt nach: »Vergeben Sie mir diese etwas boshafte Vergleichung, aber haben Sie mir dieselbe nicht gleichsam abgenötigt?«

Hier wird geliebt und geneckt, je näher das ersehnte Wiedersehen rückt, desto mehr Schalkhaftes streuen beide in ihre Briefe. Wieland schreibt bereits im Juli voller Ungeduld, er freue sich auf »Michaelis [29. September], auf die Zeit, an die ich allemal mit einer Entzückung denke, die nur von der übertroffen werden wird, die ich vorfinden werde, wenn ich Sie wieder umarmen werde«.

Es ist fraglich, ob sich die beiden im Herbst 1751 in Biberach überhaupt gesehen haben. Vater Gutermann hat ein Treffen der Liebenden wahrscheinlich zu unterbinden gewusst. Wieland vermisst Sophie, aber seine Schmerzensbeteuerungen in den Briefen klingen doch arg literarisiert. Vor allem hat er gar nicht die Zeit, diesen Grübeleien allzu sehr nachzugeben. Die geistigen Eindrücke und literarischen Entdeckungen, die er in Tübingen macht, halten ihn in Atem, verwirren und beflügeln ihn gleichermaßen. Das Jurastudium ödet ihn an, er will es aufgeben und sinnt nach einem Ausweg. So nimmt er Kontakt zu Johann Jakob Bodmer in Zürich auf, dem Haupt der »Schweizer Dichterschule«, und schickt ihm Gedichte zu. Ein paar Briefe schmeichelnden Inhalts gehen hin und her, dann geht Wielands Plan auf: Im Mai 1752 erhält er die ersehnte Einladung Bodmers, nach

Zürich zu kommen und dort auf unbestimmte Zeit in seinem Haus als Schüler zu wohnen.

Während Christoph Martin Wieland Ansprache besitzt, sich ihm die Pforten der Dichtung und die Türen der geistigen Welt öffnen, ist Sophie dazu verdammt, zu warten, dem Vater den Haushalt zu führen und sich Sticheleien und Vorwürfe gefallen zu lassen. Sie wird einsilbiger, kehrt sich nach innen. Eine Freundin täte ihr wohl. Wieland verfällt auf eine Idee, die das Schöne mit dem Nützlichen verbinden soll und überdies im Schwange der Zeit steht. Er stellt den Kontakt zu einer jungen Zürcher Frau her, mit der Sophie empfindsame Briefe wechseln soll: Barbara Meyer ist die Tochter eines Landschreibers und die Verlobte des Pfarrers von Altstetten, Johann Heinrich Schinz, der wiederum Verbindungen zum Kreis um Friedrich Gottlieb Klopstock besitzt. Den Gepflogenheiten der Zeit gemäß soll der Briefwechsel bestimmten Regeln und Konventionen folgen. Wieland selbst umreißt in einem Brief an Schinz die Bedingungen:

»Wenn es Ihrer Freundin gefällt so wird sie den Anfang machen. Sie [Sophie] liebt sonst mehr das französische als deutsche und hat noch wenig deutsche Briefe geschrieben, wenn aber Ihrer Geliebten das deutsche angenehmer ist, wird sie deutsch schreiben. Sie wird Doris heissen, und der Ihrigen wollen wir mit ihrer Erlaubnis, den Nahmen Daphne geben [...]. Dieser Briefwechsel würde alsdenn durch uns veranstaltet.«

Die Regeln sind also gesetzt: In der Nachfolge der zeitgenössischen Schäferliteratur sollen Sophie Gutermann und Barbara Meyer die typisierten Namen Doris und Daphne annehmen. Die Korrespondenz wird durch die Verlobten Wieland und Schinz eingefädelt. Die beiden Männer erwarten auch, die Briefe vorgelesen zu bekommen, denn nicht dem intimen, persönlichen Gedankenaustausch soll das Arrangement dienen, sondern der

Hebung zweier Mädchenseelen zum Schönen, Wahren und Guten. Wieland betont sehr wohl, dass Sophie den innigen Wunsch nach freundschaftlicher Nähe hegt: »Doris [Sophie] hat noch immer keine wahre Freundin, und sie hoft diese in Ihrer Geliebten zu finden.« Das Experiment des Schönen kann also beginnen – nur dass Sophie in Barbara Meyer keine Vertraute findet, nicht finden kann, der sie ihr Herz ausschütten darf.

Brav beginnt Sophie mit ihrer brieflichen Hausaufgabe. Artig werden Freundlichkeiten und leere Komplimente zwischen den beiden jungen Frauen ausgetauscht. Doris [Sophie] etwa schreibt am 28. September 1752:

»Geliebteste Freundin, Es ist mein Herz, welches Sie so nennet, und ich glaube gewiß, daß meine Zärtliche Daphnè ihrer redlichen Doris erlaubt, mit einer edlen Freyheit, die nur bey der wahren Freundschaft ist, ihr alle meine empfindungen und gedanken zu sagen.«

Welcher Art sind denn ihre »Empfindungen«, die sie der fernen Zürcher Daphne bekennen will? Wieland hat für den 4. Oktober sein Eintreffen in Biberach angekündigt, und Sophie hat vom Vater die Erlaubnis erhalten, ebenfalls nach Oberschwaben zu reisen, um den Verlobten nach zweijähriger Trennung wiederzusehen. In Doris' Diktion hört sich das so an:

»Ihr liebes Herze hat mir dieses vergnügen gewünscht, und damit auch vermehret, ich sage Ihnen auch, daß ich wan ich mir von der vorsicht mein glük vollkommen wünsche, auch Sie und den wehrten Schinz zu Zeugen begehre, da Sie beyde den wehrt meines geliebten kennen, so möchte ich von Ihnen wissen, daß ihn Seine Doris liebt und schäzt, wie es sein großes und gütiges Herz verdient.«

Kein Wort davon, wie sehr sie in diesen Jahren des Wartens gelitten hat, keine Silbe darüber, wie verlassen sie sich fühlt. Sophie scheint die Erwartungen, die Wieland an sie heranträgt, verinnerlicht zu haben, sie beteiligt sich am Spiel zweier tändelnder Schäferinnen, die kichernd auf die Geliebten warten. Sie ist eine Figur auf einem Spielbrett, ein Typus in einer Rokokoidylle, in der sich Affekte wie Schmerz, Ungeduld, Eifersucht oder Groll nicht geziemen.

Wieland kommt Ende September in sein Elternhaus. Sophie ist noch in Augsburg gebunden und kann endlich am 4. Oktober in Biberach anlangen. Sie sehen einander nur vier Tage lang. Was sie nach der langen Trennung besprochen haben, wie das Einverständnis zwischen ihnen gewesen ist, wissen wir nicht. Vielleicht hat es Tränen gegeben, vielleicht hat Sophie auf eine baldige Entscheidung gedrängt. Hat Wieland sie getröstet oder vertröstet? Auffallend ist, dass er bereits nach ein paar Tagen Sophie und die Vaterstadt verlässt und nach Zürich weiterreist. Er will dort Schinz und Barbara Meyer treffen und vor allem den Kontakt zu Bodmer enger knüpfen. Die schnelle Weiterreise legt den Verdacht nahe, Wieland sei der enge Umgang mit Sophie unangenehm gewesen. Vielleicht will er ihren konkreten Heiratsplänen ausweichen oder zumindest eine Entscheidung aufschieben. Zu gerne besingt er Sophie in einer Idiomatik antikisierender Idylle, und zu »irdisch« erscheinen ihm ihre ganz persönlichen Wünsche, Hoffnungen und Ängste. Sein *Porträt meiner reizenden Sophie* aus der Anfangszeit der Beziehung mag das verdeutlichen:

»Aber weil sie eine so große und leuchtende Seele und ein so überaus lauteres und reines Herz besitzt, das – o ihr Götter, welch' ein Glück für mich! – voller Zärtlichkeit und Güte für denjenigen ist, der sie liebt, so zeigt sich in allen Zügen ihres Gesichtes und besonders in ihren Augen, daß sie die Göttin selbst ist.«

Die idealisierte »Göttin« erfüllt unterdessen immer noch die an sie gerichteten Erwartungen und kleidet jeden Schmerz in die Großmut einer »leuchtenden Seele«. An

Daphne alias Barbara Meyer schreibt Sophie am 19. Dezember 1752: »Meine gütige, meine geliebte Daphnè, wie sehr bin ich erfreut, Wielanden in Zürich zu wissen, da er mit den besten und edelsten Freunden umgeben ist und da meine liebste Freundin, sich mit ihm, von mir unterhält und ihm vergnügen macht.« Dann bricht doch, aller Schäferinnen-Etikette zum Trotz, anflugsweise ihr Schmerz durch: »Sie bedauren mich, daß ich nur 4 einzeln Tage Wielands umgang genossen, gewiß ich verdiene Ihr mitleiden, den ich habe zu viel verlohren.« Auch Ungeduld kommt auf. Sophie äußert die Hoffnung, in nicht allzu ferner Zukunft einmal selbst nach Zürich zu reisen, »den gewiß die Vorsicht erfült mein wünschen Zürich zu sehen«.

Doch solche Anwandlungen werden sofort wieder kaschiert. Sophie berichtet Barbara Meyer von ihren Pflichten als Hausfrau und Erzieherin: Sie hat aus Augsburg die jüngeren Geschwister mitgebracht, die neunzehnjährige Cateau und die vierzehnjährige Jakobina Barbara, »deren auferziehung mir seit dem Tod der besten Mutter anvertraut ist«. Daphne möge bitte Einsicht mit ihren, Doris', Schwächen und Fehlern haben, sie gelobe Besserung: »[...] wen meine geizige Begierden auch gestilt werden, wie meine billige, so sieht meine Dafnè einmahl, was ich ausgerichtet habe und beßert noch an mir auch in dießem stük.«

Sophie hat die Hoffnung auf eine Reise nach Zürich nicht von ungefähr geäußert. Sie weiß, dass sie sich weit vorwagt. Sie gibt ihr Inneres preis. Eine Reise nach Zürich setzte eine Einladung voraus. Die aber wird nicht ausgesprochen, weder von Wieland noch von Daphne oder deren Verlobtem. Sophie bleibt die Rolle der holden, wartenden Doris auf den Leib geschrieben, wenngleich sie ihr wie ein Nessushemd erscheint, das sie verbrennt. Aber noch weiß sie sich zu beherrschen. Wieland stellt – offensichtlich um mit seiner Doris prangen zu können – den Kontakt zu seinem neuen Gönner Bodmer her. Auch ihm schickt Doris nun artige Briefe, schreibt darin, was man zu lesen erwartet: »Gott will meine Seele durch die Freundschaft eines Bodmers und Wielands groß und tugendhaft machen, und wenn ich es beständig würdig bin, wie außerordentlich ist seine Liebe gegen mich, meinen Weg nach der Ewigkeit so süß zu machen.«

Was nützt eine »tugendhafte« Seele, wenn man ihr nicht mit Achtung begegnet? Unterdessen erhält Sophie Ende Januar 1753 aus Augsburg die Nachricht, der Vater habe wieder geheiratet: Ursula Wachter, eine Witwe aus Ulm. Sophie weiß nicht recht, ob sie sich freuen soll. Eine Frau, so ihre Hoffnung, wird den Vater vielleicht etwas geduldiger und lebensfroher stimmen.

Dann erkrankt die Großmutter in Biberach. Vater Gutermann verhandelt mit dem Ehepaar Wieland. Die sind bereit, Sophie gegen Kostgeld eine Zeit lang aufzunehmen. Die anderen Kinder jedoch will Gutermann nach Augsburg zurückholen. Er schickt seine Frau Ursula nach Biberach, um alles in die Wege zu leiten. Sophie ist von der Stiefmutter enttäuscht. Sie erscheint ihr hartherzig und ungebildet. Dass ihr jetzt auch noch die Geschwister genommen werden, geht ihr nahe. Der Zürcher Schäferin Daphne schüttet sie nun urplötzlich doch ihr Herz aus – sie hat schließlich sonst niemand.

»Ihre gütigkeit wird mir vergeben«, schreibt Sophie im März nach Zürich, »daß ich Sie auf Ihr angenehmes schreiben und geschenke ihrer Freundschaft vor mich so lange ohne antwort gelassen, ich bin durch die unvermuhtete ankunft meiner Stief Mutter, und durch ihren zwey wochen daurenden aufenthalt beständig daran gehindert worden, indem eine gänzliche veränderung in meiner Familie mit dieser zweyten verheurahtung meines lieben papa vorgegangen, und mein gemühte durch völlige aufhebung der Haußhaltung alhier mit einpaken und andern geschäften ganz zerstreut wurde, wozu die empfindliche Trenung von meiner jüngsten Schwester und meinem Bruder, die mit meiner mama zurück sind, auch vieles beygetragen. [...] ich gestehe es, liebste Daphnè, die Bezeugung meiner Stief-mama, und ihr Caracter, und neigungen haben mir, nicht nur vor mich, sondern um meiner geschwister und selbst um meines papa willen, Kummer und Betrübniß gemacht, indem ich um die gute erziehung meiner zwey jüngern geschwister sehr besorgt bin, den mein Herz will nicht allein glüklich seyn.«

Dann wird der Ton etwas ruhiger: »Aber jezo, da ich mich in dem Hauße der liebreichen und würdigen Eltren deß Herrn Wielands befinde, fange ich mich an wieder zu samlen und die selige gemühts ruhe zu suchen, die aus einer gelassenen unterwerfung in die Führung Gottes entsteht, eine Tugend die ich zu meinen bißherigen äuserlichen umständen worin ich von Zeit zu Zeit geweßen, sehr nohtwendig habe; und vor mein gar zu empfindliches Herz keine andere Beruhigung zu finden ist, als wenn ich mit einer ganz überzeugten und aufgeheiterten Seele sagen kann, Herr dein Wille geschehe.«

Sophie siedelt nicht ungern zu Wielands Eltern über. Sie hat sich bislang gut mit ihnen verstanden, wenngleich jene immer noch nicht so recht an die Ernsthaftigkeit des Verlöbnisses glauben wollen – aber das ist, sie ahnen es, eher eine Frage, die sie ihrem Sohn denn Sophie stellen müssten. Denn diese leidet schließlich selbst unter der jahrelangen Ungewissheit und unter den Mahnungen aus dem Elternhaus in Augsburg.

Vielleicht ist das auch für Cateau ausschlaggebend, einer schnellen, ja überstürzten Hochzeit zuzustimmen. Am 1. Juli 1753 heiratet sie den Biberacher Kanzleiverwalter Johannes von Hillern. Es ist keine Liebesheirat, zumindest nicht von Cateaus Seite. Wohl aber gewinnt Cateau damit gesellschaftliches Ansehen und – über ihren Mann –

Einfluss auf die reichsstädtische Politik. Einen Einfluss, den sie Jahre später zugunsten Christoph Martin Wielands einsetzen wird. Sophie freilich sieht die Verheiratung der Schwester von Anbeginn mit Unbehagen. Hillern liebt den Wein zu sehr; später – da bekleidet er sogar das Amt des Biberacher Bürgermeisters – wird man ihn hinter vorgehaltener Hand als Trunkenbold und unbeherrschten Choleriker bezeichnen, der seine Frau schlägt. Sophie ist der Kanzleiverwalter unsympathisch, sie macht in Briefen kein Hehl daraus: »die schnelle entschließung meiner jüngern liebenswürdigen Schwester«, schreibt sie an Barbara Meyer, »sich an einen hiesigen Herrn der ein Witwer mit 2 Kindern ist, zu verheurahten, macht mir auch vieles zu denken, denn wenn die Hofnung, daß er recht tugendhaft wird, fehl schlägt, denken Sie allerliebste Freundin, was ich leiden würde. Er ist nicht ohne Tugend, aber meine Schwester kann nicht ganz glüklich seyn, wenn er nicht ganz Tugendhaft wird.«

Solche Bekenntnisse einer verzagten Seele bleiben die Ausnahme. Bereits in ihrem nächsten Brief beteuert Doris ihrer Daphne wieder ihre Tugend und Duldsamkeit: »Hier, meine Freundin hat mein Herz mit ihnen gesprochen, so wie es öfters seine einsame stunden zubringt, wo ich von allen menschen entfernt, mich mit mir selbst unterhalte, und in welchen ich oft viele zärtliche thränen vergiesse über daß andenken und die Betrachtung des unendlichen glüks, so mir Gott mit meinem Wieland, meinem liebenswürdigen Wieland geschenkt hat, und welches ich am lebendigsten empfinde, wenn ich Ihn als meinen Führer auf dem weg nach der Ewigkeit ansehe.«

Dieser Brief datiert vom Juli 1753. Wenige Monate später bricht die empfindsame Korrespondenz zweier schöner Seelen ab. Der Grund: Die Lebensumstände Sophie Gutermanns haben sich in einer Weise entwickelt, die eine Fortführung des Maskeradespiels unmöglich erscheinen lässt. Die Briefe zwischen Christoph Martin Wieland und seiner Sophie werden spärlicher und gleichgültiger. Von einer endgültigen Rückkehr nach Biberach und einer Heirat ist in seinen Zeilen nicht mehr die Rede. Zu sehr gefällt ihm das Leben in Zürich. Von Bodmer und dessen Kreis ist er fasziniert. Hier treffen sich die Dichter der neuen, empfindsamen Richtung, etwa der Idyllenautor Salomon Gessner. Man liest Friedrich Gottlieb Klopstocks *Messias*, die Oden Friedrich von Hagedorns, John Miltons *Paradise Lost* und William Shakespeares Dramen (die Wieland wenige Jahre darauf übersetzen wird). Wieland arbeitet emphatisch an einem Versepos in Anlehnung an Klopstock mit dem Titel *Der geprüfte Abraham* und berauscht sich im Übrigen nicht nur an der jüngeren Dichtung, sondern auch an der Schweizer Landschaft und am Anblick des einen oder anderen Zürcher Mädchens. Seine Auffassung von Dichtung und Liebe wird in jenen Schweizer Jahren gelöster, verspielter, hedonistischer. Er wandelt sich in seiner Weltanschauung vom Pietisten zum Rokoko-Libertin, dessen Versepen und Gedichte sehr bald von manchem sittenstrengen Zeitgenossen als gottlos und unmoralisch verurteilt werden. Hagedorns Gedichte, die Wieland der in Biberach ausharrenden Sophie zur Lektüre empfiehlt, rufen in ihr Widerspruch hervor: »Einem Hagedorn nach meiner Idee vergebe ich weder im Scherz noch Ernst, kleine Gedanke von dem andern Leben zu haben«, schreibt sie empört an den Verlobten nach Zürich. Hagedorn, damals fünfundvierzig Jahre alt, ist für Sophies Verständnis ein alter Mann, der sich leichtfertig mit irdischen Gelüsten abgibt und den Wein besingt, anstatt sich Gedanken über das Jenseits zu machen. »Aber seine Passion vor den Wein kann ich nicht loben«, tadelt sie weiter, »und der Gedanke, daß er ihn dichten lehrt, heißt bei mir nicht schön. [...] Ich meines Teils bin allezeit betrübt, wenn ich alte Leute ihrer grauen

Haare und ihrer Näherung der Ewigkeit so wenig würdig sehe.«

Vielleicht schwingt in Sophies Kritik an Hagedorns Lebensphilosophie auch ein wenig Unmut darüber, wie Wieland in der schönen Schweiz im Kreise von Freunden und Freundinnen in den Tag hinein lebt und sich seiner Verpflichtungen der Verlobten gegenüber immer weniger zu entsinnen gewillt ist. Im Hause Wieland in Biberach dreht sich in jenen Monaten die Stimmung gegen sie. Vor allem Mutter Wieland wird gegen Sophie unduldsam und ungerecht. Vielleicht zehrt auch bei ihr der lang anhaltende Schwebezustand an den Nerven, vielleicht bricht auch ein wenig Eifersucht auf des Sohnes sorgloses Leben in der Schweiz durch, die sich nun ein Ventil sucht. Regine Wieland unterschlägt Briefe Sophies an Christoph Martin oder leitet sie erst mit erheblicher Verspätung weiter. Im Herbst 1753 jedenfalls ist die Atmosphäre im Hause Wieland so vergiftet, dass Sophie sich genötigt sieht, Biberach zu verlassen und nach Augsburg zu ziehen. Ihr Verlobter in Zürich ahnt nichts von diesen Ereignissen und ihren Hintergründen – oder tut so, als wisse er nichts davon. Unterdessen muss sich Sophie im Elternhaus wieder Vorhaltungen machen lassen, sie solle endlich den Tunichtgut Wieland fahren lassen und sich eine anständige Partie suchen. Immerhin sei sie fast dreiundzwanzig Jahre alt, und sie wolle doch nicht als alte Jungfer enden und den Eltern ewig auf der Tasche liegen?

In jenen Wochen des Spätherbstes 1753 kommt ein junger, dreiunddreißigjähriger Kavalier in der Entourage seines Dienstherrn, eines Grafen und kurmainzischen hohen Beamten, nach Augsburg. Der Name des jungen Mannes: Georg Michael Frank, genannt La Roche. Er hat Sophie wahrscheinlich bereits wenige Wochen zuvor in Biberach kurz kennengelernt, als er sich in der Herrschaft Warthausen, dem Schloss seines Herrn, des Grafen Anton

Heinrich Friedrich von Stadion, aufgehalten hat. Nun, in Augsburg, sucht La Roche Kontakt zur Familie Gutermann. Nach wenigen Tagen hält er um die Hand der schönen braunäugigen jungen Frau an, deren Klugheit ihm aufgefallen ist. Ohne sich lange zu bedenken, stimmt Sophie zu. Sie sieht ihre Stellung recht nüchtern und macht sich keine falschen Hoffnungen. Es ist eine Vernunftehe, aber zugleich eine kluge, nüchtern überlegte Wahl, denn La Roche macht den Eindruck eines gesitteten, reifen, gebildeten und zugleich angesehenen Mannes. Sophie schreibt dem Bräutigam denn auch unumwunden: »Mein Vertrauen in Ihren Charakter ruht nicht auf den schönen, geistvollen Sachen, die Sie mir erzählen und schreiben, sondern auf der Liebe und dem Segen, welche die Stadionischen Unterthanen Ihnen weihten.«

Auch der Handel mit Vater Gutermann ist schnell perfekt. Zwar ist La Roche katholisch, aber das scheint dem inzwischen äußerst ungeduldigen Gutermann das kleinere Übel zu sein. Hauptsache, seine Tochter kommt unter die Haube, ist versorgt und fällt ihm nicht länger zur Last. La Roche hat als Sekretär des Grafen Stadion eine vielversprechende Stellung inne und wird sicherlich noch Karriere machen.

Die Vorbereitungen zur Hochzeit werden rasch getroffen. La Roche kann nicht lange in Süddeutschland bleiben, sein Dienst ruft ihn nach Mainz zurück. Sophie hat bereits im Herbst, noch von Biberach aus, einen Absagebrief an ihren Verlobten Wieland geschrieben. Der Brief wird jedoch von Regine Wieland einbehalten und dem Sohn erst verspätet zugestellt. In einem Brief an Bodmer hintertreibt Mutter Wieland sogar das Verhältnis und beschimpft Sophie unflätig: »[...] sie taugt auff alle Sätel, das ist wahr, kein so durchtrieben Mädle wird man nicht finden, die sich weißt in allen gattungen leuth zu schicken, und sich ihnen gefällig zu machen, [...] ich wollte, ich häte sie mein lebtag nie gesehen, [...] wan mein Sohn das Mensch zu seiner Frau bekomt, so ist er sein lebtag ein armer Mann und Märtherer.«

Regine Wieland hat das »Märtyrertum« ihres Sohnes zu verhindern gewusst. Als Christoph Martin Wieland Anfang Dezember endlich Sophies Mitteilung ihrer Entlobung in Händen hält, ist er vor den Kopf gestoßen. Einige Tage später erhält er einen weiteren Brief von Sophie, diesmal auf direktem Weg, worin sie ihre Trauung mit La Roche anzeigt. Wieland reagiert in seinem Antwortschreiben aus Zürich gleichermaßen entsetzt wie beleidigt: »Erlauben Sie mir, meine Werteste, Sie zu erinnern, daß wir uns tausendmal in dem Angesichte Gottes zugesagt haben, uns so lange zu lieben, als wir die Tugend lieben würden, und wir meinten damals, daß das so viel sei, als ewig. Sollte diese Zusage itzt ungültig sein? [...] Nein! Das halte ich für unmöglich!«

Glaubt Wieland wirklich an seine Unschuld, begreift er nicht, dass seine endlosen Vertröstungen, seine Entschlusslosigkeit zu dieser Entfremdung geführt haben? Immer noch meint er, mit schönen, gedrechselten Worten die Angelegenheit ins Lot bringen, seiner »englischen Sophie« ins Gewissen reden, ihr zumindest einige Schuldgefühle unterschieben zu können: »Seien Sie immer so glücklich, als Sie ohne Zweifel itzt sind, ja wenn es zur Zufriedenheit Ihres Herzens gehört, so möge Ihr Gewissen Sie immer auf dem Gedanken lassen, daß ich zuerst das Band gebrochen, das uns einst verbunden hat.«

Sophie antwortet auf diesen Brief zunächst nicht. Am 27. Dezember 1753 findet die Trauung mit Georg Michael Frank La Roche in der Schlosskapelle von Warthausen statt. Der Eintrag im Kirchenbuch stellt eigens fest, die Braut sei »eine Lutheranerin, die versprach, sie wolle nächstens den wahren und katholischen Glauben annehmen«. Das mag Sophie dem Pfarrer aus Verlegenheit zugestanden haben, nur um aus den verfahrenen Lebensumständen so schnell wie möglich zu entrinnen. In Wirklichkeit bleibt sie ein Leben lang aus Überzeugung bei ihrer protestantischen Konfession. Georg Michael La Roche unternimmt auch keinen Versuch, sie umzustimmen. Die Kinder allerdings, das ist sein Wille, sollen im katholischen Glauben erzogen werden.

Sophie La Roche bleibt noch ein paar Wochen auf Schloss Warthausen. Sie soll hier ihre Aussteuer vervollständigen und ihre Angelegenheiten ordnen, bevor sie mit ihrem Mann an den kurmainzischen Hof geht. Sie wohnt in einem Seitengebäude des Schlosses, am Eingang zum Hof. Seltsam ist es ihr, wenn sie aus dem Fenster blickt und unten das Dorf sieht, dahinter die Riß, die sich durch die winterlich kahlen Felder schlängelt. Wie oft ist sie dort unten vorüberspaziert und hat zum Schloss hinaufgeblickt! Jetzt hat sie die Seiten gewechselt, sie ist aus dem reichsstädtischen, bürgerlichen Leben in den Dunstkreis des Adels getreten.

Da trifft Anfang Februar nochmals ein Brief von Christoph Martin Wieland ein. Er versucht Sophie zu erklären, weshalb er auf ihren ersten Absagebrief nicht geantwortet hat. Seine Mutter, so hat auch er endlich begriffen, hatte das Schreiben abgefangen und verspätet zugestellt. Dann schlägt der Ton des Briefes um. Er wirft Sophie vor, sie habe die Freundschaft zu ihm und zu Barbara Meyer verraten: »Wie vielen vortrefflichen Herzen haben Sie wehe getan!«, und setzt unterwürfig nach: »Doch keine Vorwürfe!«

Sophie antwortet am 17. Februar 1754, nicht ohne bittere Ironie: »Wertester Wieland, Sie haben ein edles, großmütiges Herz, ich will gerne sagen, daß ich es beleidigt habe, daß ich Ihnen abbitte [...] ich will Ihnen das Vergnügen beständig lassen, daß ich ganz unrecht gehabt habe, da ich doch gegen Sie in nichts als einer zu schnellen und zu heftigen Empfindlichkeit gefehlt habe.« Dann, endlich, nach drei Jahren des Wartens, Ausharrens, der Maskerade, der Bescheidung, spricht sie von ihren verratenen Gefühlen, von ihren enttäuschten Bedürfnissen:

»Ich kann auch in Wahrheit Ihnen, mein ewig werter Wieland, und mir selbsten von den letzten Monaten meines [mit] so vielen Widerwärtigkeiten durchflochtenen Lebens keine andere Abschilderung geben, als daß ich Ihre Liebe, alle schönen Hoffnungen meiner Verbindung mit Ihnen und alles Gute, so Sie und Ihre verehrungswürdige Freunde jemals vor mich gedacht haben, als ein schönes Gebäu in einer Wildnus ansehen [mußte], worin mein Herz so gut und unschuldig lebte, als ihm möglich war, aber weder sich noch seiner Wohnung einigen Schutz geben könnte. Weder wider diejenigen, die mir alles Gute zu rauben suchten, noch wider die äußerliche, empfindliche Anfälle, welche durch ihre Dauer und Heftigkeit endlich alles fallen machten, wo dann mein ganzer Gemütscharakter und alles, was ich sonst gewesen bin, unter dem Schutt verborgen wurde.« Und sie fügt bitter hinzu: »Die übrige Gedanken und Betrachtungen über mich und das Schicksal meines vergangenen Lebens und über die Werkzeuge und Ursachen darvon werde ich beständig verborgen halten; ich habe Gelassenheit und still Leiden und Schweigen gelernt.«

Nochmals schreibt Wieland einen selbstgefälligen Brief in belehrendem Ton: »[...] doch erlauben Sie mir, mit meiner alten Freimütigkeit zu sagen: Sie sollten lernen, sich, wenn es nötig ist, Unbilligkeiten zu unterwerfen, wovon Sie schreiben, daß Sie es nicht können. Die größten Menschen haben sich von uralten Zeiten her müssen gefallen lassen, sich zuweilen Unbilligkeiten zu unterwerfen, und wenn man das nicht will, so muß man nur in eine andre Welt gehen. [...] ich schreibe auch dieses gar nicht, um Sie anzuklagen, sondern nur, meinem Herzen genugzutun. Welches gewohnt war, Ihnen ganz frei zu sagen, wenn mir dieses oder jenes in Ihren angenehmen Briefen mißfiel.«

Sophie lässt ihm das letzte Wort und das Gefühl, der Betrogene zu sein. Sie antwortet auf diesen Brief nicht mehr. Im Frühjahr 1754 drängt La Roche zum Aufbruch nach Mainz. Sie besteigen die vor dem Schloss wartende Kutsche. Ein begleitender Lastkarren nimmt den Hausrat auf, darunter ein großer Schreibtisch, den La Roche seiner Braut aus dem Holz der Warthausener Waldungen hat schreinern lassen. Noch ahnt Sophie nicht, dass dieser Tisch sie ein Leben lang begleiten wird, dass sie an ihm endlos lange, aber zugleich kurzweilige Stunden verbringen wird. Mit gemischten Gefühlen macht sie sich auf in eine ihr neue Welt. Was wird sie in der großen Stadt Mainz erwarten, in der Hofluft des kurfürstlichen Erzbischofs, im Hause des Grafen Stadion? Wie oft hat sie sich danach gesehnt, Biberach und Schwaben zu fliehen. Jetzt, da die Kutsche Richtung Norden rumpelt, und sie einen letzten Blick auf das kleiner werdende Warthausen wirft, empfindet sie so etwas wie Wehmut, die schwäbische Heimat verlassen zu müssen.

Aber sie ahnt: Es ist auch ein Neubeginn. Neue Aufgaben und Pflichten stehen ihr bevor.

Und Wieland? Grollt noch ein wenig und überwirft sich kurze Zeit später mit seinem Gönner Bodmer. Noch wissen beide, er wie Sophie, nicht, welche Bedeutung sie füreinander noch haben werden. Immerhin, mehr als ein halbes Jahrhundert später wird Wieland sich, Sophie und der Nachwelt eingestehen: »Nichts ist wohl gewisser, als daß ich, wofern uns das Schicksal nicht im Jahre 1750 zusammengebracht hätte, kein Dichter geworden wäre.«

»Und dann habe ich Hofluft geatmet«

Die Mainzer Jahre (1754–1761)

Langsam bewegt sich die Kutsche auf der mit Schlaglöchern gesäten Landstraße nach Norden. An den Poststationen muss immer wieder gehalten werden, dann werden die Pferde gewechselt, man füllt die Trinkflaschen mit Wasser, von herbeigeeilten Bauersfrauen kauft man Brot und gekochte Eier als Wegzehrung. Die La Roches kommen durchs Herzogtum Württemberg, passieren hin und wieder kleine Reichsstädte, Grafschaften, Reichsabteien, Freiherrschaften. Das Heilige Römische Reich Deutscher Nation ist damals in mehrere hundert eigenständige weltliche und geistliche Territorien zersplittert. Immer wieder wird die Kutsche angehalten, wird Wegezoll verlangt, werden Fragen nach dem Woher und Wohin gestellt. Bei einem feinen Kavalier wie Georg Michael La Roche, der noch dazu das Wappen seines Herrn, des Grafen Stadion, am Wagenschlag führt, wird freilich auf eine genauere Untersuchung verzichtet.

Sophie sitzt in einer Ecke des Wagens, ein wollenes Reiseplaid über sich gebreitet, denn jetzt, im Vorfrühling, ist es noch ziemlich frisch. Versonnen blickt sie auf die langsam vorüberziehende Landschaft. Auf der Alb liegt an den Schattenhängen noch Schnee, unten, in den Tälern, grünen schon die Sträucher, fangen die ersten Bäume zu blühen an. Nach all den Jahren des Wartens, der Vertröstungen, der Diffamierung freut Sophie sich zum ersten Mal auf die Zukunft, regt sich in ihr der Lebensfunke, die Aussicht auf ein besseres Dasein.

Sie betrachtet ihren Mann, der ihr gegenübersitzt. Freilich, was weiß sie von ihm? Sie liebt ihn nicht, oder noch nicht, das hat sie ihm vor der Hochzeit offen gestanden. Aber er ist ihr sympathisch, sie schätzt seine feinen Manieren, die gleichwohl nicht geziert sind. Auch äußerlich findet sie ihn anziehend. Er ist mit seinen vierunddreißig Jahren ein gestandener, ansehnlicher Mann, hat nichts Jünglingshaftes mehr an sich wie etwa Wieland. La Roches Gesichtszüge sind klar und offen. Er hat dunkle Augen, schön gewölbte, dunkle Brauen, eine gerade, wohlgeformte Nase, sinnliche Lippen, um die zuweilen ein feines ironisches Lächeln spielt. Sein dunkles Haar verbirgt er nach der Mode der Zeit unter einer weißen, nach hinten zu einem Zopf gebundenen Perücke, was ihm gut steht und ihn keineswegs älter macht. Er ist Verwalter der Stadion'schen Besitzungen und Sekretär des Grafen, seine rechte Hand, so wird gesagt. Ein Mann, der nicht viele Worte macht, der tagsüber, oft auch abends, zurückgezogen in seinem Arbeitskabinett sitzt, der nüchtern und pragmatisch denkt und spricht. Sophie ahnt, dass er sich bereits bei ihrer ersten Begegnung in ihr Äußeres verliebt hat. Er schätzt ihre Jugend, ihre Anmut, ihre Art, sich zu kleiden und zu plaudern. Sie verfügt über mehr Bildung als die meisten Frauen, doch ist sie darauf bedacht, nicht als »gebildet« zu gelten; das erschiene ihr unziemlich. Aber sie weiß, dass La Roche bereits jetzt an ihr hängt, sie bewundert, sie auch materiell abzusichern sucht. Noch in Warthausen hat er sein Testament verfasst – er hat es ihr gezeigt – und sie darin als »Meine Herzlich Geliebte Ehefrau« bezeichnet, bei der er »das Vollkommenste Vergnügen, Zufriedenheit und Irrdische glück geniesse, das Gott einem Menschen den Er mit Gnade überhäufen will, zufliessen lassen kann«. Dieses Vertrauen hat Sophie gerührt, beinahe mehr als der eigentliche Inhalt des Testaments, wonach La Roche im Falle seines Todes ihr »All mein Hinterlassendes Vermögen ohne die Geringste Ausnahme ahn liegend und fahrendem, als Ein wahres

Eigenthumb Ihr schencke, Vermache, und Eigen verschreibe«.

Georg Michael Frank La Roche (1720–1788)
Anonymes Porträt von unbekannter Hand, um 1750

Das ist nicht selbstverständlich in einer Ehe, die gerade einmal seit drei Monaten besteht. La Roche ist in seine junge, hübsche Frau wirklich verliebt. Nicht nur ihr Äußeres spricht ihn an. Er schätzt vor allem ihr fantasiebegabtes Wesen, das sich in den letzten Wochen auf Schloss Warthausen immer mehr geöffnet hat. Hinter all ihrer Melancholie scheint immer öfter ein heiteres, warmes Temperament hindurch. La Roche mag es, wenn Sophie ihm von Dichtung vorschwärmt, von den Gesängen Klopstocks, den Liedern von Brockes, den modernen englischen Romanen. Er selbst hat in jungen Jahren den englischen Dichter Edward Young kennengelernt, aber zum Lesen schöngeistiger Bücher fehlt ihm jetzt häufig die Zeit. Dennoch ist das eine Welt, die er inmitten der geschäftlichen und politischen Belange nicht missen möchte. Gerade die dem Schöngeistigen so aufgeschlossenen Züge seiner Sophie reizen ihn, er sucht in ihr nicht sich selbst, sondern den Gegensatz, die Ergänzung. Georg Michael La Roche hat sein ganzes bisheriges Leben unter Aufsicht und in Diensten des Grafen Stadion verbracht. Ihm verdankt er alles: Erziehung, Ausbildung, Position, Wohlstand. Aber gerade das macht ihn so neugierig auf die Welt außerhalb des Mainzer Hofes, auf Menschen anderer Herkunft, mit anderen Erfahrungen.

Georg Michael kommt im Jahre 1720 in Tauberbischofsheim zur Welt. Das Städtchen gehört zum kurmainzischen Staat. Verwaltet wird es von einem Oberamtmann, dem 1691 geborenen Reichsgrafen Anton Heinrich Friedrich von Stadion zu Thann- und Warthausen, der in einem kleinen Schloss wohnt. In unmittelbarer Nähe befindet sich das Haus des Ratsherrn und Wundarztes Johann Adam Frank, der in dritter Ehe mit Anna Catharina Frank verheiratet ist. Am 4. April 1720 wird ein Knabe im katholischen Taufregister unter dem Namen Georg Michael eingetragen – das Geburtsdatum selbst ist nicht überliefert. Als Vater ist Johann Adam Frank genannt, der Name der Mutter ist erst von späterer Hand als »Anna Catharina« eingetragen, ihr Geburtsname fehlt. Stutzig macht auch, dass Johann Adam Frank zum Zeitpunkt der Taufe des Kindes nicht mehr lebt, er ist wenige Tage zuvor, am 26. März, gestorben.

Zu diesen unklaren und bereits damals bewusst im Unklaren gelassenen Verhältnissen passt, was über die Kindheit des Knaben Georg Michael als Legende überliefert ist. Ausgerechnet Christoph Martin Wieland hat später dem Oberkonsistorialrat Karl August Böttiger die märchenhafte, anrührende Geschichte erzählt:

»Um sich die Zeit zu vertreiben, ließ er (der Graf) aus dem Städtchen am Weihnachtsabend alle Kinder aufs Schloß holen und bescheerte ihnen. Unter diesen Kindern war auch ein sehr drolliger 5jähriger Junge Frank, dessen Vater ein geschickter Chirurg im Städtchen gewesen war und ein ansehnliches Vermögen hinterlassen hatte. Der Graf fragte ihn aus, und überall wußte ihm der Junge trefflich Bescheid zu geben. ›Nun Michel‹, sagte der Graf beim Weggehen, ›komme bald wieder.‹ Dem kleinen Michel stieg diese Caresse so zu Kopf, dass er bei Tagesanbruch in der Nachtjacke seiner Mutter heimlich davon lief und in der größten Kälte aufs Schloß spazierte, wo er durchaus zum gnädigen Grafen gelassen zu werden verlangte. Auf sein ungestümes Drängen ging endlich der Kammerdiener wirklich ins Schlafzimmer und sagte dem eben erwachenden Herrn das kleine Abenteuer. ›Bringt mir den Jungen herein!‹ Und der kleine Michel trat ganz erstarrt und blau vor Frost zum Grafen ans Bette. ›Junge‹, sagte der Graf, ›diese Liebe will ich dir gedenken!‹ Sogleich hob er ihn zu sich ins Bette und legte ihn zwischen sich und seine Gemahlin, wo er ihn wieder erwärmte und erquickte. Noch an demselben Tage setzte der Graf der Mutter dieses Jungen solange zu, bis sie endlich einwilligte, ihm das Kind ganz zu überlassen, und nun trat Stadion selbst in Vaterstelle, lehrte den Jungen selbst die Elemente aller Dinge, Lesen, Schreiben, Französisch.«

Zweifellos hat Wieland diese Geschichte nicht selbst erfunden. Aber dass er sie sich über Jahrzehnte gemerkt hat, zeugt davon, wie sehr ihre Rührseligkeit die Menschen ansprach und bewegte. Auch die eigene Familie hat viel zu dem Legendengewirr beigetragen. Bettine von Arnim hat später in ihrem Buch *Die Günderode* eine Erklärung überliefert, wie ihr Großvater Georg Michael Frank zu dem Beinamen La Roche gekommen sei, eine Geschichte, die ihr die Großmutter Sophie erzählt hat:

»Die Großmama glaubt, die Seele, das Wesen des Menschen gehe aus einem Geistessamen in ein ander Leben über, dieser Same sei, was er während einem Leben in sich reife und dann sich durch allmähliche Erkenntnis, durch geübtere Fähigkeiten immer in höhere Sphären zeuge. Dann erzählte sie mir von dem Ahnherrn unseres Großvaters, der im Dreißigjährigen Krieg sei auf dem Schlachtfeld gefunden, bei Tuttlingen, wo die Franzosen eine große Niederlage erlitten, als Fahnenjunker die Fahne um den Leib gewickelt und die Stange durch Brust und Leib gestoßen und eingehauen, und sein Bruder auch tot über ihm gelegen, der hat die Fahne schützen wollen und mit seinem Leben bezahlt; sie waren in französischen Diensten, das hat der große [Louis de] Condé gesehen und gesagt: ferme comme une roche [hart wie ein Fels], da sie sonst Frank von Frankenstein geheißen, so haben sie jetzt sich genannt Laroche, weil der König der Witwe seines Bruders, der auch in jenem Gefecht geblieben, ein Landgut im Elsaß geschenkt hat und ihnen drei Fahnen zu dem Fels ins Wappen gegeben.«

Sophie von La Roche und Bettine von Arnim haben hier frei fantasiert. Von all dem Geschilderten ist historisch nichts nachweisbar. Selbst das Wappen der La Roche ist anders gestaltet.

Was aber veranlasste die Zeitgenossen, so viele falsche Fährten über die Herkunft Georg Michael La Roches zu legen? Das eigentliche Geheimnis rankt sich um Georg Michaels Mutter Anna Catharina. Sophie von La Roche hat später behauptet, Georg Michael habe in Lunéville und Nancy im damals noch selbständigen Herzogtum Lothringen kameralistische und physikalische Studien betrieben. In seiner Schrift *Briefe über das Mönchswesen* schreibt Georg Michael von La Roche, er habe die Aussicht gehabt, nach Metz zu seinen Verwandten mütterlicherseits zu kommen. Denn seine Mutter »sei aus adeligem französischem Geblüt, eine Officierstochter, die nur auf einige Jahre als Mamsell nach Deutschland gekommen, um etwas Geld zu erwerben«.

Genealogen haben die Spur nach Lothringen verfolgt und tatsächlich in Nancy mehrere Familien La Roche nachweisen können. Ein Beweis für die Herkunft Anna Catharinas ist das allerdings nicht. Immerhin könnte es aber ein Hinweis auf die Herkunft des Nachnamens La Roche sein – abseits aller Heroengeschichten, die Sophie und Bettine später in die Welt gesetzt haben.

So erfunden Wielands Version von der Aufnahme des kleinen Georg Michael im Schloss auch sein mag – im

Kern gibt diese Geschichte doch die Wahrheit wieder: Der Knabe wird tatsächlich als etwa Sechsjähriger vom Grafen Stadion an Sohnes statt aufgenommen und erzogen. Man geht heute davon aus, dass Graf Stadion der leibliche Vater des Buben gewesen ist und Georg Michael also sein »illegitimer« Sohn. »Bastarde« nannte die damalige Zeit diese Kinder recht abfällig. Selten waren solche Fälle nicht. Und keineswegs ungewöhnlich war es auch, dass Adlige ihre illegitimen Kinder nicht aus dem Blick verloren, sondern sie erziehen ließen und später bei der Besetzung wichtiger Posten berücksichtigten.

Wer ist dieser Graf Anton Heinrich Friedrich von Stadion? Die Landesherrlichen Verordnungen des Erzbistums Mainz nennen ihn offiziell »Ihro Excellence Herr Friederich des Heiligen Römischen Reichs Graf von Stadion, und Thannhausen, Herr deren Herrschafften Warthausen, Moßbeyern, Emmerckingen, und Albersweyler, Pfands-Innhaber zu Bönnigheim in Schwaben, Herr zu Gauth, Chottenschloß, Neumarck, Zahorzan, und Riesenberg in Böhmen, Erb-Truchseß des hohen Stiffts Augspurg, Churfürstlich Mayntzischer Conferential-Minister, Geheimbder Rath, Groß-Hof-Meister, und Ober-Ambtmann zu Bischoffsheim an der Tauber«. Diese Titel mögen Stadions gesellschaftliche und politische Bedeutung verbildlichen, sie sagen wenig über seine Persönlichkeit. Und gerade diese imponierte vielen Zeitgenossen.

Das Stadion'sche Geschlecht, ursprünglich aus Graubünden stammend, ist damals seit vielen Generationen in Schwaben ansässig. Bereits Anton Heinrich Friedrichs Vater Johann Philipp von Stadion steht im Dienst der Kurfürsten von Mainz. Er heiratet in zweiter Ehe Maria Anna von Schönborn und erlangt damit auch verwandtschaftlichen Zutritt zu der Dynastie der Schönborns, die im Laufe der Zeit mehrere der Kurfürsten und Bischöfe von Mainz, Trier und Würzburg stellen. Es ist die Epoche des von Frankreich und seinem »Sonnenkönig« Ludwig XIV. beeinflussten und inspirierten Absolutismus, der Machtfülle mit glänzender Repräsentanz und erlesenem Kunstsinn zu verbinden weiß. Viele deutsche Fürsten eifern dem nach, wenngleich in etwas kleinerem Maßstab. Auch der Mainzer Hof gewinnt immer mehr Geschmack an seiner weltlichen Macht und weiß andererseits seinen geistlichen Anspruch dadurch zu unterstreichen, dass barocke Kirchen erbaut werden, die die Sinnlichkeit des katholischen Glaubens betonen und zugleich Stein gewordener Ausdruck des Triumphes der Gegenreformation sein sollen.

In diese Welt wächst Anton Heinrich Friedrich von Stadion hinein. Geboren in Würzburg im Jahre 1691, kommt er mit vier Jahren an den Mainzer Hof. Er erhält eine solide Ausbildung, lernt Sprachen, wird in der Kunst der Diplomatie und der Staatstheorie unterwiesen. Wie viele Adlige seiner Zeit macht er als junger Mann eine Kavalierstour durch Europa. Zurück in Mainz, tritt er in die Dienste des dortigen Hofes und macht, beaufsichtigt vom Vater und begünstigt vom Hause Schönborn, schnell Karriere: Er durchläuft verschiedene Ministerposten und erhält 1743 gar den Posten des Großhofmeisters, das höchste Amt im Kurerzstift. Stadion dient im Laufe der Jahre mehreren Kurfürsten, Lothar Franz von Schönborn (1695–1729), Franz Ludwig von Neuburg (1729–32), Philipp Karl von Eltz (1732–43) und Johann Friedrich Karl von Ostein (1743–63), und nutzt die eher schwache Herrschaft der drei Letzteren, um eigene Vorstellungen und Pläne durchzusetzen. Stadions Wirken – das macht seine historische Bedeutung aus – ist eng mit den Überzeugungen und Erkenntnissen der französischen Aufklärung verknüpft. Besonders unter der Herrschaft des Kurfürsten Emmerich Joseph von Breidbach-Bürresheim (1763–74) greifen Stadions Ideen und Reformen.

Graf Stadion ist ein begeisterter Anhänger Charles-Louis de Montesquieus und Voltaires; mit Letzterem korrespondiert er einige Zeit sogar. Er versucht energisch, das vom Katholizismus geprägte Kurfürstentum zu reformieren, indem er die Zentralgewalt stärker verankert und restaurative Stände und Tendenzen zurückdrängt und in ihrer Macht beschneidet. Stadions Hass gilt dem niederen, in seinen Augen rückwärtsgewandten Klerus. Er erkämpft strengere Vikariatsgesetze und lässt die Klöster auf die von ihnen verfochtenen Lehren mehr kontrollieren. Den mitunter noch virulenten Hexenwahn verfolgt er unerbittlich und bestraft Leute, die diesem verblendeten Irrglauben anhängen. Er reformiert das Landrecht, strafft die Verwaltung, geht mit harter Hand gegen Wegelagerer und Bettler vor, fördert freien Handel und die Künste, verbietet in abgelegenen Gegenden die dort übliche Inzucht, die er zu Recht als Ursache geistiger und körperlicher Missbildungen erkennt, und fördert immer wieder talentierte junge Männer, die aus armen Familien stammen. Stadions Verdienste um eine aufgeklärte Politik im Kurfürstentum Mainz dürfen nicht darüber hinwegtäuschen, dass er gemäß seiner Herkunft noch ganz ein Mensch des sinnenfrohen Absolutismus ist und seine Macht auch benutzt, um seinen Leidenschaften zu frönen.

Anton Heinrich Friedrich Reichsgraf von Stadion (1691–1768)
Ölgemälde von Johann Heinrich Tischbein d. Ä.

Neben der Kunst und guten Büchern gehört – zumindest in jüngeren Jahren – schönen Frauen sein Herz. Da Stadions Frau eine frömmlerische, verhärmte Betschwester ist, sucht er sich schönen Zeitvertreib andernorts. Georg Michael La Roches Mutter ist eine seiner Herzensdamen.

Auch die Erziehung Georg Michaels zeugt nicht nur von aufgeklärtem Denken, sondern auch von absolutistischem Kalkül. Bettine von Arnim berichtet später darüber – sie hat es von ihrer Großmutter Sophie erfahren:

»Er [Stadion] ließ ihn als Jüngling von nicht achtzehn Jahren schon eine große und ausgebreitete politische Korrespondenz führen, er gab ihm Briefe von Kaiser und König, von allen Reichsverwesern und Staatsbeamten aller Art zu beantworten, es kamen Verhandlungen über alle mögliche Staatsangelegenheiten vor, Handel, Schiffahrt, alte Anrechte, neue Forderungen, Länderteilung, Verrätereien, Umtriebe, klösterliche Stiftungen, Geldangelegenheiten, kurz alles, was einem großen Staatsminister obliegt zu untersuchen und zu ordnen, dies alles besprach der Stadion mit ihm, ließ ihn seine Meinung drüber darstellen – dann mit eignem Beifügen von Bemerkungen ließ er diese von ihm ins reine schreiben, Briefe an verschiedne Potentaten schreiben, namentlich führte er die Korrespondenz mit Maria Theresia, zuvörderst über Thronbesteigung, über Mitregentschaft ihres Gemahls, dann über die leere Schatzkammer, dann über die Heereskraft des Landes, über Mißvergnügen des Volks, über die Ansprüche von Bayern an die östreichischen Erblande, und wie die Kurfürsten wollten die Erbfolge der Theresia nicht anerkennen, über den Krieg mit Friedrich dem Zweiten, mit England, Anträge um Hilfsgelder; Briefe an einen französischen General Belle-Isle, dann einen Briefwechsel mit Karl von Lothringen, mit dem Kardinal Fleuri [André Hercule de Fleury], mit dem östreichischen

Feldherrn Fürsten Lobkowitz, dann endlich einen Briefwechsel mit der Marquise [Jeanne Antoinette] de Pompadour, immer im Interesse der Kaiserin; diese letzte Korrespondenz war erst ins Galante und endlich ganz ins Zärtliche übergegangen, es kamen Briefe mit Madrigalen als Antwort, worauf der Großpapa im Namen Stadions wieder in französischer Poesie antworten mußte.«

Bettine mag da etwas übertrieben und dazuerfunden haben. Im Kern wird es stimmen. Auch Goethe, der eine Zeit lang zum Hause La Roche gute Beziehungen unterhält, berichtet mit dem Unterton des Tadels davon, wie der Graf den jungen La Roche zum Sekretär heranzog, während er sich galanten Abenteuern überließ:

»Der Graf war leidenschaftlich einer hohen und geistreichen Dame verbunden. Wenn er in deren Gesellschaft bis tief in die Nacht verweilte, saß indessen sein Sekretär [La Roche] zu Hause und schmiedete die heißesten Liebesbriefe; darunter wählte der Graf und sendete noch gleich zur Nachtzeit das Blatt an seine Geliebte, welche sich denn doch wohl daran von dem unverwüstlichen Feuer ihres leidenschaftlichen Anbeters überzeugen mußte. Dergleichen frühe Erfahrungen mochten denn freilich dem Jüngling nicht den besten Begriff von schriftlichen Liebesunterhaltungen gegeben haben.«

Für die berufliche Zukunft La Roches allerdings mag diese strenge Lehrzeit von Nutzen gewesen sein. Er lernt das Handwerk der Diplomatie von der Pike auf, und eine geschliffene Art des Ausdrucks und Stils, ein guter Umgangston und auch eine sichere Handschrift gehören im 18. Jahrhundert mit seiner hohen Briefkultur unabweislich dazu. Umso größer der Schmerz, als Georg Michael La Roche zu seiner Volljährigkeit, dem einundzwanzigsten Geburtstag, von Stadion mit einem mehr als überraschenden Geschenk bedacht wird. Bettine weiß es von der Großmutter Sophie:

»[...] da schenkte Stadion dem Laroche einen Schreibtisch, worin er alle seine Briefe, in drei Jahren geschrieben, die er über Land und Meer gegangen wähnte, noch versiegelt wiedergefunden und die Antworten, welche von Stadion selbst erfunden waren und von verschiedenen Sekretären abgeschrieben, dazu, und er sagte ihm, daß er ihn so habe zum Staatsmann bilden wollen. Dies hat den Großpapa erst sehr bestürzt gemacht, dann aber ihn tief gerührt, und hat diese Briefe als ein heilig Merkmal von Stadions großem, liebevollem Geist sich aufbewahrt.«

Angenommen, diese Anekdote entspricht den Tatsachen – Bettine hat freilich gerne etwas dazugedichtet –, so stellt sich die Frage, ob der junge La Roche diese recht skurrile Idee des Grafen wirklich nur als Ausdruck von dessen Liebe gedeutet hat. Auffällig ist jedoch, dass Georg Michael sehr früh seine Karriere plant und mit nüchternem Kalkül angeht. Er ist begierig darauf, die Verhaltensregeln bei Hofe, den Umgang in diplomatischen Kreisen, die Gebräuche und Sitten anderer Regionen und Länder kennenzulernen. Mehrere Jahre, so behauptet zumindest Sophie später, habe La Roche als junger Mann in England verbracht, im Gefolge Stadions, der eine Zeit lang kaiserlicher Gesandter am Hofe Georgs II. war. Dort hat Georg Michael La Roche auch eine tiefe Liebe zur englischen Kultur entwickelt. Ansonsten eher ein nüchterner Pragmatiker, lernt er doch die dortige Literatur schätzen und trägt im Laufe der Jahre eine Bibliothek englischer Literatur zusammen, die von Kennern gerühmt wird.

Nachdem Stadion seinen Ziehsohn aus der »Lehrzeit« entlassen hat, ist La Roche 1742 bei der Kaiserwahl Karls VII. in Frankfurt zugegen, später, während des österreichischen Erbfolgekriegs (1740–48), wirkt er als kurmainzischer Gesandtschaftssekretär unter Graf Stadion und kommt in dieser Funktion auch an den Hof von Hannover, wo er den englischen Dichter Edward Young kennenlernt und sich auf Spaziergängen entlang der Leine lange mit ihm unterhält.

Als im Jahre 1741 Anton Heinrich Friedrichs Vater, der alte Graf Johann Philipp von Stadion, stirbt und sein Sohn nun auch noch die Regentschaft in den ererbten Herrschaften antritt, ist ihm das eher lästig, hat er doch mit seiner verantwortungsvollen Position am Mainzer Hof mehr als genug zu tun. Also überträgt er dem gerade einmal einundzwanzigjährigen La Roche die Oberdirektion der Stadion'schen Besitzungen. Dazu gehören die Herrschaft Warthausen mit ihren dreizehn Dörfern, die Stadt Bönnigheim im Zabergäu und diverse Besitzungen im Böhmischen, so etwa Kauth und der Klattauer Kreis.

Und Georg Michael La Roche bewährt sich in dieser verantwortungsvollen Aufgabe. Stadion ist zugleich daran gelegen, den Ziehsohn möglichst viel in seinem Umkreis in Mainz zu haben und ihn weiterhin in die Strategien der großen Politik und das Machtgespinst bei Hofe einzuweihen. Die Ehe des Ziehsohns mit Sophie Gutermann hat der Graf befürwortet. In Augsburg hatte Stadion Gelegenheit, Sophie kurz zu sehen. Ihm ist die Bürgerstochter als angenehm und hübsch im Gedächtnis haften geblieben.

Sophie erfährt von La Roches Herkunft und Erziehung, von seinem Aufstieg im Dunstkreis des halb aufgeklärten, halb noch im Absolutismus verhafteten Mainzer Hofes erst im Laufe der Jahre. Jetzt, im Frühjahr 1754, als die Kutsche durch das Mainzer Stadttor fährt, ahnt sie kaum etwas von der fremden Welt, in die sie eintauchen wird, der sie sich anpassen muss.

Die Kutsche hält vor einem großen Palais in der Großen Bleiche. Es ist der »Stadioner Hof«. Graf Stadion hat das Haus siebzehn Jahre zuvor ersteigert. Erbaut von dem kurmainzischen Hofkavalierarchitekten Anselm Franz von Ritter zu Groenesteyn, strahlt das Palais Großzügigkeit und Pracht aus. Stadion hat das beim Kauf noch unvollendete Haus im Innern nach seinen Vorstellungen ausgestalten lassen. Ein prächtiges Treppenhaus mit doppeltem Aufgang, üppigem schmiedeeisernem Treppengeländer und verspieltem barockem Stuck, die Wände von Marmorpilastern und großen Spiegeln durchbrochen, führt hinauf ins erste Stockwerk. So könnte es sich zugetragen haben: Staunend folgt Sophie ihrem Mann. Oben stehen die Türen zum Großen Saal offen. Sie treten ein. Sophie ist zunächst von dem Licht, das durch die großen Fenster bricht, geblendet. Erst nach ein paar Sekunden wird sie eines Mannes in weißer Perücke und blauem Samtrock gewahr, der lächelnd auf sie zutritt. Sophie kniet zum höfischen Gruß vor ihm nieder. Der ältere Herr reicht ihr die Hand und heißt sie mit freundlichen Worten aufstehen. Erst jetzt erkennt Sophie, dass der vor ihr stehende Herr der Graf persönlich ist. Schüchtern erhebt sie sich. Stadion sieht sie schmunzelnd an. Das Eis ist gebrochen.

Sophie und ihr Mann nehmen Logis im Stadioner Hof. Der Graf will auch weiterhin seinen Privatsekretär und Domänenverwalter jederzeit dienstbereit haben. Anfangs fremdelt Sophie ein wenig: die unbekannte Stadt, das große, prachtvolle Palais, die Betriebsamkeit durch die vielen Besucher, die hier ein und aus gehen. Der Graf, der an seiner »Schwiegertochter« Gefallen gefunden hat, bindet sie gleich in das Alltagsleben ein. Zusammen mit Stadions Töchtern, die immer wieder zu Besuch sind, mit Freunden, mit Mitgliedern des Mainzer Hofstaates, mit Gesandten aus anderen Fürstentümern, sitzt Sophie nun jeden Mittag an der großen Tafel und beweist bald, dass sie sich – wenn nicht eben fachkundig, so doch gewitzt – an den Gesprächen beteiligen kann. Bald taut sie auf, verliert ihre Scheu, erkennt, dass sie sich durch heimliche Lektüre allerhand Wissen angeeignet hat. Das mag Halbbildung sein, aber sie besitzt eine gute Eigenschaft, die sie zeitlebens nicht verlieren wird: Wissenshunger.

Anfangs schmunzelt man über sie, weil ihr schwäbischer Dialekt so fremdartig wirkt. Aber es ist ein wohlwollendes Lächeln, kein Spott. Die runden, gutturalen Laute ihrer Sprache gehen eine eigentümliche Verbindung mit ihrem anmutigen Wesen ein. Sophie erzählt von ihrer Heimat, von der stolzen Bürgerstadt Augsburg, von der anheimelnden Landschaft Oberschwabens, davon, was sie auf der Reise nach Mainz gesehen hat. Sie besitzt die Gabe, anschaulich, bildhaft und packend zu erzählen, sie beherrscht einen Plauderton, der nie geschwätzig wirkt, sondern allen Dingen, selbst den vermeintlich kleinen, in ihrer Besonderheit Aufmerksamkeit schenkt. Die Zuhörer an der Tafel horchen bald auf. Die schwäbische Bürgerstochter, so erkennen sie, hat einen klaren Verstand, eine gute Beobachtungsgabe und ein natürliches Erzähltalent.

Auch Sophie muss in diesen Wochen und Monaten umdenken. In Augsburg und Biberach, den freien Reichsstädten, die von alters her ihre Souveränität gegen Adel und Klerus zäh verteidigen mussten, hat man sie seit der Kindheit vor der Willkür und der ausschweifenden Freizügigkeit der adligen Herren gewarnt. Freilich, über den Grafen erzählt man sich hinter vorgehaltener Hand so manches, das bekommt auch Sophie mit, wenn sie die Domestiken tuscheln hört. Stadion ist ihr gegenüber jedenfalls väterlich zuvorkommend und fragt sie immer wieder, ob sie sich denn gut einlebe, ob sie Heimweh habe, ob es ihr an irgendetwas mangele. Sophie imponieren seine Großmut, sein souveränes, weltmännisches Benehmen, seine Bildung, sein Witz, auch sein Spott. Es ist zugegeben eine andere Welt als die in den protestantischen Bürgerhäusern Augsburgs. Hier im Stadioner Hof lacht man sogar über die eigene katholische

Konfession und nimmt hin und wieder einen Geistlichen, der zu Gast ist, arg in die argumentative Zange. Sophie wundert sich, wie ein in kurmainzischen Diensten stehender Minister so locker mit den Lehrmeinungen der römischen Kirche umzugehen wagt. Doch obwohl nicht gegen ihre Konfession, die protestantische, gewitzelt wird, ist Sophie diese Respektlosigkeit vor der Religion und ihren Amtsträgern unangenehm. Zu sehr ist sie durch die Frömmigkeit ihres Elternhauses geprägt. Dennoch schätzt sie Stadions humanistisch-aufgeklärte Absichten. Noch im Alter gedenkt sie seiner voller Bewunderung:

»Durch meine Verbindung mit La Roche ward ich in dem gräfl[ich]. Stadionischen Hause mit dem Werthe der glänzenden Vorzüge des Adels bekannt, die ich täglich in Allem vor mir hatte; [...] ich lernte den inneren und äußeren Werth beinahe aller Dinge der großen und kleinen Welt schätzen, wozu denn auch die abgebrochenen Theile meiner Geistesbildung, und die aus Büchern erlangte Menschenkenntniß das Ihrige beitrug.«

Sophie wird es in Mainz nicht langweilig. Ihre Fähigkeit, angenehme und kurzweilige Konversation zu betreiben, wird sehr bald in den geregelten Tagesablauf des Grafen nutzbringend eingebunden. Sie schreibt, La Roche habe es ihr – wahrscheinlich auf Weisung Stadions – zur Aufgabe gemacht, »mich alle Tage nach den Büchern umzusehen, welche mein Mann noch vor 7 Uhr Morgens, ehe er in das Kabinet der Geschäfte gieng, auf seinen Tisch legte, wo er dann öfters in Französischen, auch in Teutschen und Englischen gewisse Blätter bemerkte, welche ich mit Aufmerksamkeit lesen, ihren Inhalt mir bekannt machen, und eine leichte schickliche Einkleidung suchen sollte, in welcher ich sie, bald beim Auf- und Abgehen mit dem Grafen in vielen in einander laufenden Zimmern, bald bei Tische anzubringen mich bemühen sollte, damit der edle Mann immer das Vergnügen habe, etwas Unterhaltendes zu hören«.

Diese lehrreichen Gespräche werden auch bei Tisch und im Beisein von Gästen weitergeführt, und auch hier fällt Sophie der Rang einer Konversationsmeisterin zu: »An der Tafel faßte dann mein Mann, oder ein Fremder den Faden auf, und man hörte Gedanken, welche die erste Idee bereicherten oder ausführten, und auch dieses wurde eine Übung für mein Gedächtniß«.

Sophie besitzt nicht nur die Fähigkeit, kurzweilig zu plaudern, sie verfügt auch über einen wachen Geist, der Gelesenes sicher behält und schnell mit anderen Gegenständen zu verknüpfen weiß. So bildet sie sich im Laufe der Jahre, zwar nicht systematisch, aber doch intuitiv. Auch wenn ihr zeitlebens eine akademische Ausbildung verwehrt bleibt, trägt sie aus Lektüre, Gespräch und eigener Beobachtung, den drei Grundfesten ihrer Erfahrung, ein erstaunliches Spektrum an Wissen zusammen. Die Fähigkeit, die sie sich in diesen Mainzer Jahren beim Exzerpieren von Büchern aneignet, wird ihr später für ihr schriftstellerisches und redaktionelles Arbeiten noch zugute kommen.

Johann Caspar Lavater, den sie später kennenlernt, wird sie im Rahmen seiner physiognomischen Studien mit der Charakterisierung »die Verschwebteste« belegen. Sophie La Roche ist hiervon zunächst wenig angetan, interpretiert die Bezeichnung dann aber doch zu ihren Gunsten: »Ich ward über diesen Titel unruhig, und verlangte eine Erklärung, welche mir Lavater dahin gab, ›er habe bemerkt, daß ich so außerordentlich leicht von einem Gegenstande der Unterredung zu einem anderen übergehe.‹ – Ich mußte mit dem halb versteckten Tadel zufrieden seyn und war es auch, weil er hinzu setzte, ›dies sey recht gut, denn dadurch könnten viele Personen zur Sprache kommen‹.«

Grundlage aller Konversation bei Hofe ist – zumindest bei offiziellen Anlässen oder wenn Gäste zu Besuch sind – das Französische. Sophie spricht und schreibt dieses Idiom seit ihrer Jugend gern und fast fehlerlos. Jetzt, im Dunstkreis der großen diplomatischen Welt, hat sie genug Gelegenheit, sich darin zu üben und zu vervollkommnen. Auch diese Fähigkeit nutzt Stadion sehr bald, indem er ihr aufträgt, in seinem Namen die Korrespondenz mit einem in Paris lebenden Kleriker zu führen, den der Graf als Bibliophilen schätzt und der ihn überdies mit allerhand Neuigkeiten aus der großen und kleinen Welt von Paris und Versailles beliefert. Sophie tut dies zur Zufriedenheit Stadions und La Roches. Sie sieht ihre Aufgabe als Möglichkeit, den eigenen Horizont zu weiten: »Ich mußte, um die Cabinetsarbeiten meines Mannes in etwas zu erleichtern, den Briefwechsel mit dem Abbé La Chaux, über alles Neue, so in Paris erschien, führen. So erweiterte sich der Kreis meiner Kenntnisse in der wirklichen und in der Bücherwelt.«

La Chaux schickt in all den Jahren etliche Bücher nach Mainz, und Sophie liest staunend und zum ersten Mal die Schriften der Aufklärer: Voltaire, Montesquieu und später auch die *Encyclopédie* von Denis Diderot und Jean-Le-Rond d'Alembert. Sie ist von diesem Wissensschatz verzaubert – doch zugleich rät ihr eine innere Stimme zur Vorsicht. Sie liebt die Erkenntnisse der Naturwissenschaften und ahnt doch, dass Rationalismus und Materialismus dazu tendieren, die festen Glaubensgrundsätze, die ihr im Vaterhaus vermittelt worden sind, anzugreifen. Sie ist fasziniert von der Forderung der Aufklärung »sapere aude«, »wage es, deinen Verstand zu benutzen«, und fürchtet doch eine Welt, in der der Mensch, allein auf die Ratio gestellt, erkaltet, wenn ihm die Kraft des Glaubens abgeht. Eine endgültige Antwort auf diese Fragen wird Sophie nie finden. Ihre Haltung zur französischen

Aufklärung wird immer ambivalent bleiben. Sie ist fasziniert von den Erkenntnissen der Naturforschung und den Errungenschaften der modernen Pädagogik und wird sie zeitlebens in ihren Büchern selbst propagieren. Aber hinter allem Menschenwerk und hinter aller rationalen Erkenntnis sieht sie doch ein höheres, göttliches Walten, einen Beweis für die göttliche Ordnung in dieser Welt. So vollzieht Sophie den letzten Schritt der Aufklärung zu Skeptizismus und Desillusion nicht. Weniger die intellektuelle Auseinandersetzung als die intuitive Angst vor dem Ungeheuren bewahrt sie davor.

Wer eine große Korrespondenz zu erledigen hat, benötigt auch einen geeigneten Schreibtisch. Bereits während ihres ersten Aufenthalts in Warthausen hat Sophie solch ein Möbelstück, gefertigt aus dem Holz der Stadion'schen Waldungen, geschenkt bekommen. Jetzt in Mainz sitzt sie viele Stunden an diesem Tisch, er wird sie ein Leben lang begleiten, und noch im hohen Alter wird sie ihm und ihren mit ihm verbundenen Erinnerungen und Lektüreerlebnissen ein zweibändiges Buch mit dem Titel *Mein Schreibetisch* (1799) widmen. Darin stimmt sie geradezu eine Ode auf ihn an:

»Nun mögen Ihre Blicke mir vor meinen Schreibetisch folgen, welcher in Wahrheit arm und zu schlicht aussieht, aber in meinen Augen das Verdienst eines alten, in einen grauen Überrock gehüllten, Dieners hat, der seit vielen Jahren, an allem Wohl und Weh seiner Herrschaft Antheil nahm; geduldig jede Arbeit und Beschwerde trug, und alles Anvertraute still und treu bewahrte. Denken Sie dabey, daß neben diesen schätzbaren Eigenschaften, auf dem wirklich etwas plumpen Tisch, der für mein Herz sehr hohe Werth liegt, aus Holz von der gräflich Stadionschen Waldung, der in meinem Vaterlande liegenden Herrschaft Warthausen, verfertigt zu seyn, welches ich allen Cedern des Libanon, den Indischen Rosen- Atlas- Sandel- Eben-

und Mahagonyholz vorziehe; [...] Seit fünf und vierzig Jahren habe ich alle Briefe meiner gütigen Freunde an diesem Tische gelesen und beantwortet; alle Bücher, welche mich belehrten, oder meine einsamen Stunden verschönerten, hielte er meinem Auge dar. [...] Ach, mein Schreibetisch hat sie alle mit mir durchlebt, diese Tage!«

Sophie wird schwanger. Die letzten Monate vor der Niederkunft verbringt sie viel im Bett, nutzt aber auf Wunsch ihres Mannes die Stunden der Muße zum Erlernen der englischen Sprache, die damals, ausgehend von Voltaires *Lettres anglaises,* in Deutschland »in Mode« kommt – und damit auch die Neugier auf englische Kunst und Literatur. »Ich lernte diese Sprache drei Monate vor meinem ersten Wochenbette«, schreibt sie später wie nebenbei über diese Leistung. Schon häufig ist Sophie vor der englischen Bibliothek ihres Mannes gestanden und hat bedauert, diese Sprache nicht zu verstehen. Jetzt lernt sie mit schneller Auffassungsgabe das fremde Idiom und legt damit den Grundstein ihrer lebenslangen Liebe zu England. Bis sie zum ersten Mal über den Ärmelkanal fährt, werden allerdings noch dreißig Jahre vergehen.

Sophies erstes Kind, ein Mädchen, wird am 4. Mai 1756 in Mainz geboren. Maximiliane ist hübsch, hat dunkle Augen und wird später, als junge Frau, noch einigen Berühmtheiten den Kopf verdrehen. Den Namen erhält das Mädchen von Stadions Tochter, einer Stiftsdame, die später Fürstäbtissin von Buchau wird. Anderthalb Jahre später, am 10. Dezember 1757, kommt der Sohn Friedrich (Fritz) zur Welt, er verdankt seinen Namen dem Grafen Stadion – auch das ein versteckter Hinweis dafür, dass La Roche Stadions Sohn ist. Und schließlich wird am 13. Mai 1759 noch Luise geboren. Sie erhält ihren Namen nach Ludovica (Luise) von Zobel, der Ehefrau von Stadions zweitem Sohn Franz Conrad. Zwei weitere Kinder, die

Sophie in Mainz zur Welt bringt, sterben kurz nach der Geburt.

Sophie hat sich in diesen Jahren in vielem der höfischen Etikette anpassen müssen. Jetzt aber kommt ihr eine Sitte besonders schwer an, die sie aus bürgerlichen Häusern nicht kennt. Nach der damals – aller Aufklärung zum Trotz – noch weit verbreiteten antiken Humoralpathologie, der Lehre von der die Temperamente beherrschenden Mischung der Körpersäfte, ist es der guten Laune und dem Esprit einer Frau abträglich, wenn sie ihre Kinder selbst stillt. Graf Stadion und sein engster Vertrauter Georg Michael La Roche wünschen sich aber eine Gesellschafterin, die möglichst ihr heiteres Wesen bewahrt. Sophie schreibt noch im Alter voller Schmerz:

»Meine Kinder erzog ich mit Wasser, hatte sie in meinem Schlafzimmer und war den ganzen Vormittag um sie. Eine Säugamme wollte ich nicht, und eine große Geschichte über meine Lebhaftigkeit wurde Ursache, daß ich ihnen meine Brust versagen mußte, damit die Gleichheit meines Humors [d.h. der Stimmung] nie verloren gehen möge.«

Einzig ihr letztes Kind, den später in Warthausen geborenen Franz, hat sie heimlich gestillt: »Unter 8 Kindern genoß sie [die Brust] nur mein Franz des Nachts und heimlich bei Tage, welches mir auch Beweis wurde, daß die Stimme der kindlichen Liebe der treuen Mutterliebe antwortet.«

Die Erfahrung, ihre Kinder nicht selbst stillen zu dürfen, mag einer der Auslöser für Sophie La Roches Interesse an der Frage richtiger Erziehung gewesen sein. Diese Problematik lässt sie nicht mehr los und wird später eines der Grundthemen ihres Schreibens werden.

Am 29. August 1756 fällt Friedrich II. von Preußen mit seinen Truppen in Sachsen ein und entfesselt damit einen

Krieg, den man später nach seiner Dauer den Siebenjährigen nennen wird, der allerdings in seiner Ausdehnung weit mehr ist: ein Krieg, der große Teile Europas ergreift – darunter Frankreich, England und Russland – und sogar in Nordamerika ausgefochten wird. Auch das Erzbistum Mainz tritt 1757 auf Anraten seines Ministerrats, darunter des Grafen Stadion, in den Krieg ein, selbstverständlich auf Seiten des katholischen Habsburg und gegen das protestantische Preußen.

Da erreicht Sophie La Roche im Oktober 1757 ein Brief, der ihr im ersten Moment das Herz höher schlagen lässt. Sie kennt die Handschrift nur allzu gut. Es ist ein Schreiben von Wieland aus der Schweiz. Sie überfliegt hastig die Seiten, erst beim Wiederlesen kann sie sich auf die Einzelheiten konzentrieren. Wieland lebt immer noch in Zürich, aber nicht mehr bei Bodmer. Er unterrichtet jetzt als Hauslehrer, um seinen Lebensunterhalt zu verdienen, widmet sich ansonsten aber ganz der Schriftstellerei. Doch davon schreibt er in seinem Brief nur andeutungsweise. Sophie hat in den letzten vier Jahren über Freunde von Wielands Buchprojekten erfahren, aber selbst nichts mehr zur Hand genommen. Zu sehr schmerzte sie die Erinnerung an Biberach, zu viel war sie mit ihren Aufgaben im Stadion'schen Haus beschäftigt. Jetzt aber ist sie überrascht über den bescheidenen und freundlichen, nicht mehr hochfahrenden Ton in Wielands Brief. Besorgt schreibt der einstige Verlobte:

»Meine Freunde fragten von Zeit zu Zeit nach Ihnen, und wir waren vielmals nicht wenig bekümmert für Sie aus Besorgnis, der Ort Ihres Aufenthalts möchte an dem itzigen Krieg einen verdrießlichen Anteil nehmen müssen. Wir konnten nicht anders, als Sie sehr bedauren, daß Sie sonderlich bei den itzigen Zeitumständen in einer papistischen Stadt leben müßten und genötiget werden, alle Tage Proben eines wilden Religionseifers und pöbelhaften

Hasses gegen den größten der Könige [Friedrich II. von Preußen] zu hören oder zu sehen.«

Sophie muss schmunzeln. Was weiß Wieland schon von ihren Lebensumständen, von ihren Erfahrungen, davon, wie sie in den vergangenen Jahren etliche ihrer alten Vorurteile gegen Adel und Katholizismus aufgeben musste? Sie liest weiter und ist beinahe gerührt. »Itzt hat sich in etlichen Jahren vieles geändert«, schreibt Wieland. »Ohne Zweifel können wir itzt beide an einander denken, ohne eine Wehmut zu empfinden, die uns allzustark und auf lange quälen könnte. [...] Selten vermisse ich Sie so stark, daß mir bang davon wird; es begegnet zwar zuweilen, aber das ist nur eine zufällige Unpäßlichkeit, die der dauerhaftern Gesundheit meiner Seele nichts anhaben kann. Ihr Verlust hat mir eine Art von stoischer Indifferenz gegen Widerwärtigkeiten gegeben.«

Sophie schließt die Augen, denkt kurz nach. Soll sie diesen Beteuerungen Glauben schenken? Sie ist nicht nachtragend, und seit damals ist so viel Zeit verstrichen. Aber ein Gefühl rät ihr zur Vorsicht, zumal da noch etwas anderes in Wielands Brief anklingt, ein Hang zur erotischen Anspielung, zur Tändelei, die, so ahnt sie, nichts mehr mit anempfundener Schäferidylle zu tun hat, sondern dem eigenen Erleben, der Liebeserfahrung entspringt. »Die wenigen Damen«, so liest sie kopfschüttelnd weiter, »unter dieser freundschaftlichen Schar sind alle schon über 40 Jahre und mir um dessentwillen lieber. (Sie können nicht glauben, wie sehr mir nach *Ihrem* Verlust die jungen Mädchen gleichgültig sind.)« Soll sie das glauben? Vergisst Wieland nicht, dass sie inzwischen auch kein junges Mädchen mehr ist, sondern eine Frau in besten Jahren, Gattin und Mutter? Weiter steht da: »Das sind nun sehr freie Liebesdeklarationen an eine vermählte Dame. Mich dünkt aber, sie seien in dem seltsamen und fast uniken Fall, worin ich mich befinde, nicht nur zu entschuldigen, sondern keiner Entschuldigung benötigt.« Sophie hört ihren Mann nach ihr rufen. Sie steht eilig auf, schließt Wielands Brief in ihrem Schreibtisch ein und verlässt ihr Zimmer.

La Roche weiß von Wielands Briefen. Er war so großzügig und gab, den Gepflogenheiten der Zeit entsprechend, seiner Frau ausdrücklich die Erlaubnis, wieder in Korrespondenz mit dem Dichter zu treten. Das ist zu jener Zeit nicht selbstverständlich und zeugt davon, wie viel Vertrauen La Roche in seine Frau setzt und wie viel persönliche Freiheit er ihr zugesteht.

Nicht immer scheint das briefliche Verhältnis zwischen Wieland und Sophie La Roche in jenen Mainzer Jahren konfliktfrei gewesen zu sein. In einem Brief an Johann Jakob Breitinger vom Oktober 1759 schreibt der Dichter von einem »ziemlich verdrießlichen Geschäft mit der Mad[ame]. La Roche«. Offensichtlich ist es doch zu einer Missstimmung gekommen, denn im Juni 1760 bittet Wieland Sophie und Georg Michael La Roche beinahe unterwürfig, sie mögen doch die Vorkommnisse des vergangenen Jahres vergessen. Wieland liebt das Spiel mit dem Feuer. Aber er will und kann es offensichtlich nicht lassen, denn wenige Monate später, in einem Brief vom 25. Oktober, schreibt er bereits wieder recht übermütig: »Ich bin ein großer Anhänger der Sinne, und zumindest, wenn eine Frau meine Sinne nicht durch ihr kümmerliches Äußeres niederschlägt, hätte sie auch einen Geist wie ein Engel, wird sie mich nie zu der Überzeugung bringen, daß sie einen ätherischen Körper hat, und wird mich zu ganz anderen Gefühlen inspirieren als eine Entelechie des Aristoteles.«

Der Brief ist in Wielands Heimatstadt Biberach geschrieben. Seit Mai jenes Jahres ist er dort Kanzleiverwalter. Er hat die Stelle durch Vermittlung von Sophies Schwester Cateau und deren Mann erhalten. Ein einkömmlicher Posten – so scheint es zunächst. Es wird ihm sogar eine Dienstwohnung in der Stadtkanzlei gestellt. Doch innerlich ist Wieland unzufrieden. Ihm fehlt in Biberach der geistige Austausch, außerdem gerät er mit dem evangelischen Rat und dem Bürgermeister in Streit über sein Gehalt. Lieber wäre er in der Schweiz geblieben, wo er in acht Jahren viele Freunde gefunden hat – und auch eine Geliebte, die Bernerin Julie Bondeli, eine gebildete und belesene Frau, die vieles von dem verkörpert, was Wieland einst in Sophie glaubte gefunden zu haben. Mit Julie hat sich Wieland ebenfalls verlobt. Allerdings ist auch hier mehr Schwärmerei und Verliebtheit in die Liebe im Spiel gewesen. Wieland hat die Schweiz schließlich überstürzt verlassen, ohne sich von seiner Verlobten zu verabschieden. Vielleicht eine Flucht vor der Verantwortung, so möchte es erscheinen.

Jetzt, im Oktober 1760, macht Wieland schon wieder Sophie Avancen – entgegen seiner kurz zuvor noch geäußerten Zerknirschung. »Vertrauen Sie meiner Philosophie nicht zu sehr«, schreibt er übermütig nach Mainz, »ich kenne mich und weiß, wie es damit steht; ich schwöre Ihnen, daß alle Philosophie der Welt nichts vermag gegen die Beredsamkeit eines Korallenmundes und eines Alabasterhalses. Ich erkläre Ihnen also, meine liebe angebliche Schwester, daß meine ganze Sicherheit in Ihrer Weisheit besteht und daß Sie allein für unsere gemeinsame Tugend aufkommen müssen. Es ist Ihre Angelegenheit, und wenn der Erfolg nicht den Erwartungen entspricht, wasche ich mir die Hände in Unschuld. Lachen Sie, soviel es Ihnen gefällt, ich errate alles, was Sie mir sagen wollen.«

Sophie lacht nicht. Sie ist wütend über Wielands fortwährendes Geturtel, seine Weigerung, Gegebenheiten des wirklichen Lebens anzuerkennen und bürgerlichen Anstand zu wahren. Aber sie unterdrückt ihren Zorn und schreibt im Ton der über den Dingen stehenden Dame zurück:

»Welch einen Brief haben Sie mir geschrieben, mein Bruder. Ohne das Englische am Schluß hätte ich niemals geglaubt, daß Sie ihn geschrieben haben. Sie sind also überzeugt, daß es Augenblicke gibt, in denen einen die Philosophie verläßt, sich in Wolken auflöst, um uns in aller Bequemlichkeit einen kleinen irdischen, ganz und gar materiellen Ausflug machen zu lassen; und Sie sprechen sogar in einem natürlichen Ton davon. Ich bin mit dieser Entdeckung zufrieden, ja ich freue mich darüber.« Sie hält inne und wechselt nochmals die Position. Ironie blitzt auf: »Ich will Ihnen unterdessen sagen, daß Sie von meiner Figur nichts zu befürchten haben; sie ist einigermaßen häßlich, und Sie brauchen nur noch einen Schwamm zu nehmen, um mein Porträt auszuwischen. Angenommen, Sie haben es überhaupt noch.« Dann folgt die offene Warnung: »Ich fühle mich sehr mutig, seit Sie mir sagen, daß Sie zuweilen den anderen Sterblichen ähneln, denn ich weiß aus meinem Ovid, daß die schönen Damen schon damals viel besser den Männern zu widerstehen wußten als ihren Halbgöttern [...]. Und dann habe ich Hofluft geatmet, ich weiß mich zu verstellen, ich weiß mir Zwang anzutun, ich habe einen kleinen Stich zu Schikanen, Intrigen und Finessen, und ich hoffe, von alle dem einen ziemlich guten Gebrauch gegen Sie zu machen.«

Die Warnung ist angebracht: Graf Stadion hat sich in seiner antiklerikalen Politik zu weit vorgewagt, nun macht der Mainzer Kurfürst Emmerich Joseph einen Rückzieher, und Stadion sieht sich genötigt, um seine Demission anzugehen. Er ist inzwischen fast siebzig Jahre alt – für damalige Verhältnisse ein Greis – und will sich auf seine Besitzungen zurückziehen. Er wählt Schloss Warthausen, und sein Lieblingssohn La Roche und dessen Familie sollen ihn begleiten. So sieht sich Sophie La Roche, nach siebenjähriger Trennung von Wieland, plötzlich vor die Aussicht gestellt, den einstigen Verlobten wiederzusehen. Sie ermutigt ihn schelmisch, sich den Winter über gerne noch in solchen Scheingefechten zu üben, bis sie im März 1761 in Stadions Gefolge nach Warthausen ziehen wird. Denn dann, so warnt sie schalkhaft, kann aus dem Spiel leicht Ernst werden: »Beginnen wir nur immer unsere Unterhaltungen bis dahin, um so den gefährlichen Schläge schon im voraus zu parieren, die wir uns beibringen könnten. Adieu.«

Sie ist in diesen Mainzer Jahren gewachsen. Sie hat ihren Geschmack ausgebildet, sich eine flotte und stilsichere Feder erworben, hatte Umgang mit der großen Welt aus nah und fern, hat an Wissen, Herzensbildung und Lebenserfahrung viel gewonnen. Sie weiß: Sie ist nicht mehr das schutzlose Mädchen von einst, mit dem nach Gutdünken umgesprungen werden kann. Sie ist neugierig auf ein Wiedersehen mit Wieland, sie freut sich sogar darauf, aber sie hat keine Angst mehr und weiß sich notfalls zu wehren. Das Bild vom Fechtkampf hat sie nicht zufällig gewählt.

»Die glücklichsten Jahre meines Lebens«

An Stadions Musenhof in Warthausen (1761–1768)

Das Wiedersehen mit Warthausen vollzieht sich unter anderen Vorzeichen. Sieben Jahre zuvor hat Sophie ein Vierteljahr auf dem Schloss gelebt. Damals waren ihr die großen, prächtigen Räume fremd. Sie schnupperte Hofluft, sah die Domestiken auf den Gängen umhereilen und fühlte sich eingeschüchtert und klein. Jetzt, nachdem sie mehrere Jahre im Stadion'schen Palais und am Hofe des Mainzer Fürsterzbischofs zugebracht hat, kommt ihr das Warthausener Schloss wie ein beschauliches Refugium vor. Für Stadion ist der Umzug nach Oberschwaben mit gemischten Gefühlen verbunden. Er weiß, dass es sein letztes Domizil sein wird. Für Sophie hingegen ist es ein Neubeginn, sie freut sich auf die Heimeligkeit des Ortes und der Landschaft. Mit einemmal ist sie auch nicht mehr den Menschen gram, die ihr damals, als sie in Biberach vergeblich auf Wielands Rückkehr aus der Schweiz wartete, Leid zufügten.

Die Kutschen Stadions und La Roches haben das kleine Dorf Warthausen erreicht, die Bewohner stehen links und rechts Spalier und lassen ihren Grafen hochleben. Sophie schiebt – so könnte es gewesen sein – den Vorhang am Wagenfenster etwas beiseite und sieht hinaus. Sie fühlt sich nicht völlig wohl bei dieser Szene. Etwas linkisch winkt sie den Handwerkern und Bauern des Dorfes zu.

Dann geht ihr Blick hinauf zu dem Hügel oberhalb Warthausens. Imposant thront dort oben das Schloss. Die Herrschaft Warthausen ist mit ihren dreizehn Dörfern ein sehr kleines Fürstentum, dennoch strahlt das Schloss Würde und Großzügigkeit aus.

Schloss Warthausen
Radierung von Johann Heinrich Tischbein d. Ä., 1781

Die Pferde ziehen die Kutschen die steile Straße hinan. Oben angekommen, geht es am Garten und einer schönen Lindenallee vorbei zum Torhaus. Die Kutschen passieren das Eingangstor und kommen im großen Wirtschaftshof zu stehen. Vor ihnen liegt prachtvoll das Schloss.

Sophie La Roche und ihre Familie nehmen im benachbarten Amtshaus Wohnung. Von ihren Fenstern haben Georg Michael und seine Frau das gräfliche Domizil vor Augen. So wird auch hier, in der schwäbischen Provinz, weiterhin auf den feudalen Hof hin gelebt und gearbeitet. Sophie freilich genießt zunächst einmal die frische Landluft, sie hört mit Entzücken den vertrauten schwäbischen Dialekt und sieht mit Freude an klaren Tagen am Horizont die noch schneebedeckten Alpen. Später schreibt sie über diese Zeit:

»Dieses liebliche, hier dargestellte, Bild, bezeichnet die glücklichsten Jahre meines Lebens, denn ich, die eine Aussicht auf ländliche Gegenden so unaussprechlich liebt, wohnte damals in einem Flügel des Schlosses Warthausen, dessen Lage auf einem ziemlich hohen Berge sehr vortheilhaft für meine Wünsche war, indem ich von einer Seite das, von dem Fuße des Berges sich zwischen waldichten Anhöhen gegen die Donau ziehende, Thal übersah, in welchem zerstreute Bauerhöfe, fleißiger und reicher Landleute liegen; von der andern aber der schöne Schloßgarten und die Felder der Meierey in dem vollkommensten Anbau vor dem Auge waren; über diese Felder hin aber, die sechs und zwanzig Stunden entfernten Schneegebirge herüber glänzten.«

Das mag verklärt klingen, vermittelt aber auch etwas vom Geist, der unter Graf Anton Heinrich Friedrich von Stadion in der Herrschaft Warthausen waltet. Sophie La Roches Beschreibung lässt freilich außer Acht, dass die wohlbestellten Gärten und Felder, die schönen Bauernhöfe und sauberen Dörfer das Resultat von Fleiß und Umsicht sind. Auch Stadion trägt mit seinen »modernen« Anschauungen dazu bei. Er versucht in jedem Sinne aufklärerisch zu wirken. Seine kleine Herrschaft Warthausen soll, nachdem er sich von der großen Politik verabschiedet hat, das Musterbeispiel eines Staatsgebildes werden. Nicht die Größe eines Landes ist entscheidend, sondern Glück und Zufriedenheit seiner Bewohner. Stadion ist ehrgeizig. Vielleicht spielt ein wenig Kompensation für die Enttäuschung mit, die er empfand, als er in Mainz über die Intrigenwirtschaft seiner Gegner stolperte. Gleichviel: Stadion will jetzt, da er Zeit dafür hat, eine Herrschaft errichten, die den sprichwörtlichen schwäbischen Fleiß mit neuen technischen und ökonomischen Erkenntnissen, bäuerliche Hartnäckigkeit mit aufgeklärtem Gedankengut, gemäßigten Absolutismus mit modernen staatsrechtlichen Ideen verbindet. Gemeinsam mit seinem treuen Privatsekretär und Verwalter Georg Michael La Roche verfolgt er dieses Modernisierungsprojekt.

Ihre Bemühungen zeigen Früchte: Die Ackerbürger, Handwerker und Bauern der Grafschaft sind lernwilig und aufgeschlossen. Dieser schlaue, bisweilen auch schlitzohrige Menschenschlag erkennt bald, dass des Grafen Ideen keine Luftgebilde sind, sondern sich in barem Geld auszahlen. Neue Anbaumethoden werden vermittelt, ertragreichere Getreidesorten kommen zum Einsatz, die Fruchtfolge auf den Äckern wird geändert, wodurch die Böden nicht einseitig ausgelaugt werden. Georg Michael La Roche betraut einen alten Pflasterer mit der Aufgabe, die Kinder des Dorfes anzuleiten, Kieselsteine zu sammeln und die Gehwege damit zu befestigen. Aus einem nahen Dorf kommt ein junger Mann namens Matthes zu La Roche und bittet ihn um Hilfe. Er ist Hilfslehrer und auf das Schulgeld – pro Schüler sechs Kreuzer im Halbjahr – angewiesen. Den Bauern des Dorfes erscheint das zu viel, sie möchten den Lehrer, der selbst aus ärmlichsten Verhältnissen stammt, loswerden. La Roche führt Matthes ins Schloss, lässt ihn in der Bibliothek warten. Als er zurückkommt, sieht er den Lehrer hingebungsvoll in den Büchern blättern. Stadion kommt hinzu, unterhält sich mit dem jungen Mann, findet Gefallen an ihm. Er erkennt, dass Matthes weit begabter ist als ein einfacher Schullehrer. Also schickt er ihn ins nahe Reichsstift Schussenried, um ihn dort zum Geometer ausbilden zu lassen.

Der aufklärerische Eifer trägt allerdings bisweilen auch unfreiwillig komische Züge. Georg Michael La Roche, der auch Ambitionen als Apotheker hat, kreiert ein Heilmittel zur äußerlichen Anwendung. Sophie La Roche berichtet: »La Roche wußte die Zubereitung des Seifenspiritus und seine unschuldigen Heilkräfte, verfertigte also immer einen großen Vorrath, um ihn den Bauerleuten bey Beschädigungen zu geben. Wir reisten einst von Warthausen nach Bön[n]igheim im Würtembergischen, wohin der große Stadion alle zwey Jahre ging. La Roche gab der

Frau des Amtsknechts zwey große Eßigbouteillen des Seifenspiritus, mit der Anweisung, wie und wann sie davon mittheilen sollte.« Als La Roche wieder einmal nach Bönnigheim kommt und sich nach dem Befinden des Amtsknechts erkundigt, erfährt er zu seinem Entsetzen, die Frau Amtsknecht habe ihrem kranken Mann den Spiritus innerlich verabreicht, der Herr Amtsknecht sei aber gesundet und wohlauf.

Stadion studiert in jenen Jahren die bereits erschienenen Bände der *Encyclopédie* von Diderot und d'Alembert und andere Schriften aus dem Ausland und verfolgt den neuesten technischen Stand in Handwerk und Manufakturwesen. Über seinen Verwalter La Roche macht er die Handwerker seiner Herrschaft auf Neuerungen und Besserungen aufmerksam. Ein paar Jahre später hat Sophie La Roche die Herrschaft Warthausen in ihrem Roman *Geschichte des Fräuleins von Sternheim* voll des Lobes beschrieben:

»Niemand war glücklicher als Sternheim und seine Gemahlin, deren Fußstapfen von ihren Untertanen verehrt wurden. Gerechtigkeit und Wohltätigkeit wurde in dem kleinen Umkreis ihrer Herrschaft in gleichem Maße ausgeübt. Alle Proben von Landbau-Verbesserung wurden auf herrschaftlichen Gütern zuerst gemacht; alsdann den Untertanen gelehrt, und dem Armen, der sich am ersten willig zu Veränderung zeigt, der nötige Aufwand umsonst dazu gereicht.«

Die Autorin entwirft die Figur des idealen Herrschers, indem sie aufklärerische Absichten mit christlichen Tugenden vereint. Sternheim bekennt: Es »treten die Pflichten gegen meine Untergebene ein, für deren Bestes ich auf alle Weise sorgen werde, um ihrem Herzen die Unterwürfigkeit, in welche sie das Schicksal gesetzt hat, nicht nur erträglich, sondern angenehm zu machen, und mich so zu bezeugen, daß sie mir den Unterschied, welchen zeitliches Glück zwischen mir und ihnen gemacht hat, gerne gönnen sollen«.

Dies ist freilich nur *eine* Sichtweise. Bald werden Stimmen aus der benachbarten Freien Reichsstadt Biberach laut. Die dortigen Zünfte beklagen sich über die Warthausener Handwerker, die plötzlich mit ihren billigeren Waren auf den Markt drängen und zünftige Prinzipien und Regulierungen außer Acht lassen können. Ein »Wirtschaftskrieg« droht, der bald ausbrechen wird.

Kein Wunder jedenfalls, dass Graf Stadion von seinen Untertanen verehrt und geliebt wird. Er selbst weiß das und scheut sich nicht, trotz seiner aufgeklärten, modernen Anschauungen sein feudales Patriziat zur Schau zu stellen. Die Kunst ist ihm hierzu willkommenes Mittel. Bereits aus dem Jahre 1751 datiert ein Ölgemälde, das der von Stadion und La Roche protegierte Maler Johann Heinrich Tischbein d. Ä. als Auftragsarbeit ausgeführt hat und das die »Verherrlichung des Grafen Stadion« unter Einbezug antikisierender Elemente mit viel Pomp zeigt.

Aber nicht nur in der Herrschaft Warthausen herrschen Fleiß, Ordnung und Wohlstand, auch im eigenen Hausstand ist der Graf bemüht, das Nützliche mit dem Schönen, Sauberkeit und Ordnung mit Muße und Liebe zur Kunst zu verbinden. Schwärmerisch urteilt Sophie:

»In dem Hause selbst herrschte ein Geist der Ordnung und des guten Geschmacks, wie in der großen Bibliothek, in welcher ich mit meiner Arbeit in der Hand, so oft einen der größten Staatsmänner Deutschlands [...] über alle Gegenstände der alten und neuen Welt sprechen hörte; meinen Gatten, welcher so viele Kenntnisse edlen Witzes in sich vereinte und die beyden mit seinem Geiste beseelten Gräfinnen von Stadion umgab, dabey alle Abende sehr gute Musik hörte, edle nützliche Landwirthschaft sah, den Umgang großer guter Menschen, Ruhe und Schönheit der Natur genoß.«

Die von Sophie La Roche beschriebene Gesellschaft, die sich regelmäßig zu Gespräch und Tändelei, zu Musik und Lektüre versammelt, ist bald über die Grenzen Oberschwabens hinaus bekannt und wird als »Musenhof von Warthausen« voller Anerkennung gepriesen. Zu den Besuchern gehören Künstler und Gelehrte, Staatsmänner und Geistliche, Adlige und Bürger. Pfarrer Ignaz Valentin Heggelin aus Oberwarthausen ist einer von ihnen. Er ist ein Freund des Physiognomen Johann Caspar Lavater in Zürich. Auch Sebastian Sailer aus Stift Obermarchtal kommt nach Warthausen. Er ist Gelehrter und Schriftsteller und heute noch als Verfasser der *Schwäbischen Schöpfung* und anderer Komödien in schwäbischer Mundart beliebt. Der junge, angehende Musiker Justin Heinrich Knecht kommt ins Schloss und erfreut die Gäste mit seinen Künsten auf dem Cembalo. Knecht ist damals gerade einmal zwölf Jahre alt und wird später als Biberacher Musikdirektor und Komponist noch von sich reden machen. Jetzt aber hören er und die anderen Versammelten begeistert zu, wenn Stadions Hofkapelle Konzerte von Niccolò Jommelli und den Brüdern Johann Gottlieb und Carl Heinrich Graun spielen. Freilich gilt damals solch eine Darbietung eher als angenehme Tafel- und Salonmusik, und die Damen, angetan in ausladenden, perlenbestickten Roben aus Samt und Brokat, die Taille geschnürt, die Schultern kokett entblößt, denken sich nichts dabei, wenn sie zu den festlichen Klängen des kleinen Orchesters mit den Mokkatassen klappern und leichte Konversation betreiben, während die Herren in Samtrock und mit weiß gepuderter Perücke zwischen Konzertsaal und Rauchzimmer hin und her gehen und über ihre Geschäfte und die kleine und große Politik sprechen.

Zu den Damen des kleinen Hofes gehören Stadions Töchter Maria Therese Gräfin von Spaur zu Burgstall, Maria Anna Gräfin Schall von Bell und Maximiliane von

Stadion, die später Fürstäbtissin im nahen Kloster Buchau wird. Außerdem sind Stadions legitimer Sohn Franz Conrad und seine Frau Ludovica des öfteren anwesend. Ein Besucher, der Kanonikus Johann Georg Wenzel von Hoffmann, ein Freund Stadions aus dessen Mainzer Zeit, gibt einen anschaulichen Eindruck vom heiteren und ironischen Ton auf Schloss Warthausen. In einem Brief an den Grafen schreibt Hoffmann launig:

»Der aufgeweckte Humeur, die guthe Einfälle und Repliquen, der guthe Appetit, die Kräften des Leibs, besonders der Füsße und 5 Sinnen, der dermahlige Zustand der Augen, so gar die accuratesse in Coeffirung der Peruque, und Haicklichkeit in anliegen der aufspannenden Hoßen, alles und noch weith mehreres wurde quaestioniret und mit Freuden angehöret. Mr. La Roche, die guthe vernünftige Mutter [Sophie La Roche], die charmande Kinder und ihre guthe Erziehung machten auch ein angenehmes Gesätzgen auf. Euer Ex[zellenz]: werden wie die Lou Lou [Ludovica von Stadion, geb. Zobel von Giebelstadt] sagen, daß ich Sie soll ungeschohren lassen, aber Nein! Sie haben mich manges mahl genug an der Tafel geplaget.«

Selbstverständlich hat Hoffmann voller Bewunderung das geschmackvoll eingerichtete Schloss, die properen Stallungen und das aufgeräumte und saubere Dorf gesehen. Gerade deswegen kann er es sich aber erlauben, Graf Stadion aufzuziehen, indem er die Warthausener Welt ins Gegenteil verkehrt:

»Nun müßen Sie auch von mir hören, daß ich Sie recht dafür beschrieben habe, die Katzen Steege, das Annawäldgen der große und kleine Vögel- auch der Mucken Heerd, die Marckstein von Sonnenblumen, das schlechte raupige Gemüsß, der Fisch Deich, die krume alleen, die sauere Kirsch, der so so eingerichte Garten, Lincks und Rechts, der Waßerthurm, Schois-Hauß, die Land Junckerey, Wasch-Hauß, Bügelstube, Ambthauß, Scheuren, Zeug-Hauß, Eißen Magazin, neues Korn-Hauß, so gar der Kühestall mit denen darinnen befindlichen 7 Centner schwehren Krüpplen, und die darinnen befindliche propertè.«

Nicht immer ist es für Sophie La Roche in diesem Kreis leicht. Vor allem das Verhältnis zu Stadions legitimen Kindern Maria Anna und Franz Conrad ist angespannt. Selbst in solch aufgeklärten, freisinnigen Kreisen besteht bisweilen ein Dünkel gegenüber der bürgerlichen Frau, die über eine unvollkommene Bildung verfügt und kein reines Hochdeutsch spricht. Auch Georg Michael La Roches Abkunft ist am Warthausener Hof ein offenes Geheimnis. Sticheleien sind die Folge.

Doch solche Trübungen sind eher die Ausnahme im heiteren Rokoko-Ambiente des Warthausener Hofes. Sophie hat die gleichen Aufgaben wie bereits in Mainz: Morgens legt ihr La Roche Bücher und Zeitschriftenartikel mit Anstreichungen ans Bett. Sophie liest vormittags die bezeichneten Stellen und flicht mittags bei Tisch oder abends in kleiner Gesellschaft das Angelesene auf geistreiche Weise in die Unterhaltung ein. An den Nachmittagen spaziert sie mit Graf Stadion durch den weitläufigen Garten oder durch die Lindenallee, vorbei an Pavillons, Rabatten, Springbrunnen und Skulpturen. Manchmal stehen sie auch an einem Teich, füttern die Schwäne, sind ins Gespräch versunken und sehen zu, wie die über den Himmel ziehenden Wolken sich im Wasser spiegeln. Sophie La Roche rückt in jenen Jahren von der bloßen Gesellschafterin zur Vertrauten des Grafen auf. Der Biberacher Maler und Schriftsteller Johann Baptist Pflug hat aus der Erinnerung von Zeitgenossen die Intimität der Szenerie festgehalten: »Häufig sah man den Grafen am Schloßteich stehen, mit feuerfarbenem Mantel bekleidet; Frau von La Roche im weißen Gewande, Rosen im Haar, befand sich neben ihm. Auf ein Zeichen mit einer silbernen Glocke eilten die Fische scharenweise herbei und empfingen aus ihrer Hand die Brosamen von des Herrn weitberühmten Tische.«

Bei solchen Zusammenkünften kann Sophie es sich nicht versagen, eigene Meinungen und Beobachtungen anzubringen. Sie ist kein Mädchen mehr, das man nach Laune drillen kann. Ihre Erfahrungen der letzten Jahre haben sie reifen lassen. Sie macht sich über vieles ihre Gedanken, und immer öfter drängt es sie, diese zu äußern. In Gesellschaft allerdings muss sie sich zurückhalten. Sie kann wohl hin und wieder ihre Meinung kundtun, aber nicht zu häufig. Schnell gälte sie als vorlaut und altklug, gar als eine »verbildete« Frau. So ist sie gezwungen, ihre Erkenntnisse im vertraulichen Gespräch unter vier Augen anzubringen, etwa wenn sie mit dem Grafen nachmittags durch den im englischen Stil angelegten Schlosspark spaziert (einer der ersten Landschaftsgärten dieser Art in Deutschland), oder wenn sie Briefe an Freunde schreibt und darin immer ausführlicher und detailverliebter wird.

Sophie von La Roche
Ölporträt von Langenbeck, um 1762

Zu den wiedergefundenen Korrespondenzfreunden jener Jahre gehört der Biberacher Senator und Amtsschreiber Christoph Martin Wieland. Trotz der räumlichen Nähe oder gerade deswegen gehen vermehrt Briefe zwischen der Reichsstadt und dem Schloss hin und her. Wieland teilt das Schicksal vieler Schriftsteller, die sich mit einem Brotberuf über Wasser halten: Er fühlt sich zwischen Amtsstube und Studierzimmer, zwischen Beruf und Berufung hin- und hergerissen, ja zerrissen. In einem Brief an den Schweizer Mediziner Johann Georg Zimmermann beklagt Wieland sein Schicksal:

»Einsam in einem Hause, dessen weite Gemächer von Niemand bewohnt sind, als von mir selbst, einem dummen Thier von einer Magd, etlichen alten magern Ratzen, und einem Gespenst, das, der uralten Observanz gemäß, alle Nacht um Zwölf Uhr unsichtbar auf einer geheimen Treppe vom Rathause in die Canzley herabsteigt und sich eine Stunde lang amüsirt, die alten Protocolle zu durchblättern – einsam, ohne Freunde (denn die einzigen die ich in diesem barbarischen Land habe, sind doch eine Stunde weit von mir entfernt) ohne Ergötzungen, ohne ein Mädchen das mir durch eine Arie von [Baldassare] Galuppi die Grillen wegsingen, oder durch Küsse, die sie von mir selbst zu geben gelernt [...]. Sogar die Musen sind, vielleicht auf ewig, von mir geflohen, ach! [...] da ich durch einen Fluch, den mir die Götter verzeyhen wollen, meine Zeit, meine Schreibfinger und meine armen *Musculos clutaeos* [Gesäßmuskeln] dem Dienst der Stadt Biberach verpfändet habe! [...] bald bald wird die ansteckende Dummheit einer Raths-Stube den wenigen wäßrichten Geist noch vollends auftroknen, den ihm ein fünfjähriger Auffenthalt unter den unwissendsten, abgeschmaktesten, schwehrmüthigsten und hartleibigsten unter allen Schwaben noch übrig gelassen haben mag.«

Der Brief datiert vom Januar 1765, und obgleich er Wielands Unzufriedenheit mit den Biberacher Verhältnissen offen zum Ausdruck bringt, ist der Dichter doch hinsichtlich seiner angeblichen Einsamkeit ungerecht. Denn sehr bald nach ihrer Rückkunft nach Warthausen sucht Sophie La Roche – weniger verletzlich als früher, aber auch abgeklärter und verständnisvoller – Kontakt zu dem einstigen Verlobten. Auf ihre Fürsprache hin wird Wieland an den Warthausener Musenhof geladen. In einem bereits früher verfassten Brief an Zimmermann vom 22. Juni 1762 beschreibt Wieland voller Enthusiasmus den neu gewonnenen Freundeskreis und die geistreiche Ansprache, die er seit der Rückkehr aus der Schweiz so schmerzlich vermisst hat:

»Herr von Stadion ist ein Mann durch und durch. Mit seinen zweiundsiebzig Jahren hat er noch das Feuer eines Franzosen von fünfzig, die schlichte Denkungsart und den Stil eines englischen Edelmannes. Ein Staatsmann, Kunstfreund und Plauderer par excellence [...]. Bei ihm leben seine Tochter, die Gräfin Schall, sein Favorit und Faktotum Herr la Roche mit seiner Frau, ein amüsanter Arzt, ein Hauskaplan, dessen Spitzname in Erinnerung an Molière Maître Pangloss [hier irrt Wieland: Pangloss ist eine Figur aus Voltaires *Candide*] ist, und Sophiens Kinder, die die schönste Freude des Grafen sind. La Roche ist ein würdiger und liebenswerter Mann, er sieht zwar aus wie ein Höfling, aber er ist einer der ernsthaftesten Philosophen, die ich je in meinem Leben gesehen habe. Es gibt nichts Schöneres als das Leben in Warthausen, der Tag vergeht bei Lektüre, Plauderei, ausgedehnten Tafelfreuden und Spaziergängen, und endet gemeinhin mit kleinen Konzerten.«

Schnell ist Wieland wie ein alter Freund in den Kreis aufgenommen. Stadion ist trotz seines Alters immer noch der modernen Literatur gegenüber aufgeschlossen und bittet Wieland, seine neuesten Dichtungen abends vorzulesen. Denn trotz Wielands Klage, die Musen hätten ihn verlassen, ist in jenen Jahren so manches entstanden: Im September 1761 wird im Biberacher Komödienhaus, das sich im ersten Stock über einer Fleischerei befindet, Shakespeares *Der Sturm* in Wielands Übersetzung und unter seiner Direktion aufgeführt. Das ist der Beginn einer mehrjährigen Arbeit an den Übersetzungen von Shakespeares Bühnenwerken und damit auch der Anstoß für die Shakespeare-Begeisterung in Deutschland. Daneben arbeitet Wieland auch an eigenen Werken: So entstehen in jenen Jahren in Biberach die Romane *Der Sieg der Natur über die Schwärmerey, oder die Abentheuer des Don Sylvio von Rosalva*, die *Geschichte des Agathon* und das Epos *Idris*. Für Wieland hat die emsige Schriftstellerei auch ein profanes Motiv: mit ihr versucht er Geld zu verdienen, da ihm die Auszahlung seines Gehalts als Kanzleiverwalter wegen eines Paritätsstreites zwischen katholischer und protestantischer Bürgerschaft vier Jahre lang verweigert wird. Ein Gerichtsverfahren vor der Wiener Reichsverwaltung, bei dem Wieland von Georg Michael La Roche unterstützt wird, zieht sich hin, und Wieland ist gezwungen, sich von Freunden Geld zu leihen. Kein Wunder, dass ihm die Arbeit im Amt sauer wird.

Wieland benötigt umso nötiger Geld, als er sich im Jahre 1761 in ein Liebesabenteuer stürzt, das er nicht ohne Sophie La Roches Hilfe übersteht. Er verliebt sich in die neun Jahre jüngere Christine Hogel aus Biberach, die er zärtlich Bibi nennt. Das neunzehnjährige Mädchen entstammt einer streng katholischen, kleinbürgerlichen Familie. Weder die Eltern Christines noch die Christoph Martin Wielands sind von der Liaison begeistert. Christines Vater, der Säcklermeister und Mesner Wilhelm Pelagius Hogel, schickt seine Tochter sogar als Dienstmädchen auf ein auswärts gelegenes Gut, damit sie den protestantischen Kanzleiverwalter vergesse. Doch Christine flieht von dort und kehrt nach Biberach zurück, wo Wieland sie notgedrungen bei Freunden unterbringen muss. Die Angelegenheit droht sich zum kleinstädtischen Skandal auszuwachsen. Schließlich gesteht Christine ihrem Geliebten, dass sie schwanger sei. Wieland wendet sich in seiner Not an Sophie La Roche, macht ihr auch deutlich, dass sein Interesse an Bibi nachgelassen hat, verschweigt ihr aber, dass Bibi ein Kind erwartet. Sophie ist auf Wieland nicht eben gut zu sprechen, hilft ihm aber doch – wahrscheinlich empfindet sie auch Mitleid mit dem Mädchen, dessen Lage sie an ihre eigene Jugendzeit erinnert. So nimmt sie Kontakt zu dem Orden der Englischen Fräulein in Augsburg auf, die eine Mädchenschule mit Internat und Pension betreiben. Eine Zeit lang, so Sophies Gedanke, soll Bibi dort bleiben, bis sich die Wogen geglättet haben. In einem Brief an Julie Bondeli in Bern – die Macht der Ironie lässt die beiden ehemaligen Verlobten Wielands in jenen Jahren zu engen Brieffreundinnen werden – schreibt Sophie La Roche:

»Was werden Sie sagen, wenn ich Ihnen mitteile, daß ich es bin, die augenblicklich für Bibi Sorge trägt. Sie kommt in Pension zu den Englischen Damen in Augsburg. Ein anderes Projekt ist gescheitert, weil Monsieur Wieland so viel Geld für den Putz der Mademoiselle verwandt hat, daß nichts mehr für die Reise und die Pension übrig blieb.« Sprich: Sophie selbst muss für Christine Hogel aufkommen. Über Wieland schimpft sie: »Das Mädchen ist schlicht und einfach; Wieland hat sie eitel gemacht; ein Weltmensch ist sehr gefährlich für solche Person.«

Als wenig später die »Schande« offenbar wird und die Augsburger Nonnen erfahren, dass ihr neuer Schützling mit einem unehelichen Kind schwanger geht, fällt ein Schatten auch auf Sophie La Roche, die den Aufenthalt im

Kloster vermittelt hat. Ungehalten über Wieland schreibt Sophie an Julie Bondeli:

»Würden Sie jemals gedacht haben, daß er mich dem Schimpfe aussetzte, seinem Mädchen durch meine Bitten und Empfehlungen die Aufnahme bei den Englischen Damen in Augsburg zu erwirken, während sie seit drei Monaten guter Hoffnung war? Wieland ließ mich berichten von ihrer Tugend und ihrem guten Betragen, und ließ mich abreisen mit dem Glauben, ein gutes Werk gethan zu haben, indem ich zugleich seinen und des Mädchens Ruf rettete. Vierzehn Tage nach meiner Ankunft zu Hause erhalte ich von ihm einen langen Brief, worin er mir seinen ganzen Roman erzählt – Kämpfe, Widerstand, lange Tiraden gegen die platonische Liebe, Beweisführungen, daß es unmöglich sei, sich immer zu beherrschen.«

Die Angelegenheit mit Christine Hogel schleppt sich hin. Wieland will seine Bibi nun doch wieder heiraten, deren Eltern widersetzen sich aber. Er möchte eine Trauung ohne Aufsehen vollziehen und wendet sich an den aus Biberach gebürtigen Abt der Prämonstratenserabtei Rot, Mauritius Moritz, mit der Anfrage, ob es nicht möglich sei, auf ein Aufgebot, also die öffentliche Bekanntmachung der Hochzeit, zu verzichten. Der Abt kann ihm nicht helfen. Nun versucht Sophie La Roche über ihren Mann zu vermitteln. Briefe gehen an den Erzbischof von Mainz und den Nuntius von Luzern mit der Bitte um einen Dispens vom Aufgebot, ebenfalls ohne Erfolg. Christine Hogel bleibt unterdessen im Kloster, denn die Nonnen lassen sie nicht ziehen, solange Wieland nicht das Aufgebot bestellt hat. Schließlich wird Christine, da die Schwangerschaft nicht mehr zu verbergen ist, doch andernorts untergebracht, bei einem Glaser auf dem Dorf, wo sie ihrer Niederkunft entgegensieht. Wieland schwört seiner Freundin in Warthausen seine Treue zu Christine. Sophie nimmt es ihm nicht mehr ab, sie erinnert sich des eigenen Verlöbnisses und kennt Julie Bondelis Geschichte. Voller Ironie und Spott schreibt sie der Freundin nach Bern: »Er will sie [Christine] von seiner Hände Arbeit ernähren. In ihr glaubt er den wahren Unterschied zwischen Liebe und Freundschaft gefunden zu haben, ›das Vergessen seiner selbst, sich glücklich schätzend für den Geliebten sich zu opfern‹. Und das alles ist gesagt mit jenem Feuer und Wortschwalle, welchen Sie bei ihm kennen.«

Das Kind, ein Mädchen, wird auf den Namen Cäcilie Sophie Christine getauft und zu Pflegeeltern nach Kempten gegeben. Die Kindsmutter, die man unterdessen wieder nach Augsburg schicken will, wo sie als Magd für ihren Unterhalt und den des Kindes aufkommen soll, setzt sich auf der Reise eigenmächtig ab und wandert nachts nach Biberach, um sich heimlich mit Wieland zu treffen. Dieser schreibt daraufhin seiner einstigen Verlobten Julie Bondeli einen Brief, worin er erneut sein Schicksal beklagt.

Julie unterrichtet die Freundin Sophie hiervon: »Wieland hat mir den albernsten Brief geschrieben, den man jemals gelesen hat: ich habe herzlich darüber gelacht, aber nicht habe ich darüber lachen können, Bibi in Augsburg zu wissen, ihren Lebensunterhalt durch ihrer Hände Arbeit gewinnend. Dieses arme Geschöpf flößt mir großes Mitleid ein.«

Schließlich verliert Wielands Leidenschaft an Feuer – wohl auch auf Anraten Sophies, die entgegen ihrer sonstigen Empfindsamkeit und Gefühlswallung dem Freund dringend von einer Verheiratung abrät, da es seiner gesellschaftlichen und beruflichen Stellung schade. Dies ist ein pragmatischer, bisweilen von Kalkül getragener Zug in Sophies Wesen, der nur scheinbar schlecht zum sentimentalen Ton ihrer Briefe und zur Herzensklugheit ihrer Erzählungen und Romane passt. Aber sie hat in ihrem

Leben selbst Lehrgeld zahlen müssen, zunächst in ihrem frühen Erlebnis mit Wieland, später am von Witzeleien und kühlem Verstand geprägten Mainzer Hof. Die Hofluft, die sie geatmet hat, hat sie vorsichtig und entschieden zugleich werden lassen, wenn es um den eigenen Vorteil und den der Familie geht. Sie hat dieses Kalkül später noch des öfteren gezeigt, etwa bei der Verheiratung ihrer Tochter Maximiliane.

Ebendiese Maximiliane wird, kaum ist das Drama um Christine Hogel überstanden, zum nächsten Fixstern an Wielands Himmel. Er schwärmt von ihrer Schönheit, ihren tiefbraunen Augen, ihrem vollen Haar. Überträgt er seine einstigen Gefühle für die »geliebte Base« nun auf deren Tochter? Das wäre nachvollziehbar, wenn es sich bei Maxe, wie das Mädchen von allen genannt wird, nicht um ein Kind handelte. Sie ist gerade einmal acht Jahre alt, als Wieland in einem Brief an Sophie offiziell um die Hand Maxes anhält, freilich mit dem Zugeständnis, er wolle mit einer Verheiratung und dem Vollzug seiner ehelichen Rechte gerne warten, bis sie vierzehn sei. Sophie möge doch mit La Roche sprechen. »Von seiten meiner kleinen Maxe«, so fügt Wieland lapidar hinzu, »befürchte ich absolut nichts [...]. Sagen Sie ja, teure Mutter.«

Sophie sagt nicht ja. Der Brief ist eine Beleidigung, für sie als »teure Mutter« und einstige Verlobte Wielands, aber auch für ihr unschuldiges Kind. Vermutlich hat Sophie, die im Elternhaus zu Fügsamkeit und Gehorsam gegenüber Männern erzogen worden ist, Wieland nicht offen widersprochen, sondern den Brief einfach unbeantwortet gelassen und Wieland mit Schweigen gestraft. Ob sie ihren Mann ins Vertrauen gezogen hat, ist fraglich.

Noch mehrmals wird in jenen Jahren von Sophie Geduld im Hinblick auf Wielands Abenteuer abverlangt. Wieland hat auch zum Hause Katharina von Hillerns, der Schwester Sophies, Kontakt. Die Biberacher, das weiß

Sophie, zerreißen sich darüber den Mund: Wieland soll nicht nur seinem immer noch einflussreichen Vater, sondern auch dem einstigen Kanzleiverwalter Johannes von Hillern und dessen Frau seinen Posten bei der Stadt verdanken. Umgekehrt, so wollen Gerüchte wissen, soll Christoph Martin Wieland Hillern im Jahre 1760 bei dessen Kandidatur um das Bürgermeisteramt unterstützt haben. Nun geht Wieland im Hause des Bürgermeisters ein und aus. Er liebt noch immer das Spiel mit dem Feuer, und die schöne Cateau erinnert ihn fatal an seine einstige Verlobte. Auch jetzt sind die Klatschmäuler schnell parat. Der Arzt Jakob Hermann Obereit schreibt in einem Brief an Bodmer über Cateaus Freundschaft mit Wieland: »Indessen kann ich Ihnen noch berichten, daß seine vornehmste Bekanntschaft und tägliche Conferenz-Unterhalterin die Fr[au]. Bgmstrin [Bürgermeisterin] v. Hiller[n] seyn soll, das scheint wohl die Circe od[er] Calypso unsers Ulyß od[er] Telemachs zu seyn, und gut mit Verwandlungen umgehen zu können.«

Derlei Geschwätz kommt auch Sophie im benachbarten Warthausen zu Ohren. Sie weiß zwar Wieland vor Stadion zu decken, betrachtet aber gleichwohl mit Sorge die Entwicklung im Hause Hillern. Das Verhältnis zwischen den Schwestern ist inzwischen belastet. Cateau hat ein einnehmendes, kokettes Wesen. Sie gilt als leichtlebig, ist klug und eine außerordentliche Schönheit. Sophie hingegen hält die Schwester für eitel und gefallsüchtig. Und sie warnt Wieland vor dem schönen Schein.

Doch wo viel Licht ist, fällt viel Schatten. Hinter den Kulissen des Hauses Hillern herrscht ein trauriger Alltag. Johannes von Hillern ist ein Trinker und Choleriker, der sich gegen Cateau oft unwirsch und unbeherrscht verhält, sie wohl auch schlägt. Von dieser Ehetristesse wird Cateau durch den überraschenden Tod ihres Mannes erlöst. Hillern stirbt am 2. Juli 1765. Wieland, noch immer auf

Freiersfüßen, stattet wenige Tage später der Witwe einen Kondolenzbesuch ab und meint recht unbedacht, sie, Cateau, müsse nach dem Ableben ihres rohen Mannes doch erleichtert sein, außerdem bitte er, der Herr Kanzleiverwalter, sie um ihre Hand.

Wieland tritt mit seiner vorschnellen und wenig einfühlsamen Werbung ins Fettnäpfchen. Cateau, auf die Wahrung des Scheins bedacht, zeigt sich entrüstet über Wielands Äußerungen und weist ihn brüsk mit der Bemerkung ab, sie sei nicht bereit, zur Frau Stadtschreiberin herabzusteigen.

Wie ein geschlagener Hund verlässt Wieland das Haus – und stürzt sich kurz darauf ins nächste Abenteuer. Cateau von Hillerns weiterer Lebensweg ist indes traurig. Sie siedelt nach Augsburg über und verarmt dort zusehends. Sophie La Roche steckt ihr in all den Jahren immer wieder Geld zu. Cateau jedoch weiß nicht hauszuhalten und und verelendet immer mehr. Nach langer Krankheit stirbt sie im Jahre 1793.

Der Ärger mit Wieland reißt unterdessen nicht ab. Darunter wird Sophie La Roche noch leiden. Seltsamerweise lässt sich die Angelegenheit, derentwegen es zum Zerwürfnis kommt, zunächst gut und hoffnungsvoll an.

Wieland geht in Warthausen häufig ein und aus. Wenn es abends bei Konzert und Gespräch später wird und er nicht mehr die eine Meile nach Hause gehen will, übernachtet er dort, manchmal in einem Turm im Garten – dem noch heute nach ihm benannten »Wielandturm« –, manchmal auch im Schloss selbst, im zweiten Stockwerk des Nordflügels, direkt neben dem Zimmer, in dem Sophie sich tagsüber als Gesellschafterin des Grafen häufig aufhält. Mit Stadion steht Wieland auf vertrautem Fuß. Die gräfliche Anerkennung gipfelt darin, dass Wieland im Jahr 1765 von Stadion das kleine Pfalzgrafendiplom verliehen bekommt. In der Urkunde werden die Rechte des Comes palatinus minor umrissen: Er darf Notare ernennen, unehelich Geborene legitimieren, »der Freyen Künsten Magistros, Baccalaureos, Poetas Laureatos creiren« und bürgerliche Wappen ausstellen. Ausschlaggebend für die Verleihung des Diploms seien die hohe Stellung der Familie Wieland in Biberach, aber auch die persönlichen Verdienste Christoph Martin Wielands, denn ihm, Stadion, sei »bereits vor mehreren Jahren ab dessen in offenem Druck erschienenen [...] Schriften so überzeugend bekannt worden, daß Wir schon damals, ohne Denselben persönlich zu kennen, für seine geschickte Fähigkeit, und gründliche Litteratur in Sprachen, Poesie, allen Theilen der Philosophie, Historicis, Rechts-Gelehrtheit und weitem Umfang aller nüzlichen Wissenschaften eine Verdienstmäßige Großschäzung gewonnen«.

Wieland kann sich seines Diploms nicht lange erfreuen. Das Verhältnis zwischen Stadion und ihm wird durch eine Äußerlichkeit belastet: Die Handwerker und Bauern der Herrschaft Warthausen drängen mit ihren Waren immer mehr auf den Markt der benachbarten Reichsstadt Biberach. Der Rat der Stadt sieht das mit Unbehagen. Schließlich kommt es zum offenen Streit zwischen der Reichsstadt und dem Grafen, in dessen Verlauf Wieland als Senator und Kanzleiverwalter die Position seiner Vaterstadt einnehmen muss. Er vergreift sich dabei im Ton. Anlass genug für seinen enttäuschten Gönner Stadion, ihm das Pfalzgrafendiplom wieder abzuerkennen und den Kontakt zu ihm abzubrechen. Zwei Jahre lang, vom Sommer 1766 bis zum Spätsommer 1768, ist Wieland in der Herrschaft Warthausen eine unerwünschte Person. Das schmerzt ihn sehr, wie er in Briefen an Sophie La Roche bekennt. Er nutzt eine Reise Stadions und Georg Michael La Roches nach Bönnigheim im Zabergäu, um brieflich an die in Warthausen gebliebene Freundin wieder heranzutreten: »Sie, die mich gleichfalls kennen müßten, glaubten mich zu Dingen fähig, die nur eine schlechte und niederträchtige Seele ohne Abscheu sehen kann. [...] Ich erkenne also meinen Fehler; wenn ich mich aber an all das erinnere, was man getan hat, um mich zu strafen, kann ich nicht umhin, mich ungerecht behandelt zu fühlen. Ob es nun der Graf ist, der sich die grausamsten Schläge ausgedacht hat, oder ob es L[a] R[oche] ist, weiß ich nicht.« Nach dieser Anklage greift er zu seinem letzten, melodramatischen Mittel, der Selbstanklage: »Mein Gott! Was habe ich für ein Schicksal! Bin ich also nur geschaffen, Sie unglücklich zu machen?«

Auch diesmal verzeiht Sophie La Roche dem Freund, sie nutzt sogar die Zeit der Abwesenheit von Ehemann und Dienstherrn, um Wieland in Biberach zu besuchen. Beider Familienverhältnisse haben sich verändert. Sophie hat noch in Mainz im Jahre 1760 den Sohn Johann Philipp zur Welt gebracht, der jedoch nach kurzer Zeit ebenso verstarb wie der 1762 in Warthausen geborene nächste Sohn gleichen Namens. Am 11. Januar 1766 wird in Warthausen der Sohn Georg Carl geboren. Am 16. April 1768 kommt schließlich noch Franz Wilhelm zur Welt. Insgesamt hat Sophie also acht Kinder zur Welt gebracht, von denen fünf – drei Söhne und zwei Töchter – überleben.

Wenn Sophie nun die Kutsche besteigt und nach Biberach fährt, findet sie im Hause des Kanzleiverwalters Wieland ebenfalls Kindergeschrei und zum Trocknen aufgehängte Windeln vor. Wieland hat nach all seinen gescheiterten Liebesabenteuern eine Frau geheiratet, die weder schön noch klug ist, die er allenfalls schätzt, aber nicht sonderlich liebt: Anna Dorothea von Hillenbrand. Er hat die aus Augsburg stammende Kaufmannstochter über Georg Michael und Sophie La Roche kennengelernt und sie am 21. Oktober 1765 in Biberach geheiratet. Drei Wochen nach der Trauung beeilt sich Wieland, die Warthausener Freundin weiterhin seiner Treue und Anhänglichkeit zu versichern, wobei er es in Kauf nimmt, seine Frau bloßzustellen:

»Meine vielgeliebte Base, tausend Dank von ganzem Herzen für die liebe Erscheinung, die Sie gestern bei uns gemacht haben [...]. Meine kleine Frau weiß, wie Sie sehen, nicht auszudrücken, was sie fühlt [...]. Von Natur aus beschränkt und wenig lebhaft, hat die Art von Erziehung, die man ihr gegeben hat, ihre Seele in einer Art von Kindheitszustand gelassen, aus dem sie nur durch unmerkliche Schritte heraustreten kann.«

Für Wieland scheint die Ehe eine Art pädagogisches Experiment zu sein. Sophie liest ungläubig den Brief und erinnert sich, wie Wieland sie in der Zeit ihrer Verlobung zu erziehen und zu bilden trachtete, wie er sie zu einer zweiten Gottschedin, einer Madame du Châtelet hat machen wollen. Sie liest weiter. Sie spürt, wie Wieland sich seiner Frau schämt, wenn er schreibt:

»Ich spreche von unserem häuslichen Leben; denn in Warthausen und selbst hier außer Hause und den Leuten gegenüber, die wir bei der Zeremonie gesehen haben, hat sie mir zuweilen schon einzig und allein durch die Vorstellung Schmerz bereitet, daß dieser Mangel an Umgangsformen, dieses verlegene Aussehen, schließlich dieser Mangel an Geist, der natürlich aus Unwissenheit folgt, nur einen ungünstigen Eindruck hinterlassen können.«

Was ist es dann, das ihn an seine Frau bindet? Ihre Fügsamkeit. Anna Dorothea, so weiß er, »bequemt sich, ohne daß es ihr Mühe oder Zwang bereitet, nach meinem Geschmack, nach meiner Laune, nach meiner Lebensweise«. Und er schwört gleich noch der Liebe als Abenteuer ab, zumindest der Liebe im eigenen Hausstand: »Ich hatte die Klugheit, sie seit den ersten Tagen unserer Verbindung auf dem Fuß zu behandeln, auf dem ich sie immer behandeln werde; Vorsichtsmaßnahmen, wie sie Männer immer treffen müssen gegen ihre jungen Ehefrauen, insbesondere, wenn sie noch so neu sind wie die meine. Es gibt nichts Dümmeres als diese kochende Hitze, der man sich zu Beginn einer Ehe zu überlassen pflegt.«

Sophie denkt an die Anfänge ihrer eigenen Ehe mit Georg Michael zurück. Auch sie hat ihren Mann damals nicht geliebt, ja sie hat ihn kaum gekannt. Aber im Laufe der Jahre ist zwischen Georg Michael und ihr eine herzliche Freundschaft, ein tiefes Vertrauen entstanden, eine Art gegenseitiger Hochachtung. Vielleicht ist diese Liebe dauernder als das Strohfeuer der Leidenschaft? Soll sie Wielands Brief dahingehend interpretieren? Dennoch muss sie schmunzeln, wenn sie liest, wie ängstlich er ihre, Sophies, Eifersucht zu zerstreuen sucht: »wenn ich über solche Gegenstände spreche, nehme ich immer Julie und Sie von der gemeinen Regel aus, und das aus Kenntnis der Dinge und ohne Schmeichelei.« Der Schlusssatz freilich lässt Sophie nachdenklich werden: »Seien Sie ihre [Anna Dorotheas] Mama, und sie soll Ihre gute, willige, lehrbegierige Tochter sein.«

Dieser Wunsch liegt in der Tat nicht fern von Sophies Gedankenwelt. Seit einiger Zeit geht ihr im Kopf der Plan umher, ein Buch über die wahre Erziehung eines Mädchens zur verantwortungsvollen und sittlich reifen Frau zu schreiben. Ein »papiernes Mädchen« soll es sein, ein Leben, das sich in der Fantasie vollzieht und auf dem Papier festgehalten wird. Sophie betrachtet gemalte Miniaturen ihrer Kinder auf ihrem großen »Schreibetisch«. Sie bedauert, dass sie für die älteren Kinder, die noch in Mainz zur Welt kamen, so wenig Zeit hatte. Sie durfte sie nicht stillen und übergab sie einer Amme, später einem Kindermädchen.

Viel denkt sie über die richtige Erziehung eines Kindes

nach, über die Menschwerdung, über den Ausgleich von christlichen Tugenden und aufklärerischen Erkenntnissen, über die Vermittlung von Herz, Seele und Verstand. Wieland, das weiß sie, ist ein Mensch, der eher an sein eigenes Wohl denkt, der Haushalt und Erziehung seiner Frau überlässt und ansonsten lieber in den geistigen Welten seiner Philosophie und Dichtung lebt. Einmal hat sie ein Erlebnis, das sie schmerzhaft berührt und das sie ihm noch lange nachträgt. Sie ist eines Nachmittags mit Wieland in Biberach verabredet. Er will ihr aus seiner neuesten Versdichtung *Idris* vorlesen. Sie sitzen in seiner guten Stube, und Sophie hört voller Bewunderung zu, wie er mit schöner Stimme seine Verse liest. Da geht die Tür auf, und Wielands kleine Tochter Sophie Katharina Susanne huscht herein. Sie fängt an, mit Spielzeug zu klappern und Krach zu schlagen. Wieland wird zornig, er springt auf, packt das Kind unsanft am Arm, führt es ins Nebenzimmer und wirft es dort aufs Bett. Dann kehrt er zurück und will im Vortrag fortfahren, doch Sophie blickt ihn wütend an und sagt mit leiser, aber vernehmlicher Stimme: »Ewig will ich von Ihrem *Idris* nichts mehr hören, noch sehen! Ich danke dem Himmel, daß er mir Sie nicht zum Gatten gegeben hat!« Dann wendet sie sich an die Magd und befiehlt: »Mein Wagen soll vorfahren!« Wieland schämt sich und erwidert bestürzt: »Wie können Sie so grausam sein und mir das sagen!« Darauf entgegnet Sophie kühl: »Wem seine Verse mehr sind als seine Kinder, wer mehr Dichtereitelkeit als Vaterliebe zeigt, der ist mein Mann nicht!« Damit wendet sie sich um und verlässt das Haus.

Ihr Erziehungseifer steht in seltsamem Widerspruch zu den Erfahrungen mit den eigenen Kindern. Von Anbeginn ist ihr mit Rücksicht auf die höfische Etikette verwehrt worden, sich intensiver mit ihnen zu beschäftigen. Jetzt, da Stadion und La Roche in Bönnigheim sind und Sophie mehr Zeit für ihre Kinder hätte, wird ihr das erneut versagt. Auf Wunsch ihres Mannes werden Maxe und Luise in das Klosterinternat von St. Barbara in Straßburg geschickt, wo sie mehrere Jahre lang bleiben sollen. Dass ein aufgeklärter Spötter wie Georg Michael La Roche seine Töchter zu den Nonnen schickt, mag verwundern. Wahrscheinlich liegt ihm weniger an einer ausgesprochen katholischen Unterweisung als daran, Maxe und Luise zu tüchtigen Hausfrauen zu erziehen. Dem Klosterinternat vertraut er hierin wohl mehr als seiner Frau. Sophie selbst begleitet schweren Herzens ihre Töchter nach Straßburg. Die leidvolle Erfahrung, ihre Kinder in fremde Hände zu geben, ist nach eigener Aussage der Auslöser, ihre Gedanken über Erziehung zu Papier zu bringen: »Mein erster Versuch, die *Geschichte des Fräuleins von Sternheim*, ist die Frucht des größten Unmuths, welchen ich damals empfinden konnte. Ich trennte mich ungern von meinen beiden Töchtern, welche durch Zwang der Umstände in Straßburg bei St. Barbara erzogen wurden.«

Die Anfänge der *Geschichte des Fräuleins von Sternheim* datieren noch in die Warthausener Zeit. Trotz aller Enttäuschung um Wieland und des Zerwürfnisses zwischen ihm und Stadion zieht Sophie La Roche den Dichter ins Vertrauen und lässt ihm die nach und nach entstehenden fiktiven Briefe, die sich langsam zu einer Geschichte ausspinnen, zukommen. Bereits früher hat sie sich an einer Erzählung versucht, der *Anecdote Silésienne*, die Wieland überschwänglich als »Meisterwerk« und »Werk des Genies und der Einbildungskraft« gelobt hat; zugleich mahnte er aber, Sophie möge künftig doch endlich in ihrer Muttersprache schreiben. Später, nachdem Sophie dem Freund den ersten Teil des Briefromans anvertraut hat, äußert er sich begeistert: »Allerdings, beste Freundin, verdient ihre *Sternheim* gedruckt zu werden; und sie verdient es nicht nur; nach meiner vollen Überzeugung erweisen Sie ihrem Geschlecht einen wirklichen Dienst dadurch.«

Der Brief datiert aus einer Zeit, als die Verbindung zwischen Wieland und dem Hause La Roche wieder ins Gleichgewicht gekommen ist. Auch hierbei hat Sophie vermittelt. Nachdem Stadion und sein Verwalter im Spätsommer 1768 von Bönnigheim nach Warthausen zurückgekehrt sind, fragt der Graf eines Tages unvermittelt seine Gesellschafterin: »Was macht eigentlich Wieland?« Sophie antwortet: »Herr Graf, er ist wie eine Buchausgabe, korrigiert, aber noch nicht erschienen!« Stadion stutzt, lächelt dann und lässt nach Wieland schicken. Der kommt ins Schloss und versöhnt sich mit Stadion und La Roche.

Die Aussöhnung kommt nicht zu früh. Wenige Wochen später, am 28. Oktober 1768, stirbt Anton Heinrich Friedrich von Stadion. Zeitgenossen haben behauptet, der Spötter und Zweifler habe sich die Letzte Ölung verabreichen lassen. In Karl August Böttigers Fassung, der die Geschichte freilich nur von anderen gehört hat, klingt das so:

»Abends saß er [Stadion] noch in seiner Duchesse [im Ruhesessel] in der Bibliothek und fragte W[ieland] auf's Gewissen, ob wol Sokrates und Plato de bonne foi [aufrichtig] eine Unsterblichkeit behauptet hätten, und als dies W[ieland]. bejahte, taugte dies nicht in den Kram eines Weltmenschen, der [...] aus Voltaire alle Spöttereien gegen das Christenthum eingesogen und stets auf den Lippen und im Herzen gehabt hatte. Den folgenden Morgen ließ er sich doch noch bei verschlossenen Thüren das Viaticum [Sterbesakrament] mit auf den Weg geben, ehe er starb.«

Der Tote wird mit aller Pracht eines Landesherrn und gemäß dem Ritus des katholischen Requiems im Schloss aufgebahrt. Die Totenmesse vollzieht sich mit allem Pomp und unter großer Anteilnahme der Bevölkerung:

»Der verstorbene Graf wurde in einem schwarz ausgeschlagenen Saal im offenen Sarg ausgestellt. Da lag er in einem Hofkleid, in den Händen ein silbernes Kreuz haltend. Der Saal war mit Wachskerzen, die auf schweren silbernen Leuchtern standen, beleuchtet und der Sarg bewacht von der in Trauerkleider gehüllten Dienerschaft. Dann strömten die Unterthanen und die Bewohner der umliegenden Ortschaft nach Warthausen, um den verstorbenen Grafen, den viele bewundert, viele gefürchtet hatten, noch einmal zu sehen. Zum Leichenzug erschien der ganze Oberschwäbische Adel mit seinen Beamten, die Klöster schickten Deputationen, ebenso die Reichsstadt Biberach, bei der aber der Stadtschreiber [Wieland] sich nicht befand, weil er als Freund des Verstorbenen und des Hauses bei La Roche seinen Platz hatte.«

Nach der Trauerfeier wird der Sarg in die Pfarrkirche von Warthausen gebracht und dort in der Stadion'schen Familiengruft beigesetzt. Ein Grabdenkmal in der Kirche erinnert an Anton Heinrich Friedrich von Stadion.

Sophie La Roche ist über den Verlust des Dienstherrn und Gönners erschüttert. Später schreibt sie: »Der Name Stadion ist mir heilig, wie der des Schutzgeists meiner ersten Jahre. Nie werde ich ihn ohne Ehrfurcht und ohne Seegen aussprechen.« Doch zugleich weiß sie: Die schönen Jahre am Musenhof von Warthausen sind vorbei.

»Der Grund meiner Seele war voll Trauer«

Intermezzo in Warthausen und Bönnigheim (1768–1771)

Ein Schutzgeist ist Stadion tatsächlich gewesen. Sophie und Georg Michael La Roche werden den Verlust der hütenden Hand sehr bald zu spüren bekommen. La Roche erhält als Verwalter die Aufgabe, die Testaments- und Erbschaftsangelegenheiten zu regeln. Die Öffnung des Testaments zeigt nochmals, wie sehr La Roche und seine Familie dem Grafen am Herzen lagen. In warmherzigen Worten lautet es da:

»Da nun auch mein hiesiger Rath und OberAmtMann laRoche, welchen von Kindesbeinen an erzogen, und zu meinem sowol, als der Famille Geschäften, Selbst vollkommen abgerichtet habe, von seiner Jugend an, biß daher, mit aller Danckbarkeit, Lieb und treuem Attachement, alle nur in seinen Kräften gewesene Dienste redlich geleistet; [...] Befehle dahero meinem Sohn Franz, wie Er ohnehin dazu Selbst geneigt seyn wird, den laRoche, nicht nur lebenslänglich zur hiesigen [Bönnigheimer] OberAmtmannsStelle zu confirmiren, und dabey mit der bißherigen Geld und natural Bestallung, auch gewöhnlichen accidentien, zu belassen.«

Der Testamentstext enthält noch weitere Begünstigungen für Georg Michael La Roche. Außerdem sichert der Verstorbene Sophie für den Fall ab, dass ihr Mann vorzeitig ablebt: »sollen dieser [Sophie La Roche] alsdann, qua wittib, die naturalien von mehrerwehnter Bestallung, auch lebenslänglich, als ein GnadenGehalt, von Quartal zu Quartal gereicht, und unweigerlich verabfolget werden.« Zudem vermacht Stadion der Familie La Roche zehntausend Gulden, wovon dreitausend »für seinen Sohn, Meinen TaufGothen [Patenkind], den Frizen zu seiner erziehung und Studiis, um sein gutes talent und Beförderung seines Glücks« Verwendung finden sollen.

Stadion ahnte den Unfrieden, den sein Testament mit sich bringen würde, denn er fügte als Mahnung an seine legitimen Kinder hinzu: »Versehe mich auch übrigens zu meinen Kindern samt und sonders, daß Sie mit BeySezung aller irrigen, und ihnen durch boßhaft Schwäzereyen bey gebrachte Vorurtheile, diesen mir und der Famille nuzbaren, durch meine Händ, Mühe und Leitung qualificirten Mann [La Roche] in vertraulichen Ehren halten.«

Graf Stadions Bedenken waren nicht unbegründet, doch seine Mahnung verhallt ungehört. Vor allem sein zweiter Sohn Franz Conrad von Stadion sieht sich nun, nach der Testamentseröffnung, vom neu ernannten Oberamtmann La Roche, seinem Halbbruder, in der Macht bedroht und lässt seinen Unmut an dessen Familie aus. Sticheleien, versteckte Anspielungen, Boshaftigkeiten des Alltags vergällen den La Roches bald den Aufenthalt auf Schloss Warthausen. Georg Michael La Roche ist hin- und hergerissen. Einerseits will er so bald wie möglich nach Bönnigheim übersiedeln, andererseits hat er hochtrabende Pläne, den Stadion'schen Dunstkreis ganz zu verlassen. Seit früher Kindheit folgte er nur den Fußstapfen seines Vaters, jetzt gelüstet ihn danach, seinem Leben und Wirken nochmals eine Wendung zu geben. Er hat erfahren, dass in der Schweiz ein Bauer namens Jakob Guyer, genannt Kleinjogg, lebt, der philosophische Neigungen besitzt und auf dem Katzenrütihof bei Rümlang im Kanton Zürich ein Mustergut nach neuesten Erkenntnissen betreibt. La Roche, bereits von Warthausen mit der Landwirtschaft vertraut, ist begeistert und will sich Kleinjoggs Hof ansehen. Er spielt mit dem Gedanken, selbst in der

Schweiz ein Gut zu kaufen und zu bewirtschaften. Die Schweiz ist für ihn wie für andere Intellektuelle der Zeit ein Hort der Freiheit und der Reformbewegungen. So macht sich Georg Michael La Roche im Sommer 1769 auf den Weg. Er kommt zunächst nach Schaffhausen; in Basel lernt er den gelehrten Ratsschreiber Isaak Iselin kennen, der über den Besucher aus Deutschland schreibt: »Herr La Roche ist ein schätzbarer Mann, er schwatzt ein bischen zu viel, aber der Mann hat einen ungemeinen Geist.« In Zürich besucht La Roche den bekannten Stadtarzt und Schriftsteller Johann Caspar Hirzel, der über Guyer das Buch *Die Wirtschaft eines philosophischen Bauers* geschrieben hat. Dann geht es weiter nach Lausanne und Genf. La Roche besucht Voltaire auf dessen Landsitz Ferney – über die Begegnung ist leider nichts Näheres bekannt – und kommt auf der Rückreise schließlich nach Bern, wo er Wielands ehemalige Verlobte Julie Bondeli kennenlernt, die mit Sophie eine intensive Brieffreundschaft unterhält.

Das Verhältnis der beiden Frauen wird in diesen Monaten der Abwesenheit Georg Michaels immer enger. Sie tauschen sich intensiv aus, wobei Sophie die Gefühlvollere ist, Julie Bondeli die emotional eher Zurückhaltende. Seltsamerweise kommt es nie zu einer Begegnung der beiden. Zumindest von Seiten Julie Bondelis bestehen Bedenken, ob die Hochstimmung, die über die Jahre durch den Briefverkehr genährt worden ist, bei einer persönlichen Begegnung nicht enttäuscht werden könnte. Die Schweizerin, die nicht nur als gelehrt, sondern auch als lebensklug gilt, hat frühzeitig erkannt, wie verschieden sie und Sophie in Wesen und Temperament sind. Warnend schreibt sie der Freundin: »Ich fürchte in Wahrheit, ich fürchte, Sie möchten mich dem Bilde gar nicht ähnlich finden, welches Sie sich von mir gemacht haben.«

Als Julie Bondeli jedoch von Georg Michael La Roche, der ihr ausnehmend gefällt und den sie sich weit älter und langweiliger vorgestellt hat, erfährt, dass er die Absicht hege, in die Schweiz überzusiedeln, lässt sie gleich ihre Beziehungen spielen und gibt ihm und Sophie wertvolle Ratschläge. Sie empfiehlt die Grafschaft Neuchâtel: »Dieses Land liegt zwischen Bern und dem Waadtland, das Klima ist sehr mild und vor allem weniger dem kalten Nordostwind ausgesetzt [...]. Was das Bürgerliche anbelangt, würde ich ihm für Ausländer ebenfalls den Vorzug geben.« In Neuchâtel herrsche »eine erfreuliche Freiheit, welche den dort geborenen Einwohnern einen starken Zustrom von Fremden bringt. Wenn ich recht gesehen habe und recht urteile, ist das das freieste Land von ganz Helvetien«. Julie sorgt sich sogar schon um Details. In einem Brief an Sophie schreibt sie: »Sagen Sie Herrn von La Roche, er solle Krapp [Färberröte] pflanzen, der bisher zu einem sicheren Vermögen verhilft, denn in unserem Land, in dem es überall von Baumwollfabriken wimmelt, wären Herrn L[a] R[oche] keine Sorgen aufgeladen, da er ein Landwirt aus Liebe zur Sache ist. Alles trifft zusammen, niedrigster Preis der Pflanzen und kostengünstige Anbauweise, dabei holt man 400 Livres aus dem Feld.« Sie hat sich genauestens erkundigt. Über die Vorbehalte der Einheimischen gegenüber dieser neuen Pflanze, die zum Textilfärben benutzt wird, schreibt sie augenzwinkernd: »Aber selbst auf die Gefahr hin, für atheistisch zu gelten, wenn man Krapp pflanzt, rate ich allen meinen Freunden, dasselbe zu tun.« Und sie setzt einen Witz dazu, der die sittenstrenge Sophie vermutlich schaudern lässt. Über eine Pariser Dame, die bekennende Atheistin ist, erzählt die Freundin die folgende Anekdote: »Eine von ihnen, die über die Maßen galant war, brachte ihre geborgten Argumente bei einem Mann an, der an Gott glaubte; dieser antwortete ihr: ›Madame, daraus, daß Sie einen Geliebten haben, folgt noch nicht, daß es keinen Gott gibt, ja, Sie können ein Dutzend Geliebte haben, ohne daß seine Existenz darunter leidet.‹«

Das sind galante Witzeleien, die Sophie an Stadions Tafel im Innersten verabscheut und gefürchtet hat. Von ihrem Vater ist sie zu einer strenggläubigen Protestantin erzogen worden. Es ist ihr nicht leicht gefallen, ihre Kinder nach der Konfession La Roches katholisch taufen und erziehen zu lassen. Aber die Spötteleien, die Stadion und auch ihr Mann immer wieder über den eigenen Glauben machten, wobei sie gerne die französischen Aufklärer Voltaire, Diderot und d'Alembert zitierten, waren ihr immer ein Gräuel. Freilich, sie selbst hat, nach ihrem Glauben gefragt, sich immer diplomatisch herausgewunden, indem sie sagte: »Ich bin meines Mannes Frau; ein andres Religionsbekenntnis brauche ich nicht abzulegen.« Aber recht wohl ist ihr dabei nie gewesen. Der Gedanke, in die von Freigeistern bewohnte Schweiz zu ziehen, flößt ihr mehr Angst ein, als die Freude auf den Wegzug aus Warthausen wiegt. In ihrem Roman, an dem sie seit geraumer Zeit arbeitet, versucht sie die religiösen Bedürfnisse des Menschen mit seinen materiellen zu vereinen. Nach ihrem Bekenntnis soll in der idealen Schule »ein doppelter Katechismus gelehrt werden; nämlich der von den Christenpflichten, [...] und dann ein Katechismus von gründlicher Kenntnis des Feld- und Gartenbaues, der Viehzucht, der Besorgung der Gehölze und Waldungen, und dergleichen als Pflichten des Berufs und der Wohltätigkeit gegen die Nachkommenschaft«. Aber das ist freilich noch unter Verschluss, liegt in der Schublade ihres »Schreibetisches«.

Georg Michael La Roche drängt seine Frau, ihm in die Schweiz nachzureisen, aber die Sorge um die beiden jüngsten Söhne hält Sophie noch zurück. Sie verschiebt die geplante Reise auf das Frühjahr 1770. Jetzt, im Jahre

1769, harrt sie noch in Warthausen aus, erduldet die Gängeleien des jungen Grafen und seiner Frau und schreibt beflissen an ihrem Roman weiter. Das Buch ist inzwischen ihr Ein und Alles geworden, ihr Gesprächspartner, ihre Ersatzwelt.

Sie vereinsamt in jenen Monaten des Wartens zusehends. Ihr Mann ist in der Schweiz, die Töchter sind in Straßburg, Wieland hat über La Roches Beziehungen einen Ruf als Philosophieprofessor an die Universität Erfurt erhalten (das zum Kurfürstentum Mainz gehört) und ist im Frühjahr 1769 dorthin abgereist. Er hat Fritz, ihren ältesten Sohn, den der verstorbene Graf in seinem Testament eigens bedacht hat, mitgenommen, um ihn zu erziehen. Der Junge gilt als eigensinnig und verträumt, er lernt schlecht. Eine moderne Pädagogik würde nach den Ursachen fragen, zu jener Zeit gelten schlechte Schüler nur als faul. Immerhin sind die La Roches und auch Wieland aufgeschlossen genug, den Jungen nicht zu bestrafen, sie versuchen es mit Güte. Wieland schreibt im September 1769 aus Erfurt an Sophie:

»Seien Sie versichert, meine liebe Freundin, daß mir (trotz der geringen Fortschritte, die er bisher in der Kunst, die Sätze zu drechseln, gemacht hat, wie auch hinsichtlich des ganzen Rests der Literatur) diese Langsamkeit lieber ist als die Frühreife der kleinen achtjährigen Doktoren, auf die die heutigen Pädagogen so erpicht sind und die, wie die Zwergbäume, ihr ganzes Leben lang so gelehrt und weise bleiben, wie sie es mit zwölf Jahren waren. Langsam kommt man auch weit, vorausgesetzt, man kommt jeden Tag ein bißchen vorwärts.«

Diese Worte Wielands werfen ein ganz anderes Licht auf ihn und zeigen, dass er keineswegs nur ungeduldig auf Kinder reagierte. Weiter bemerkt er:

»Der Beweis dafür, daß diese Methode gut ist, liegt in dem Vertrauen, das ich in ihm geweckt habe, und statt der

Lügen, zu denen er früher seine Zuflucht nahm, um meinen Verweisen zu entgehen, wagt er es nun, seine Fehler einzugestehen, und bisweilen ist er zu Tränen gerührt, wenn anstelle einer harten Zurechtweisung, auf die er gefaßt ist, weil er sie verdient zu haben glaubt, ich mich damit begnüge, in ruhigem Ton vernünftig mit ihm zu sprechen, und ihn schließlich zärtlich umarme und ihm das sage, von dem ich glaube, daß es am geeignetsten ist, Eindruck auf sein Herz zu machen.«

Sophie atmet auf. Zumindest diese Angelegenheit scheint sich zum Guten zu wenden. Sie selbst aber ist zum Warten verdammt. Wie oft hat sie diesen Zustand der Ungeduld schon durchlitten! Inzwischen ist La Roche zurückgekehrt, die Schweizer Pläne hat er aufgegeben, die Angelegenheit schien ihm zu unsicher. Immerhin hat er eine Familie mit fünf Kindern zu ernähren. Nur kurz hält er sich in Warthausen auf, dann reist er nach Bönnigheim weiter, um sein Amt zu versehen. Seine Frau und die Kinder will er später nachholen.

Es wird ein langer Winter 1769/70. Zwischenzeitlich kommen die Töchter für ein paar Wochen aus dem Internat nach Hause. Einmal lässt Sophie sich von der dreizehnjährigen Maximiliane aus Johann Georg Jacobis Erzählung *Die Sommerreise* vorlesen. Die Geschichte rührt beide. Maximiliane sieht ihre Mutter an und sagt: »O wie glücklich ist es, von sterbenden Armen gesegnet zu werden.« Sophie fragt: »Was würdest du tun, wenn ein tugendhafter Mann dir eine solche Erzählung machte?« Maximiliane antwortet: »Ich liebte ihn und küßte seine Hand, die dem Armen Gutes tat, eben so herzlich, als ich die Ihrige küsse; aber ich weinte dabei wie jetzt.« Und Sophie wiederum: »Gott gebe, daß der erste Kuß deines Munds der Ausdruck einer zärtlichen Hochachtung für einen tugendhaften und edelmütigen Mann sein möge. Es gibt ihrer, mein Kind, ich will dir ihn suchen helfen und dir Anweisung geben, seines Vertrauens zu einem solchen Vermächtnis würdig zu sein.«

Es ist eine Epoche, in der viel geweint wird und man gern seine Gefühle nach außen kehrt – auch brieflich, und auch gegenüber fremden Personen. Sophie, die Jacobi bis dahin nicht kennt, weiß nichts Besseres, als dieses Erlebnis in einem Brief niederzuschreiben und ihn an Jacobi zu schicken, der seit 1768 Kanonikus in Halberstadt und mit Wieland eng befreundet ist. Bisweilen hat Sophie La Roche die Züge einer Kupplerin, ebenso aber liebt sie das Versteckspiel des Rokoko – im eigentlichen wie im übertragenen Sinne. Deswegen sendet sie den Brief anonym ab und schreibt in der Anrede »Amor an Jacobi«.

Der Halberstädter Adressat zeigt sich von Amors Pfeilen getroffen und von der empfindsamen Fürsorge einer unbekannten deutschen Mutter gerührt. Am 3. Dezember 1769 lässt er daher in der *Hamburger Zeitung* einen Antwortbrief »an den unbekannten Freund oder an die unbekannte Freundin, an die Vertraute oder an den Vertrauten des Amors« einrücken. Darin tut er eine Äußerung, die der angehenden Literatin Sophie La Roche schmeicheln muss, glaubt man doch damals immer noch, die Schriftstellerei sei ein primär männliches Metier:

»Nach Ihrer zärtlichen Empfindung müßten Sie zu dem schönen Geschlecht, nach Ihrer männlichen Schreibart zu dem meinigen gehören. Das, was ich von Ihnen weiß, ist mir genug, Sie hochzuschätzen [...]. Ich segne die Mutter, welche der Welt so edle Töchter zieht, und die Tochter, welche der besten Mutter wert ist; ihr wird die Liebe selbst einen Jüngling bilden; alle Jünglinge werden ihn beneiden, und für ihn und für seine Gattin betet einst ein Sterbender, der sein Brot aus ihren Händen empfing.«

Johann Georg Jacobi ist mit beinahe dreißig Jahren gewiss kein Jüngling mehr, aber gleichwohl entflammbar. Sophie La Roche lüftet denn auch das Geheimnis ihres und ihrer Tochter Namen und tritt in Briefwechsel mit ihm. Beinahe mit einer Entschuldigung beginnt ihr nächster Brief an ihn: »Ich weiß nicht, mein teurer Freund, ob Sie nicht denken werden, ich sei eine ungestüme Briefwechslerin.« Dann macht sie dem jungen Mann schon wieder den Mund wässerig: Sie wolle ihm sagen, »daß ich froh bin, alle feine, alle edle Gesinnungen Ihrer Schriften und Briefe so lebhaft zu empfinden und die nämliche Fühlbarkeit in der reinen Seele meiner lieben Maximiliana zu sehen.« Sie entwirft ein idyllisches Familienbild: »Die Spaziergänge, welche ich mit meinen Kindern mache, waren allezeit die süßeste Stunden meines mütterlichen Lebens, indem ich ihr Herz bei ihrer Freude über das einfachste Grasblümchen mit Dank und Liebe für ihren Schöpfer zu erfüllen suchte.« »Meine Max«, so hebt sie hervor, »übt sich im Zeichnen.« Ob er nicht eine Zeichnung von ihrer Hand haben wolle? Jacobi will, und bald wird er in Fernliebe zu dem unbekannten, noch nicht vierzehnjährigen Mädchen entbrennen.

Unter solchen Tändeleien, Schwärmereien, unter solch empfindsamer Lektüre und extrovertierten Herzensergießungen verstreichen Winter, Frühjahr und Sommer 1770. Sophies Briefe täuschen gleichwohl nur über die Qual des Wartens hinweg. Immer noch nicht ruft ihr Mann sie und die Kinder nach Bönnigheim. Oft hat er geschäftlich in Mainz zu tun. Die Wohnung im Bönnigheimer Schloss ist noch nicht eingerichtet. Sophie leidet unter den ungeklärten Verhältnissen, darunter, dass sie in Warthausen kaum noch geduldet wird, auch unter der Entfernung von Wieland, der ihr als Berater in schriftstellerischen Fragen immer wichtiger wird. Manchmal baut sie sich in Briefen an den Erfurter Freund Luftschlösser:

»[...] von Zeit zu Zeit ergreift mich die Lust, mit Ihnen öfter als mit anderen zu sprechen, sehr lebhaft und läßt mich wünschen, Ihr Haus wäre in meiner Nachbarschaft oder das meine bei Ihnen. Oft, mein Vetter, ergehe ich mich in der Vorstellung, daß La Roche, der schon halb dem Kurfürsten von Mainz gehört, sich einen Dienst in der guten Stadt Erfurt geben ließe und daß wir uns dann dort als gute und liebenswerte Leute privaten Standes in einem schönen Haus etablieren würden, mit einem schönen Garten.«

Wieland mahnt sie unterdessen zu schriftstellerischer Disziplin; die Manuskriptbögen, die sie ihm von Zeit zu Zeit zuschickt, begeistern ihn. Er korrigiert, glättet den Stil, tilgt schwäbisches Vokabular. Sophie schreibt entschuldigend: »Die extreme Nachlässigkeit und Einzigartigkeit meines Stils ist mir wohl bewußt, aber ich fühle mich unfähig, Abhilfe zu schaffen. [...] Und dann muß man sagen, daß es ganz einzigartig ist, daß eine Frau das komponiert hat; ich mache mich auf verletzende Kritiken gefaßt, denn trotz Ihrer freundschaftlichen und väterlichen Sorge werden Sie mich nicht davor in Schutz nehmen können, daß man Wörter und Sätze zerpflückt. Aber wenn Originalität ein Verdienst ist, wird es mir wegen der Einzigartigkeit meines Stils zukommen.«

Wieland zerstreut ihre Ängste und Bedenken und drängt nach Fortsetzung der Arbeit. Sosehr er ihre Geduld zur Zeit ihres Verlöbnisses und in den ersten Jahren ihres Warthausener Aufenthaltes strapaziert hat, so sehr bewahrt er ihr nun Treue und schenkt ihr Kraft und ein offenes Ohr für ihre schriftstellerischen Nöte. Er weiß auch um ihre Herzenseinsamkeit in Warthausen. Maxe und Luise sind inzwischen wieder in Straßburg, und Sophie klagt: »La Roche ist immer in Bönnigheim.« Wieland weiß auch, dass die Romanfigur der Sophie von Sternheim für seine Freundin einen Ersatz für manche entgangene Zärtlichkeit darstellt. »Lassen Sie mir also meine Sophie«, so schreibt sie einmal an den Freund, »die schon da ist, wann sie nicht meinen Armen gehört, so ist sie meinem Herzen eigen.«

Endlich, Ende Juli 1770, kommt von Georg Michael La Roche die Aufforderung, Sophie möge alles für den Umzug vorbereiten. Tagelang packt sie mit Hilfe einer Magd zusammen, macht Abschiedsbesuche in Biberach und den umliegenden Dörfern, versucht nebenbei an ihrem Roman weiterzukommen, denn Wieland drängt. »Kopfweh habe ich keines mehr«, schreibt sie erschöpft nach Erfurt, »dafür habe ich nun aber auch keine Ideen mehr, und seit einiger Zeit, mein lieber Vetter, habe ich stark Lust, Ihnen Briefe mit Kopf zu schreiben, obwohl die Umstände eines Umzugs die Gedanken immer drunter und drüber zu werfen scheinen wie Möbel und Kleider.«

Manchmal steht sie in jener Zeit vor dem Spiegel und betrachtet ihr müdes Gesicht. Die Aufregungen der letzten Monate waren zu viel. Sie steht im vierzigsten Lebensjahr. Ihre Figur ist erstaunlich schlank geblieben, trotz der vielen Geburten. Sie trägt noch immer Kleider, wie sie um 1750 modern waren. Auch die Frisur ist die gleiche geblieben: das Haar streng nach hinten gekämmt, oft unter einer Haube versteckt, in der Mitte des vorderen Haaransatzes lässt sie bisweilen ein kleines kokettes Haarnest, mit Seidenblümchen verziert. Sie weiß, dass das aus der Mode ist; ihre Freundin Julie Bondeli, der sie eine Miniatur schickte, hat ihr unumwunden mitgeteilt, die anderen Damen in Bern fänden diese Aufmachung altbacken. Aber Georg Michael La Roche liebt diese Mode, sie erinnert ihn an die junge Frau, die er damals in Augsburg kennen gelernt hat. So hat Sophie ihm zuliebe, ein wenig auch aus Nachlässigkeit, die Fasson beibehalten. In dieser Weise wurde sie mehrfach porträtiert, dieses Bild hat sich vor der Nachwelt festgesetzt.

Aber ihr Äußeres ist Sophie La Roche zweitrangig. Sie hat eine Aufgabe gefunden. Sie verjüngt sich im Schreiben, und ihr Gemüt, das merkt sie, ist in der Leidenschaft der Empfindsamkeit lebendiger denn je. Im Brief an Wieland vom 25. Juli 1770 heißt es stolz:

»[...] gewiß bekommt mein Herz keine Runzeln und nimmt nicht ab, wie es mit meinem Gesicht und mit meinem Äußeren geht. Ich werde versuchen, meinen Wert zu erhöhen, wie es bei den Medaillen ist, wo die antike Patina zum inneren Wert des Goldes und Silbers hinzugerechnet wird. Haben Sie nicht auch schon gedacht, daß mir das Schicksal ein schönes Geschenk gemacht hat, indem es mich zu Ihrer Base machte und mir eine fruchtbare Einbildungskraft gegeben hat; im Lauf der Zeit und der Ereignisse ist das eine große Wohltat, und ich bin Ihnen dankbar, daß Sie sie in mir genährt haben.«

So schreibt eine Neununddreißigjährige. Sophie La Roche beginnt als Literatin verhältnismäßig spät, aber sie findet ihre Lebensgrundhaltung, die sie bis ins hohe Alter bewahren wird, vergleichsweise früh.

Endlich, Anfang August 1770, kommt Georg Michael La Roche nach Warthausen. Nun geht das Einpacken schneller voran. Schon macht Sophie Pläne, Wieland im kommenden Frühjahr in Mainz, wohin La Roche öfters reist, wiederzusehen. »Warum, Wieland«, schreibt sie sehnsüchtig, »sind wir so entfernt voneinander; ich fühlte das bitterlich bei Ihrem letzten Brief. Leben Sie und sehen Sie mich nächsten Frühling. [...] Adieu. Ihre Briefe sind ein Hauptpunkt des Glücks meiner vernünftigen Jahre, wie Sie, da sie die Herrschaft meiner Eigenliebe mildern, den Abend meines Lebens mit Freude füllen werden.«

Aber bis zum »Abend ihres Lebens« ist noch ein wenig hin. Neue Aufgaben und Herausforderungen warten auf Sophie. Erleichtert kann sie Warthausen und den beengten Verhältnissen endlich den Rücken kehren. Wieland gegenüber bekennt sie am 12. August: »Morgen in acht Tagen gehen wir fröhlich fort und danken dem lieben Gott für alles erdenklich Gute und dafür, daß wir alles Üble und Unwürdige, das man uns zufügt, bereitwillig ertragen haben.«

Sophie von La Roche
Anonyme farbige Kreidezeichnung
(Deutsches Literaturarchiv, Marbach)

Als dann am 20. August die fertig gepackten Kutschen vor dem Amtshaus des Schlosses stehen, ergreift Sophie doch Wehmut. Tags zuvor hat sie an Hirzel in die Schweiz geschrieben, das sei der letzte Tag, »wo ich die Schweizer Gebürge sehe«. Und weiter: »Meine Entfernung von der Aussicht auf Ihre Gebürge zieht auf immer einen dichten, traurigen Vorhang über tausend Gegenstände, die mir lieb waren und womit ich seit vielen Jahren mein Herz beschäftigt hatte.«

Mit widerstreitenden Gefühlen, einer Mischung aus Wehmut und Erleichterung, besteigt Sophie die Kutsche. Sie wird Warthausen nicht wiedersehen.

Sophie La Roche kennt Bönnigheim bereits von kurzen Besuchen. Die Stadt ist erst seit zwanzig Jahren in Pfandschaft der Stadions. Bönnigheim war bis dahin ein »Ganerbiat«, eine Art Lehnsherrengemeinschaft. Prägnant ist der Grundriss der kleinen Stadt: Er ist beinahe quadratisch, eine Nord-Süd- und eine Ost-West-Achse durchschneiden das Stadtgebiet und teilen es in beinahe gleich große »Viertel«. Im Mittelalter war Bönnigheim Eigentum des Erzbistums Mainz. Jedes der Viertel konnte als Lehen einem Herrschergeschlecht verliehen werden. Diese Lehnsherren waren ursprünglich die Geschlechter von Magenheim, von Habsburg, von Löwenstein und die Markgrafen von Baden. Auch andere Herrschaften wurden im Laufe der Jahrhunderte mit einzelnen Vierteln belehnt, etwa die Familien von Sachsenheim, von Neuhausen, von Gemmingen, von Neipperg. Das Lehen der Sachsenheims wurde später nochmals gevierteilt, sodass Familien mit nur einem sechzehntel Anteil Lehnsherren waren, etwa die von Lierheim, von Winterstetten, von Urbach, von Liebenstein und andere.

1727 schließlich setzte sich der kurmainzische Staatsminister Johann Philipp von Stadion als Lehnsherr fest und erhielt zunächst ein Viertel, zehn Jahre später ein zweites Viertel. 1744 bekam sein Sohn Anton Heinrich Friedrich von Stadion das dritte und schließlich, 1750, das vierte und letzte Viertel Bönnigheims. Damit ist die Teilung der Stadt nach beinahe vier Jahrhunderten beendet. 1785 schließlich verkauft das Kurfürstentum Mainz die Stadt an das Herzogtum Württemberg.

Die wenigen Jahrzehnte des Ganerbiats unter der Herrschaft des Hauses Stadion sind von einem äußeren Glanzpunkt geprägt: dem Bau eines repräsentativen Schlosses im Stile des Rokoko. Das Gebäude wird am Stadtrand erbaut, ein Teil der alten Stadtmauer wird dafür abgerissen. Das hat auch symbolischen Wert: Der alte Festungscharakter der Ganerbenstadt wird durch den aufgeklärten Grafen Stadion gebrochen.

In wenigen Jahren, von 1755 bis 1760, ließ Graf Stadion das zweigeschossige Schloss mit Mansardendach errichten. Architekt war der bekannte kurmainzische Oberbaudirektor Anselm von Ritter zu Groenesteyn, der auch das Stadion'sche Palais in Mainz errichtet hat. Die

Schloss Bönnigheim

besten Stuckateure, Steinmetze, Schreiner und Glaser holte Stadion aus der Bischofsstadt. Im Zentrum des einflügeligen Baus befinden sich neben dem großzügigen Treppenhaus ein Gartensaal und darüber der »rote Saal«, so benannt nach den rotbraunen Ledertapeten.

Im Nordteil des Erdgeschosses nehmen die La Roches Wohnung: Drei Zimmer und zwei Kabinette stehen ihnen zur Verfügung. Sophie La Roche – so die etwas unsichere Überlieferung – richtet ihr Arbeitszimmer in dem kleinen Kabinett ein, dessen einziges Fenster nach Norden geht, mit Blick auf den Hof, das prachtvolle schmiedeeiserne Hoftor und den St.-Georgs-Brunnen vor Augen. Ihr »Schreibetisch« findet vor dem Fenster Platz, ihre Bücher in einem Regal, an den Wänden hängt sie wahrscheinlich das eine oder andere Bild aus dem Besitz ihres Mannes auf. Georg Michael La Roche ist, seit er Johann Heinrich Tischbein kennengelernt hat, ein begeisterter Sammler, und neben Bildern des Freundes zählen dazu auch Gemälde und Stiche von Caravaggio, Rembrandt, Hendrick van

Steenwyck d. Ä. und Bilder der Augsburger Malerdynastie Rugendas.

Hier in ihrem Kabinett schreibt Sophie La Roche weiter an ihrem Roman. Der erste Teil ist fertig. Wieland hat in Leipzig den Verleger Philipp Erasmus Reich für das Projekt gewinnen können. Nun drängt der Freund brieflich auf eine schnelle Fortführung des zweiten Teils der *Geschichte des Fräuleins von Sternheim.* In Leipzig wird bereits der Bleisatz erstellt, Wieland überwacht von Erfurt aus die Arbeiten und korrigiert die Fahnen.

Georg Michael La Roche weiß von dem Vorhaben seiner Frau. Es spricht für ihn, dass er – die Konventionen der damaligen Zeit missachtend – sich nicht gegen die literarischen Ambitionen seiner Frau stellt. Vielleicht glaubt er nicht recht an einen Erfolg und ist deswegen so tolerant. Immerhin jedoch preist Sophie in jenen Monaten in Bönnigheim ihren Mann in einem Brief an Johann Georg Jacobi geradezu als Wunder an Gelehrsamkeit und Vorbild an Edelmut:

»La Roche, von dem Sie einst lesen werden, daß er als ein Beweis der ohnendlichen Fähigkeiten unseres Geists anzuführen sei, weil er die Wissenschaft des feinsten Staatsmanns mit aller Gelehrsamkeit des Philosophen, der Kenntnisse des Physikers und des schönen Geists verbände, alle Werke der Kunst in seinem Begriff habe, verschiedene Sprachen gut redte, und schrieb, Meister auf dem Klavier und in der Ackerbaukunst sei und daneben das beste, edelste und menschenfreundlichste Herz besitze.«

Sie verschweigt freilich, weshalb sie so viel Zeit zum Schreiben hat: Sie ist in jenen Monaten im Zabergäu viel allein – zu viel für ihr Gemüt. In den Briefen häufen sich Klagen über Einsamkeit. Das Alleinsein mag sie vor Ablenkung bewahren, sie hat alle Zeit und Kraft zur Erziehung ihres »papiernen Mädchens«, aber die Einsamkeit nagt auch an ihr und stürzt sie in den dunklen Grund der Schwermut.

Wie freudig klangen die ersten Briefe Anfang September aus Bönnigheim! Wenige Tage nach der Ankunft, nachdem sie endlich das ihr inzwischen verhasste Warthausen verlassen hat, schrieb sie an Wieland nach Erfurt, sie sei »glücklich angekommen und eingerichtet, obwohl stark beschäftigt und in Unordnung, weil wir Möbel, Personen und Kleider arrangieren müssen; aber alles, was Vergnügen macht, kostet wenig, sagt man, so daß mir alles Kommen und Gehen keine Mühe macht, weil ich mir jeden Augenblick sage: was ich arbeite, ist für mich, für meine freie und ruhige Wohnung, und diese kleine Rede belebt mich wieder«.

Doch bald weicht dieser Enthusiasmus dem unguten Gefühl, einen goldenen Käfig gegen einen anderen getauscht zu haben. Sie kennt im Ort niemanden, das Städtchen ist ihr zu eng, das Schloss, worin sie wohnt, erinnert sie schmerzhaft an den verstorbenen Gönner Stadion. Georg Michael La Roche ist viel auf Reisen: Er sucht seine Beziehungen zum Mainzer Hof wieder fester zu knüpfen, in der Hoffnung, dort einen Posten in einem der Ministerien zu bekommen, denn die Amtmannsstelle in Bönnigheim ist so schlecht bezahlt, dass er davon seine Familie kaum ernähren kann. Für Sophie bleibt da nur die Vertraulichkeit des Romans und das Zwiegespräch ihrer Korrespondenz mit Wieland, Hirzel, Julie Bondeli und Johann Georg Jacobi. Außerdem schließt sie sich in jenen Monaten einem alten Bekannten neu an, der als Pfarrer im nur drei Stunden entfernten Schwaigern bei Heilbronn lebt: Johann Jakob Brechter. Er ist vier Jahre jünger als Sophie und ihr schon von Warthausen her bekannt. Brechter wurde 1761 als Pfarrer in Biberach abgelehnt, auch eine Stelle in Bönnigheim blieb ihm verwehrt. Jetzt schließen sich die beiden verwandten Seelen einander an, und auch Brechter ermutigt die angehende Autorin zur Fortführung ihres Romanvorhabens. Sophie hat ihm zeitlebens ein zärtliches Angedenken bewahrt. Noch im hohen Alter rühmt sie den Pfarrer als einen »an Verstand und Herzen höchst vortrefflichen Manne, welcher das Urbild aller Pfarrherren war«.

Brechter sieht, wie Sophie in jener Zeit in ihrem Weltschmerz zu verkümmern droht. Später erinnert sie sich: »Der Grund meiner Seele war voll Trauer – einsame Spaziergänge in einer lieblichen Gegend gossen sanfte Wehmuth dazu.«

Einmal gibt Pfarrer Brechter der melancholischen, einsamen Frau den Rat:

»Sie jammern mich! Ihre lebhafte Seele windet sich immer um diesen Gegenstand, wie (vergeben Sie mir das Gleichniß!) die kleine papierne Schlange, welche man mit dem Kopfe auf eine Nadelspitze stellt, die auf einem Stäbchen an den Ofen befestigt ist, wo sie von der Spitze an in einer beständigen Bewegung bleibt, ohne von der Stelle zu kommen; so wie die Empfindungen Ihres Herzens Ihre Ideen treiben. Dies ist nicht gut; denn am Ende könnte wohl Ihr Geist und Ihr Character dabei verlieren. Wissen Sie was; bringen Sie alles, was Sie mir von Zeit zu Zeit zu Ihrer Erleichterung mündlich sagen, so wie Ihre Ideen sich folgen, genau zu Papier. Sie werden den Vortheil davon haben, Ihren Kopf auszuleeren; können dann in ruhigen Augenblicken es wieder lesen, und beobachten, ob Sie einige Zeit vorher in dem ungestümen Treiben Ihrer Gedanken recht hatten oder nicht; üben zugleich Ihren Geist und erfüllen Ihre durch Abwesenheit Ihrer Töchter einsame Stunden.«

Schreiben als Therapie? Die psychologischen Begrifflichkeiten kennt die damalige Zeit noch nicht, wohl aber die Einsicht in die Heilsamkeit des Gesprächs. Dass bei dieser Form des Dialogs mit einem »papiernen Mädchen« auch noch ein Stück ernsthafter Literatur entstehen könnte, ahnt Brechter wahrscheinlich nicht. Wohl aber Wieland, der bei der Lektüre der Manuskriptbögen, die alle paar Monate bei ihm in Erfurt eingehen, vor Bewunderung nur noch den Kopf schüttelt.

Daneben hat sich Wieland auch noch um Sophies Sohn Fritz zu kümmern. Sophie schreibt in ihren Postskripta mahnende Worte an ihren Ältesten: »Liebster Fritz, der Papa und ich umarmen dich herzlich für das Vergnügen, welches du uns gemacht hast, da du das Lob und die versicherte Liebe des Herrn Wielands verdientest. O folge ihm, mein Kind, und sei gut und fleißig.«

Auch für Maxes Angelegenheiten muss Wieland Sorge tragen. Johann Georg Jacobi hat unmissverständlich durchblicken lassen, er sei interessiert an einer Heirat mit der schönen vierzehnjährigen Tochter seiner Bewunderin. Nun erfasst die kokettierende Mutter doch Angst vor der eigenen Courage, und sie bittet Wieland, seinem Halberstädter Freund den Handel als aussichtslos und nicht erstrebenswert darzustellen. Wieland setzt sich also gehorsam hin und schreibt einen Brief nach Halberstadt, allerdings nicht an Jacobi selbst, sondern an dessen Freund Johann Ludwig Wilhelm Gleim. Der Brief gleicht der Rede eines Anwalts, seltsamerweise aus der Feder eines Mannes, der selber wenige Jahre zuvor um die achtjährige Maxe warb und dabei alle Vernunft weit hinter sich ließ:

»Aber meine trauten Herrn, wenn auch das Fräulein M[aximiliane] wovon die Rede ist, so viel Geld hätte, als die Königin aus dem Reich Arabien, so besorge ich doch sehr, daß aller Enthusiasmus, den die Madam de *** [La Roche] nur immer für unsern Freund haben kann, die Sache wenig befördern werde. Meine rationes sind dreyfach:

Pro primo. Die junge Dame en question ist Römisch Katholisch, und wird es bleiben hasta la muerte.

Pro secundo. Ihr Papa befindet sich in diesem Augenblick im Begriff sich zu entscheiden, ob er, unter einem großen Charakter, und mit einem Platz im Ministerio in ** [mainzische] oder in ** [trierische] Dienste treten will. [...]

Pro tertio. Die Dame M[aximiliane] ist noch nicht volle funfzehn Jahre alt [...].

Ohne Scherz, liebster Gleim, wenn es möglich ist, so reden Sie unserm Jacobi die Heyrathsgedanken aus.«

Wieland macht aus La Roches Karriereaussichten noch ein Geheimnis, indem er – das ist im 18. Jahrhundert beliebt – Asterisken, Sternchen, setzt. Die Neuigkeit weiß er von Sophie La Roche selbst. Zunächst scheint eher ein Posten in Mainz in Aussicht zu sein. Dort herrscht noch immer Kurfürst Emmerich Joseph von Breidbach-Bürresheim, der einst den alten Grafen Stadion entlassen hat. Georg Michael La Roche ist gleichwohl als fähiger Verwalter und Diplomat in Mainz geachtet. Er versucht die Fäden wieder anzuknüpfen. Wieland freut sich nicht nur für Sophie, die sich aus Bönnigheim wegsehnt. Er selbst ist in Erfurt ebenfalls unglücklich. In einem Brief an Gleim klagt er: »[...] hier in Erfurt gehe ich vollends nach und nach zu Grunde. Niemals niemals [...] haben die Grazien dieses freudeleere Chaos von alten Steinhauffen, wincklichten Gassen, verfallenen Kirchen grossen Gemüßgärten und kleinen Leimhäusern, welches die Hauptstadt des edlen Thüringerlandes vorstellt, angeblickt.« Auch hat er Ärger mit der Mainzer Finanzverwaltung. Sein Gehalt wird nur unregelmäßig ausbezahlt. Sophie La Roche sucht den Freund zu beruhigen und eröffnet ihm nebulöse Aussichten: »Ich war betroffen von allem, was Sie sagen, von dem Verlust, der Ihnen entsteht, weil nun La Roche nicht im Mainzer Kabinett ist.« Es gibt Gerüchte, nach Emmerich Josephs Tod könnte Klemens Wenzeslaus von

Sachsen, seit Februar 1768 Kurfürst von Trier, auch das Erzbistum Mainz übernehmen. Sophie, die gerne ins Vage hinein politisiert, sucht Wieland Hoffnungen zu machen: »Aber wenn nun eines Tages dieser Fürst Clemens Kurfürst von Mainz würde, was werden Sie dann sagen? Vielleicht ist da schon etwas unter der Hand, aber darüber darf um alles in der Welt nichts verlauten [...]. Unterdessen, mein lieber Freund, versuchen Sie, sich ohne Schrammen aus der Hölle des Neids und der Bosheit herauszuhalten, die Sie in Erfurt umgibt. [...] La Roche wird für Sie mit allen seinen Kräften [...] arbeiten.«

Ihre diffuse Hoffnung auf Klemens Wenzeslaus hat einen konkreten Hintergrund: Der Trierer Kurfürst und Erzbischof wird La Roches neuer Dienstherr werden! Georg Michael und Sophie wissen das seit dem November 1770. Erleichtert schreibt Sophie an Wieland: »Unser Schicksal scheint nun geklärt; der Kurfürst von Trier tut und sagt alles, was einen rechtschaffenen Mann dazu bringen kann, ihn zu lieben und ihm seine Dienste anzubieten, dergestalt, daß ich mich nun in Koblenz sehe und daß ich Sie dort mit meinem Fritz erwarte.«

Klemens Wenzeslaus von Sachsen, geboren 1739, ist mit seinen gerade einmal einunddreißig Jahren bereits einer der mächtigsten weltlichen und geistlichen Herrscher im Reich: Er ist nicht nur Herzog von Sachsen und Kurfürst und Erzbischof von Trier, sondern zugleich seit 1763 Bischof von Freising und Regensburg und seit 1768 Fürstbischof von Augsburg. Dort in Schwaben, wo La Roche einst seine Braut kennengelernt hat, trifft der Amtmann zu Anfang des Jahres 1771 mit seinem künftigen Dienstherrn zusammen und bespricht noch strittige Fragen. La Roche wird das Amt des kurtrierischen Konferenzministers angeboten. Von Klemens Wenzeslaus' Wesen ist La Roche äußerst angetan. Der Kurfürst verbindet – ähnlich dem alten Grafen Stadion – den Glanz des absoluten Herrschers mit dem erlesenen Geschmack des Rokoko und dem liberalen Bildungsgut der französischen Aufklärung. Begeistert berichtet Georg Michael hiervon seiner Frau. Sophie gibt Wieland und Hirzel einen Ausspruch wieder, der ihr symbolisch für die nun anbrechende Lebensphase zu sein scheint. Der Kurfürst habe zu Georg Michael La Roche gesagt: »Ich bin noch jung an Jahren und Erfahrung; ich habe aber den besten Willen, ein guter Regent zu werden; wenn Sie durch Ihren guten Rat und Arbeiten dazu helfen, so werden Sie mich zum glücklichsten Menschen machen.«

So spricht nicht ein Herrscher, sondern ein Freund. Das Ehepaar La Roche hat allen Grund, sich große Hoffnungen zu machen. Der kurfürstliche Hof residiert in Ehrenbreitstein bei Koblenz. Dort, unterhalb der Festung, sollen die La Roches ein Haus beziehen. Sophie hat schon viel von der schönen Rheingegend gehört und freut sich, endlich auch Johann Georg Jacobi, mit dem sie trotz der Verweigerung von Maxes Hand weiterhin in engem brieflichen Kontakt steht, persönlich kennenzulernen, denn der Halberstädter Kanonikus besucht regelmäßig seinen Bruder Johann Friedrich (Fritz) Jacobi, der in Pempelfort bei Düsseldorf lebt, also nicht weit von Koblenz entfernt. An den Halberstädter Jacobi schreibt Sophie, kaum ihr Glück fassend:

»Kommen Sie auch, einen Fürsten zu sehen, der die lebendigste Hochachtung für Verdienste empfindet, der die Freundschaft kennt und der die beste Minister um sich versammlen möchte, um seinem Land viel Gutes zu tun. Sehen Sie, mein Freund, wie entzückend die Aussicht in meine künftige Tage ist, aber Sie wissen noch nicht alles. Anfangs Mai [1771] werde ich mit meiner Familie von Heilbronn aus zu Wasser nach Mainz reisen, und dort werde ich unsern Wieland als den zweijährigen Pflegvater meines geliebten ältesten Sohns umarmen.«

Fast scheint es, als wolle Sophie durch ihren Überschwang das Schicksal nicht herausfordern. Beinahe ängstlich setzt sie nach: »Bin ich nicht zu glücklich? O wenn es mir möglich wäre, in die vollkommne Güte unsers Schöpfers einen Zweifel zu setzen, so würde sich eine schmerzliche Sorge unter die rührenden Empfindungen des Danks und [der] Freude mischen, die würklich meine Seele bewegen.«

Dann muss alles doch schneller gehen als ursprünglich geplant. Georg Michael La Roches anspruchsvolles Amt duldet kein Verweilen in Bönnigheim. Im März 1771 reist der neu ernannte Konferenzminister nach Koblenz. Seine Frau und die Kinder – Maxe und Luise sind seit einigen Monaten wieder zurück aus Straßburg – besteigen am 1. April in Heilbronn ein Schiff, das sie neckar- und rheinabwärts nach Koblenz bringen soll. Das Wiedersehen mit Wieland in Mainz wird auf den Sommer verschoben. Der Freund soll Sophie dann in ihrem neuen Heim in Ehrenbreitstein besuchen und ihren Sohn Fritz mitbringen.

Sophie freut sich auf ihr neues, prächtiges Heim, auf das Leben in der nun endlich wieder zusammengeführten Familie, auch auf den Abschluss und das Erscheinen ihres zweibändigen Romans *Geschichte des Fräuleins von Sternheim*. Fünf Tage zuvor hat sie Wieland nochmals einen Brief geschickt – den letzten aus Bönnigheim. Er endete mit dem triumphalen Satz: »La Roche ist entzückt! Sie werden es gleichfalls erleben, und das macht mein Herz froh.«

Daran muss sie jetzt denken, als sie an Bord des großen Personenkahns steht, den Geruch des Flusses und des Frühlingswindes einatmet und die liebliche Neckarlandschaft mit den bereits blühenden Apfelbäumen an sich vorüberziehen sieht.

»Die Tochter meines Herzens ist in die weite Welt gejagt«

Der Roman *Geschichte des Fräuleins von Sternheim* (1771)

Kaum ist Sophie im Frühjahr 1771 mit ihrer Familie in Ehrenbreitstein angelangt, da erscheint im Mai der erste Band ihres Romans *Geschichte des Fräuleins von Sternheim* (der zweite Band folgt wenig später, im September). Dem Buch ist ein erklärender, heute etwas umständlich wirkender Untertitel beigegeben: »Von einer Freundin derselben aus Original-Papieren und andern zuverläßigen Quellen gezogen.«

Der Untertitel hat doppelte Funktion. Zum einen verweist er auf den Bauplan des Buchs, das nach der Vorliebe der damaligen Zeit ein Briefroman ist. Zum anderen suggeriert er Authentizität. Das Spiel mit der Echtheit wird indes noch weitergetrieben. Christoph Martin Wieland, der das Manuskript der Autorin korrigiert, lektoriert und von sprachlichen Eigenheiten, etwa typisch schwäbischen Begriffen und Wortendungen, »gereinigt« hat, wird auf dem Titelblatt als Herausgeber tituliert.

Als solcher schreibt er auch ein Vorwort, das an eine Freundin gerichtet ist, die in der Überschrift als »An D.F. G.R.V.*******« verklausuliert wird. Das Rätsel ist in der damals recht überschaubaren literarischen Welt rasch entschlüsselt. Dahinter verbirgt sich die Anrede »An D[ie] F[rau] G[eheime] R[ätin] V[on La Roche]«.

Wielands Vorwort gerät zur enthusiastischen Lobrede auf die Gesinnung des Buches. Er nimmt Kritikern vorweg schon das Heft aus der Hand, indem er sie umschmeichelt: »Kurz, ich habe eine so gute Meinung von der feinen Empfindung der Kunstrichter, daß ich ihnen zutraue, sie werden die Mängel, wovon die Rede ist, mit so vielen, und so vorzüglichen Schönheiten verwebt finden.« Nicht um sprachliche und formale Perfektion geht es dem Anwalt der *Geschichte des Fräuleins von Sternheim*, sondern um den sittlichen Gehalt, die Aussage des Romans: »Zwanzig kleine Mißtöne, welche der sonderbare und an das Enthusiastische angrenzende Schwung in der Denkensart Ihrer Sternheim mit der meinigen macht, verloren sich in der angenehmsten Übereinstimmung ihrer Grundsätze, ihrer Gesinnungen und ihrer Handlungen mit den besten Empfindungen und mit den lebhaftesten Überzeugungen meiner Seele. [...] Möchte mich der Himmel die Glückseligkeit erfahren lassen, diese ungeschminkte Aufrichtigkeit der Seele, diese sich immer gleiche Güte, dieses zarte Gefühl des Wahren und Schönen, diese aus einer innern Quelle stammende Ausübung jeder Tugend [...] dereinst in diesen liebenswürdigen Geschöpfen ausgedrückt zu sehen.«

Mit den »Geschöpfen« meint Wieland die jungen Frauen, »Teutschlands Töchter«, denen er die Lektüre des Romans zur sittlichen Erhebung empfiehlt. Freilich werden die Kritiker stutzig: Sie vermuten hinter so viel Sympathie ein Eigenlob, hinter dem Herausgeber auch den Romanautor.

Aus gutem Grund hat Sophie La Roche ihre Namensnennung auf den Titelblättern der beiden Bände vermieden. Es gilt zur damaligen Zeit für eine Frau als unschicklich, mit eigenen Schriften an die Öffentlichkeit zu treten. Auch andere Autorinnen des späten 18. Jahrhunderts haben anonym oder unter Pseudonym – bisweilen auch unter dem Namen ihres Ehemannes – veröffentlicht, etwa Therese Forster-Huber oder Marianne Brentano-Ehrmann. Letztere wurde nach der Aufdeckung ihrer Anonymität in der literarischen Welt stets mit dem Titel ihres ersten Buches belegt: als »Verfasserin der Philosophie eines

Weibs«. Ähnlich wird es Sophie La Roche ergehen. Auch ihr Name wurde und wird in erster Linie mit ihrem ersten und erfolgreichsten Roman verbunden, bereits die Zeitgenossen nannten sie halb im Ernst, halb im Scherz gerne »die Sternheim«.

Der Erfolg des Romans, der bei Philipp Erasmus Reich in Leipzig erscheint, ist durchschlagend. Noch im ersten Jahr müssen drei Auflagen gedruckt werden, fünf weitere Auflagen folgen in den nächsten fünfzehn Jahren, außerdem wird der Roman ins Französische, Niederländische, Englische und Russische übersetzt. Die *Geschichte des Fräuleins von Sternheim* wird zu einem der großen Erfolge des Buchmarkts. Die Autorin selbst sieht das anfangs eher skeptisch. Auch sie hat mit der allgemein verbreiteten Ansicht zu kämpfen, es zieme sich für eine Frau nicht, als Schriftstellerin, zumal als Romanautorin, hervorzutreten. Das Genre des Romans gilt lange Zeit, bis weit ins 19. Jahrhundert hinein, in moralisch strengen bürgerlichen Kreisen als sittlich bedenklich und als ein Produkt niederer Unterhaltung, nicht aber als ernstzunehmende Kunstgattung. Auch Sophie La Roche hat zunächst dieses Klischee verinnerlicht. Erst die lobenden, überschwänglichen Kritiken belehren sie allmählich eines anderen. Zunächst jedenfalls sucht sie sich – auch vor sich selbst – für ihren Gang an die Öffentlichkeit zu rechtfertigen. Dem Schweizer Freund Johann Caspar Hirzel schreibt sie entschuldigend, das Buch sei nur zur Tröstung ihrer einsamen Seele verfasst worden. Außerdem sei es »nur für schwäbische Reichsstädte gemeint gewesen, und niemals hätte ich es drucken lassen, wenn ich nicht in der großen Teurung dadurch Geld für die Arme[n] bekommen hätte. Nun wissen Sie alle Triebfedern meines öffentlichen Auftritts. Ich wollte unbekannt bleiben, aber diesen Wunsch hat mir das Schicksal versagt.«

Der karitative Antrieb passt gleichwohl sehr gut zum Inhalt des Buches, das einem Programm folgt. Sophie La Roche hat das später in *Melusinens Sommer-Abende* so formuliert: »Da ich nun darin die Grundsätze meiner eigenen Erziehung zeigen wollte, suchte ich zu beweisen: ›daß, wenn das Schicksal uns auch alles nähme, was mit dem Gepräge des Glücks, der Vorzüge und des Vergnügens bezeichnet ist: wir in einem mit nützlicher Kenntniß angebauten Geiste, in tugendhaften Grundsätzen des Herzens und in wohlwollender Nächstenliebe die größten Hülfsquellen finden würden.‹«

Sophie von Sternheim, so der Name der jugendlichen Protagonistin, ist eine Mischung aus weiblicher Idealgestalt und autobiografischen Anklängen. Die Geschichte beginnt mit dem Lebensweg von Sophies Vater. Herr von Sternheim, ein Offizier, der wegen seiner Verdienste mit dem Adelspatent ausgezeichnet worden ist, besucht seinen Freund, den Baron von P. Dieser schenkt ihm ein kleines Landgut, das der Oberst von Sternheim als Musterhof aufbauen will. Sternheim verliebt sich in die Schwester des Barons, wagt aber nicht, sich zu offenbaren. Auch seine Furcht vor dem Adelsstolz der Familie trägt dazu bei. Die ständischen Verwerfungen zwischen alter Noblesse und jungem, aufstrebendem Bürgertum des 18. Jahrhunderts treten hier zutage. Doch Sternheims Freund, der Baron, ein aufgeklärter, vorurteilsfreier Mann, in dem die Autorin wohl ein wenig den Grafen Stadion porträtiert hat, kann die Bedenken und Zweifel ausräumen und die Heirat arrangieren.

Das Paar bekommt eine Tochter, Sophie. In ihr hat sich Sophie von La Roche nach eigenem Bekenntnis selbst gezeichnet, äußerlich in Erinnerung an ihre Erscheinung als junges Augsburger Fräulein, aber auch dem Wesen nach – hierin freilich idealisiert. Sie habe, so gesteht sie, Sophie von Sternheim »ganz natürlich meine Neigungen und

Denkart« geschenkt, »wie jeder Schriftsteller seine Lieblinge mit den seinigen auszustatten pflegt«.

Sophie von Sternheim verliert ihre Mutter bereits mit acht Jahren. Eigene Erinnerungen an den frühen Tod der Mutter mögen bei Sophie von La Roche hier mitgespielt haben. Die Protagonistin hat einen liebevollen Vater, der einfühlsam auf die Bedürfnisse und Talente der Tochter eingeht. Sophie genießt »die vortrefflichste Erziehung für ihren Geist und für ihr Herz«. Sternheim lässt seiner Tochter eine für damalige Zeit ungewöhnliche Ausbildung zukommen: »und weil das Fräulein eine große Anlage von Verstand zeigte, beschäftigte er diesen mit der Philosophie, nach allen ihren Teilen, mit der Geschichte und den Sprachen, von denen sie die englische zur Vollkommenheit lernte. In der Musik brachte sie es, auf der Laute und im Singen, zur Vollkommenheit. Das Tanzen, soviel eine Dame davon wissen soll, war eine Kunst, welche eher von *ihr* eine Vollkommenheit erhielt, als daß sie dem Fräulein welche hätte geben sollen [...]. Neben diesen täglichen Übungen erlernte sie mit ungemeiner Leichtigkeit alle Frauenzimmerarbeiten, und von ihrem sechszehnten Jahre an bekam sie auch die Führung des ganzen Hauses.«

Unschwer ist zu erkennen, wie sehr Sophie La Roche bei der Erziehung ihres »papiernen Mädchens« großen Wert darauf legt, dass sich geistige Bildung und häuslicher Nutzen die Waage halten. In diesem Punkt geht die Autorin kaum über das hinaus, was sie selbst im Hause Gutermann an Ausbildung erfahren hat, nur dass das Fräulein von Sternheim das Glück hatte, wissenschaftliche Erkenntnis gerne zugestanden zu bekommen, auch über den Grad bloßer Konversationsfähigkeit hinaus. Ein schmerzliches Bianconi-Erlebnis, das mit der Vernichtung der geliebten Mathematik- und Sprachübungen endet, bleibt Sophie von Sternheim erspart.

Sophies unbeschwerte Jugendzeit hat ein Ende, als sie in ihrem neunzehnten Lebensjahr auch den Vater verliert. Als Vollwaise beginnt nun für sie eine Odyssee durch die harte Schule des Lebens, eine Prüfung, die sie mit Hilfe ihrer ethischen Grundsätze zu bestehen hat.

Zunächst kommt sie an den Hof ihres Verwandten, des Grafen Löbau. In Briefen an die Jugendfreundin Emilia berichtet Sophie von Sternheim von ihren Erlebnissen und Erfahrungen. Nicht immer geht man nobel mit ihr um. Sophies Unbescholtenheit, ihre Naivität fordern viele heraus, sich über sie zu mokieren oder sie gar in Versuchung zu bringen. Kurz vor seinem Tod umriss der Oberst von Sternheim die drohende Gefahr so: »Aber da sie [Sophie] lauter Empfindung ist, so haben viele, viele die *elende Macht, sie zu kränken.*«

Sternheim sollte nur allzu recht behalten. Bald kommt Sophie an den Hof eines Fürsten und lernt dort, wie sie selbst gesteht, »den Hof und die große Welt durch mich selbst« kennen. Anders als der kleine, aufgeklärte Musenhof von Schloss Warthausen ist der Hof, an dem das Fräulein von Sternheim zu Gast ist, das Paradebeispiel eines selbstgefälligen, snobistischen und gelangweilten Adels, der seinen einzigen Zeitvertreib in seichter Unterhaltung, in Geschwätz und Intrigen sieht. Auch Sophie wird bald das Opfer dieser Kabalen, sie fordert gerade wegen ihrer Integrität die Bosheit der Hofschranzen heraus.

Gleich drei Männer verlieben sich in Sophie, und alle versuchen sie auf ihre Weise zu gewinnen. Der Engländer Lord Seymour ist der empfindsame Mann, der gleichwohl wankelmütig ist und sich durch die Vehemenz seiner Konkurrenten verunsichern und von seinen Absichten abbringen lässt.

Lord Derby ist der Prototyp des verschlagenen Bösewichts. Er steht in seiner Art, die Intrige als Mittel eines ausgeklügelten Raffinements zu benutzen und seinen

Ehrgeiz zur Verführung geradezu als dekadenten Sport zu begreifen, in nichts dem Vicomte de Valmont aus Pierre Ambroise François Choderlos de Laclos' Briefroman *Gefährliche Liebschaften* von 1782 nach. Es wird vermutet, Choderlos de Laclos habe die französische Ausgabe von Sophie La Roches Roman gekannt und verwertet.

Sophie La Roche hat sich nach eigener Aussage in der Darstellung des Bösewichts schwer getan. In einem Brief an Wieland vom August 1770 gesteht sie: »Was Derby anbelangt, wissen Sie, daß ich seine Eifersucht zur wesentlichen Triebfeder seiner Verbrechen gegen meine Heldin machen wollte; dann, daß es mir unmöglich ist, jemandem den Charakter der Bosheit ohne Gründe zu geben, wenn es auch wenig plausibel sein mag und die Eifersucht schon so viel Böses ins Werk gesetzt hat.« Dieser kritischen Selbsteinschätzung mag der heutige Leser widersprechen. Gerade Lord Derby ist in seiner Konsequenz, aus Ehrgeiz heraus das Böse zu tun, weit lebendiger, menschlicher gestaltet als die stets edlen Grundsätzen folgende Sophie von Sternheim, deren ätherische, selbstlose Wesenszüge eher denen eines Engels gleichen.

Lord Derby erfasst die Leidenschaft zu Sophie, oder besser: die Leidenschaft des Ehrgeizes, sie als Erster zu verderben. In einem Brief an einen Freund stellt er die These auf: »[...] ein den Göttern gewidmetes Meisterstück der Natur und der Kunst zu erbeuten, den Argus der Klugheit und Tugend einzuschläfern, Staatsminister zu betrügen, alle weithergesuchte Vorbereitungen eines gefährlichen und geliebten Nebenbuhlers zu zernichten, ohne daß man die Hand gewahr wird, welche an der Zerstörung arbeitet; dies verdient angemerkt zu werden!«

Derbys Ehrgeiz steigert sich, als auch der Fürst als dritter Mann Gefallen an Sophie von Sternheim findet. Bei einem Fest erhält das Geschwätz des Hofes Auftrieb, als Sophie und der Fürst eine Zeit lang zu einem Gespräch unter vier Augen zusammenkommen. Man munkelt, Sophie sei die Mätresse des Fürsten. Die Reaktionen der beiden Engländer verzerren die Situation noch mehr: Seymour zieht sich enttäuscht von Sophie zurück, die dies wiederum als Kälte interpretiert. Derby hingegen, der sehr bald von Sophies Unschuld überzeugt wird, sieht sich von des Fürsten Leidenschaft zu Sophie angestachelt. Seine Passion ist kalt und berechnend. Sie kennt als Feuer den Zynismus: »[...] ich schwur mir, sie mit oder ohne ihre Neigung zu besitzen. Wenn sie Liebe, feurige Liebe für mich bekömmt, so kann es sein, daß sie mich *fesselt*; aber auch kalt soll sie mein Eigentum werden.«

Die Form des Romans weitet sich: Nicht nur Briefe Sophies an ihre Freundin werden mitgeteilt, sondern auch Korrespondenzen Seymours, Derbys und anderer. Der Briefroman war bis dahin in Deutschland eine eher eindimensionale Angelegenheit. Mit diesem formalen Trick versteht es Sophie La Roche, nicht nur die Perspektiven auf ein und dasselbe Geschehen zu wechseln, sie kommt auch dem Wesen ihrer Figuren näher, indem sie Stil und Duktus der schreibenden Personen variiert und individualisiert. Der Erzählstil Derbys ist ein anderer als der Sophie von Sternheims, vor allem verrät sich in der Sprache die Psyche des Sprechenden. Charakter und Motive einer Figur werden nicht nur dadurch offenbar, was sie tut und sagt, sondern auch dadurch, wie sie es sagt. Diese Kunst der Psychologisierung von Romanfiguren war bis dahin im deutschen Roman unbekannt. Sophie von La Roche hat mit ihrer Technik des mehrdimensionalen Briefromans und der Individualisierung und Psychologisierung des Sprachstils neue Wege beschritten, die weit in die Zukunft weisen.

Durch die Auffächerung der Perspektiven erhält der Leser auch Einblick in Gedanken und Absichten, von denen die einzelnen Figuren nichts ahnen. Das Netz der

Intrige, das sich um Sophie wickelt, die Fallen der Bedrohung, die ihr auflauern, sind einzig dem Leser bewusst, der mit Spannung das weitere Schicksal der Heldin verfolgt.

Sophie von Sternheim ist der Gegenpol zu der herzlosen, geschwätzigen Hofgesellschaft. Sie hilft einer in Not geratenen Frau und setzt sich beim Fürsten erfolgreich für deren Familie ein. Der zunehmende Abscheu vor diesem eitlen, oberflächlichen Gepränge erschüttert allerdings nicht Sophies Überzeugung, dass die bestehende Ordnung richtig sei. So akzeptiert sie die Ungleichheit der Geschlechter. Gegenüber ihrer Freundin Emilia bemerkt Sophie von Sternheim, »daß immer [...] die Verschiedenheit des Geschlechts bemerkt werden müsse. Die Natur selbst habe die Anweisung hiezu gegeben, als sie z. E. in der Leidenschaft der Liebe den Mann heftig, die Frau zärtlich gemacht; in Beleidigungen jenen mit Zorn, diese mit rührenden Tränen bewaffnet; zu Geschäften und Wissenschaften dem männlichen Geiste Stärke und Tiefsinn, dem weiblichen Geschmeidigkeit und Anmut; in Unglücksfällen dem Manne Standhaftigkeit und Mut, der Frau Geduld und Ergebung vorzüglich mitgeteilt.« In dieser Erkenntnis, die Sophie von einem befreundeten Grafen übernimmt, liegt weniger Bescheidung als die Wahrnehmung eigener Fähigkeiten und Stärken. Sophie differenziert: »ob sich schon Fähigkeiten und Wissensbegierde in beinahe gleichem Grade in meiner Seele zeigten, so wäre ich doch zu keiner *Denkerin* geboren.« Ihre Stärke liegt auf anderem Gebiet: in der Empfindsamkeit und der Duldsamkeit. Die eine lässt sie Gut von Böse unterscheiden, die andere gibt ihr die Kraft, ihr Schicksal zu meistern.

Auch die ständische Ordnung sieht Sophie als gegeben und erblickt darin weniger Willkür als Sicherheit. Sie setzt auf die Hoffnung, der Adel möge sich in der Erkenntnis eigener Verantwortung läutern und bessern. Es ist ein Ansatz, der den Fortschrittsglauben der Aufklärer mit dem versöhnenden Ausgleich der Empfindsamen vereint. »Reden Sie ihnen von der Ordnung, die Gott unter den Menschen durch die *Verschiedenheit der Stände* eingesetzt hat«, empfiehlt Sophie ihrer Freundin Emilia, »zeigen Sie ihnen die *Höhere* und *Reichere*, aber auch die *Ärmere* und *Niedrigere* als *Sie* sind. Reden Sie von den Vorteilen und Lasten, die jede Klasse hat, und lenken Sie alsdenn ihre Kinder zu einer ehrerbietigen Zufriedenheit mit ihrem Schöpfer, der sie durch die Eltern, die er ihnen gab, zu einem gewissen Stande bestimmte, und ihnen darin ein eigenes Maß besonderer Pflichten zu erfüllen auflegte; sagen Sie ihnen, zu den Pflichten der Tugend und der Religion sei der Fürst wie der Geringste unter den Menschen verbunden.«

Dieser Glaube an die bestehende gesellschaftliche Ordnung kennzeichnet auch Sophie von La Roches Überzeugung. Sie hat damit in ihrem ersten Roman bereits im Wesentlichen umrissen, was sie mehr als dreißig Jahre lang auch in ihren folgenden Büchern noch verkünden wird. Ihr liegt nicht an Revolution, sondern an Evolution, nicht an Umsturz, sondern an Erziehung, nicht an Forderungen, sondern an karitativer Fürsorge. Ihr Bild von der Gleichheit der Menschen hat nichts mit gesellschaftlichem Rang zu tun, sondern mit einer moralisch-sittlichen Gleichwertigkeit: »Unser Herz und Verstand sind dem Schicksal nicht unterworfen. Wir können ohne eine adeliche Geburt *edle Seelen*, und ohne großen Rang einen großen Geist haben.« Das ist in einem Zeitalter, das sich selbst als Jahrhundert des Lichts und des Verstandes feiert, kein Widerspruch, sondern ordnet sich, vor christlich-pietistischem Hintergrund, in das Gedankengebäude der Aufklärung ein. Dass freilich die Aufklärung, besonders in Frankreich, sich zum Skeptizismus und Atheismus und in der Gesellschaftstheorie zur Forderung nach einer

Republik freier und gleicher Brüder weiterentwickelt, kann Sophie von La Roche – eingebunden in ihr pietistisches und patriarchalisches Weltbild – nicht nachvollziehen. Nach 1789 wird sie daher ratlos vor den politischen Kindern »ihrer« aufgeklärten Zeit stehen.

Sophie von Sternheims Lebensweg verläuft also nicht über die emanzipierte Einforderung von Rechten, sondern über die Erduldung ihres Schicksals in der Hoffnung auf eine höhere Gerechtigkeit. Das Netz der Gefühle wird enger und verstrickter. Auf einem Maskenball am Hof des Fürsten kommt es zum Eklat. Erneut gibt es Gerüchte, Sophie sei die Mätresse des Herrschers. Eine ominöse Gestalt mit weißer Maske sucht sich der verkleideten Sophie zu nähern, verschwindet dann aber im Gewühl der Menge. Erst später wird offenbar, dass sich dahinter Lord Seymour verbarg. Sophie ist indes von dem Geschwätz, den Gerüchten, den lasziven Andeutungen der Masken so angewidert und bangt um ihren guten Ruf, dass sie Lord Derby, der im Laufe der Zeit durch eine geheuchelte Ritterlichkeit ihr Vertrauen erschlichen hat, ihr Jawort gibt. Ihr scheint eine Vernunftehe besser zu sein als ein weiteres Dasein an einem Hof, der sie sittlich zu beschmutzen sucht. Ein Handlanger Derbys verkleidet sich als Priester und fingiert eine Trauung. Danach lässt Derby Sophie entführen, er selbst bleibt aber zunächst bei Hof, um keinen Verdacht zu erregen.

Sophie wird in das Dorf Vaals bei Aachen gebracht. Inzwischen hat sie die bösartigen, zynischen Beweggründe Derbys durchschaut. Sie beklagt zwar ihr Schicksal, verharrt aber nicht in Verzweiflung und Lethargie, sondern gründet in dem Dorf eine Gesindeschule, wo sie ihre bislang theoretisch formulierten Erziehungsgrundsätze praktisch erprobt. Aufgabe der Erziehung sei nicht nur die Bildung und Ausbildung, sondern auch die Erziehung zur Ehrfurcht vor Gott und seiner Schöpfung.

Keineswegs beschränkt sich diese Gottesehrfurcht auf rein theologische Fragen. Gerade die Anschauung der uns täglich umgebenden Schöpfung kann Dankbarkeit erzeugen. Voraussetzung zur Erkenntnis der Ordnung in der Schöpfung ist dabei die Naturkunde, zu der auch die Geografie, Geologie und die Physik gehören. Dieser Ansatz, von Sophie von La Roche auch in späteren Schriften noch dargelegt, ist umso erstaunlicher, als er die Spaltung menschlicher Wissensgebiete in Geistes- und Naturwissenschaften nicht kennt und die Theologie mit den exakten Wissenschaften zu vereinbaren sucht. Die Autorin lässt ihr Fräulein von Sternheim schreiben:

»Es ist eine Pflicht des guten Geschöpfs die Werke seines Urhebers zu kennen, von denen wir alle Augenblicke unsers Lebens so viel Gutes genießen; da die ganze physikalische Welt lauter Werke und Zeugnisse der Wohltätigkeit und Güte unsers Schöpfers in sich faßt, deren Anblick und Kenntnis das reinste und vollkommenste, keinem Zufall, keinem Menschen unterworfene Vergnügen in unsre Seele gießt. Je mehr Geschmack Ihre Kinder an der natürlichen Geschichte unsers Erdbodens, je mehr Kenntnisse sie von seinen Gewächsen, Nutzbarkeit und Schönheit erlangen, je sanfter werden ihre Gesinnungen, Leidenschaften und Begierden sein, und um so viel mehr wird ihr Geschmack am Edeln und Einfachen gestärkt und befestigt werden, und umso weiter entfernen sie sich von der Idee, daß Pracht und Wollust das größte Glück sei.«

Diese Ansätze klingen sehr modern, scheinen geradezu aus einer der anthropologischen und ökologischen Reformbewegungen des 20. Jahrhunderts zu stammen. Sie stellen, anders als die französischen Aufklärer, nicht den Menschen in den Mittelpunkt, sondern das Gleichgewicht der Schöpfung, den Frieden zwischen Gott und Mensch. Dadurch vermeiden sie die Hybris des Machbarkeits- und Nützlichkeitswahns, der alle Fragen der Welt durch den

Verstand zu klären verspricht und die Schöpfung ganz einem Schema der Zivilisation unterordnet, sie zur Dienerin des Menschen macht, der sie aber nicht wie eine Leihgabe pflegt, sondern wie ein erworbenes Gut ausbeutet.

Von solchen philosophischen Gedanken ist freilich Sophie von Sternheims Gesindeschule weit entfernt. Vielmehr werden hier die Mädchen nach ihren Talenten und Interessen gefördert. Sophie erteilt ihren Mädchen einen berufsorientierten Unterricht, der sie auf das Leben vorbereitet. Auch hier mögen eigene Erfahrungen der Autorin mit ihrer angelesenen Bildung, die doch nicht darauf aus war, ihrem Leben eine Aufgabe zuzuweisen, eine Rolle gespielt haben:

»Ich wollte an meinen dreizehn Schülerinnen die Probe machen, und teilte sie nach der Anlage von Geist und Herzen in Klassen.
1. Sanfte, gutherzige Geschöpfe bildete ich zu Kinderwärterinnen;
2. die Anlage zu Witz, und geschickte Finger zur Kammerjungfer;
3. nachdenkende und fleißige Mädchen zu Köchinnen und Haushälterinnen; und
4. die letzte Klasse von dienstfähigen zu Haus-, Küchen- und Gartenmägden.«

Dem pädagogischen Projekt ist keine lange Dauer beschieden, denn Sophie von Sternheim, die sich »in Beziehung auf ihr Schicksal« inzwischen »Madam Leidens« nennt, erfährt, dass ihre Trauung mit Derby von einem falschen Priester vollzogen wurde, ihre Ehre als Frau also zerstört ist. Sie erkrankt schwer und fährt zur Bäderkur ins belgische Spa. Dort lernt sie eine englische Lady kennen und beschließt, mit ihr nach England zu gehen. Sophie kann ihre Spur verwischen und ist somit für Lord Derby nicht mehr auffindbar. Auf dem englischen Landsitz Summerhall verbringt sie angenehme Wochen. Sie gesundet und widmet sich voller Neugier dem Studium der Naturkunde, der englischen Literatur und dem Dienst an Armen und Kranken. Ein englischer Edelmann, Lord Rich, verliebt sich in sie und macht ihr den Hof. In seiner Bibliothek und Naturaliensammlung verbringt die wissensdurstige Sophie viele Stunden.

Doch auch jetzt ist das Glück nur von kurzer Dauer. Der Bösewicht Derby erfährt von ihrem neuen Aufenthaltsort und entführt sie. Sein Motiv ist inzwischen nicht mehr leidenschaftliches Begehren, sondern Rache und blinde Zerstörungswut. Er lässt Sophie ins unwirtliche Schottland verschleppen, wo sie in der Hütte eines Bleiminenarbeiters unterkommt. Doch selbst in den »schottischen Bleygebürgen« nimmt Sophie ihr Schicksal duldsam auf sich. In dieser Fügsamkeit sieht sie den einzigen Ausweg, ihre Seele zur retten, sollte sie auch körperlich zugrunde gehen. Aber selbst in ihrer eigenen Not ist sie nicht auf sich selbst fixiert: Sie kümmert sich fürsorglich um ein kleines Mädchen, das ebenfalls in der Hütte lebt und sich als das verstoßene Kind Lord Derbys erweist. In der Hinwendung auf den Nächsten gelingt es Sophie, sich selbst und ihr eigenes Leid zu überwinden: »es waren die ersten Trosttränen, die ich weinte, und in die Dankbarkeit meines Herzens gegen die Liebe dieses Geschöpfs mischte sich die Empfindung, daß Gott diesem armen Kinde die Gewalt gegeben hätte, mich die Süßigkeit des Mitleidens schmecken zu lassen. Von diesem Tage an rechne ich die *Wiederherstellung meiner Seele.*«

Das Wunder geschieht: Durch ihre Güte und Wärme gelingt es Sophie, die Herzen der verschlossenen, verbitterten Bewohner der »Bleygebürge« zu öffnen, sie mit Hilfe der Empfindsamkeit aus stumpfen Kreaturen zu Menschen zu erziehen: »Hier, wo die physikalische Welt wenige Gaben sparsam unter ihre traurigen Bewohner austeilt, hier habe ich den moralischen Reichtum von Tugenden und Kenntnissen in der Hütte meiner Wirte verbreitet, und mit ihnen genieße und koste ich ihre Süßigkeit. Von allem, was den Namen von Glück, Ansehen und Gewalt führt, völlig entblößt, mein Leben den Händen dieser Fremdlinge anvertraut, wurde ich ihre moralische Wohltäterin, indem ich ihre Liebe zu Gott erweiterte, ihren Verstand erleuchtete, und ihre Herzen beruhigte, da ich durch Erzählungen von andern Weltteilen und von den Schicksalen ihrer Einwohner in den Erholungsstunden meiner armen Wirte Vergnügen um sie hergoß.« Sophie genießt »die wahren Geschenke des Himmels, *die Freude wohlzutun* und *die Ruhe des Gemüts* als Früchte der wahren Menschenliebe und erfahrner Tugend. – Reine Freude, wahre Güter! ihr werdet mich in die Ewigkeit begleiten, und für euren Besitz wird meine Seele das erste Danklied anstimmen.«

Doch wieder hat Sophie nicht mit Derbys Arglist gerechnet: Er unterbreitet ihr brieflich das Angebot, sie korrekt zu ehelichen. Sophie verwirft sein Ansinnen voller Abscheu. Daraufhin wirft Derbys Komplize sie in ein Verlies. Hier beginnt die Erzählung Züge des Schauerromans anzunehmen: »ich fiel nach meiner ganzen Länge in das mit Schutt und Morast angefüllte Gewölbe, wo ich auf den Steinen meine linke Hand und das halbe Gesicht beschädigte, und heftig aus der Nase und Mund blutete. [...] Ich sah nichts, aber ich fühlte mit der einen Hand, daß der Boden stark abhängig war, und besorgte daher bei der geringsten Bewegung gar in einen Keller zu fallen.«

Die irrtümliche Nachricht von Sophies Tod verbreitet sich. Reue erfasst Derby, er beichtet auf dem Sterbebett Lord Seymour und Lord Rich, die sich als Brüder erweisen, seine Untat. Die Brüder reisen nach Schottland und sind erstaunt, Sophie noch lebend in ihrem Gefängnis vorzufinden. Nun verzichtet Lord Rich auf seine Liebe zu Sophie und überlässt seinem Bruder, der ältere Ansprüche hegt, die junge Frau. Seymour erkennt und bereut sein einstiges

Misstrauen gegen Sophie. Die beiden heiraten und leben auf Seymours Landgut. Doch Sophie, die sich in schlimmster Not bewährt hat, will nicht nur ihrem privaten Glück leben. Sie möchte ihr Dasein einem höheren Zweck widmen:

»Meine Kenntnisse, die die Stütze meiner leidenden Eigenliebe und die Hülfsmittel waren, durch welche ich hier und da einzelne Teile von Vergnügen erreichte, sollen dem Dienst der Menschenliebe geweihet sein, sie zum Glück derer, die um mich leben, und zu Ausspähung jedes kleinen, jedes verborgenen Jammers meiner Nebenmenschen zu verwenden, um bald große, bald kleine liebreiche Hülfe ausfindig zu machen. *Kenntnisse des Geistes, Güte des Herzens* – die Erfahrung hat mir bis an dem Rand meines Grabes bewiesen, daß ihr *allein* unsere wahre irdische Glückseligkeit ausmachet!«

Ihren Vorsatz setzt Sophie, jetzt Lady Seymour, praktisch um: Sie nimmt Mädchen aus der Umgebung auf und erzieht sie zum »Edlen und Guten«, wie Lord Rich begeistert schreibt. Er schließt seinen Lobesbrief mit den Worten:

»Sie begnügt sich nicht gut zu denken; alle ihre Gesinnungen müssen Handlungen werden. Gewiß ist niemals kein inniger Gebet zum Himmel gegangen, als die Danksagung war, welche ich die Lady Seymour für die Empfindsamkeit ihres Herzens, und für die Macht Gutes zu tun mit tränenden Augen aussprechen hörte. Wie viel Segen, wie viele Belohnung verdienen die, welche uns den Beweis geben, daß alles, was die Moral fodert, möglich sei, und daß diese Übungen den Genuß der Freuden des Lebens nicht stören, sondern sie veredeln und bestätigen, und unser wahres Glück in allen Zufällen des Lebens sind!«

»Empfindsamkeit« ist das Zauberwort der Zeit. Uns Heutigen mag die Handlung des Romans zum Teil abstrus erscheinen, das zeitgenössische Publikum verschlang geradezu dieses Buch. Der Roman bot nicht nur eine spannende Handlung, erzähltechnisch durch mehrere Perspektiven differenziert, er bediente auch die geistigen Bedürfnisse der Zeit: Erziehung des Menschengeschlechts, Selbstfindung der Frau, Verbindung von aufgeklärtem Wissensdrang und frommer Ehrfurcht vor Gottes Schöpfung, von Ratio und Seele, alles abgemildert im Lichte einer Bewegung, die sich selbst als »Empfindsamkeit« deklarierte.

Sophie La Roche ist vom Erfolg des Romans, der sich sehr bald nach Erscheinen des ersten Bandes abzeichnet, überrascht. Nicht in ihren kühnsten Träumen hat sie damit gerechnet. Sehr schnell – nachdem infolge des regen brieflichen Austausches der »empfindsamen« literarischen Welt die Autorschaft bekannt geworden ist – gewöhnt sie sich aber an die zahlreichen enthusiastischen Zuschriften. Sie genießt den Erfolg. Bald kündigen sich auch etliche Besucher an, die alle die Autorin der *Geschichte des Fräuleins von Sternheim* persönlich kennenlernen wollen. Über Johann Heinrich Merck, Schriftsteller und Kritiker in Darmstadt, erfährt sie Lob von Johann Gottfried Herder. Der Weimarer Prediger ist von dem sittlichen Wert des Buches tief berührt. In einem Brief an Merck, den dieser der Autorin übermittelt, gesteht Herder: »für mich hat das durchgehende Dämmernde, Dunkle und Moralischrührende eine Würde, eine Hoheit, die ich lange, lange nicht gefunden. [...] Lesen Sie, wenn Sie ihn noch nicht gelesen haben, den kleinen Roman. Welche Einfalt, Moral, Wahrheit in den kleinsten Zügen, und alle werden interessant! [...] Ich blieb so betroffen, und gleichsam auf meinem Lebenswege gehemmt, daß ich, weil ich just vorigen Freitag den Roman las und darauf Sonnabend eine Predigt machen mußte, ich durchaus von nichts anderm predigen konnte, als daß es unglückliche Schritte gebe, die man nachher lebenslang nicht zurückholen könne; und was man nun tun solle?«

Der Roman ist so vielschichtig angelegt, dass jeder darin etwas für sich findet: der protestantische Prediger und das adlige Fräulein, der aufgeklärte Dichter und die gebildete Dame, der verstandesbetonte Skeptiker und die gefühlsselige Matrone. Caroline Flachsland schreibt nach der Lektüre der *Geschichte des Fräuleins von Sternheim* an ihren Verlobten Herder: »mein ganzes Ideal von einem Frauenzimmer! sanft, zärtlich, wohlthätig, stolz und tugendhaft. und betrogen. Ich habe köstliche, herrliche Stunden beym Durchlesen gehabt. ach, wie weit bin ich noch von meinem Ideal von mir selbst weg! welche Berge stehn gethürmt vor mir!«

Ebenfalls aus weiblichem Munde kommt das folgende Lob, diesmal an die Autorin selbst gerichtet. Julie Bondeli schreibt enthusiastisch an die noch zu wenig selbstbewusste Freundin:

»Meine liebe Sophie, wer wird Ihnen denn Gefühl absprechen? Niemand. Und wer wird Ihnen Geist bestreiten? Vielleicht jemand Gelehrtes, der alle seine wirren Gedanken nacheinander zusammenbuchstabieren muß, um zu einer klaren Vorstellung zu gelangen. Nun, teuerste Freundin, mag sich so jemand wohl an Ihnen rächen um des Vorteils willen, den Sie haben, weil Sie Ihre Ideen fertig und gründlich durchdacht in den Tiefen Ihrer Seele vorfinden. Man mag vielleicht sagen, daß das überhaupt nichts mit Geist zu tun hat, weil – nun weil Sie eine Frau sind, und weil eine Frau – mit Ihrer gütigen Erlaubnis – unmöglich Genialität haben kann, da diese doch nicht dieselbe Güte haben könnte wie die des Mannes. Bewahren wir unseren Liebreiz, meine Liebe, und lassen sie schwatzen.«

Die Kritiker könnten der Autorin ihr Frausein vorwerfen? Ist das denn eine Schande, ein Eingeständnis der

Unvollkommenheit? Julie Bondeli stärkt der Freundin den Rücken: »Und so ist es denn beschlossene Sache, daß Sie nur das Genie einer Frau haben, d. h. eine bedauernswerte Mischung aus Takt, Sensibilität, Wahrheit, scharfem Verstand, Klugheit und Richtigkeit in Ihren Ansichten und Meinungen. Ihrem Stil ist fraglos weibliche Eleganz eigen, von dem Gott weiß – Sie nicht –, warum er so schön und so ergreifend ist. [...] Meine liebe Sophie, lassen Sie jene reden, was sie wollen, und machen Sie weiter so.«

Auch Wieland spricht der Freundin in Ehrenbreitstein Mut zu. In einem Brief vom 6. November 1771 resümiert er zugleich ein paar Kritiken, die den Roman anfangs ihm zugeschrieben haben:

»Ich werde nie bereuen, der Herausgeber eines Werkes zu sein, das ich für *nützlich* halte und das, meiner Ansicht nach, Ihrem Geschlecht Ehre macht. Aber Sie müssen es bereuen, mir die Erlaubnis gegeben zu haben, es in die Welt einzuführen. Dieser Umstand macht, daß es scheel angesehen wird und von einer großen Zahl von Personen, die meine Freunde nicht sind, übel beurteilt wird. Die Art, wie es in der Göttinger und Braunschweiger Zeitung angezeigt worden, ist, gibt eine Probe davon. [Albrecht von] Haller, welcher der Autor der Göttinger Rezension ist, hat darin die *Sternheim mir selbst* zugeschrieben, er spricht sehr kavaliersmäßig davon, aber mit dem Anschein der Verachtung; indessen gesteht er, *daß die Moral darin mehr wert ist als in einigen meiner übrigen Werke*. Die Braunschweiger Zeitung findet wahrscheinlich, daß ich selbst der Autor bin; sie sagt *mit Kälte* etwas Gutes davon [...]. Ich bin zu sehr daran gewöhnt, um mich darüber zu grämen; ich glaube, daß Ihnen die Zustimmung der empfindsamen und schönen Seelen genug sein muß.«

Wieland hat Recht: Der Roman *Geschichte des Fräuleins von Sternheim* besitzt nicht nur unleugbare literarische und zeitgeschichtliche Qualitäten, er spricht vor allem eine jüngere, empfindsame Generation an, die sich nicht scheut, ihre emotionalen und geistig-sittlichen Bedürfnisse, ihre Wünsche, Hoffnungen und Enttäuschungen laut zu äußern, niederzuschreiben, herauszuschreien. Es ist die Generation der Stürmer und Dränger, die sich von Sophie La Roches Roman in ihrem Seelenleben widergespiegelt sieht. Zwar hat die *Geschichte des Fräuleins von Sternheim* nichts mit den ekstatischen, hasszerfressenen, schmerzgeborenen Dramen eines Friedrich Maximilian Klinger und Jakob Michael Reinhold Lenz, eines Heinrich Wilhelm von Gerstenberg und Heinrich Leopold Wagner zu tun – Sophie La Roche gehört einer älteren Generation und einer zu bürgerlichen Schicht an –, aber die Gefühlssprache des Buches ist auch die der Jungen, der Enttäuschten und Ungebärdigen. Es gehört zu der geheimnisvollen Wirkkraft der *Geschichte des Fräuleins von Sternheim*, dass sich in ihr die unterschiedlichsten Kreise und Generationen angesprochen glauben.

Einer der jungen Wilden ist ein Frankfurter Bürgerssohn, gerade einmal zweiundzwanzig Jahre alt: Johann Wolfgang Goethe. Er hat in Straßburg eben seinen Doktor der Rechte erworben und kehrt nun in seine Vaterstadt Frankfurt zurück. Im nahen Darmstadt lernt er Merck kennen, und über ihn erfährt er vom sensationellen Erfolg der vor kurzem noch unbekannten Romanautorin. Goethe reist wenige Monate später nach Wetzlar weiter, um am Reichskammergericht zu arbeiten. Noch ahnt er nicht, welche Umstände ihn nach Ehrenbreitstein führen werden, und auf welch geheimnisvolle Weise das Haus Sophie von La Roches Mitauslöser für seinen eigenen Debütroman sein wird, die *Leiden des jungen Werther*.

Sophie von La Roche genießt indes zunehmend den Trubel um ihre Person und ihr Buch. An Hirzel in der Schweiz hat sie noch im Juli 1771 beinahe entschuldigend geschrieben: »Ich gab es Wielanden zu lesen; ein Enthusiasmus der Freundschaft machte, daß er es besonders lobte und schon vor länger als einem Jahr drucken lassen wollte. Würklich tat er's, und nun hat der den 2. Teil, und die Tochter meines Herzens ist in die weite Welt gejagt.«

Ihre geistige Tochter mag hinausgegangen sein in die Welt, sie selbst, Sophie von La Roche, ist endlich angekommen: In einem repräsentablen Heim am Ufer des Rheins, im Dunstkreis des aufgeklärten, kunstsinnigen kurtrierischen Hofes, in einer wieder zusammengeführten Familie, an der Seite eines Mannes, der eine glänzende Karriere macht und ihre Schriftstellerei wenn auch nicht sonderlich schätzt, so doch akzeptiert. Sophie von La Roche hat Geschmack am Schreiben gefunden. Sie arbeitet bereits an ihrem nächsten Buch, dem Roman *Rosaliens Briefe*. Von den Lesern und Leserinnen wird Sophie um Fortsetzungen der *Geschichte des Fräuleins von Sternheim* angegangen. »Einige junge Frauenzimmer in Coblenz«, so erinnert sie sich, »begehrten oft Romane von mir, und Mütter äußerten öfters Wünsche für Vermehrung des Gehalts ihrer Männer, um ihre Söhne und Töchter besser erziehen zu können.«

Und sie lädt Freunde ein. Endlich kann sie selbst einen kleinen Musenhof führen. Platz und Geld sind genug da. Und die Bewunderer können es kaum erwarten, ihre hohe Frau der Empfindsamkeit von Angesicht zu Angesicht zu sehen. Am meisten freilich freut sich Wieland. Seine Ankunft im neuen Domizil der Freundin ist für den Mai 1771 geplant.

»Wenn die Götter des Frohsinns unsere Feste segnen!«

Die Jahre in Ehrenbreitstein (1771–1780)

Das Domizil in Ehrenbreitstein-Tal, am nördlichen Ende der Hofstraße, liegt unterhalb der mächtigen Festung und nur wenige hundert Schritte von der (später abgerissenen) Philippsburg entfernt, der damaligen Residenz des Trierer Kurfürsten Klemens Wenzeslaus. Auch zum Dikasterialbau, dem Sitz der Behörden, ist es nicht weit. Der Landesherr hat es gerne, seine Minister und Beamten in der Nähe zu wissen. Georg Michael La Roche hat sein Haus von der Witwe des Bauherrn, des Konzertmeisters Carl Joseph Creill, gekauft. Erst 1725 errichtet, genügt es noch den modernen Ansprüchen der damaligen Zeit. Es ist zweistöckig, zur Straßenseite bilden sechs Fensterachsen eine prächtige Ansicht, zur Rückseite sind es nur vier. Goethe hat das Haus in seinen Erinnerungen eindrücklich geschildert:

»Das Haus, ganz am Ende des Tals, wenig erhöht über dem Fluß gelegen, hatte die freie Aussicht den Strom hinabwärts. Die Zimmer waren hoch und geräumig, und die Wände galerieartig mit aneinanderstoßenden Gemälden behangen. Jedes Fenster, nach allen Seiten hin, machte den Rahmen zu einem natürlichen Bilde, das durch den Glanz einer milden Sonne sehr lebhaft hervortrat; ich glaubte nie so heitere Morgen und so herrliche Abende gesehn zu haben.«

Hinter dem Haus erstreckt sich ein Garten bis zum Ufer des Rheins, von diesem durch eine niedere Stützmauer getrennt. Hier im Garten geht Sophie La Roche in jenem Frühjahr 1771 gern spazieren und blickt nach Koblenz hinüber. Mit Entzücken sieht sie weiter oberhalb der Stadt blühende Obstwiesen und verstreute Weingärten liegen. Die Landschaft erscheint ihr offener, heiterer als in Schwaben, das Klima milder. Auch Johann Georg Jacobi hat diesen Garten, ein Jahr darauf, wehmütig beschrieben: »Noch immer fühl' ich den letzten Coblenzer Abend. Das Gärtchen hinter dem Hause, mit den gestorbenen Maßliebchen und den neuen aufblühenden Blumen seh' ich immer noch vor mir, und die Stufen des Gartenhauses, worauf ich so manchen Abend mich lagerte, und die Fenster, aus welchen ich den Rhein betrachtete.«

Doch allzu viel Zeit zum Spazierengehen und Sinnieren bleibt Sophie La Roche in jenem Frühjahr nicht. Sie hat Erfolg, und sie merkt: Nach den Jahren des Übergangs und Wartens ist sie nun plötzlich nicht mehr die Gesellschaftsdame eines hohen Herrn, sondern die Gattin eines Mannes, der eine führende Rolle in der Politik des Landes spielt. Das verlangt von Sophie eine neue Art der Repräsentation: Sie steht nun im Mittelpunkt des Interesses bei Hofe, sie hat bei Empfängen und Gesellschaften, in der Oper oder auf Bällen eine gute Figur zu machen, es wird darauf geachtet, wie sie spricht und worüber. Sie ist eine Person des öffentlichen Lebens geworden.

Georg Michael La Roche macht in jenen Jahren rasch Karriere: Als Konferenzminister hat er seinen Dienst angetreten. 1773 wird er Mitglied des Geheimen Staatsrats, im Jahr darauf Kanzler der Trierer Regierung, 1775 erhält er den Posten eines Lehenspropstes und Direktors des Revisionshofes, außerdem wird ihm das Adelsprädikat verliehen, und er darf sich nun offiziell mit seinem Beinamen nennen: »von La Roche«. Auch Sophies Veröffentlichungen erscheinen von da an unter dem neuerworbenen Adelsprädikat. Schließlich, im Jahre 1778, wird Georg Michael von La Roche zum Hofkriegsrat ernannt und bildet zusammen mit den beiden anderen Konferenzministern Christoph Philipp von Hohenfeld und Graf Hornstein eine Art Triumvirat, das im Kurfürstentum Trier unter dem wohlwollenden Auge des Fürsterzbischofs die ausübende Macht innehat. Zur Aufstockung seines Salärs erhält La Roche 1779 auch noch die Zollschreiberei zu Boppard am Rhein, mit dem Recht, die Einkünfte daraus als Privateigentum zu verbuchen.

Georg Michael von La Roches Nimbus als Politiker hätte vielleicht nie die Zeiten überdauert, hätte er nicht 1771 – im gleichen Jahr wie seine Frau mit ihrer *Geschichte des Fräuleins von Sternheim* – Aufsehen durch eine Veröffentlichung erregt, die ihn als erklärten Anhänger der Aufklärung und als Feind der restaurativen papistischen Kirche zeigt. Es erscheinen – zunächst anonym – die *Briefe über das Mönchswesen*, mit dem Untertitel: »von einem catholischen Pfarrer an einen Freund«. Das Buch hat La Roche weitgehend in seiner Warthausener Zeit geschrieben. Und auch hier ist Pfarrer Brechter der »Geburtshelfer« gewesen. Er hat La Roche ermutigt, seine kirchenkritischen Gedanken zu Papier zu bringen. Viel später hat Sophie von La Roche – zur Verteidigung ihres verstorbenen Mannes – in einem Brief an ihren Sohn Carl die Entstehung und Zielsetzung der *Briefe über das Mönchswesen* erklärt:

»das werk entstund während dem Jubileum, welches die Catolische Kirche feyerte – und der junge Graf Stadion in warthaußen mit vielem Eifer mit allen seinen Leuten nach vorschrift befolgte; dein aufgeklärter und Philosophisch denkender Vater, konnte nicht in alle dieß eingehen, war unzufrieden, schwieg aus Klugheit – wollte doch seinen Kopf erleichtern und schrieb dieße briefe; als wir 1771 [richtig: 1770] nach Bön[n]igheim auf das oberamt zogen, ließ er sie, dem Protestantischen Pfarrer brechter in Schweigern leßen, welcher sie außerordentlich gut und nüzlich fand, auch sagte sie würden gedrukt großes verdienst haben.«

Es ist die Zeit, in der nicht nur am aufgeklärten Musenhof von Warthausen, sondern auch in den Ländern, die von fortschrittlichen katholischen Herrschern regiert werden, über eine Reform der Klöster durch die staatliche Exekutive nachgedacht wird. Maria Theresia von Österreich und ihr Sohn Joseph II., der bayerische Kurfürst Maximilian III. Joseph, der Kurfürst und Erzbischof von Mainz Emmerich Joseph und der von Trier Klemens Wenzeslaus sind daran interessiert, den Einfluss der römischen Kirche zurückzudrängen. Das ist kein Widerspruch. Diese katholischen Herrscher wollen ihre Länder zu modernen Staaten mit einheitlicher Rechtsregelung und einer gut funktionierenden Bürokratie umbauen. Die katholische Kirche, von Rom gesteuert, erscheint da in ihrer Traditionsverhaftung ein Hindernis. Vor allem aber ist der seit dem Mittelalter schwelende Konflikt um die Aufteilung zwischen weltlicher und geistlicher Macht immer noch virulent. Es ist daher nur folgerichtig, dass die katholischen Herrscher ihre Macht ausbauen wollen und dies auf Kosten der zentralen römischen Gewalt tun. Vor allem die nach außen abgeschotteten Mönchsorden mit ihren zum Teil großen Latifundien sind den Landesherren ein Dorn im Auge. Es ist also politisches Kalkül, dass im Jahre 1773 der Jesuitenorden, der einzig dem Papst zu Gehorsam verpflichtet ist, unter dem Druck der weltlichen Landesherren von Papst Klemens XIV. aufgehoben wird. In dieser antipapistischen Geisteshaltung kommen Georg Michael La Roches *Briefe über das Mönchswesen*, die die Tendenzen gewisser Mönchsorden kritisieren, sich der Aufklärung, der modernen Pädagogik und dem modernen, zentralistischen Fürstenstaat zu widersetzen, gerade recht. Goethe hat später über La Roche und die Reaktion auf dessen Buch geschrieben:

»Ein unversöhnlicher Haß gegen das Pfafftum hatte sich bei diesem Manne, der zwei geistlichen Kurfürsten diente, festgesetzt, wahrscheinlich entsprungen aus der Betrachtung des rohen, geschmacklosen, geistverderblichen Fratzenwesens, welches die Mönche in Deutschland an manchen Orten zu treiben pflegten, und dadurch eine jede Art von Bildung hinderten und zerstörten. Seine *Briefe über das Mönchswesen* machten großes Aufsehen; sie wurden von allen Protestanten und von vielen Katholiken mit großem Beifall aufgenommen.«

La Roche hat für diese Veröffentlichung auch ein persönliches Motiv, erhofft er sich doch dadurch ein höheres Ansehen bei seinem fortschrittlichen neuen Landesherrn. Und seine Rechnung geht auf, zunächst jedenfalls. Dass die *Briefe über das Mönchswesen* anonym erscheinen, ist eher einer Mode der Zeit zu schulden. Sehr bald ist man in politischen Kreisen über den Verfasser des Buches unterrichtet. Kurfürst Klemens Wenzeslaus von Trier ist mit seinem neuen Konferenzminister zufrieden. La Roches schneller Aufstieg bei Hofe ist der Beweis, dass ihm die *Briefe über das Mönchswesen* nicht schaden, sondern sein Fortkommen sogar befördern.

Sophie von La Roche
Anonymes Pastellporträt
(Freies Deutsches Hochstift, Frankfurter Goethe-Museum, Frankfurt a. M.
Foto: U. Edelmann)

Das neu gewonnene Renommee Georg Michaels nutzt Sophie geschickt für ihr eigenes Bedürfnis nach freundschaftlichem geistigem Austausch. Beide stehen zu jener Zeit auf dem Gipfel ihres gesellschaftlichen Ansehens und beruflichen Erfolgs. Zwei Porträts der Eheleute, in jenen Ehrenbreitsteiner Jahren entstanden, strahlen Selbstbewusstsein und Repräsentationswillen aus.

Georg Michael von La Roche
Anonymes Pastellporträt
(Freies Deutsches Hochstift, Frankfurter Goethe-Museum, Frankfurt a. M. Foto: U. Edelmann)

Für Mitte Mai 1771 hat Sophie La Roche einige alte und neue Freunde in ihr Heim nach Ehrenbreitstein eingeladen. Johann Georg Jacobi, mit dem sie seit anderthalb Jahren eine rege Korrespondenz pflegt, ist dabei, ebenso dessen Bruder Johann Friedrich (Fritz) aus Pempelfort bei Düsseldorf. Eingeladen sind außerdem Franz Michael Leuchsenring, Schriftsteller und Hofmeister der Herzogin Caroline von Pfalz-Zweibrücken in Bergzabern, Franz Anselm von Kerpen, kurtrierischer Hofrat und ein Freund des Hauses, und Christoph Martin Wieland. Dieser ist seit längerem mit seinem Posten in Erfurt unglücklich und erhofft sich von dem Wiedersehen mit Sophie und ihrem Kreis einen beruflichen Anstoß. Außerdem will er seinen Zögling, den inzwischen vierzehnjährigen Fritz La Roche, den Eltern zurückbringen.

Die Brüder Jacobi kommen bereits einen Tag früher an. Es liegt im Schwange der Zeit, dass man auch private

Erlebnisse gefühlsselig, »empfindsam« Dritten berichtet. Fritz Jacobi schreibt dem Grafen Johann Rudolf von Chotek nach Wien: »Als wir des folgenden Tages bei Coblenz in einem der schönsten Thäler voll blühender Obstbäume anlangten, und nunmehr unsere Reise so nahe vollendet war, ergriff ich die Hand meines Bruders, um ihm, durch einen sanften Druck derselben, meinen Dank für die vielen Freuden zu bezeugen, die ich unter seiner Begleitung genossen hatte; er nahm die meinige und blickte voll zärtlicher Rührung mich an; die selige Thräne der ruhigen Empfindung stieg in unser beider Augen, und wir segneten die Gegend mit dem heiligen Kusse der Freundschaft.«

Die Brüder mieten sich im Gasthaus zum Weißen Ross ein. Anderntags gehen sie vom Gasthaus zum Domizil ihrer Freundin. Dort treffen sie Kerpen und Leuchsenring an (der sie wegen seiner starken Kurzsichtigkeit zunächst nicht erkennt). Eben haben sie sich einander vorgestellt, als Georg Michael La Roche eintritt und sich mit den Gästen bekannt macht. Fritz Jacobi schreibt enthusiastisch: »Der Herr von La Roche ist ein wohlgebildeter Mann von mittlerer Größe. Seine Augen sind voller Geist; seine Gesichtszüge fein, offen, edel und männlich; er redet mit Leichtigkeit und gut, und der Ausdruck seiner ganzen Person ist der eines leutseligen, muntern und rechtschaffenen Weltmannes.«

Dann erfolgt das erste Zusammentreffen mit der Hausherrin. La Roche ruft sie aus einem benachbarten Kabinett. Sie erscheint in Begleitung ihrer Kinder. Auch ihr Sohn Fritz ist dabei, er ist bereits vor ein paar Tagen eingetroffen. Fritz Jacobi ist von der Szene angerührt: »Sophie ist von fünf Kindern, ganz voller Grazie, und von der liebenswürdigsten Gestalt umgeben.«

Sie bittet die Gäste in ihren Salon, man plaudert bei Kaffee und einem leichten Wein aus der Gegend, schaut durch die Fenster hinaus auf den Garten und den träge vorbeiströmenden Fluss. Die Hausherrin springt immer wieder auf, geht hinaus, erteilt der neuen Köchin und dem Diener Anweisungen, sieht auch durch eines der vorderen Fenster auf die Straße hinaus, ob nicht ein Wagen vorfahre. Einer fehlt noch in der Runde: Wieland. Er sollte bereits am Vormittag eintreffen. Sophie versucht sich an ihre letzte Begegnung in Warthausen zu erinnern. Es kommt ihr wie aus einem anderen Leben vor. Endlich hört sie einen Wagen. Sophie geht hinein zu den Gästen, ruft: »Kommen Sie! Wieland ist da!« Sie eilen ins Treppenhaus. Fritz Jacobi hat die bewegende Szene beschrieben, ein Holzschnitt aus späterer Zeit hält die Begegnung ebenfalls fest:

»Der Herr von La Roche lief die Treppe hinunter ihm [Wieland] entgegen, ich ungeduldig ihm nach; und wir empfingen unsern Freund unter der Hausthüre. Wieland war bewegt und etwas betäubt. Währenddem, daß wir ihn bewillkommten, kam die Frau von La Roche die Treppe herunter. Wieland hatte eben mit einer Art von Unruhe sich nach ihr erkundigt, und schien äußerst ungeduldig, sie zu sehen; auf einmal erblickte er sie – ich sah ihn ganz deutlich zurückschauern.«

Wielands Augen, so Fritz Jacobi, werden heller und glänzender, sein Mund öffnet sich, er verharrt. Dann wirft er seinen Hut hinter sich auf die Erde und geht ergriffen auf Sophie zu. In der sentimentalen Diktion der damaligen Zeit klingt das bei Fritz Jacobi so: »Alles dies ward von einem so außerordentlichen Ausdrucke in Wielands ganzer Person begleitet, daß ich mich in allen Nerven davon erschüttert fühlte.«

Sophie La Roche, sie steht hinter ihrem Mann auf der vorletzten Treppenstufe, öffnet ihre Arme. Wieland ergreift ihre Hände, verneigt sich und birgt sein Gesicht in ihren Händen. Jacobi weiter: »Sophie neigte mit einer himmlischen Miene sich über ihn, und sagte mit einem Tone, den keine Clairon und keine Dubois nachzuahmen fähig sind: ›Wieland – Wieland – O ja, Sie sind es – Sie sind noch immer mein lieber Wieland!‹« Wieland richtet sich etwas auf, blickt in Sophies weinende Augen und lässt dann sein Gesicht auf ihren Arm zurücksinken. Keiner der Umstehenden kann sich der Tränen enthalten. Fritz Jacobi: »Mir strömten sie die Wangen hinunter, ich schluchzte; ich war außer mir, und ich wüßte bis auf den heutigen Tag noch nicht zu sagen, wie sich diese Scene geendigt, und wie wir zusammen wieder hinauf in den Saal gekommen sind. [...] Da ich von den übrigen etwas entfernt stand, kam Wieland auf mich zu, drückte mir die Hand, und sagte zu mir: ›Die Mühe, gelebt zu haben, lohnt sich doch, lieber Jacobi, der trüben, schmerzhaften Tage mögen noch soviel seyn; wenn sie nur zu einer Stunde, wie diese ist, führen, die ersetzt alles.‹«

Das Ehepaar La Roche mit Maximiliane empfängt Wieland in Ehrenbreitstein
Holzschnitt nach einem verloren gegangenen Gemälde

Heute mag so viel Herzensseligkeit komisch anmuten. Zur damaligen Zeit gehört es zum guten Ton, seinen

Gefühlen freien Lauf zu lassen und darüber auch zu sprechen – selbst gegenüber Dritten. Die briefliche »Berichterstattung« mag da noch ein wenig dazuerfunden haben, im Kern jedoch spiegeln diese Briefzitate das empfindsame Temperament jener Zeit wider.

Es werden heitere Tage. Wieland und die übrigen Gäste bleiben fast zwei Wochen lang. Die Zeit vergeht bei Gespräch und Plauderei (auch der Klatsch bleibt nicht außen vor), die Freunde gehen bei schönem Wetter entlang des Rheins spazieren, sie genießen es, wie Sophie von La Roche schreibt, »bey dem schönsten Untergang der Sonne den edeln, wohlthätigen Strom [zu] durchschiffen – gewiß einer der seligsten Tage meines Lebens. Die so herrliche Gegend, in der reizenden Beleuchtung.« Und sie resümiert: »Wieland als Freund, als Verwandter, (denn unsre Großmütter waren Schwestern), – Jacobis, die edeln Brüder, La Roche, der beste, geistvollste Mann, meine liebenswerthe Maximiliane, alles, was physische und moralische Welt Gutes und Großes hatte, lächelnd und zufrieden um mich her [...]. O, sie gab mir viel, die göttliche Providenz, des Besten dieser Erde!«

Einmal fahren sie in einem Kahn ein Stück stromabwärts, singen dabei Lieder, lachen, winken den Spaziergängern am Ufer zu. Sophie fühlt sich verjüngt, beinahe wie ein junges Mädchen, und auch Wieland kommt es vor, als sei er eigenartig in längst vergangene Zeiten zurückversetzt. Später bekennt er, die Kahnfahrt sei »am schönsten Abend meines Lebens« gewesen, »in der besten Gesellschaft, worin ich jemahls war«, und es seien »so schöne, so süße Thränen geweint« worden.

Man sitzt gemeinsam zu Tisch, Sophie hat eigens eine neue Köchin eingestellt, deren Künste aber leider ziemlich versagen und nobel als »fragwürdig« umschrieben werden. Doch das tut der guten Stimmung keinen Abbruch. Die Abende sind einem besonderen Vergnügen vorbehalten:

dem Vorlesen von Briefen. Die Briefkultur erreicht im 18. Jahrhundert einen Höhepunkt. Die empfindsame Bewegung allerdings entdeckt den einst intimen Brief als öffentliches Medium, als Austausch verwandter sentimentaler Geister. Leuchsenring vor allen tut sich im Sammeln und Vorlesen fremder Briefe hervor. Er hat eine große Schatulle mitgebracht, in der seine Schätze ruhen. Besonders die brieflichen Ergüsse weiblicher schöner Seelen zieren seine Sammlung, die er im Laufe der Jahre in Abschriften zusammengetragen hat. So sitzt die Gruppe abends bei Gewürzwein und Mokka beisammen und liest sich stundenlang gegenseitig Briefe vor: eigene, von Freunden und Freundinnen, von unbekannten Dritten. Die Freunde empfinden das nicht als Indiskretion oder gar Voyeurismus, sondern als Austausch verwandter Seelen mit dem Ziele empfindsamer Erschütterung und sittlicher Hebung. Auch Sophie kann an diesen Abenden mit Schätzen prangen. Die Briefe Julie Bondelis an sie erregen Aufsehen. Später, in ihrem Buch *Mein Schreibetisch* von 1799, hat Sophie von La Roche auf zweihundertzwanzig Seiten diese Briefe der Schweizer Freundin publiziert.

Nicht alle freilich sehen die empfindsame Vorlesewut, die sich fremder Briefe bemächtigte, mit Behagen. Goethe, der ein Jahr später nach Ehrenbreitstein kommt und diese Mode miterlebt, hat im Alter dafür nur Spott übrig: »es war überhaupt eine so allgemeine Offenherzigkeit unter den Menschen, daß man mit keinem einzelnen sprechen, oder an ihn schreiben konnte, ohne es zugleich als an mehrere gerichtet zu betrachten. Man spähte sein eigen Herz aus und das Herz der andern, und bei der Gleichgültigkeit der Regierungen gegen eine solche Mitteilung, bei der durchgreifenden Schnelligkeit der Taxisschen Posten, der Sicherheit des Siegels, dem leidlichen Porto griff dieser sittliche und literarische Verkehr bald weiter um sich.«

Das ist auch eine Generationenfrage, immerhin ist Goethe beinahe zwanzig Jahre jünger als Sophie von La Roche. Doch auch Georg Michael von La Roche steht diesem Kult skeptisch bis ablehnend gegenüber und empfindet den Inhalt der Briefe als langweiliges Geschwätz. Er steht nüchtern und pragmatisch in der Welt der Politik und kann sich mit solchen Ergüssen nicht anfreunden. Goethe erinnert sich nicht ohne Vergnügen:

»Herr von La Roche [...] glaubte auch hier eine Verbrüderung zu sehen, wo mancher einzelne ohne Wert sich durch Verbindung mit bedeutenden Menschen aufstutze, wobei am Ende wohl er, aber nicht jene gefördert würden. Meistens entzog sich dieser wackere Mann der Gesellschaft, wenn die Schatullen eröffnet wurden. Hörte er auch wohl einmal einige Briefe mit an, so konnte man eine schalkhafte Bemerkung erwarten. Unter andern sagte er einstens, er überzeuge sich bei dieser Korrespondenz noch mehr von dem, was er immer geglaubt habe, daß Frauenzimmer alles Siegellack sparen könnten, sie sollten nur ihre Briefe mit Stecknadeln zustecken und dürften versichert sein, daß sie uneröffnet an Ort und Stelle kämen.«

Wielands Aufenthalt bei der Freundin indes dient nicht nur dem empfindsamen Austausch, sondern auch dem Knüpfen von Kontakten. Er hofft auf eine Anstellung im kurtrierischen Staat, und Sophie zieht gerne die Fäden. Sie erreicht für Wieland und die Brüder Jacobi eine Privataudienz bei Kurfürst Klemens Wenzeslaus und dessen Schwester, der Prinzessin Kunigunde. Die Audienz verläuft günstig, so Sophies Eindruck. Später überreicht sie dem Kurfürsten noch Johann Georg Jacobis und Christoph Martin Wielands gesammelte Schriften. Ihr schönster Traum in jenen Monaten empfindsamer Zusammenkünfte wäre es, den einstigen Verlobten auf einem Posten als Erzieher oder Professor am Hofe des aufgeklärten Kirchenfürsten zu sehen.

Ende Mai 1771 löst sich die Freundesrunde auf. Nur Leuchsenring bleibt noch ein paar Tage in Ehrenbreitstein, denn seine Briefschätze sind noch nicht erschöpft. Wieland fährt zusammen mit den Jacobis auf einem Schiff rheinabwärts nach Düsseldorf. In Pempelfort, im Hause Fritz Jacobis, lernt Wieland dessen niederländische Frau Betty kennen. Während Johann Georg Jacobi sich auf den Weg nach Halberstadt macht, reisen Fritz Jacobi und Wieland nochmals flussaufwärts nach Ehrenbreitstein. Hier nimmt Wieland von seiner Freundin Abschied. Seine Tour führt ihn in Begleitung Leuchsenrings nach Mainz, wo sie die Stadion'sche Gemäldegalerie besichtigen. Anschließend hat Wieland eine Audienz bei Freiherr Karl Anton von Dalberg, dem neuen kurmainzischen Statthalter von Erfurt, der allerdings sein Amt noch nicht angetreten hat. Wieland umschmeichelt ihn und erhofft sich einen besseren Stand in Erfurt. An Sophie schreibt er noch ganz im Banne der empfindsamen, hochgestimmten Abende in Ehrenbreitstein:

»Er [Dalberg] gewann mein Herz in den ersten Minuten, und der Enthusiasmus von Achtung und Freundschaft, der in seinem Bezeugen gegen mich herrschte, übertraf alles, was ich Ihnen davon sagen könnte. Nach der Tafel war ich eine Stunde mit Herrn v. Dalberg allein, und da bekam ich Gelegenheit, ein Genie und einen Grad von Talenten, Wissenschaften und Fähigkeiten in ihm zu entdecken, der mich in Erstaunen setzte. Die Eigenschaften des Herzens dieses vortrefflichen jungen Mannes erhöhten den Werth seiner übrigen Talente so sehr, daß ich keine Worte finden kann, Ihnen zu sagen, wie sehr ich mit ihm zufrieden und von ihm eingenommen bin. Die warme und ganz cordiale Art, womit er mir öfters wiederholte, daß ich seine größte Ressource in Erfurt seyn würde, und alle andern Ausdrücke einer auf Sympathie des Geistes und Herzens gegründeten Freundschaft machten mich durch die angenehmsten Aussichten in die Zukunft so froh und glücklich, daß Sie, liebste Freundin, Ihre Freude an mir gesehen hätten, wenn Sie gegenwärtig gewesen wären.«

Sophie, die nach eigenem Bekunden genug Hofluft geatmet hat, kennt inzwischen die kleinen Tricks der Diplomatie. Sie schreibt diesen und einen anderen enthusiastischen Brief Wielands ab und lässt die Kopien der Gräfin von der Leyen in Koblenz, einer Schwester Dalbergs, zukommen. Diese wiederum tut der empfindsamen Mode entsprechend das, was Sophie insgeheim von ihr erwartet: Sie leitet die Briefe an ihren Bruder nach Mainz weiter. Dalberg zeigt sich erwartungsgemäß von dem überschwänglichen Lob seines Verehrers »entzückt«, wie Sophie, der das zugesteckt wird, an Wieland berichtet. Der hat inzwischen auch Darmstadt besucht, wo ihn die Landgräfin Karoline empfangen hat. Auch von ihr ist der hochgestimmte Wieland begeistert. »Die Landgräfin zu Darmstadt«, so schreibt er an Fritz Jacobi, »sollte Königin von Europa seyn, wenn ich auf einen Augenblick König der Schicksale wäre.« Mit diesen hohen Eindrücken kehrt er nach Erfurt zurück, wo sich entgegen aller diffusen Hoffnung auf Dalberg an seinem unbefriedigenden Professorendasein allerdings nichts ändert. Immerhin kann er der Freundin in Ehrenbreitstein eine unfallfreie Rückkehr vermelden, zur damaligen Zeit keineswegs selbstverständlich: »Alles, auch die artigen Zerbrechlichkeiten, ist, ungeachtet der unzähligen Stöße auf den Fuldischen Chausséen und hessischen Hohlwegen, vollkommen wohlbehalten angelangt.«

Die Episode zeigt jedenfalls, dass das System des empfindsamen Brief- und Gedankenaustauschs funktioniert, und nicht immer steht nur das Gefühl für das Große und

Edle dahinter. Auch die kleinen Vorteile wollen bedient sein.

Nachdem sich der erhoffte Karrieresprung für Wieland weder in Koblenz noch in Mainz verwirklicht, fädelt Sophie La Roche bereits ein anderes Projekt ein, das ganz auf ihrer eigenen Idee fußt. In Neuwied, wenige Kilometer rheinabwärts, residiert damals der aufgeklärte Graf Alexander von Wied. Bereits seine Vorfahren haben nach dem Dreißigjährigen Krieg Anhänger verschiedenster Glaubensrichtungen, darunter Katholiken, Lutheraner, Reformierte, Herrnhuter, Mennoniten und Juden, in der Grafschaft angesiedelt. Nicht nur Toleranz prägt die Herrschaft, sondern auch Wohlstand. Beste Voraussetzungen also für eine Akademie, in der die ersten Gelehrten zum Wohle der Jugend und zum Ruhme des Grafen ihr Wissen weitertragen könnten. Sophie baut bereits Luftschlösser: Wieland und die beiden Jacobis, Merck, Lavater und Johann Bernhard Basedow könnten dort lehren und nicht nur das kalte Wissen der Aufklärung verbreiten, sondern auch die neuen pädagogischen Ansichten zur Erziehung eines tüchtigen und zugleich gottesfürchtigen Menschengeschlechts ausprobieren. Sophie erinnert sich, dass Wieland bereits vor Jahren einen Entwurf für eine Akademie ausgearbeitet hat, den könnte er doch jetzt hervorholen und in Neuwied unterbreiten! Noch ist die Sache mit dem Grafen gar nicht besprochen, da schickt Sophie bereits einen Brief an Wieland, worin sie ihre Ideen umreißt:

»Ach, wenn der Graf von Neuwied eine Stelle zu vergeben hätte, die Ihnen 800 Gulden einträge! Wie wäre ich versucht, Sie zu bitten anzunehmen! Der hübsche Ort, die schönen Gärten, die schöne Natur ringsumher und die Ufer des Rheins, und mein Wohnsitz zehn Meilen von Ihnen – dorthin versetze ich den Traum der Freundschaft unserer Seelen, die niemals alt werden.«

Wieland beißt auf solch empfindsamen Köder an und fragt interessiert nach, was denn daran sei. Sophie antwortet mit Verzögerung, denn sie leidet in jener Zeit nicht nur an ihren Augen, sondern auch an einem »Gallfieber«:

»[...] hingegen ließ es mir Schmerzen in beiden Armen, die sehr empfindlich sind und mir wenig Bewegung erlauben, sonst hätte ich Ihren meine ganze Seele bewegenden Wunsch, in Neuwied, meiner Nachbarschaft, zu wohnen, schon eher mit aller Wärme beantwortet. Wollte Gott, der Entwurf Ihrer Akademie käme da zustand, wie glücklich wäre dieses. Der Erbgraf und Erbgräfin sind vortreffliche Personen, und der Ort ohngemein angenehm und wohlfeil. Artig wäre auch *eine Akademie von Wieland* neben *dem Bau der Herrnhuter.*«

Wie so oft überschlägt sich Sophie schier, wenn eine Idee ihrem Herzen entspringt. Dabei vergisst sie, dass andere nicht unbedingt ihren Gefühlseifer teilen. In Neuwied jedenfalls steht man ihren brieflichen Ausführungen skeptisch gegenüber. Lange hört sie nichts vom gräflichen Hof. Ein halbes Jahr vergeht. An Wieland klagt sie: »O Wieland, warum wohnen Sie so weit, so weit weg? Warum ist Neu-Wied keine Akademie und Sie erster – [Fritz] Jacobi zweiter Professor?«

Doch Sophies Tagträume verflüchtigen sich, und Wieland überrascht die Freundin Anfang August 1772 mit der Mitteilung, er habe anderweitig eine Anstellung gefunden: »Ich gehe als Hofrat und Instruktor des Erbprinzen in Weimarische Dienste, mit 1000 Taler Gehalt, so lange mein Dienst währt, und mit 600 Talern lebenslänglicher Pension, wenn er zu Ende ist, das ist von dem Tage an, da der Erbprinz die Regierung antritt.« Dass er sein ganzes restliches Leben im Großherzogtum Sachsen-Weimar verbringen wird, ahnt er noch nicht. Die Stellung ist von sehr begrenzter Dauer, denn der Weimarer Erbprinz Carl August – der spätere Freund und Förderer

Goethes – ist bereits fünfzehn Jahre alt und soll mit achtzehn die Regierung übernehmen. Die Klausel in Wielands Vertrag, eine Lebensrente ausgezahlt zu bekommen, bedeutet für ihn nicht, sich vorzeitig in ein Dasein als Privatier zu bescheiden.

Sophie ist anfangs enttäuscht. Ihre Neuwieder Pläne haben sich zerschlagen, und damit die Aussicht, ihre besten Freunde um sich zu scharen. 1772 stirbt außerdem ihr alter Freund aus Warthausener und Bönnigheimer Tagen, Pfarrer Brechter. Sophie und ihr Mann sind untröstlich. Es ist ihnen eine Ehrensache, die ziemlich mittellose Witwe und die vier Kinder finanziell zu unterstützen. Dennoch hält Sophie weiterhin auf ihre empfindsamen Erziehungsideale und beginnt in jenen Jahren mit einem weiteren Erziehungsroman, den sie später unter dem Titel *Rosaliens Briefe* herausgeben wird. Es sind in erster Linie Leser*innen*, die sie dazu drängen – und sie lässt sich gerne überreden. Anfangs freilich will sich ihr das Projekt nicht runden, in Briefen an Wieland spricht sie gern – halb abschätzig, halb mit falscher Bescheidenheit – von ihren neuen »Grillenbriefen«. Grillen, Flausen sind ihr immer noch Kennzeichen eigener Schriftstellerei. Das ist nicht unbedingt Koketterie, aus solchen Formulierungen spricht auch viel verinnerlichter Zweifel. Noch hat sie das Tabu, als Frau Bücher zu veröffentlichen (noch dazu, da ihr Name inzwischen enttarnt ist), nicht gänzlich hinter sich gelassen.

Nichtsdestoweniger ist ihr Interesse an der Erziehung des Menschen keinesfalls erlahmt – im Gegenteil. Als sie von Wielands Anstellung am Weimarer Hof hört, ermahnt sie den Freund voller Freude: »Ihr Amt ist so schön als wichtig, aber da Sie guten Grund antreffen, so ist Ihre Aussicht auf die Ernte des Staats mit einer so süßen Hoffnung verbunden, daß alle Ihre Mühe dadurch erleichtert und Ihr Eifer unterhalten werden muß.« Die Hoffnung besteht in der Heranziehung eines aufgeklärten, menschenfreundlichen Herrschers, der seinem Land Wohlstand und seinen Untertanen sittliche Freiheit bringen möge: »La Roche umarmt Sie und wünscht Ihnen tausend Gutes. Er bittet Sie, Ihren jungen Fürsten die Kunst zu lehren, *Verdienste und Rechtschaffenheit zu kennen und zu lieben* und die Scheinfarben von den wahren zu unterscheiden. [...] O mein Freund, wenn ich die selige Tage noch erlebe, wo aus Wielands Händen ein *edeldenkender Fürst* kommt, der wahres Glück in seinem Land verbreitet.«

Dennoch vermisst Sophie Wieland schmerzlich. Auch ihr Mann verlässt Ehrenbreitstein und geht 1772 im Dienste seines Kurfürsten zu diplomatischen Unterredungen nach Augsburg und Wien. In Augsburg wohnt noch immer Sophies Vater mit seiner zweiten Frau, Sophies Stiefmutter. Sein Name wird allerdings in Sophies Briefen so gut wie nie mehr erwähnt. Sie hat ihm das Bianconi-Erlebnis nie verziehen und versucht ihn aus ihrem Gedächtnis zu tilgen.

Während sich Georg Michael auf Dienstreise befindet, bringt die Tochter Maximiliane Unruhe ins Haus – freilich wider ihren Willen: Johann Georg Jacobi – der mit Sophie in regem empfindsamem Briefwechsel steht und von ihr zärtlich George genannt wird – hat sich während des Aufenthalts in Ehrenbreitstein erneut in Maxe verliebt. Dies gegen den erklärten Willen der Mutter – sie hat den Schwärmer ja bereits in der Warthausener Zeit brieflich zurechtgewiesen –, und auch ohne Erwiderung durch Maxe. Jacobi genügt offensichtlich seine Verliebtheit in die Liebe, und sehr bald sickert aus Halberstadt durch, dass er *Lieder an Elise* schreibt – es ist überflüssig zu sagen, wer mit Elise gemeint ist. Maxe hat ihm jedenfalls den Kopf verdreht, und wenn Jacobi in einem Brief an Sophie von der Lieblichkeit des Rheintales schwärmt, so meint er auch andere Reize der Natur: »Welch ein schöner Mai, der zwar vorüberging, aber ewig blühende Rosen für mich hinterließ! Und welch ein Mai in der Zukunft, wenn die Götter des Frohsinns unsere Feste segnen!«

Die Götter des Frohsinns sind Jacobis Hochgefühlen nicht wohlgesinnt – dafür sorgt die Mutter der Angebeteten. Sophie ist verärgert und äußert in Briefen an Dritte verhaltene Kritik. An Wieland schreibt sie: »ich erhielt Georgens *Schmetterling* und drei Lieder. Das von der Auferstehung, *An Elisen*, schmerzt meine Seele.« Zwar bezeichnet sie den Halberstädter Freund im gleichen Atemzug als liebenswürdigen Mann, aber ihr Entschluss ist gefasst, ihrer Maxe eine aussichtsreichere Partie zu verschaffen. Die Tochter ist erst sechzehn, und Sophie hält es, vielleicht in Erinnerung an ihre eigenen Nöte in der Jugend, für ratsam, dem Mädchen noch ein bis zwei Jahre zu geben.

Wieland freilich fühlt sich elektrisiert von Jacobis Liebesliedern – vielleicht in Erinnerung an seine eigene misslungene Werbung um Maxe. Er stimmt in einem Brief an Sophie einen erotischen Ton an, wenn er über Jacobis Lieder schreibt: »Was macht unser Dichter Jacobi? Wie gefallen Ihnen seine Lieder an Elise? Und was sagt das Herz des seelenvollen Rosenknöspchens zu diesen Liedern?«

Kaum ist Johann Georg Jacobis Wunsch abgewiesen, da betritt bereits ein weiterer Mann den Schauplatz, um auf Maxe einen begehrlichen Blick zu werfen: Johann Wolfgang Goethe, dreiundzwanzigjähriger Doktor der Rechte, bis vor kurzem Assessor am Reichskammergericht in Wetzlar. Sophie ist ihm über Merck und über seine Mutter, die Frau Rat Catharina Elisabeth Goethe, ein Begriff; die Autorin der *Geschichte des Fräuleins von Sternheim* hat die Frau Rat einmal in Frankfurt besucht. Außerdem hat der junge Mann Sophie La Roches Roman mit Begeisterung gelesen. Das Buch hat Goethe im richtigen Moment getroffen, seine Sentimentalität hat in ihm eine Saite angerissen, die bereits auf diesen Ton gestimmt ist. Der junge Mann hat sich in Wetzlar in die Bürgerstochter Charlotte Buff unglücklich verliebt, die allerdings einem Herrn Kestner versprochen ist. Jetzt, im Herbst 1772, weilt Goethe in Frankfurt bei seiner Mutter und nimmt gerne eine briefliche Einladung Sophie La Roches nach Ehrenbreitstein an, um sich selbst auf andere Gedanken zu bringen. Er ist – wie so oft im Leben – auf der Flucht, vor sich selbst und dem Liebesschmerz, und es tut ihm gut, sein Leid abzuwandern. »Wenigstens war mir«, so erinnert sich Goethe später, »für den Augenblick die Außenwelt verleidet, ich ergab mich meinen Einbildungen und Empfindungen.« Zu Fuß macht er sich von Frankfurt auf und wandert über Weilburg, Limburg, Diez und Nassau nach Ems, von dort aus geht es auf einem Kahn lahnabwärts nach Ehrenbreitstein.

Die Einbildungen und Empfindungen erhalten im Hause der La Roches überraschend neue Nahrung. »Mit der Mutter verband mich mein belletristisches und sentimentales Streben [...] und mit den Töchtern meine Jugend«, so umschreibt Goethe es später in seiner von Altersweisheit hochgestimmten Autobiografie. Ganz so einfach dürfte es nicht gewesen sein. Zwischen den Zeilen der verklärenden Erinnerungen schimmert immer noch ungeduldiges Verlangen. Die sechzehnjährige Maxe beschreibt er als ein Mädchen, das »freilich nicht anders als liebenswürdig war: eher klein als groß von Gestalt, niedlich gebaut; eine freie anmutige Bildung, die schwärzesten Augen und eine Gesichtsfarbe, die nicht reiner und blühender gedacht werden konnte«. Eine Porträtzeichnung Maximilianes aus jener Zeit lässt diese Reize ahnen, zumal sie auf dem Bild nicht wie damals üblich eine hochgesteckte Frisur trägt, vielmehr das dunkle Haar ihr in langen, wallenden Locken auf die Schultern fällt.

Auch Merck trifft mit seiner Familie ein, man unterhält sich angeregt über Literatur und Kunst, bald jedoch bilden sich Grüppchen, »Wahlverwandtschaften«, wie Goethe es in seinen Erinnerungen bezeichnet: »[...] die Töchter [Maxe und Luise] fielen mir zu, von denen die älteste mich gar bald besonders anzog.« Dann das Eingeständnis des bei der Niederschrift über Sechzigjährigen: »Es ist eine sehr angenehme Empfindung, wenn sich eine neue Leidenschaft in uns zu regen anfängt, ehe die alte noch ganz verklungen ist. So sieht man bei untergehender Sonne gern auf der entgegengesetzten Seite den Mond aufgehen und erfreut sich an dem Doppelglanze der beiden Himmelslichter.«

Maximiliane La Roche (1756–1793)
Anonyme Zeichnung, Kohle und Kreide, vor 1774

Was Maxe für den jungen Mann empfunden hat, bleibt ein Geheimnis. Sie ist überhaupt eine Frau, die nur schemenhaft aus dem Umkreis der sie umgebenden »bedeutenden« Persönlichkeiten heraustritt. Überliefert ist immerhin, dass sie wählerisch gewesen ist. Im Jahr zuvor hat sie einen um sie werbenden Offizier mit den für damalige Verhältnisse gewagten Worten abgewiesen: »Er ist zwar ein Offizier, aber, lieber Gott, wenn er vor Liebe stürbe, dann würde ich weinen, aber heiraten – niemals.«

Solche Äußerungen lassen freilich leicht vergessen, dass jungen Frauen damals die Wahl eines Ehegatten normalerweise nicht freistand. Maxe mag in diesem Falle ihren Trotzkopf durchgesetzt haben, doch wohl nur, weil Sophie und Georg Michael noch auf eine bessere Partie hofften.

Für Goethe jedenfalls kommt ein kleiner Flirt, vielleicht auch nur die angenehme Ahnung, dass sein schmerzliches Erlebnis mit Charlotte Buff lediglich eine Episode ist, gerade recht. Freilich bleibt er nicht lange alleine mit den Frauen: Georg Michael La Roche kehrt nach Ehrenbreitstein zurück. Goethe und der Hausherr sind sich sympathisch, ein »heiterer Weltsinn«, so der Dichter, habe sie miteinander verbunden. Auch Leuchsenring ist bald wieder zu Gast, und die Gruppe gibt sich erneut dem Vergnügen hin, sich abends aus den verschiedensten empfindsamen Briefwechseln vorzulesen. Es gibt aber auch genügend Gelegenheit, sich auf Spaziergängen und Ausflügen näherzukommen. Goethe erinnert sich: »Ehrenbreitstein diesseits, die Kartause jenseits wurden bestiegen. Die Stadt, die Moselbrücke, die Fähre, die uns über den Rhein brachte, alles gewährte das mannigfachste Vergnügen. Noch nicht erbaut war das neue Schloss; man führte uns an den Platz, wo es stehn sollte, man ließ uns die vorschlägigen Risse davon sehen.«

Es ist das neue Schloss in Koblenz, dessentwegen La Roche wenige Jahre später bei seinem Herrn in Ungnade fallen wird; aber davon ahnt noch niemand etwas. Noch scheint der Himmel wolkenlos über dem Ehrenbreitsteiner Elysium.

Freilich kommt es innerhalb der kleinen Gruppe hin und wieder zu Verstimmungen. Die Anschauungen und Temperamente sind doch zu unterschiedlich. Auch ist es eine Generationenfrage. Goethe drückt es sehr diplomatisch aus: »In diesem heiterern Zustande entwickelte sich

Die Familie La Roche
Gemälde um 1773

jedoch innerlich der Stoff der Unverträglichkeit, der in gebildeten wie in ungebildeten Gesellschaften gewöhnlich seine unfreundlichen Wirkungen zeigt.« Aber in solchen Situationen beweist sich auch Sophie La Roches Fähigkeit, zwischen den Parteien zu vermitteln. Später ist ihr das häufig als Harmoniesucht vorgehalten worden, als Unfähigkeit, eine Meinungsverschiedenheit auszufechten, gar als Realitätsverlust. Vielleicht war aber gerade diese Versöhnlichkeit eine ausgesprochen kommunikative Fähigkeit, nicht zuletzt genährt durch Sophies bedingungslosen Glauben an die Erziehbarkeit des Menschen. Goethe hat in der Erinnerung dieses Wesen zwiespältig beurteilt. In *Dichtung und Wahrheit* kommentiert er Misstöne im Ehrenbreitsteiner Freundeskreis so:

»Indessen wirkten die wunderlichen Elemente unserer kleinen Gesellschaft noch so ganz leidlich auf einander;

wir waren teils durch eigne Sitte und Lebensart gebändigt, teils aber auch durch jene besondere Weise der Hausfrau [Sophie La Roche] gemildert, welche, von dem, was um sie vorging, nur leicht berührt, sich immer gewissen ideellen Vorstellungen hingab, und, indem sie solche freundlich und wohlwollend zu äußern verstand, alles Scharfe, was in der Gesellschaft hervortreten mochte, zu mildern und das Unebne auszugleichen wußte.«

Auch in späteren Briefen – vor allem an seinen Freund Friedrich Schiller – wird Goethe Sophie von La Roches Harmoniebestreben schärfer beurteilen. Doch die Gründe hierfür liegen auch in einer veränderten Wesensstimmung. Im Herbst 1772 jedenfalls ist von solchen Vorbehalten Goethes gegenüber der Gastgeberin noch nicht die Rede. Nach Frankfurt zurückgekehrt, entspinnt sich ein Briefwechsel zwischen ihm und der mütterlichen Freundin. Bezeichnenderweise redet er sie als »chère maman«, als ›liebe Mutter‹, an. In jenen Ehrenbreitsteiner Jahren, nach der Veröffentlichung der *Geschichte des Fräuleins von Sternheim*, vollzieht sich im öffentlichen Bewusstsein die Wandlung Sophie von La Roches von der schönen, begehrenswerten Frau zur übergeschlechtlichen Frau Mutter. Der Grund ist nicht nur in ihrem Alter zu suchen (immerhin ist sie den jungen Stürmern und Drängern eine Generation voraus). Ihr Nimbus als »Erzieherin Deutschlands«, der ihr wegen ihres literarisch-pädagogischen Engagements verliehen wird, trägt hierzu bei.

Auch Goethe lobt nach seiner Rückkehr aus Ehrenbreitstein Sophies mütterliche Seite: »[...] wie oft ist meine ganze Seele bei Ihnen gewesen. Und drauf in der Glorie von häuslicher, mütterlicher Glückseligkeit, umbetet von solchen Engeln Sie zu schauen, was mehr ist: mit Ihnen zu leben!« Seine Briefe an die mütterliche Freundin sind gleichwohl auch der willkommene Anlass, Grüße an Maximiliane auszurichten: »Ich hoffe, Mademoiselle Max wird erlauben, daß ich manchmal schreibe; ich will Ihre Güte nicht mißbrauchen.«

Sophie spielt das Spiel mit, hat aber wohl bereits während Goethes Besuch die Grenzen des Schicklichen gezogen. Was Goethe nicht weiß: Maxe ist zwischenzeitlich einem kurmainzischen Geheimrat versprochen worden, einem Herrn von Strauß. Er ist ein Cousin von La Roches Jugendfreund Damian Friedrich Dumeiz, der ebenfalls am Mainzer Hof eine führende Rolle spielt. Das Manöver hat also einen karrieristischen Beigeschmack und steht in eigenartigem Widerspruch zu der von Sophie La Roche propagierten idealen Liebesheirat ihres Fräuleins von Sternheim. Doch Strauß macht einen Rückzieher, als sich abzeichnet, dass Friedrich Karl Joseph von Erthal neuer Kurfürst von Mainz werden und es mit der aufgeklärten »Tauwetterperiode« im Kurstaat vorbei sein wird, weshalb auch eine Heirat mit der Tochter des fortschrittlichen kurtrierischen Ministers La Roche einer Mainzer Karriere hinderlich wäre. Sophie La Roche reagiert auf die Nachricht von Strauß' Rückzug pragmatisch: »Das unglückliche qu'en dira-t-on! [was wird man dazu sagen!]« steht zwar bedrohlich vor Augen, aber sie nimmt sogleich Kontakt zu Dumeiz auf, der umgehend einen anderen Bewerber um Maxes Hand ins Spiel bringt: Peter Anton Brentano, ein achtunddreißigjähriger Frankfurter Witwer mit fünf Kindern, gehört zwar nicht dem Adel an und hat bislang nicht einmal in der Lokalpolitik der Reichsstadt viel zu sagen, aber er besitzt Geld. Brentano entstammt einer italienischen Kaufmannsdynastie, die seit dem 17. Jahrhundert in Frankfurt ansässig ist und mit dem Verkauf von Südfrüchten und Spezereien zu Wohlstand gekommen ist. Ein Emporkömmling, ein Katholik, ein Fremder, so lästern die alteingesessenen protestantischen Familien Frankfurts und beneiden Brentano doch um sein gewerbliches Geschick und seinen Fleiß. Dumeiz vermittelt, und Brentano zeigt großes Interesse am Zustandekommen der Hochzeit. Er benötigt eine Mutter für seine Kinder aus erster Ehe. Außerdem kann Georg Michael La Roches Einfluss ihm so manche Tür zu Frankfurts Gesellschaft öffnen. Und schließlich wird ihm die inzwischen siebzehnjährige Maximiliane als wahre Schönheit gepriesen.

Schnell ist der Kontrakt ausgehandelt. Die Hochzeit wird auf Betreiben Sophie La Roches und Peter Anton Brentanos so zügig angesetzt, dass der Brautvater, der sich wieder einmal auf Dienstreise befindet, nicht einmal die Möglichkeit hat, der Feierlichkeit beizuwohnen. Goethe, der in den recht überschaubaren Frankfurter Kreisen verkehrt und daher von der Hochzeit vernommen hat, schreibt enttäuscht an Sophie: »Von Ihrer Maxe kann ich nicht lassen, so lang ich lebe und ich werde sie immer lieben dürfen.«

Am 9. Januar 1774 heiraten Maximiliane La Roche und Peter Anton Brentano in der Hofkirche zu Ehrenbreitstein. Maxe zieht in das Haus der Brentanos »Zum Nürnberger Hof« in Frankfurt ein, das eng, dumpf und verwinkelt ist. Ein paar Jahre später kaufen die Brentanos das repräsentativere und großzügigere »Haus zum Goldenen Kopf« in der Großen Sandgasse, das gleichwohl ebenso eher einem Kontor- und Lagerhaus gleicht denn einem großbürgerlichen Stadtpalais.

Ehrenbreitstein bleibt in den nächsten Jahren für Maximiliane immer noch ein wichtiger Bezugspunkt. Ihr Mann, der ihr Vater sein könnte, lenkt mit starker Hand Geschäft und Familie. Über das Eheleben Peter Antons mit Maximiliane gehen die Meinungen auseinander. Die kargen Quellen sind widersprüchlich. Lujo Brentano, ein Enkel Maxes, hat später heftig die Annahme bestritten, das Eheleben sei freudlos und kalt gewesen. Zeitgenossen jedoch behaupten, Peter Anton sei ein unwirscher und ungeduldiger Mann gewesen. Immerhin hat Sophie von La

Roche selbst zu dieser Meinung beigetragen, wie auch Goethe überliefert: Sophie habe sich in Klagen ergangen, »so daß man wirklich denken mußte, ihre Tochter sei unglücklich«. In einem Brief an die Freundin Elise zu Solms-Laubach wird Sophie von La Roche deutlicher, indem sie Dumeiz der Intrige beschuldigt – und mit dieser eigentümlichen Wendung recht geschickt von ihrer eigenen Verantwortung für das Zustandekommen der Ehe ablenkt:

»Und warum? O beste, geliebteste Fürstin! weil der einzige, der geliebteste Freund [Dumeiz] meines Manns sie mit der heftigsten Leidenschaft liebte und nur Mittel suchte, sie nach Frankfurt in der Nähe zu haben. Da mißbrauchte er das Vertrauen meines Manns und das meinige, spiegelte uns Glück für unser Kind vor. Wir glaubten und gaben das holde, süße Mädchen in die Hände eines nur durch den Busenfreund bekannten Manns und wissen sie jetzo seit zehn Jahren in manchem tausendfachem Gemütsleiden.«

Wohl nicht von ungefähr kommt Maxe in den folgenden Jahren mehrmals zur Niederkunft nach Ehrenbreitstein. Im Laufe ihrer fast zwanzigjährigen Ehe gebiert sie zwölf Kinder, darunter Georg (1775), Sophie (1776), Clemens (1778), Bettine (1785), Lulu (1787) und Meline (1788). Clemens, der später einer der führenden Dichter der deutschen Romantik wird, kommt übrigens auch im Haus der Großmutter in Ehrenbreitstein zur Welt.

Maxes Hochzeit hindert den jungen Goethe zunächst nicht, seinen Flirt mit der jungen Frau in Frankfurt weiterzuführen. Zu jener Zeit schreibt er seinen ersten Roman *Die Leiden des jungen Werther* und spinnt darin sein Liebesleid um Charlotte Buff und seine liebäugelnde Verehrung für Sophies Tochter Maxe hinein. Damals sind Goethes Vorbehalte gegenüber Sophie La Roche noch gering, und so scheut er sich nicht, ihr Teile des Manuskripts zum Lesen zu geben. Umgekehrt gibt Sophie dem jungen

Dichter ihre neuesten »Grillenbriefe« zu lesen, die sie später unter dem Titel *Rosaliens Briefe* veröffentlichen wird. Auffällig ist in Goethes Briefen aus jener Zeit, dass er trotz des Altersunterschieds zu Sophie La Roche sich nicht scheut, ihr kollegiale Ratschläge zu erteilen. Seinen *Werther* sieht er mit der Verve der Jugend und dem genialischen Selbstbewusstsein des Stürmers und Drängers gleich in der ersten Niederschrift als fertig an, triumphal meldet er der mütterlichen Freundin Anfang Juni 1774: »Sie werden sehn wie Sie meinem Rad Schwung geben wenn Sie meinen *Werther* lesen, den fing ich an als Sie weg waren den andern Tag, und an einem fort! Fertig ist er.« Als der *Werther* 1774 erscheint, löst er ein »Fieber« aus, das nicht nur der literarischen Qualität des Romans zu verdanken, sondern hauptsächlich aus dem Umstand zu erklären ist, dass eine junge Generation, die sich selbst als missverstanden sieht, sich darin widergespiegelt glaubt. Der *Werther* verleiht einer ganzen Generation Sprache und ist damit ein kultursoziologisches Phänomen ähnlich den Beatles-Songs der 1960er Jahre oder der Popliteratur der 1990er. Goethes Roman ist indes literarhistorisch nicht denkbar ohne den Weg, der ihm mit Sophie La Roches *Geschichte des Fräuleins von Sternheim* bereitet worden ist. Der empfindsame Gefühlskult, die psychologische Profilierung der Figuren und die emotionale Aufheizung der Sprache sind literarische Qualitäten, die Sophie La Roche als Erste in die deutsche Literatur eingebracht hat. Der Einfluss auf Goethe ist unübersehbar. Es ist sehr wahrscheinlich, dass dem Autor des *Werther* das bewusst gewesen ist.

Umgekehrt gehört es zur persönlichen Tragik Sophie La Roches, dass sie nur anfangs für die junge Generation ein Idol gewesen ist. Mit dem Auftreten »eigener« literarischer Identifikationsfiguren – zunächst Goethe, später Schiller – verblasst Sophies gesellschaftlicher und literarischer

Ruhm sehr schnell. Dieser jungen Generation sind die späteren Bücher Sophie La Roches zu altbacken und brav, das heißt, zu sehr dem alten bürgerlichen Ideal der Erziehung und der pietistischen Frömmigkeit und Selbstbescheidung verpflichtet. Auch entwickelt sich Sophie La Roche als Autorin kaum weiter. Der ungebärdigen Literatur der Jungen steht sie eher ratlos denn wirklich ablehnend gegenüber. Ihre Gedanken über Erziehung und Empfindsamkeit bleiben in ihren letzten fünfunddreißig Lebensjahren nach dem Erscheinen der *Geschichte des Fräuleins von Sternheim* im Wesentlichen dieselben. Nichts ist so kurz und ungerecht wie das literarische Gedächtnis der Zeitgenossen. Erst spätere Generationen mussten Sophie La Roche neu entdecken und ihren individuellen Beitrag zur Literatur und zur bürgerlichen und weiblichen Emanzipationsgeschichte würdigen.

Dennoch wird Sophie La Roche damals noch eine Zeit lang als Galionsfigur geführt und in kleineren und größeren Kabalen und Intrigen gegen die eigenen Gegner als Trumpf ausgespielt. Goethe selbst missbraucht die »liebe Mama« zudem als eingeweihte Freundin, wenn es um seine Gefühle für die verheiratete Maxe geht. Er verkehrt im Hause Brentano und hofiert weiterhin die schöne junge Frau. In welchem Maße, bleibt unbekannt. Immerhin reicht es aus, um Peter Anton Brentanos Eifersucht anzufachen. Er erteilt Goethe Hausverbot, was dieser gegenüber Sophie verschämt zwischen den Zeilen eingesteht. Als Goethe im Theater dem Paar wieder begegnet, bleibt Brentano verständlicherweise kühl. Goethe spöttelt in einem Brief an Sophie La Roche: »Ihre Max habe ich in der Komödie gesprochen, den Mann auch, er hatte all seine Freundlichkeit zwischen die spitze Nase und den spitzen Kiefer zusammengepackt: Es mag eine Zeit kommen, da ich wieder ins Haus gehe. Das Meer verlangt Feigen! sag ich noch jetzo und lasse mich davon.«

Peter Anton Brentano (1735–1797)
Anonymes Pastellporträt
(Freies Deutsches Hochstift,
Frankfurter Goethe-Museum,
Frankfurt a. M. Foto: U. Edelmann)

Dennoch gelingt es Goethe immer wieder, Maxe zu imponieren. Frankfurt ist zu klein, als dass man sich nicht über den Weg laufen müsste. Im Winter 1774 ist der Main zugefroren, und die jungen Frankfurter gehen zum Schlittschuhlaufen. Goethe sieht Maximiliane auf dem Eis und will ihr imponieren. Er leiht sich von seiner Mutter einen roten Pelz aus, schnallt sich die Schlittschuhe an und geht aufs Eis. Goethes Mutter erzählt später Maxes Tochter Bettine diese Anekdote:

»Ich zieh halt meinen prächtig warmen Rock aus, er zieht ihn an, schlägt die Schleppe über den Arm, und da fährt er hin, wie ein Göttersohn auf dem Eis; Bettine, wenn du ihn gesehen hättest!! – So was Schönes gibt's nicht mehr, ich klatschte in die Hände vor Lust! Mein Lebtag seh ich noch, wie er den einen Brückenbogen hinaus und den andern wieder herein lief, und wie da der Wind ihm den Schlepp lang hinten nachtrug, damals war Deine Mutter mit auf dem Eis, der wollte er gefallen.«

Äußere Umstände führen schließlich eine Wendung in Goethes Verhältnis zu Maxe und Sophie herbei. Er erhält Ende 1775 eine Einladung an den herzoglichen Hof nach Weimar, im Jahr darauf die Stelle eines Geheimen Legationsrats. Nach Ehrenbreitstein meldet er: »Liebe Mama! Ich geh nach Weimar! Freut Sie das? Ich will sehn, ob's möglich ist, mit Wieland auszukommen [...]. Die Max ist hold, wird in meiner Abwesenheit noch freier mit meiner Mutter sein, obgleich Brent[ano] allen Anschein von Eifersucht verbirgt, oder auch vielleicht mich jetzo für harmlos hält.« Damit ist für Goethe die Maxe-Episode vorbei. Auch hat der *Werther* für ihn seine sublimierende Funktion erfüllt. Neue Aufgaben erwarten ihn. Der Briefwechsel mit Maxe Brentano und Sophie La Roche reißt ab. Erst fünf Jahre später nimmt Goethe wieder Kontakt zur »chère maman« auf und besucht bei seinen Stippvisiten in Frankfurt noch ein paar Mal Maxe im Haus zum Goldenen Kopf. Die ist inzwischen von einer Schar Kinder umgeben und hat ebenso wie ihre Mutter das stattliche Aussehen einer vornehmen Bürgerin und Ehefrau.

Ein weiterer Stürmer und Dränger, der sich in tragischer Weise in Goethes Schatten bewegt, betritt Sophie von La Roches Leben: Jakob Michael Reinhold Lenz ist von der Lektüre der *Geschichte des Fräuleins von Sternheim* überwältigt und schickt im Mai 1775 der ihm persönlich nicht bekannten Autorin einen enthusiastischen Brief. Der Briefwechsel ist von kurzer Dauer, aber von Lenz' Seite voll demütiger Hingabe. Sophie ist inzwischen vorsichtiger, auch distinguierter. Die erhöhte

Maximiliane Brentano (1756–1793)
Anonymes Pastellporträt
(Freies Deutsches Hochstift, Frankfurter Goethe-Museum, Frankfurt a. M. Foto: U. Edelmann)

Stellung ihres Mannes bei Hofe und das Adelspatent tragen dazu bei. Sie ist nun die Frau Staatsrat und erlaubt es nur Goethe, sie als »liebe Frau Mutter« anzureden. Lenz' Verhältnis zur angebeteten Autorin der *Geschichte des Fräuleins von Sternheim* bleibt also einseitig und untertänig. Niemals wird er seinem Idol persönlich begegnen. Sein Leben steht unter dem Unstern, in Goethes Fußstapfen zu wandeln, seine Genialität wird zu Lebzeiten nicht erkannt, seine Ziele verpasst er stets knapp. Die Nicht-Begegnung mit seiner Abgöttin Sophie von La Roche ist dafür beinahe symptomatisch.

In seinem ersten Brief verhehlt Lenz zunächst seinen Namen. Stattdessen deutet er nur an, er habe mit Goethes Hilfe über sie Erkundigungen eingezogen. Wenig distanziert – aber das gehört zur enthusiastischen Hochstimmung jener Zeit – erhebt er Sophie von La Roche geradezu in den Himmel: »Und wie entzückt ich darüber sein muß, die Züge Ihrer Hand in meinen Händen zu sehen, dieser Hand, die die *Sternheim* schrieb, und von dieser soviel Gütiges für mich! ›Das Gleichgestimmte meines Charakters‹ – wissen Sie auch, was das auf sich hat, gnädige Frau? Die göttliche Güte hat mich, da ich eben durch andere Vorfälle meines Lebens und Verirrungen meines Kopfs und Herzens bis zu Boden gedrückt war, auf einmal wieder erhöhen wollen, ich fühle ein neues Leben in mir, neue Aussichten, neue Hoffnungen.« Der Brief gipfelt in dem Ausruf: »Lebt solch eine Freundin wirklich, die mit den geheimsten Bewegungen Ihrer großen Seele vertraut ist, so sei sie dem Himmel gesegnet, mit Ihnen die Zierde unsers Säkulums.« Schließlich verrät Lenz doch seinen Namen, denn er begehrt von seiner Göttin Antwort.

Sophie von La Roche ist eine der fleißigsten Briefschreiberinnen ihrer Zeit. Die Fülle der Korrespondenz und die anschwellende Arbeit als Romanautorin, Hausfrau und repräsentierende Gattin ihres Mannes nötigen sie jedoch, ihre Briefe kürzer und prägnanter zu formulieren denn in ihren frühen Jahren, in denen sie auf Geheiß Wielands als »Doris« einen empfindsamen und oftmals manieriert-redundanten Briefwechsel mit der Schweizerin Barbara Meyer führen musste. Jetzt haben sich die Positionen innerhalb des sentimentalen Briefkultes beinahe umgekehrt. Ihre Anbeter lassen nun ihren Gefühlen hemmungslos freien Lauf, Sophie hingegen wirkt zurückhaltender, gefasster. Lenz wird aufdringlich. »Entziehen Sie mir Ihre Freundschaft nicht!«, fleht er sie wenige Wochen nach seinem ersten Brief an und vergisst offensichtlich den Wert dieses Begriffs. Lästig wird es Sophie insofern, als sich Lenz als Keil in ihrer Beziehung zu Wieland entpuppt. Er hintertreibt ihre Freundschaft mit dem einstigen Verlobten, indem er Wielands Verdienst als Herausgeber der *Geschichte des Fräuleins von Sternheim* anzweifelt: »Mich ärgerte nichts mehr«, so Lenz, »als [...] die dummen Noten [Wielands Anmerkungen], die mich allemal bei den seligsten Stellen in meinem Gefühle unterbrachen, gerad als wenn einem kalt Wasser aufgeschüttet wird.« Und er ist überaus neugierig: »Wie hat Wieland Sie kennengelernt? Und war seine Empfindsamkeit für Sie mehr Prahlerei als innere Rührung? [...] Auf meine Verschwiegenheit können Sie zählen.«

Sophie hütet sich, der »Verschwiegenheit« dieses Fremden zu trauen. Allzu oft hat sie schließlich selbst im Zirkus des empfindsamen Briefexhibitionismus mitgespielt. Sie kennt aus eigener Anschauung die Kehrseite dieses Kultes, etwa als sie von Johann Heinrich Merck wider den Anstand und ihren Willen erfahren musste, dass Johann Ludwig Wilhelm Gleim in Halberstadt »nie ein Mädchen geliebt hätte« und als Unterwäsche gegen die Kälte »drei Schlafwämser« trage.

Sophie wehrt sich und weist Lenz in die Schranken. Zerknirscht bittet er um Vergebung: »Ich werde durch meine Erfahrung lernen, nie wieder Ihre Herzen zu verwunden durch anstößige Ideen und Begriffe.« Zugleich wagt Lenz es, seiner Abgöttin eigene Stücke zur Beurteilung zu senden, darunter *Die Soldaten*. Ihr ist diese neue, rüde literarische Richtung fremd und zuwider, und sie lässt das durchblicken. Lenz verteidigt sich unsicher: »Sie haben recht; Ihre Anmerkung über meine Stücke habe ich mir zuweilen selbst gemacht, und in meinen künftigen sollen auch keine solche Schandtaten mehr vorkommen.« Gleichwohl kann er es sich nicht verkneifen, erneut über Wieland herzufallen: »Sie sehen, warum ich Wieland als Menschen lieben, als komischen Dichter bewundern kann, aber als Philosophen hasse und ewig hassen muß. Er glaubt, den Menschen einen Dienst zu erweisen, wenn er ihnen begreiflich macht, ihre Kräfte seien keiner Erhöhung fähig.« Sophies Tadel steckt er mit leicht masochistischem Schauer gerne ein: »[...] meine Mutter! Lassen Sie mich nun auch Ihre mütterliche Züchtigung erfahren! [...] so komm' ich zurück zu Ihren Füßen; Sie, meine Muse, sollen mich auf neue Bahnen leiten.«

Der einseitig ekstatische Briefwechsel wird von der Frau Staatsrätin bald aufgekündigt. Die Versuche der jungen Stürmer und Dränger, sie auf ihre Seite zu ziehen, bleiben indes nicht ohne Folge. Tatsächlich kommt es 1777 zu einer nachhaltigen Verstimmung zwischen Wieland und Sophie. Der inzwischen in Weimar lebende Dichter hat von dem Klatsch und Tratsch, den Kabalen und bösen Worten vernommen. Lenz hat ein kleines Stück mit dem Titel *Pandaemonium germanicum* geschrieben, worin Sophie von La Roche als verkannte Göttin der Kunst gepriesen und Wieland als Pfuscher und neidischer Wicht verspottet wird. Das allein wäre noch keine Gefährdung für eine alte Freundschaft, aber Sophie begeht den Fehler, nicht nur mit Wielands Gegnern Goethe und Lenz zu verkehren, sondern auch im einstigen Ehrenbreitsteiner

Freundeskreis sich unvorsichtig über seine Rolle bei der Herausgabe der *Geschichte des Fräuleins von Sternheim* zu äußern. Fritz Jacobi wiederum steckt das Wieland zu, und der schreibt im Zorn nach Ehrenbreitstein: »Es ist wirklich entsetzlich, wie Sie Ihrer Imagination und Ihrer Feder den Lauf zu lassen pflegen, und wie wenig skrupellos Sie sind, ob Sie einem guten Menschen durch indirecte Vorwürfe und Vermuthungen Unrecht thun oder nicht.«

Christoph Martin Wieland
Stich von Bauhe nach einem Gemälde von Georg Oswald May, 1779

Sophie ruft den Freund zur Mäßigung auf: »Ist es wahr, ist es möglich, Wieland, daß Sie mit Ihren Freunden La Roche völlig gebrochen haben? Konnte ich Ihnen so viel zuwider getan haben, daß ein Unwille von Jahren lang nicht hinreichend war, Sie wieder zu beruhigen?«

Wieland gibt sich zunächst zerknirscht: »Verzeihen Sie mir, und vergessen Sie alles Vergangene, und lassen Sie uns wieder von vorne anfangen. Ich denke, wir sind alt und weise genug, um unseren Herzen den Lauf zu lassen und uns soviel lieben zu dürfen, als wir können.«

Doch gerade diese »Können« fällt beiden zunehmend schwer. Sophie von La Roche ist nicht mehr die naive Frau von einst, sondern eine im gesellschaftlichen Rampenlicht stehende Erfolgsschriftstellerin und Gattin eines hohen Politikers. Der Ruhm hat sie nicht eitel gemacht, wohl aber selbstbewusst. Und die Grabenkämpfe der verschiedenen literarischen Gruppen werden zu heftig geführt, als dass man nicht – auch ungewollt – hineingezogen würde. Wieland äußert die Hoffnung: »Ach! Sophie! Ein einziger Augenblick Gegenwart, von Angesicht zu Angesicht – wie viel Verworrenes und Dunkles löset und hellet der auf! Wie verschwinden da alle Zweifel, alle Mißverständnisse!« Doch die Risse in ihrer Freundschaft sind unübersehbar. Das Verhältnis zwischen Sophie von La Roche und Wieland kühlt sich nach 1777 merklich ab. Brieflich nähern sie sich nach 1780 einander erneut an, doch werden nach den Verstimmungen von 1777 zweiundzwanzig Jahre vergehen, bis sie sich wiedersehen werden.

Es wird einsamer um Sophie, trotz eines stetig wachsenden Berges von Korrespondenz, die sie fleißig Tag für Tag abarbeitet. Zu ihren neuen Briefpartnern gehören die Schriftsteller Johann Jakob Wilhelm Heinse und Gottlieb Konrad Pfeffel, der junge Freiherr Karl vom und zum Stein (der spätere preußische Minister) und der Mediziner und Schriftsteller Johann Heinrich Jung-Stilling. Der Freundschaftskult wird gleichwohl aufrechterhalten, und noch immer kommen Gäste nach Ehrenbreitstein. Gegenüber dem Schriftsteller Anton Matthias Sprickmann bekennt Sophie: »Ihr jeweiliges Schmachten und Dürsten nach gleichgestimmten Freunden weiß ich aus eigenem Gefühl zu beurteilen. Es ist eine seltene, aber innige Freude, hie und da eine Seele anzutreffen, in der Gleichlaut tönt.«

Dennoch: Die Zeiten der jugendlich-heiteren Runden, wie sie sich im Mai 1771 zusammenfanden, sind passé. Mehrmals versucht Sophie neue Freundschaften zu knüpfen und unternimmt kleinere Reisen, etwa nach Frankfurt oder Düsseldorf, 1778 gemeinsam mit Maxe sogar nach Hamburg. Dorthin hat sie der Dichter Friedrich Leopold Graf zu Stolberg eingeladen. In der Hansestadt lernt sie auch dessen Bruder Christian zu Stolberg – auch er ein

Schriftsteller – kennen, außerdem Matthias Claudius und ihren einstigen Lieblingsdichter Friedrich Gottlieb Klopstock. Friedrich zu Stolberg, der bei Kopenhagen wohnt, sucht Sophie nach Dänemark zu locken: »Möchten Sie doch auch einmal gereizt werden, das schöne wogenumrauschte Seeland zu besuchen.« Doch Sophie zögert. Noch hat sie den Geschmack an Reisen ins Ausland nicht gefunden.

Im Herbst 1778 wird Sophie von La Roche vom Tod ihrer erst sechsundvierzigjährigen Schweizer Freundin Julie Bondeli überrascht, die seit 1771 bei Henriette von Sandoz in Neuchâtel gewohnt hat. Über Julies Krankengeschichte weiß Sophie Abenteuerliches zu erzählen: »Der grausame Zufall in dem Schlosse zu Montricher, da sich unter der Petersilie des Gemüßgartens vieler Schierling fand, und der Koch diesen mit gebrauchte, wodurch nach einigen Tagen alle Gäste krank, Mademoiselle Bondely aber am stärksten angegriffen wurde, alle durch [Simon André] Tissot hergestellt wurden, Julie aber die Anlage zu dem Nervenhusten behielt, welcher nach mehr und weniger Anfällen ihre Gesundheit völlig zu Grunde richtete, und allen Hülfsmitteln widerstand, – dieser Zufall unterbrach sehr oft unsern Briefwechsel.« Julie Bondelis langwährende Krankheit und Sophie von La Roches Beanspruchung durch Familie und Beruf ließen beide ein Treffen immer hinausschieben. Jetzt trifft Sophie die Unumkehrbarkeit des Versäumnisses schwer.

Sie geht auf die fünfzig zu und merkt, wie sie selbst altert. Die Gicht und Probleme mit den Augen machen ihr zu schaffen. Ihre Kinder gehen nach und nach aus dem Haus. Luise heiratet 1779 den kurtrierischen Hofrat Joseph Christian Möhn. Sophie ist stolz auf die zweitälteste Tochter und sieht in ihr die eigenen erzieherischen Ideen aufgegangen: »Loulou [Luise] ist ein hübsches, kunstloses, munteres, launiges Mädchen und hat mir schon von ein paar Leuten die Frage zugezogen, wie ich so sehr gescheute Frau es gemacht hätte, meiner Tochter das jetzt so seltene Unschuldsvolle, Frohe, Jugendliche, Gute, Naive zu geben und zu erhalten. Die Leute wissen nicht so gut als ich, daß das beste meiner Kinder von Mutter Natur, nicht von Mutter Sophie ist.«

Die Ehe der Möhns steht jedoch unter einem schlechten Stern. Luises Mann ist ein Trinker. Zehn Jahre später zerbricht die Ehe, und Luise zieht zu ihrer Mutter zurück, um ihr den Haushalt zu führen. Als verhärmte und misslaunige »Tante Möhn« werden Clemens und Bettine Brentano sie später zeichnen.

Sorge bereitet Sophie auch der älteste Sohn Fritz. 1776 erklären sich dreizehn englische Kolonien in Nordamerika souverän. Im folgenden Unabhängigkeitskrieg schickt Frankreich Truppen über den Atlantik. Ausgerechnet die Armeen eines Feudalstaats sollen den aufständischen Republikanern helfen, um den Erzfeind England zu schwächen. Fritz von La Roche, gerade einmal dreiundzwanzig Jahre alt, heuert in einem französischen Regiment in Zweibrücken an und geht mit diesem nach Amerika. Sophie sorgt sich um ihn. Wird er lebend zurückkommen? Plötzlich scheinen ihr die alten Ideale der Empfindsamkeit von der Brutalität der Wirklichkeit eingeholt und erdrückt.

Ein neues, starkes Pathos erfasst die geistige Elite Deutschlands: die Idee der Nation. Eine nationale Literatur und ein nationales Theater sollen die besten Geister zusammenführen und das Publikum erbauen. Wolfgang Heribert von Dalberg will in Mannheim solch ein Theater als Erziehungsstätte aufbauen. Das Stichwort »Erziehung« greift Sophie sofort auf. An Dalberg schreibt sie begeistert: »Gewiß ist, wenn unser Teutschland ein gutes Theater bekommen solle, so muß es durch die Leitung edler Personen und an einem Ort geschehen, wo die schöne

Künste einen Teil des Geschmacks geläutert haben; mich dünkt also Mannheim in allem Betracht dieser Ort zu sein.«

Das alte Thema lässt Sophie nicht los. 1779 bis 1781 erscheinen die drei Bände ihres Erziehungsromans *Rosaliens Briefe*, worin die Ausbreitung des Guten, Wahren und Schönen durch unablässiges Tätigsein propagiert wird. Autobiografische Erfahrungen sind darin eingeflossen: »Im Onkel meiner Rosalie liegen Züge des Charakters meines verehrungswerthen Gatten«, gesteht Sophie. »Aus Gelegenheit seines Besuchs bei dem Grabmale des großen unvergeßlichen Wohlthäters seiner Jugend und seines männlichen Alters, ist ein Schattenbild des Grafen Friedrich von Stadion, ehemaligen Großhofmeisters am Chur-Mainzischen Hofe, gezeichnet, welcher 1768 in Warthausen starb, und dessen Andenken die ewige Verehrung meiner Familie verdient.«

Die Erziehung »papierner Mädchen« lässt Sophie von La Roche nicht ruhen. Nach dem Weggang der eigenen Töchter sind es nun »Teutschlands Töchter«, die ihr am Herzen liegen. Sie macht sich Gedanken über die Möglichkeiten einer breiteren Wirksamkeit ihrer Schriften. Da bricht im Jahre 1780 für sie und ihren Mann eine Welt zusammen.

Bereits seit längerem ist hinter den Kulissen gegen Georg Michael von La Roche intrigiert worden. Der Verfasser der *Briefe über das Mönchswesen* ist den konservativen Kräften im Kurfürstentum schon einige Zeit ein Dorn im Auge. Es gilt nur noch, La Roches Stellung beim Kurfürsten zu untergraben. Klemens Wenzeslaus will sich in jenen Jahren ein neues Schloss in Koblenz erbauen. Die Pläne sind fertig, doch es fehlt im Staatsetat an Geld. Gerade La Roche widersetzt sich neuen Steuern für einen in seinen Augen überflüssigen Bau. Nach und nach sammeln La Roches Feinde Briefe und Protokolle, die den

Minister in einem staatsfeindlichen Licht darstellen. Als Kriegsminister soll er am Sinn des Krieges gezweifelt haben. Ein Brief Heinses wird gefunden, der behauptet, La Roche habe geäußert, es sei besser, Wieland wäre in der Kartause zu Koblenz Prior, dann könnten er, Heinse, und La Roche »einen ganzen Himmel voll Seeligkeit genießen«. Selbst dem aufgeklärten Klemens Wenzeslaus gehen solch freigeistige Äußerungen zu weit. Aber es fehlt noch der entscheidende Vorwand, um sich La Roches entledigen zu können. Dieser Anlass wird 1780 geliefert: Es erscheinen anonym drei Fortsetzungsbände der *Briefe über das Mönchswesen.* Wie sich später herausstellt, stammen sie aus der Feder Johann Kaspar Risbecks, doch werden sie – wohl gegen besseres Wissen – gerne Georg Michael von La Roche untergeschoben. Die orthodoxe Geistlichkeit hetzt. Der Kurfürst unterstellt seinem Minister mangelnde Loyalität und entlässt ihn.

Sophie steht vor den Freunden in Erklärungszwang. An den befreundeten Geologen Jean André de Luc schreibt sie im Mai 1781: »Tausend Dank, mein schätzbarer Freund, für die Süße, die Sie in das Bittere unseres Schicksals gegossen haben, indem Sie sagten, daß der Fürst, den die Dienste des La Roche nährten, der sie und die Treue des La Roche lobte, der seinen Verlust beweinte, [...] hätte den Mann in Schutz nehmen müssen, den sie fälschlich anklagten. Zu allen Zeiten wurden die schwachen Köpfe von Vorurteilen beherrscht.«

Immerhin denken bei weitem nicht alle so wie La Roches Gegner. Bettine von Arnim überliefert später, eine Gesandtschaft der Bauern habe dem scheidenden Minister La Roche ein Wappen überreicht, eingerahmt von dem Spruchband: »Alles aus Liebe, sonst geht die Welt unter«. Es ist der Dank dafür, dass La Roche sich geweigert hat, eine Abgabe einzuführen, die er für die Bauern als zu drückend empfand.

Als regelmäßige Einnahme bleibt der Familie eine bescheidene Staatspension und die Zollschreiberei von Boppard. Zu wenig, um den bisherigen Lebensstandard zu halten. Die La Roches müssen das Haus in Ehrenbreitstein verlassen. In dieser Notlage steht ihnen La Roches Freund und ehemaliger Kollege Christoph Philipp von Hohenfeld bei. Er legt sein Amt aus Solidarität mit La Roche nieder und zieht sich nach Speyer zurück, wo er ein Haus besitzt. Den La Roches bietet er an, bei ihm zu wohnen. Sie haben kaum eine andere Wahl. Georg Michael ist von da an ein gebrochener Mann. Auch Sophie stürzt von den Höhen der Frau Staatsrätin, aus dem Olymp einer Salondame kurzzeitig in den Zustand der Hilflosigkeit. Ihre bisherigen Einnahmen aus dem Verkauf der Bücher hat sie für wohltätige Zwecke gespendet. Die Aussteuer der Töchter hat zudem die Familienkasse belastet. Und die beiden jüngsten Söhne benötigen noch eine Ausbildung.

Aus Berlin kommt das Angebot Friedrichs II. an Georg Michael von La Roche, ein öffentliches Amt in Preußen zu bekleiden. Doch dieser lehnt ab, er ist des Dienstes bei Hofe müde. »Gott lasse ihn«, so hofft Sophie vom preußischen König, »meine jüngeren Söhne erziehen. Wir haben vergeben, und wir beginnen zu vergessen.«

Aus Amerika kommt unterdessen eine Nachricht von Fritz, die Flotte habe glücklich die Chaussee des Saints, die »Straße der Heiligen«, passiert. Georg Michael von La Roche legt den geografischen Begriff wörtlich aus: »Und ich scheiterte dort.«

Sophie ahnt: Es ist nun an ihr, Initiative für ihre Familie zu ergreifen.

»Alte Tugend im Herzen, und neue Kenntniß im Geist«

Speyer und die *Pomona* (1780–1784)

Das Haus des Speyerer Domherren Christoph Philipp von Hohenfeld liegt am westlichen Ende des Domplatzes, in der heutigen Maximilianstraße. Der Hausherr räumt der Gastfamilie großzügig Platz ein. Sophie von La Roche bekommt ein eigenes Arbeitszimmer: »Es ist ziemlich groß und hoch, welches ich sehr liebe; zwey Fenster beleuchten es.« Besonders schätzt sie die Aussicht ins Grüne: »Von diesen geht über die Wormser Strasse weg die Aussicht gegen die Lutherische Kirche, die ein schönes, mit einem Hof und grossen Bäumen umgebenes Gebäude ist, welches einen Theil der Stelle einnimmt, auf der ehmals ein Pallast unserer Kayser stund. Ich sehe den größten Theil dieses Hofs; zwey schöne Linden beschatten meine Fenster, und der Geruch ihrer Blüthe durchduftet meine Zimmer, so wie der Gesang der Vögel, die sie bewohnen, mich weckt, und sehr oft das Entzücken geniessen macht, daß ich die Sonne über die, wegen ihrer Schönheit und Fruchtbarkeit berühmte Bergstrasse aufgehen sehe, und eben so oft die immer neue Farbenmischung bewundern kann, welche sie den leichten Wolken giebt.«

Diese »liebe grüne Stube«, wie sie das Domizil nennt, wird ihr in den nächsten Jahren ein neues Zuhause. Erstaunlich schnell gewöhnt sich Sophie in die neuen Verhältnisse, wobei ihr die schriftstellerische Arbeit mehr und mehr das gesellige und gesellschaftliche Leben ersetzt.

»Das einsame, stille Speyer« ist freilich bisweilen etwas zu still. Die Stadt hat gerade einmal dreitausend Einwohner. Von der einstigen Herrlichkeit des Mittelalters ist nicht viel geblieben. Viele Häuser wurden 1689 im Pfälzer Krieg zerstört und sind noch jetzt, fast hundert Jahre danach, nicht wieder aufgebaut. Selbst der Dom ist erst ein Jahr vor Ankunft der La Roches wiederhergestellt worden. Ein geselliges, kunstinteressiertes Leben wie im Dunstkreis des Koblenzer Hofes gibt es kaum. Allenfalls die nahe Residenzstadt Mannheim lockt mit kulturellen Höhepunkten.

Speyer bietet also wenig Anregung, aber auch wenig Ablenkung. Umso förderlicher für Sophie von La Roches schriftstellerische Ambitionen. Ihren sehr geregelten und disziplinierten Tagesablauf beschreibt sie in einem Brief von 1783 so:

»Ich stehe um 6 Uhr auf und ziehe mich gleich an, schreibe oder lese für mich allein bis halb acht, wo La Roche und Baron von Hohenfeld zum Frühstück kommen und bis 9 Uhr bleiben. Dann geh ich in meine Küche und ordne an, weil ich selbst die Kochkunst verstehe, seh aller Arbeit im Haus nach, schreib meine Hausrechnung und dann bis 12 Uhr [...] an Briefen. Um halb eins gehen wir zu Tisch, wo Baron Hohenfeld, La Roche und meine zwei Söhne [...] und ich bis um 2 Uhr sind und nie mehr als sechs Schüsseln erscheinen – einmal, weil ich für meine Kostgänger sorgen muß, und dann, weil mein guter La Roche von Jugend auf gewöhnt war, an guter Tafel zu sein; da kann ich ihm mit 64 Jahr nicht alle Tag sein Unglück und seinen Verlust zurückrufen. So ist Suppe und Rindfleisch, Gemüs und Beilag, ein Ragout und Backnes heut, Braten und Backnes morgen der Zirkel der sechs Schüßlen. Um 2 Uhr, wo Kaffee getrunken wird, bis drei, wo die Briefe kommen, bleiben wir zu allerlei Unterredungen beisammen, dann geht jedes in sein Zimmer. Kommen Besuche, oder so lang die Männer sprechen und gelehrte Zeitungen in meinem Zimmer lesen, so arbeite ich fleißig mit meiner Nadel. Dann geh ich um 5 Uhr wieder in meine Küche und ordne das Abendessen. Um sieben kommen meine Söhne, die bei mir Französisch, die Geographie und Geschichte lesen. Süße Stunden, weil wir freundlich mit einander reden und moralische Grundsätze in ihre Seelen fließen. Bei Tisch, bei Besuch, bei Frühstück und Kaffee wird von nützlichen und angenehmen Dingen gesprochen.«

Auffällig ist, wie sehr Sophie von La Roche die Nützlichkeit ihres Tuns betont. Auch ihre Häuslichkeit unterstreicht sie häufig. Immer noch steht in ihrem Denken der Nutzen der schriftstellerischen Arbeit hinter der häuslichen zurück. Sie steht damit innerhalb des damaligen bürgerlichen Denkens und stellt den Kanon weiblicher Pflichten offiziell nie in Frage. So gesehen hat Sophie von La Roche nie den Weg einer Emanzipation beschritten, wie das 20. Jahrhundert sie verstand. Umso erstaunlicher ist, dass sie in ihrem eigenen Leben Emanzipation vorgelebt und sich mit zunehmendem Alter immer mehr individuelle Freiheiten genommen hat. Auch das Schreiben als Selbstvergewisserung und öffentliche Stellungnahme gehört dazu.

In der Darstellung ihres Tagesablaufs behauptet Sophie von La Roche, die Schreibtischarbeit auf wenige Stunden des Vormittags zu beschränken. Das ist eine Untertreibung, die der bürgerlichen Konvention geschuldet ist. Niemals hätte die Autorin solch eine Vielzahl meist sehr umfangreicher Bücher verfassen können, hätte sie nur »nebenbei« geschrieben.

Nicht immer ist es für sie leicht, nun gleich zwei demissionierte Männer, ihren Gatten und Hohenfeld, um sich zu haben. Denn für beide soll sie eine angenehme Gesellschafterin sein. Georg Michael von La Roche beginnt, ein Mineralienkabinett anzulegen – einmal schickt er sogar ein Kästchen mit Steinen an Goethe –, auch Fossilien wie etwa einen prähistorischen Nashornzahn nennt er sein Eigen, aber das füllt die Leere seines Daseins, das bislang von Umtriebigkeit und Verantwortung gekennzeichnet war, nicht aus. Selbst die einst so geliebte Physik lässt ihn jetzt kalt. An Johann Heinrich Merck schreibt der Zweiundsechzigjährige: »An guten Instrumenten zur Physik hatte ich meine Freude, aber ich bin zu alt und daher mit meinen wenigen, aber guten zufrieden. Wenn ich in den Himmel komme, da sehe ich alles ohne Mikroskopium und jedes molécule organique wie ein Scheunenthor. Mithin noch ein bischen Geduld.«

Die Schriftstellerei seiner Frau, die er bislang als Nebenbeschäftigung einer Dame, die einen Salon führt, ansah, wird nun für den zur Untätigkeit verdammten Ex-Minister bisweilen zum Ärgernis, das man gleichwohl hinnehmen muss, da man finanziell davon abhängig ist. An Merck schreibt Georg Michael von La Roche über die am Schreibtisch arbeitende Gattin: »Sie sitzt und brütet an ihren Hirnkindern, chacun à sa marotte [jeder nach seiner Marotte]!« Und er schließt: »Ich fluche über das nasse Wetter, welches mich behinderte, meine Blumenzwiebel in Boden zu bringen.«

Die Gartenarbeit wird zu jener Zeit Georg Michaels Trost und Zerstreuung. Die bisweilen unfreiwillig komische Situation im Hause bezeugen auch Gäste, die die berühmte Autorin der *Geschichte des Fräuleins von Sternheim* aufsuchen. Der Student Johann Friedrich Landolt, der nach Speyer kommt und vorspricht, wird zum Mittagessen eingeladen. Er beschreibt die Tischgesellschaft so: »Endlich saß noch ein mir unbekannter Mann mit schwarzem Kleid, runder Perücke und Ordenskreuz am blauen Band bey Tisch; vermuthlich auch ein gelehrter Freund vom Hause.« Landolt irrt. Kein Geringerer als der Hausherr selbst, der Domherr von Hohenfeld, ist zugegen. Dass er an einem Werktag in vollem Ornat erscheint, verdeutlicht nur, wie die in Ungnade gefallenen Herren ihren Schmerz zu kompensieren suchen.

Sophie von La Roche gewinnt nach dem Wechsel von Ehrenbreitstein nach Speyer sehr bald ihre gewohnte Sicherheit zurück. Das Verhältnis zu Wieland normalisiert sich wieder. Er unterbreitet Sophie das Angebot, in der von ihm redigierten Zeitschrift *Der Teutsche Merkur* zu veröffentlichen. Sie nimmt das dankend an. Wieland fehlt es an Autoren, und er ist durch vielerlei Aufgaben überlastet. Er weiß um die flotte Feder seiner Freundin und gibt sich als Redakteur zunächst sehr kulant: »Liebste Freundin, verlangen Sie nicht von mir, daß ich Ihnen eine andere Anleitung, was Sie für den *Merkur* schreiben sollen, gebe als eine sehr allgemeine. Was kann ich der Verfasserin der *Sternheim* und der *Frauenzimmerbriefe* [*Rosaliens Briefe*] aufgeben oder vorschreiben? Was ich von Ihnen wünschte, wären *kleine interessante Erzählungen in Form von Novellen* [...]. Ich kann Ihnen nicht genug ausdrücken, wie mich's freuen würde, Sie auf diese Art zur Gehülfin zu haben.«

Sophie von La Roche liefert Wieland einige ihrer neuen *Moralischen Erzählungen*. Doch bald ändert Wieland seinen Ton. Er empfiehlt ihr, in Geschichten, die in Briefform gehalten sind, nie die Erzählhaltung eines Mannes einzunehmen, er spricht ihr diese erzähltechnische Fähigkeit ab: »Nicht nur in Ihrem Stil, sondern in Ihrer ganzen Art zu denken, zu empfinden, Ihre Ideen zu verbinden, zu ordnen etc. ist etwas viel zu Weibliches, als daß man sich's denken könnte, daß ein Mann so schreibe, so erzählte.« Er ahnt freilich Sophies Eigensinn: »Doch ist es einmal Zeit, daß ich aufhöre zu schulmeistern, zumal da ich eben nicht so ganz sicher bin, wie Sie meine quintilianischen und aristarchischen Erinnerungen aufnehmen werden.«

Sophie ist ihm etwas gram und äußert das auch. Wieland entschuldigt sich: »Meine liebste Base, für's erste eine wehmütige Abbitte auf meinen Knien wegen der albernen kritischen Erinnerungen, womit ich Sie, wie Sie sagen, ängstlich gemacht habe. Ich möchte mich selbst dafür vor meine breite Stirne schlagen! [...] wir sind beide schon über die Jahre hinaus, wo man sich in neue Falten legen läßt.«

Dann freilich ist er doch wieder gezwungen, seine Autorin zurechtzuweisen. Im Mai 1781 schickt Sophie von La Roche dem Freund eine »Träumerei«, wie sie es selbst nennt. Es ist eine kurze Kolumne mit dem Titel *Joseph der Zweite nahe bei Speyer im Jahr 1781* und bezieht sich auf den Besuch des von Sophie geschätzten aufgeklärten Herrschers in Schwetzingen. Sie glaubt Wieland einen Dienst zu tun, führt doch *Der Teutsche Merkur* den Kaiser als Widmungsträger im Titelblatt. Und sie versucht mit allen Mitteln, die Anzahl ihrer Veröffentlichungen und damit ihre Honorare zu erhöhen. Sie braucht Geld für ihre Familie, wie sie Wieland im selben Brief gesteht: »O Wieland! Was kostete mich das! Künftige Woche soll mein schöner Carl eine Reise in die Schweiz tun.«

Carl von La Roche unternimmt zwar die Reise und lernt dort die alten Briefpartner der Mutter kennen, darunter Hirzel und Bodmer (während er Lavater verpasst), doch Wieland sträubt sich gegen Sophies Nötigungsversuch und ihre allzu große Anbiederung an den Kaiser: »Aber dem ungeachtet kann das Stück nicht im *Merkur* erscheinen, aus Ursachen, über die ich mich nicht gerne schriftlich erkläre.« Dann rückt er doch mit der Wahrheit heraus: »Der Kaiser, so groß und gut er immer sein mag, ist zu weit von mir, zu hoch über mir, als daß irgend ein Verhältnis zwischen ihm und mir möglich wäre. Er nimmt keine Notiz von meinem Dasein.« Sophie muss das akzeptieren, sie hat freilich weniger Kontaktscheu vor hohen Häuptern, immerhin hat sie auch in Mainz und Koblenz mit manchem gekrönten Haupt Konversation betrieben. Es stört sie jedoch, dass Wieland ihre Geschäftstüchtigkeit ganz an den *Teutschen Merkur* zu binden sucht; aus seiner Sicht eines Redakteurs verständlich – in ihren Augen jedoch ein Verrat an der Freundschaft und eine Missachtung ihrer finanziellen Nöte. Wieland stellt unmissverständlich klar: »Indessen habe ich mich ein wenig gewundert, daß Sie schon auf eine Sammlung Ihrer Erzählungen denken, da Sie deren doch meines Wissens erst zwei fertig haben. Machen Sie wenigstens erst das Dutzend voll, und dann, wenn wir sehen, wie etwan die ersten sechse im *Merkur* aufgenommen worden, wird's immer noch früh genug sein, an eine Sammlung und an eine neue Ausgabe, die durch neu hinzukommende Stücke anlockender gemacht werden kann, zu denken.« Will heißen: Er verbietet Sophie eine eigenständige Buchpublikation ihrer jüngsten Erzählungen, bevor sie nicht in seiner Zeitschrift erschienen sind. Er will sich von den Lesern nicht vorwerfen lassen, keine Erstveröffentlichungen zu bieten. Und er appelliert an Sophie, kein doppeltes Spiel zu betreiben: »Wenn ich, liebe Freundin, in allem diesem falsch sehe, so verbergen Sie sich nicht vor mir.«

Sophie von La Roche gehorcht widerwillig. Erst 1783/1784 erscheinen in Speyer zwei Bände ihrer *Moralischen Erzählungen* in Buchform. Sie begreift aber in jenen Monaten, dass sie sich eine andere Erwerbsquelle suchen muss, die ihr mehr Gewinn verspricht, bei der sie ihre eigene Herrin ist und sich keine Zügel anlegen muss.

Erneute familiäre Sorgen zwingen sie zu diesen Anstrengungen. Georg Michael von La Roche fängt in jenen Jahren zu kränkeln an. Einmal ist er, wie Sophie mitteilt, acht Tage »mit einer Schwäche im linken Arm und Fuß befallen, welche mich einen Schlagfluß befürchten ließ. Gott schenkte mir ihn wieder.« Mehrmals muss Georg Michael zur Kur nach Spa. Auch von Fritz aus Amerika kommen besorgniserregende Nachrichten: Er hat es zum Leutnant im französischen Régiment Royal Deuxponts (Königliches Regiment Zweibrücken) gebracht und im Sommer und Herbst 1781 an der Belagerung und Einnahme der von den Engländern gehaltenen Festung Yorktown durch die vereinten Armeen der Amerikaner und Franzosen teilgenommen. Sophie von La Roche hört diese Ruhmesnachrichten mit zwiespältigen Gefühlen. Fritz hat sich zum Abenteurer und Haudegen gewandelt. Ihre und Wielands Erziehungspläne haben, so scheint es, versagt. Ihr Sohn, so merkt sie kritisch an, »wurde mit den für Männer noch mehr als für Mädchen gefährlichen Gaben der Schönheit und artigem Geist geboren; ich hatte gar keine Gewalt über ihn, mußt ihn leiten lassen, wie andre es wollten, und er wurde durch Schmeichler und durch Schmeichlen leichtsinnig, verschwenderisch und nachlässig.« Nun erreicht sie die Nachricht, Fritz habe sich bei der Einnahme von Yorktown »in dem so abwechslenden Kalt und Warm in Virginien« einen »Rheumatisme« geholt, der ihn zu einem kostspieligen zweimonatigen Kuraufenthalt zwang. Wenige Monate später folgt die Schreckensnachricht, das Kriegsschiff, das das Regiment von Fritz beförderte, habe Schiffbruch erlitten, doch Gott, so die stolze Mutter, habe ihrem Sohn »Mut und Geist« geschenkt, »seine untergebnen 469 Mann und 4 Offiziere zu retten«.

Die Krankheiten und Kuraufenthalte von Mann und Sohn verschlingen viel Geld. Die Ehrbezeugungen, die Sophie von La Roche landauf, landab erhält, helfen bei den Geldsorgen nicht weiter. Im Dezember 1782 wird sie in die von Johann Christoph Adelung gegründete »Kurpfälzische Teutsche Gesellschaft« zur Förderung der deutschen Sprache und Literatur aufgenommen. Sophie fühlt sich geehrt, zeigt sich zugleich aber bescheiden: »Ich kann nichts sagen, als: Wenn die würdige Gesellschaft würklich überzeugt ist, daß ich dieses Merkmal vorzüglicher Hochachtung verdiene, so nehme ich es mit Verehrung an.« Sie

Titelblatt und Kupferstichporträt von *Pomona*, Januar 1784
(Deutsches Literatur-Archiv, Marbach)

schränkt gleichwohl ihr eigenes literarisches Verdienst ein: »Aber wünschen muß ich, daß Adelung in Speyer wohnen möchte, um jetzo seinen Rat und Sprachkenntnis bei meiner *Pomona* zu benützen – denn gewiß, meine Gesinnungen sind besser und schöner teutsch, als es meine nachlässige Schreibart nicht ist.«

Hier fällt der Name des Projekts, das die La Roches aus der Geldnot führen soll, und das neben der *Geschichte des Fräuleins von Sternheim* zu Sophies bekanntestem und bedeutendstem literarischen und kulturgeschichtlichen Werk wird: Die Zeitschrift *Pomona für Teutschlands Töchter* erscheint monatlich von Januar 1783 bis Dezember 1784 in insgesamt vierundzwanzig Heften zu je sechs

Bogen (96 Seiten), herausgegeben, zum größten Teil aber auch verfasst von Sophie von La Roche.

Pomona ist benannt nach der Göttin der Ernte und des Herbstes, im übertragenen Sinne als Ernteertrag des Lebensherbstes der Autorin gedacht. »Mein Büchelgen«, so die Herausgeberin in der *Veranlassung der Pomona*, »soll *Pomona* heißen, diese ist die Göttin des Herbsts. Ich bin in dem Herbst meines Lebens, und der Entwurf dazu entstund in dem Herbst.«

Es ist die erste deutsche Zeitschrift, die von einer Frau für Frauen erstellt wird. Sie wird richtungsweisend für andere, spätere Projekte werden, etwa die von Marianne Brentano-Ehrmann oder Therese Forster-Huber redigierten Magazine. *Pomona* stellt, ähnlich der *Geschichte des Fräuleins von Sternheim*, den Versuch dar, die bürgerlichen Frauen, »Teutschlands Töchter«, zu nützlichen, tatkräftigen und sittlich reifen Haus- und Ehefrauen zu erziehen. Bildung wird dabei nur in dem Sinne erstrebt, als sie auf eine praktische Lebensführung zielt. Sie ist nie Selbstzweck aus purem Wissensdrang. Wo das Wissen die Lebenspraxis hinter sich lässt, soll es zumindest zur Ehrfurcht vor Gottes Schöpfung anhalten. Bereits im ersten Heft betont Sophie von La Roche:

»Hier muß ich den lieben Leserinnen von *Pomona* wiederholen, daß ich meine Lina [die fiktive Adressatin ihrer Kolumnen] nicht gelehrt haben will – sie soll von allen Wissenschaften nur so viel Kenntnis erlangen, als sie von den Blumen hat, aber so deutlich, wie der Unterschied der Rose und Lilie in ihr ist. Sie weiß, daß sie sich mit der ersten schmüken kann, daß Rosen das Bild der Freude, und die Lilien das Bild von der Reinigkeit und Unschuld sind, daß man aus beyden Öl und wohlriechendes Wasser zieht, und daß man aus der dunkelfarben einfachen Rose einen Zuker kocht, der für die kranke Brust viel heilsamer ist, als der von der prächtigen vielblättrigen.«

Die Ziele, die Sophie von La Roche mit der Zeitschrift verfolgt, umreißt eine Buchhändleranzeige aus Straßburg so:

»Ihr Vorsatz bey gedachter *Pomona* ist Belustigung und Unterricht; sie will 1) in ihren *Briefen an Lina* die Punkte berühren, welche eine Tochter von guter Erziehung für ihren Verstand, ihr moralisches Gefühl, und Haushaltungskunst wissen soll. 2) in anmuthigen Gesprächen auf Spatziergängen nach Anleitung der Thomsonischen *Jahreszeiten* [von James Thomson] von den Hauptgegenständen der schönen Litteratur sich mit ihren Freundinnen unterhalten, 3) Auszüge aus Werken liefern, welche in Frankreich, Engeland und Italien zur Belehrung des weibl. Geschlechts herausgekommen, 4) Gedichte, von Frauenzimmern geschrieben, mittheilen, 5) von ihren eigenen *moralischen Erzählungen* anhängen.«

Entsprechend dem umfassenden Erziehungsanspruch, der gleichwohl nie das Amüsante und Anekdotische außer Acht lässt, ist das Themenspektrum der *Pomona* breit gefächert. Es finden sich darin Erzählungen und Gedichte, Aufsätze über Mythologie und Geschichte, Naturforschung und Philosophie, Geschichte der Poetik, gute Umgangsformen und angemessene Mode, Gerechtigkeit und Trauer, Anmut und Grazie, einen zeitgemäßen, modernen Schulunterricht für Mädchen, die Aufhebung der Leibeigenschaft in Böhmen, das Wirken Kaiser Josephs II., die physikalischen Phänomene von Kälte und Eis, Gartenbau, ja sogar über Gedächtnistraining; es gibt Kolumnen unter dem Titel *Briefe an Lina*, aber auch Reiseberichte, Buchrezensionen, Leitartikel, Fabeln und Anekdoten. Bald finden sich Leserbriefe ein, und Sophie von La Roche, der am Dialog mit den Leserinnen liegt, druckt eine Auswahl ab. Freilich wächst auch das Interesse der Leserinnen an der Redakteurin der *Pomona*, und so überwindet Sophie von La Roche ihre Scheu und veröffentlicht einen Artikel mit dem Titel *Antwort auf Fragen nach meinem Zimmer*, worin sie manches Detail über ihr häusliches Leben in Speyer verrät. Allerdings betont sie auch hier den Vorrang der Hausarbeit vor der literarischen Ambition: »Dann komme ich zu meinem Schreibtisch, und grizle bis zwölf Uhr an diesen Blättern, oder an Briefen. – Denn so bald jemand kommt, erscheinen meine Handarbeiten, die mir eben so lieb sind, als meine Papiere und Bücher.«

Das Schwierigste an dem Unternehmen ist der Vertrieb. Sophie von La Roche nutzt ihre vielfältigen Verbindungen und bittet Freunde um Fürsprache bei Buchhändlern vor Ort, die Hefte in Kommission zu nehmen, oder aber selbst den Vertrieb und Verkauf in ihren jeweiligen Wohnorten zu organisieren. Sie zeigt dabei erstaunliches Geschick und scheut sich nicht, berühmte und vielbeschäftigte Zeitgenossen als »Vertreter« einzubinden. Johann Caspar Lavater etwa übernimmt in Zürich den Verkauf der *Pomona*, Sophie weist ihn an, »den Ertrag der 16 Hefte bis Ostern auf die Frankfurter Messe« zu behalten und ihr dann bar auszubezahlen.

Das Unternehmen kommt erstaunlich schnell in Gang. Bereits die ersten Hefte finden ein breites Interesse. Sophie von La Roche stößt mit *Pomona* offensichtlich in eine Marktlücke. Die gebildete weibliche Bürgerschicht hat hier endlich ein Periodikum in Händen, das Amüsantes mit Ernsthaftem zu verbinden weiß, Literatur mit Wissenschaft, Historisches mit Aktuellem, alles zu einem erschwinglichen Preis von vier Gulden und dreißig Kreuzern pro Heft. Die Liste der Abonnenten ist lang: Rund siebenhundert Namen sind verzeichnet, nicht nur Frauen, sondern auch Männer, und neben Lesern und Leserinnen aus dem Bürgertum auch solche aus den aufgeklärten Kreisen des Adels. Die bekannteste Abonnentin ist sicherlich die russische Zarin Katharina. Sie bestellt fünfhundert

Exemplare und verteilt sie bei Hofe und im Bürgertum, da sie vom erzieherischen Wert der *Pomona* überzeugt ist.

Pomona ist nicht nur ein Periodikum mit dem Anspruch auf Unterhaltung und Bildung, es ist in seinem erzieherischen Aspekt auch Ausdruck einer erstarkten weiblichen Seite bürgerlicher Aufklärung in Deutschland. Wenngleich die gebildete Frau nach Sophie von La Roches Vorstellung nie versuchen sollte, sich an Mannes statt in Wissenschaft und Vita activa zu setzen, so ist das keineswegs Ausdruck von Selbstbescheidung. Im Gegenteil. Sie weist der Frau nicht nur in Ehe, Familie und Hausstand, sondern auch in einer aufgeklärten Bürgerschaft ihren Platz zu. Die Frau ist Teil und Stütze dieses selbstbewussten Standes, sie erhält ein Recht auf Bildung, auf den Gebrauch »des Verstandes und Herzens«, wie Sophie von La Roche es in ihrer Kolumne *Hofnung auf den Geist meiner Leserinnen* bezeichnet. Die Frau übernimmt aber auch bürgerliche Pflichten, die allerdings weniger als Last denn als Verantwortung betrachtet werden.

In ihrem Aufsatz *Über Teutschland* versucht Sophie von La Roche diese Vereinigung von Kopf und Herz, von Verstand und Gefühl, von Rechten und Pflichten als Krönung weiblichen Wesens darzustellen:

»[...] ich rede beynah mehr von Thaten teutscher Töchter, als von dem Glanz ihres Wissens. – – Glauben Sie nicht, meine Leserinnen! daß diese Abänderung, ohne daß ich den Vorsaz dazu hatte, aus der Vaterlandsliebe entsprang. – – Denn Thaten sind doch mehr als Wissen. – – Wird doch selbst in der gelehrten Welt nur der Mann mit vorzüglicher Verehrung angesehen, welcher mit seiner Kenntnis andern nüzte: – und dann mag auch der Gedanke gewürkt haben, daß unsere Männer eine Frau, welche nüzt, mehr schätzen, als eine, welche allein Wissenschaften besizt. Denn das uralte teutsche Wort, Hausfrau, gilt noch in seinem ganzen Werth: – es ist nicht unter die Schaumünzen gekommen, welche ehmals geprägt wurden, und jezo umgeschmolzen, oder nur in Kabinetten verwahrt werden. – Aber wir haben Beweise, daß zu eben der guten Hausfrauenzeit auch der Geist in Kenntnissen sich übte.«

Die Männer jedoch, so die Autorin, schätzten an ihren Frauen gerade die Verbindung des Vielfältigen, den Ausgleich der Gegensätze: »alte Tugend im Herzen, und neue Kenntniß im Geist, ist, was sie mit einer liebenswerthen Gestalt und Reinigkeit verbunden wünschen.«

In dieser Selbstpositionierung der bürgerlichen Frau, darin, ihr überhaupt erst eine Stimme verliehen zu haben, liegt die überzeitliche soziokulturelle Bedeutung der *Pomona* und ihrer Herausgeberin Sophie von La Roche.

Pomona ist so erfolgreich, dass die Plagegeister der Autoren des 18. Jahrhunderts rasch zur Stelle sind: die Raubdrucker. Auch ihnen widmet Sophie von La Roche einen – nicht humorlosen – Artikel und droht allerdings mit der Einstellung des Projekts: »Wenn der grausame Nachdrucker von Pomona die Gewalt hat, mir eine Anzahl meiner edlen menschenfreundlichen Subscribenten zu nehmen, so wird der Kummer über diesen Verlust meine Arbeit unterbrechen. – Denn wie soll ich heiter bleiben können?« Tatsächlich fordert das Unternehmen das Äußerste an Kraft. Zwar besitzt Sophie, geschult durch ihre umfangreichen Korrespondenzen, Ausdauer, aber Monat für Monat knapp einhundert Seiten größtenteils selbst zu füllen – all das neben ihren Aufgaben in Haus und Familie, und neben der Überwachung von Satz, Druck und Vertrieb der Zeitschrift –, geht doch an die Grenzen ihrer Leistungsfähigkeit. Erstaunlicherweise hat sie immerhin zwei Jahre lang diese Überfülle an Arbeit erfolgreich geschultert. Im Dezember 1784 schließlich stellt sie die Arbeit an der Zeitschrift ein und wendet sich sogleich voller Energie neuen erfolg- und geldverheißenden Projekten zu: 1785 gibt sie die Kolumnen *Briefe an Lina* in Buchform heraus. Außerdem schreibt sie *Neuere moralische Erzehlungen*, die 1786 erscheinen.

Die Arbeit an *Pomona* hat Sophie von La Roche eine Vielzahl neuer Bekanntschaften beschert. Zu einer ihrer Leserinnen entwickelt sich eine enge Freundschaft: Gräfin Elisabeth (Elise) zu Solms-Laubach, geborene Prinzessin von Isenburg. Die 1753 geborene Elise wurde mit vierzehn Jahren mit dem Grafen Georg zu Solms-Laubach verheiratet, dem sie vier Kinder gebar. Als sie neunzehn war, verunglückte der Graf tödlich. Die junge Witwe widmet sich der Erziehung ihrer Kinder und der Regierung der reichsunmittelbaren Grafschaft Solms-Laubach bei Gießen. Verständlich, dass gerade solch eine Frau, die sich als Mutter und Regentin selbstbewusst und eigenverantwortlich zeigen muss, von Sophie von La Roches Gedanken über Erziehung und den Ausgleich »des Verstandes und Herzens« angesprochen fühlt. Die Gräfin schreibt der Herausgeberin der *Pomona* einen Dankesbrief. Sophie von La Roche, glücklich, auch im Adel Frauen mit bürgerlichen Tugenden zu finden, antwortet mit langen Bekenntnisbriefen, worin sie mehrfach betont, sie bemühe sich stets »um den Geist des Herzens, wenn ich so sagen kann«. Der gräflichen Freundin gesteht Sophie auch ihre familiären Sorgen: die schwierige Ehe Maximilianes mit Peter Anton Brentano; die abenteuerlichen Eskapaden des ältesten Sohnes Fritz in Amerika; die unglückliche Ehe Luises mit dem Hofrat Möhn.

Immerhin scheinen die jüngsten Söhne besser zu geraten und Sophies Erziehungsideale nicht zu widerlegen: Franz wird mit vierzehn Jahren Fähnrich in einem Kreisregiment. Zwei Jahre später, 1784, schicken die La Roches den jüngsten Sohn zu Gottlieb Konrad Pfeffel auf die Militärschule nach Kolmar. Im Gegenzug nimmt Sophie von La Roche Pfeffels Tochter Caroline (Peggi) längere Zeit in ihren Haushalt auf. So hat die alternde Frau plötzlich wieder ein richtiges Mädchen statt nur eines papierenen in ihrer Obhut. Und für den Sohn Carl schließlich eröffnet sich 1784 die Möglichkeit, mit einem von Friedrich II. von Preußen gewährten Stipendium (Friedrich schätzt Georg Michael von La Roche als Staatsmann und Aufklärer) in Preußen das Bergwesen zu studieren. »Mein Carl kommt nach Berlin in die Königliche Bergwerkschule«, vermeldet die Mutter stolz, »umsonst. Herr Minister [Friedrich Anton] von Heinitz nimmt ihn in sein Haus und an seinen Tisch.«

Den Winter 1784/85 verbringen sie und ihr Mann in einer Stadtwohnung im nahen Mannheim. Hier besuchen sie Bälle, Salons und das berühmte Theater, das unter Dalbergs Intendanz steht. Sophie lernt den Schauspieler August Wilhelm Iffland, den Schriftsteller Adolph von Knigge und den Maler Ferdinand Kobell kennen. Am Mannheimer Theater werden die damaligen Modernen aufgeführt. Bereits wenige Wochen zuvor hat Sophie von La Roche von Ausschreitungen unter den Studenten nach der Aufführung von Friedrich Schillers Drama *Die Räuber* gehört. Angewidert schreibt sie im September 1784 an Johann Georg Jacobi:

»Ich preise den Himmel, der Sie nach Freiburg führt, weil in dem fürchterlichen Vorgang, welchen das Schauspiel *Die Räuber* unter den Studierenden hervorbrachte, Beweis von der Empfänglichkeit und Stärke ihrer Einbildung ist, welche unter der Leitung des edlen Genius meines Freundes Jacobi auf den schönen Weg edler Gefühle und edlen Denkens kommen wird. Lassen Sie sich die Geschichte erzählen, da ein Baron von Baden sich zum Oberhaupt einer jungen Räuberbande machte, und die Entführung der schönen Fräulein von Goldegg, das Anzünden eines Hauses und Totschießen aller, die ihnen nachsetzen würden, der erste Auftritt ihrer Verbrüderung sein sollte.«

Mit solch einer »Verbrüderung«, die in ihren Augen nur Anstiftung zum Landfriedensbruch ist, kann Sophie nichts anfangen. Als sie im Winter in Mannheim Schillers *Kabale und Liebe* sieht, ist ihr Urteil über das Stück schnell gefällt. An Johann Georg Jacobi schreibt sie am 20. Januar 1785:

»Ich habe Schillers *Kabale und Liebe* spielen sehen. Das ist für mich abscheulich und sollte nur von Teufel und Wahnsinnigen vorgestellt werden. Menschen, welche des Eindrucks und Vorstellung edler Gesinnungen fähig sind, können die Hälfte der Rollen ohne schmerzhaften Zwang der Seele und des Körpers ohnmöglich spielen.«

Den Autor des Stücks lernt Sophie von La Roche bald persönlich kennen. Schiller besucht sie in ihrer »grünen Stube« in Speyer. Über den jungen Dichter ist Sophie gespaltener Meinung:

»Ich kenne und schätze Herrn Schiller persönlich, aber ich würde ihm selbst, dem vortrefflichen Kopf sagen, daß ich die angebohrene Fähigkeiten, und den erworbenen Reichthum seines Geists, aufrichtig bewundre, aber daß ich den Gebrauch, welchen er in seinen drey ersten Theaterstücken davon machte, nicht liebe – so wenig als ich dem Besitzer von Indiens Diamanten Gruben lieben würde, wenn er sie anwendete, die alten Schauspiele zu erneuern, in welchen Menschen mit wilden Thieren kämpften, oder daß ich die Riesengeschichte in der That sehen möchte, wo sie, wie erzählt wird, mit einer ungewöhnlichen Kraft Felsen auf Felsen häuften, um den Olymp zu bestürmen – mich dünkt aber wirklich, daß in den *Räubern*, in *Fiesco* – in *Cabale und Liebe*, Umstände und Leidenschaften, die das Herz zerreißen, so gehäuft wären, daß sie nur durch Riesenideen zusammengebracht werden könnten.«

Die Anhäufung geballter Leidenschaften ist der aus

dem Rokoko herstammenden, in Aufklärung und Empfindsamkeit wurzelnden Sophie von La Roche fremd. Immerhin attestiert sie Schillers Stücken Kraft, kann aber den soziokulturellen Sprengstoff, der in ihnen liegt, nicht einordnen. Über Sophie von La Roche ist – das wird sich bis zu ihrem Tod verschärfen – die Zeit hinweggegangen. Die folgenden gesellschaftlichen und politischen Veränderungen, deren äußerlich sichtbarste Zeichen die Amerikanische Revolution von 1776 und die Französische von 1789 sind, betrachtet sie bestenfalls als Abenteuer einiger Hasardeure, schlimmstenfalls als mutwillige Zerstörung einer von Gott gewollten Ständeordnung. Hierin liegen Sophie von La Roches Grenzen.

Friedrich Schiller hingegen ist von Sophie von La Roche angetan. Er sieht in ihr die lebenskluge Frau, die berühmte Autorin der *Geschichte des Fräuleins von Sternheim*, vielleicht auch die verständnisvolle Matrone. Es ist anzunehmen, dass bei seinem Besuch in Speyer nicht über seine Stücke gesprochen worden ist. An Henriette von Wolzogen schreibt er: »Die Staatsräthin von la Roche kenne ich sehr gut, und diese Bekanntschaft war eine der angenehmsten meines ganzen hiesigen Lebens. [...] Wir haben in groser Gesellschaft mit ihr zu Mittag gespeißt, wo ich wenig Gelegenheit fand, sie recht zu genießen, doch fand ich gleich, was der Ruf von ihr ausbreitet, die sanfte gute geistvolle Frau, die zwischen funfzig und sechszig alt ist und das Herz eines neunzehnjährigen Mädchens hat.«

Dieses »Herz eines neunzehnjährigen Mädchens« ist so jung geblieben durch Neugier, Wissensdurst und den Willen, noch möglichst viel von der Welt kennenzulernen und zu verstehen. Auch geografisch. Sophie von La Roche erinnert sich, dass sie zeitlebens die Alpen sehen wollte. Von Warthausen aus konnte sie die Gebirgskette gut erkennen, in ihrer Kindheit sogar vom Dachfenster des elterlichen Hauses in Augsburg, wenn der warme Föhnwind blies und die Alpen scheinbar zum Greifen nahe brachte. Sie muss jetzt viel an ihre Jugend denken. Im Mai 1784 erhält sie aus Augsburg die Nachricht vom Tod ihres Vaters. Seltsam beiläufig erwähnt sie das in einem Brief an Gottlieb Konrad Pfeffel in einem einzigen Satz: »Und mein Vater, der freilich weit von mir in Augsburg starb, aber doch Familiengeschäfte gibt.« Dieses »weit von mir« drückt nicht nur die reale Entfernung von Schwaben aus, sondern auch die innere Distanz zu diesem Mann, der sie einst unnötig gedemütigt hat.

Sophie schlägt einen Atlas auf, betrachtet das Kartenwerk der Länder Deutschlands. Was hat sie schon gesehen? Kaufbeuren, Lindau und Augsburg, Biberach und Warthausen, Mainz, Bönnigheim, Koblenz, Speyer; sie hat ein paar Schiffsreisen auf Neckar und Rhein unternommen, war in Straßburg, in Kolmar, im Norden kam sie bis Hamburg. Aber die Schweiz, Julie Bondelis Heimat, hat sie nie gesehen. Und England, das sie in ihrer *Geschichte des Fräuleins von Sternheim* beschrieben hat, ohne je dort gewesen zu sein! Georg Michael hat ihr viel von diesem Land, seinen Bewohnern, seinen Schlössern und Kathedralen erzählt. Und Frankreich, dem sie sich an den Höfen von Mainz, Warthausen und Koblenz geistig so annäherte! Auch in der *Pomona* veröffentlichte sie Reiseberichte über diese Länder.

In Sophie von La Roche reift in jenem Frühjahr 1784 der Entschluss, endlich selbst diese Länder zu durchstreifen. An Pfeffel schreibt sie am 13. Mai 1784 voller Ungeduld: »Noch, mein teurer, edler Freund! bin ich hier gebunden durch Umstände, deren eiserne Ketten ich nicht abwenden, nicht brechen konnte.« Aber es ist nur noch eine Frage von wenigen Wochen. »Ende Mai«, so verkündet sie dem Freund in Kolmar freudig, »kann ich abreisen.« Das Ziel: die Schweiz!

»Die gute La Roche fängt nur etwas spät an«

Im Bann des Reisens (1784–1786)

Sophie von La Roches Abreise verzögert sich, denn ihr Mann hat sich aus der Behaglichkeit seines Naturalienkabinetts reißen können und ist nach Straßburg gefahren, um dort ein physikalisches Experiment zu beobachten, das in jenen Jahren vielfach Begeisterung wie Spott hervorruft: das Ballonfahren. Ein halbes Jahr zuvor, im November 1783, haben die Brüder Jacques-Étienne und Joseph-Michel Montgolfier Aufsehen erregt, als sie in der Nähe von Paris die erste bemannte Fahrt mit einem Warmluftballon gestartet haben. Allenthalben gibt es Tüftler und Abenteurer, die sich mit Hilfe der neuen Technik in die Lüfte erheben wollen, von Tausenden Schaulustiger in einer Mischung aus Begeisterung und sensationslüsternem Grausen bestaunt. Selbst ein Benediktinermönch aus dem Kloster Ottobeuren im Allgäu, so hört man, ist von der Idee der Ballonfahrt besessen und betreibt seine waghalsigen Versuche, und auch in Weimar hat man Anfang Juni 1784, so ist von Goethe übermittelt, erfolgreich einen Ballon gestartet.

Sophie von La Roche bleibt nichts anderes übrig, als sich noch ein wenig zu gedulden. Am 25. Juni 1784 ist es endlich so weit: In Begleitung ihres sechzehnjährigen Sohnes Franz geht es Richtung Süden, zunächst nach Straßburg. Dort begegnen sie Georg Michael, der sich eben zur Rückreise nach Speyer anschickt. Er ist enttäuscht, denn die großspurig in allen Blättern angekündigte Ballonfahrt ist gründlich misslungen. Sophie lässt das gleichgültig. Sie ist in schönster Reiselaune und besichtigt, nachdem sie ihren Mann verabschiedet hat, die Stadt. Vieles kennt sie schon aus der Zeit, als sie ihre

Töchter ins Internat nach St. Barbara gebracht hat. Inzwischen haben sich aber ihre Interessen geweitet, vor allem auf pädagogischem Feld. So besichtigt sie ein Waisenhaus und stattet auch dem Buchhändler Treuttel, mit dem sie wegen des Vertriebs der *Pomona* in geschäftlicher Verbindung steht, einen Besuch ab.

Dass Sophie sich auf der Reise von ihrem Sohn Franz begleiten lässt, hat zwei Gründe. Einerseits ist es damals noch undenkbar, dass eine ehrenwerte Frau alleine reist, andererseits will Sophie ihren Sohn auf der Rückreise aus der Schweiz zu Gottlieb Konrad Pfeffel nach Kolmar bringen, damit er dort die Militärschule besucht. Aber das ist für Mutter und Sohn in diesen schönen Junitagen noch ferne Zukunftsmusik. Beide verstehen sich prächtig und geben sich ganz dem Augenblick hin, wenn sie Neuartiges entdecken und alte Bekannte wiedersehen.

Abends führt Sophie von La Roche ausführlich ein Reisetagebuch, das sich an ihre Töchter Maximiliane und Luise richtet. Die Notizen sollen Rechenschaft über die Nützlichkeit der Reise geben, denn einen bloßen Erholungstourismus kennt man damals noch nicht. Reisen sollen vielmehr bilden. Ganz im aufklärerischen Sinne will man Sitten und Gebräuche anderer Nationen kennenlernen, verstehen und dadurch auch die eigenen Traditionen neu betrachten. Außerdem hegt Sophie erzieherische Absichten: Die Töchter sollen durch die Lektüre des Tagebuches an ihrem Bildungserlebnis teilnehmen und ebenso daraus Gewinn ziehen. Und schließlich will die Autorin auch ganz konkret Gewinn machen. Nach ihrer Rückkunft, so plant Sophie, will sie das Tagebuch ausarbeiten und als Reisebericht auf den Markt bringen. Auch über die Reisen der kommenden Jahre, nach Frankreich, Holland und England, wird Sophie von La Roche ausführlich Buch führen. Kurz nacheinander, 1787 und 1788, erscheinen drei ausführliche Reiseberichte in Tagebuchform, die zusammen über eintausendsiebenhundert Seiten umfassen und Sophies späten Ruf als Reiseschriftstellerin begründen. In den 1790er Jahren folgen schließlich noch drei Bände über weitere Reisen in die Schweiz, nach Sachsen und Thüringen.

Die Reisebücher Sophie von La Roches besitzen einen unterhaltsamen, anekdotenreichen Charakter und haben wegen der Unmittelbarkeit des Erlebens bis heute wenig von ihrem Charme verloren. Sie verbinden persönliche Beobachtungen von Land und Leuten mit Auszügen aus historischen und statistischen Abhandlungen und geben Gespräche Sophie von La Roches mit ihren Bekannten aus der Gelehrtenwelt, aber auch von zufälligen Begegnungen mit Menschen unterschiedlicher Klassen wieder, ohne dass die Autorin Berührungsängste hätte.

Die drei Reisen der Jahre 1784 bis 1786 sind wegen ihrer Dauer und Entfernung besonders prägende Erlebnisse für Sophie von La Roche. Sie sieht in der Betrachtung des zivilisatorischen, besonders des pädagogischen Fortschritts und im Vergleich mit den deutschen Verhältnissen eine Bestätigung ihrer eigenen Ideen. Alle Genres ihres umfangreichen literarischen Werks – Romane und Erzählungen, die Zeitschrift *Pomona*, die Reisebücher und Aufsätze – sind letztlich nur verschiedene Ausformungen desselben erzieherischen und aufklärerischen Anspruchs.

Mit den ersten Seiten ihrer Reisenotizen im Gepäck begibt sich Sophie von La Roche Ende Juni 1784 von Straßburg nach Emmendingen im Breisgau und trifft sich dort mit Johann Georg Schlosser, mit dessen erster Frau Cornelia sie in Korrespondenz stand. Cornelia war Johann Wolfgang Goethes Schwester und starb 1777 im Kindbett.

Bei Schaffhausen betritt sie Schweizer Boden und ist ganz außer sich, nach Jahrzehnten endlich im Land ihrer Sehnsucht zu sein. Wissensdurstig besucht sie in der Stadt sogleich ein »Naturalienkabinett«, also ein privates

Naturkundemuseum – davon kann sie auf all ihren Reisen nie genug bekommen. Dann geht es weiter zum Rheinfall. Sie ist überwältigt:

»Der herrliche Fluß [...] stürzt [...], wie im Unmuth der Starke gegen Hindernisse anprellt, gegen zwey in der Mitte stehende hohe und hundert damit verbundene kleine Felsen an, mit einer Schnelligkeit, einem Eifer und Treiben der nachkommenden Fluthen, daß alle vor sich, seitwärts und rückwärts sich stoßen, in die Höhe schäumen, als wirblende Wolken vom Sturm getrieben, sich übereinander wälzen und in den Abgrund stürzen. Meine Feder vermag nicht, es weiter zu beschreiben.«

So anschaulich Sophie von La Roche in ihren Büchern die Natur – Makro- wie Mikrokosmos – beschreibt und darin den Einfluss von Barthold Heinrich Brockes' Naturgedichten und von Jean-Jacques Rousseaus Romanen verrät, steht doch, ähnlich ihren Vorbildern, der symbolische Bezug zur Schöpfung als Zeichen von Gottes Allmacht und Wirken immer im Vordergrund. Das hat mitunter erstaunlich »moderne« Züge, wenn sie wiederholt darauf hinweist, dass die Natur sich in einem Kreislauf bewegt und der Mensch, den die Natur ernährt, Teil dieses Systems ist. So hat Sophie von La Roches Betrachtung der Schöpfung nicht nur einen tief religiösen Bezug, sondern ist auch als Frühform ökologischen Denkens auszulegen.

Sophie ist überrascht, überall als eine Berühmtheit empfangen zu werden. Selbst bei zufälligen Begegnungen, bei denen sie ihren Namen offenbart, erntet sie Bewunderung und Begeisterung, denn viele hierzulande kennen ihre *Pomona*. Doch kann sie sich nicht lange damit abgeben, denn wieder sind es äußere Eindrücke, die sie überwältigen: Sie sieht in der Ferne die selbst jetzt, im Sommer, schneebedeckten Hochalpen: »Bey einem Ruhpunkte wurde meine Seele von einem lebhaften Vergnügen überrascht, denn ich erblickte auf einmal die Kette der

Eißgebürge, welche in Lindau in meiner ersten Jugend, bey meinem Fortwachsen in Biberach, und in meinem verheyratheten Stande in dem Schlosse Warthausen immer so anziehend für mich war.« Ihr Ziel ist klar: Möglichst schnell will sie durch das Schweizer Oberland nach Süden ziehen, um diese gewaltigen Bergriesen aus der Nähe zu betrachten. Eine Besteigung freilich erscheint ihr unmöglich, der Gedanke daran kommt ihr erst gar nicht – vorerst jedenfalls nicht.

Weiter geht es nach Zürich. Sie hofft dort Lavater wiederzusehen, der sie ein Jahr zuvor in Speyer besucht hat. Doch sie hat ihr Eintreffen nicht angekündigt, und so erfährt sie zu ihrem Bedauern, dass der Physiognom, der sich so treu um den Vertrieb der *Pomona* gekümmert hat, nicht in der Stadt ist. Zudem ist nebliges Wetter, das trübt die Stimmung, und Sophie sieht verdrossen aus dem Fenster ihres Gasthauszimmers auf den See hinab, der in Dunst gehüllt ist.

Die Stimmung hellt sich bald auf, denn die Nachricht von ihrer Ankunft hat sich in der Stadt verbreitet. Es klopft an der Zimmertür: Es sind der Idyllendichter Salomon Gessner und seine Frau, die die Autorin der *Geschichte des Fräuleins von Sternheim* wie eine alte Freundin »mit der Freymüthigkeit einer Republikanerin« begrüßen und nach guter empfindsamer Manier innig umarmen. Gessners führen Sophie sogleich zu dem Bibliothekar und »würdigen Professor« Leonhard Usteri, der der Besucherin die Schätze der Zürcher Stadtbibliothek zeigt und ihr aus dem Archiv Briefe ihrer verstorbenen Freundin Julie Bondeli zu lesen gibt. Das erschüttert Sophie von La Roche sehr, denn immer noch verwindet sie es nicht, dass die Freundin so früh hat sterben müssen und dass sie, Sophie, es versäumt hat, früher in die Schweiz zu reisen, um Julie persönlich kennenzulernen. Es wird geweint, aber es ist der schöne melancholische Kummer der

Empfindsamen. Sie küsst »mit heiliger Ehrfurcht« die Briefe der Freundin. Usteri, über den heftigen Gefühlsschwall der Besucherin etwas verlegen, eilt ins Magazin und holt eine andere Kostbarkeit, um Sophie auf andere Gedanken zu bringen: alte chinesische Handschriften! Doch das gut gemeinte Ablenkungsmanöver bringt Sophie nicht von ihrer Tränenstimmung ab:

»Man unterbrach diese traurige Erinnerung mit dem Vorzeigen Chinesischer Handschriften, wobey ich eine andre Art menschenfreundlicher Trauergefühle empfand, weil ich an den verwirrungsvollen Reichthum der Chinesischen Sprache dachte, zu deren Erlernung Zweydrittel des Lebens eines Menschen verfließen.«

Sophie sieht aber zugleich den vermeintlichen Fortschritt der abendländischen Zivilisation mit Skepsis: »Wir haben hingegen nachlässige Europäer, welche alle Hülfsmittel, alle Aufmunterung zu Fortschritten in den Kenntnissen vor sich sehen, und aus Trägheit zurück bleiben.«

Überall in der Stadt schlagen Sophie Bewunderung und Verehrung entgegen. Sie genießt das, wenngleich sie ihre Bekanntheit bescheiden auf ihre Verbindung zu Georg Michael und zu Wieland zurückführt. Sophie lernt Wielands Freund Schulthess kennen und Bodmers Schüler Hans Heinrich Füssli, der an der Universität »vaterländische Geschichte« lehrt. Man fragt sie zwar nach Wieland, sie erkennt aber bald, dass man sich auch für ihre eigene Person interessiert. Nicht nur als Autorin der *Geschichte des Fräuleins von Sternheim* und der *Pomona* ist sie bekannt, sondern man weiß auch um ihre Bedeutung für Wielands frühes Dichterschaffen. Es zeugt von Sophies Humor, wenn sie über sich selbst und ihr fortgeschrittenes Alter schreibt: »Manche von ihnen betrachteten mich auch, weil sie wußten, daß Wielands Muse einst, unter dem Nahmen Doris, sein Lehrgedicht von der Natur und die moralischen Briefe mir geweyht hatte. Der Allerernsthafteste von ihnen mußte lächeln, als ihm die schönen Farben beyfielen, mit welchen der feine große Maler mein Bild in seinen Schriften aufstellte, und er jetzt das Original davon 32 Jahre nachher, vielleicht auf der Stelle des Spazierganges sah, wo der feurige Dichter einige Verse über ihre blühende Liebenswürdigkeit vorgelesen hatte.«

Sie will weiter, Richtung Süden, um endlich in die Berge zu kommen. Luzern, die nächste Station, »liegt schön an einem Busen des vier Waldstädter See, und kann durch die Schiffarth den Überfluß des Korns, des Obstes und der Kastanien, welche ihr Land trägt, leicht verhandlen und verführen«, so schreibt sie in ihr Tagebuch. Franz schaut sich hier, am See, gern nach den Mädchen um, und auch Sophie bemerkt das nicht ohne Wohlwollen, denn tatsächlich gibt es hier, wie sie schreibt, »viele schöne und artige Frauenzimmer«. Auch sie selbst kommt auf ihre Kosten; es ist amüsant zu beobachten, wie die inzwischen dreiundfünfzigjährige Frau, die bislang immer nur auf ihre Pflichten hin gelebt und gearbeitet hat, jetzt auf Reisen aufblüht, zwischen den Zeilen ihres Tagebuches immer wieder ihr erotischer Blick auf junge Männer offenkundig wird, die sie mit Wohlgefallen betrachtet.

Das Wetter hat sich inzwischen gebessert, der Vierwaldstätter See blinkt verführerisch in der Sonne, und Sophie und Franz unternehmen mit ein paar Bekannten eine Bootsfahrt. »Ich schreibe mühsam, weil die Ruderstöse meine Hand beunruhigen und ich euch doch so gerne alle Gefühle meiner Seele mittheilen möchte.«

Zurück in Luzern, macht Sophie die Bekanntschaft des Naturforschers Horace Benedict de Saussure. Sie interessiert sich aber nicht nur für naturkundliche Erkenntnisse, sondern probt auch heimische Spezialitäten. Der Schweizer Käse schmeckt ihr ausgezeichnet, und sogleich bekundet sie merkantiles Denken: »Ich fragte nach dem Verkauf der vielen Käße, welche auf dem Rigi und Pilatus gemacht werden. Die Käße des ersten kommen nach Italien, und hingegen die von den Weiden des leztern nach Teutschland.«

Sie will ein kleines Stück in die Berge und überredet ihren Sohn zu einem Ausflug auf eine Alm auf dem Rigi. In Begleitung eines kundigen Schweizer Führers, der sich um die etwas füllig gewordene Matrone sorgt, steigen sie eine Almwiese hinan. Belustigt über des Schweizers Fürsorge notiert sie: »Wir stiegen über große und kleine Steine zwischen den schönsten Wasserkräutern nah zu dem größten [Wasser-]Fall, wo ich bey dem Schweitzer blieb, weil er ernstlich sagte: ›Mama! Ihr müßt nit weiter, Ihr syd a schwere Frau, die das Stige nit gewohnet ist.‹«

Sie mag das Steigen nicht gewohnt sein, die Strapazen des damaligen Reisens, in engen Kutschen über holprige, ausgefahrene Wege, nimmt sie dennoch erstaunlich gut auf sich. Fast nie findet man in ihren Aufzeichnungen, die ansonsten mit persönlichen Details nicht geizen, Bemerkungen über Müdigkeit oder einen von den Schlaglöchern schmerzenden Rücken. Kaum ist sie an einem neuen Ort, oft hat sie noch nicht einmal ihren Koffer ausgepackt, schon stattet sie Bekannten einen Besuch ab oder findet sich auf einem Fest wieder. Bisweilen freilich auch gegen ihren Willen; so auch in Sursee oberhalb des Sempacher Sees, wo sie kurz nach dem Jahrestag der Sempacher Schlacht ankommt. Ein großes Volksfest findet auf dem Marktplatz statt. Sophie ist der Rummel zu viel, sie bittet den Kutscher, weiterzufahren. Da erblickt ein Herr aus Zürich sie und hält den Wagen auf. Auch ein General von Steiner ist zur Stelle, erfährt von der berühmten Besucherin aus Deutschland und lädt sie zum offiziellen Empfang aufs Rathaus ein. Eher sich sträubend geht sie mit, sitzt unter lauter Offizieren, was ihr zunächst peinlich ist, und ist dann doch geschmeichelt von den Ovationen, die sie erntet: »Ich wurde sehr verwirrt, als der Herr

General darauf meine Gesundheit trank, Alle aufstunden und den alten gewölbten Saal von meinem Nahmen wiederhallen machten.«

Tags darauf befindet sich Sophie bereits in Bern, am nächsten Morgen geht es weiter nach Payerne und Moudon, am 17. Juli schließlich trifft die Reisegruppe in Lausanne ein. Sehnsüchtig schaut Sophie über den Genfer See, für den sie eigenartigerweise kaum ein Wort übrig hat. Ihr Blick geht hinüber zu den Bergen Savoyens:

»Ein unnennbar Gefühl von Freude und Bewunderung durchdrang meine Seele bey dem immer stärkern Annähern gegen diese Berge und Gegenden, welche ich so viele Jahre gewünscht, und deren Geschichte ich gelesen hatte.«

Keineswegs fühlt sie sich von der Größe und Rauheit der Berge eingeschüchtert. Im Gegenteil: Auch darin sieht sie ein Gleichnis von der Auserwähltheit des Menschen. Sie erkennt – erstaunlich für ihre Zeit – sogar den Wert des Gebirges für den ökologischen Kreislauf und den Nutzen für die Menschheit: »Diese Gebürge haben Größe, Macht, und Wohlthätigkeit in sich vereint; denn die, welche ewigen Schnee und Eiß tragen, geben auch unsern Flüssen ewig Wasser. Andre sind mit nährendem Gras für tausend Heerden bedeckt; andre mit Waldung, und aus ihrem Schooß geben sie edle und unedle Metalle, Chrystall und Marmor; alle sind auf ihren Höhen mit reiner Luft begabt.«

Von Lausanne fährt Sophie von La Roche westwärts nach Morges. Dort begegnet ihr kurz die achtzehnjährige Anne Louise Germaine Necker, Tochter des französischen Finanzministers, die später als Schriftstellerin unter dem Namen Germaine de Staël mit ihrem Buch *De l'Allemagne* berühmt werden wird.

Sophie von La Roche segnet in der Schweiz vieles und viele: Menschen, Landschaften, Handwerksbetriebe und Manufakturen. Mit der Andacht einer literarischen Pilgerin und ein wenig auch auf den Spuren ihres Mannes besucht sie Fernay bei Genf, wo Voltaire lange Jahre im Exil verbracht hat. Jetzt, sechs Jahre nach seinem Tod, ist das Anwesen dem Verfall preisgegeben. Sophies Einstellung gegenüber dem französischen Dichter ist zwiespältig. Sie anerkennt sein poetisches Talent, sieht den Atheisten aber mit Skepsis und pietistischem Tadel. Auch erinnert sie sich der freigeistigen Streitgespräche an Stadions Tafel, und wie sehr es ihr als junger Frau damals peinlich war, dass so im Namen der Aufklärung über den rechten Glauben eines Christenmenschen gespöttelt wurde. Jetzt, als sie durch das ramponierte Haus geht und den verwilderten Garten betrachtet, kann sie sich der Häme und des altbürgerlichen Tadels nicht enthalten: »In dem Garten, in welchen man von dem artigen Saal kömt, ist eben so viel Unkraut, wie in seinen [Voltaires] Schriften, und die schönsten Anlagen in dem fruchtbarsten Boden. Möchte nur das Schädliche seiner Feder eben so leicht auszurotten seyn, als die sorgsame Hand eines guten Gärtners den Garten reinigen und in seiner gewiß herrlichen Zierlichkeit neu darstellen wird.«

Sie hält sich nicht lange auf. Die savoyischen Berge leuchten schon sehr nah. Einer ihrer Schweizer Bekannten, ein Herr Le Badé, ahnt ihren Wunsch. Er unterbreitet ihr den Vorschlag, gemeinsam mit ihrem Sohn Franz, ein paar Gefährten und Bergführern eine Expedition nach Savoyen zu machen, nämlich zum höchsten Berg Europas, dem bis dahin noch nicht bezwungenen Mont Blanc. Sophie ziert sich zunächst, aber nur zum Schein – dann sagt sie freudig zu.

In ihren Notizen für die Töchter findet sich eine Entschuldigung der dreiundfünfzigjährigen Reisenden für dieses abenteuerliche Wagnis, das sich für eine Dame streng genommen nicht ziemt. Der Sohn Franz wird vorgeschoben: »Ich soll mit nach den Eißgebürgen, sagt Herr

Le Badé, und mit ihm diesen uns neuen Schauplaz der Natur besuchen; Franz bat mich so inständig darum, daß, wenn auch mein Verstand und Herz nicht die nehmliche Begierde gehabt hätte, ich doch Eurem Bruder zuliebe hingegangen seyn würde, weil ich den Grundsaz habe, daß man vernünftige Wünsche der jungen Leute, wozu dieser gehört, allezeit erfüllen soll [...]. Ich gehe also mit Franz nach Chaumoni [Chamonix] in Savoyen.«

Die Reisegruppe zieht von Genf nach Südosten, in die Berge. Am 22. Juli treffen sie nachts um halb eins in Chamonix ein. Dieser 22. Juli 1784 wird für Sophie von La Roche ein Schlüsselerlebnis, eines der zentralen Ereignisse ihres langen Lebens. Diese Tage gehören für sie »unter die seeligsten meines Lebens«. Was sie ihren Töchtern und uns darüber berichtet, hat sie nach eigenem Bekunden noch am Abend desselben Tages atemlos zu Papier gebracht, noch während ihre »durch einen Gewitterregen genezten Kleider« vor dem Kaminfeuer trockneten.

Nach der Ankunft mitten in der Nacht gönnen sich die Reisenden gerade einmal vier Stunden Schlaf. Um fünf Uhr stehen sie auf, frühstücken eilig, rüsten zum Aufstieg. Sie werden zwar nicht den Gipfel besteigen, aber doch ein gut Stück über die Baumgrenze hinaus wollen, vielleicht auch sich zum Gletscher des Mont Blanc vorwagen. »Zwo Tragbütten mit Brod, Wein, Käs und kaltem Braten« werden zur Verpflegung mitgenommen, denn die Gruppe ist nicht klein: neben Sophie und Franz von La Roche der Herr Le Badé, zwei Bergführer und sechs Träger. Letztere müssen abwechselnd eine Sänfte hieven, in der die ehrwürdige, etwas beleibte und wohl auch kurzatmige Schriftstellerin aus Deutschland sitzt. Das ändert nichts daran, dass Sophie von La Roche wahrscheinlich die erste Frau gewesen ist, die einen Teil des Mont Blanc bewältigt hat – wenn auch mit Hilfe jüngerer Beine.

Sie kommen beim Aufstieg gut voran. Das klare Wetter bietet eine gute Sicht. Sophie wird, als sie so in ihrem Tragestuhl sitzt und die steilen Hänge hinabblickt, etwas schummrig, was sie aber vor den Begleitern tapfer verbirgt.

Weiter geht es bergan, sie gelangen von den Almwiesen in unwirtliche Höhen, wo die Natur sich alles andere als lieblich zeigt. Jetzt, auf schmalen Pfaden, »nur zwo Hände breit«, an steilen Hängen vorbei, in dünner, kälter werdender Luft, wird Sophie doch etwas bang. Sie verspürt Atemnot – mehr aus Aufregung denn aus wirklicher körperlicher Anstrengung.

Es wird merklich kühler. Hinter einem Felsblock weitet sich die Aussicht auf den Gletscher des Mont Blanc. Sophie stockt der Atem: »Einige Schritte weiter zu unsern Füssen das Eißmeer in dem ziemlich breiten Thal zwischen diesen Bergen hingezogen; wirklich in Gestalt hoher Wellen, die sich aus der Höhe herabwälzen, und Granitblöke mit sich führen, die so gros wie mein halbes Zimmer sind. Zwischen ihnen Pyramiden von glänzenden Eiß, wie von Cristal, und der Einschnitt, welcher eine weise Welle von der andern absondert, mit himmelblauen Eiß besezt.« Für Sophie ist der Anblick so überwältigend – halb schön, halb entsetzlich –, dass sie das Erlebnis nur in einem höheren, metaphysischen Sinn einordnen kann: »Man lernt an Allmacht glauben, wenn man hier steht, und die Felsen sieht. Wie klein, wie niedrig scheint aller Stolz der Welt, alles, wovon wir eine grose Idee hatten.«

Die Bergtour wird für sie zur mystischen Gotteserfahrung. Kaum kann sie sich vom Anblick des Gletschers losreißen, als einer der Begleiter auf Quellwolken am Horizont aufmerksam macht und vor einem nahenden Gewitter warnt. Die Gruppe macht sich eilig auf den Weg hinab ins Tal. Doch das Gewitter zieht schneller auf als erwartet und entlädt sich mit Wucht.

Obgleich sie alle bis auf die Haut durchnässt sind, versagen sie es sich auf dem Rückweg nicht, zur Gletscherzunge hinabzusteigen. Überwältigt stehen sie vor dem Gletschermund, aus dessen Innerem sich ein eiskalter Strom ergießt. »Denkt euch ein Gewölbe von 50 bis 60 Schuh hoch, die Decke von dem schönsten Himmelblau, der Hintergrund Lazur, die Seitenwände wie von venetianischen Glas, in Scenen abgetheilt, durchsichtig, das Wasser schien zwischen Säulen von Cristall hervor zu rauschen.« Rückblickend auf diesen erlebnisreichen Tag kann sie nur ausrufen: »Was war der Regen für eine kleine Beschwerde gegen die Gefühle dieses Anblicks? Ich segnete diesen Tag meines Lebens, dankte dem Himmel, daß er mir ihn aus der Hand der edelsten Freundschaft gegeben hatte.«

Am übernächsten Tag geht es zurück. Sophie von La Roches Ferien neigen sich langsam ihrem Ende zu. Zügig geht es über Genf und Lausanne nach Bern. Dort kommt es zu einer denkwürdigen Situation, die Sophie nur im ersten Augenblick peinlich ist, sich dann aber in befreiendes Gelächter auflöst: Sie begegnet Frau von Haller, einer der zahlreichen »Jugendlieben« Wielands, die der Dichter in seinen Versen als »Melissa« besungen hat. »Melissa« war auch mit Julie Bondeli befreundet, und so gibt es nach anfänglicher Scheu gleich einen gemeinsamen empfindsamen Anknüpfungspunkt, bevor die beiden in die Jahre gekommenen Musen die Absurdität der Situation erkennen und ihr eigenes Pathos mit Humor brechen: »[...] wir weinten um unsere Julie, aber der Lauf der Unterredung gab uns auch herzlich zu lachen, als wir von den Zeiten sprachen, wo uns Wieland einander bekannt machte, und Madame Haller, als Melissa, ich als Doris, in Prosa und Versen gelobt, und besungen wurden, vielleicht um Wielands willen uns beneideten, und jetzo als Großmütter uns das erstemal sahen. Wir wünschten ihn bey uns, munter genug, um eines der artigen Gedichte zu lesen, welche er einst der Blondine und Brünette geweyht hatte, und uns seine Gedanken und Gesinnungen von dem heutigen Anblick zu sagen.«

In solchen Augenblicken wird offenkundig, dass die Sentimentalität Sophie von La Roches mit zunehmendem Alter und wachsender Distanz zu sich und der Welt mehr und mehr ironisch gebrochen wurde. Im Innersten war und blieb sie stets eine recht pragmatische, wenn es sein musste zupackende Frau, die anders ihr arbeitsreiches und teils sorgenvolles Leben gar nicht hätte meistern können.

Die Zeit drängt, denn Franz soll nach Kolmar ins Internat. Also machen sich Mutter und Sohn auf und fahren weiter nach Solothurn und Basel. Dort besichtigen sie das Münster mit dem Grabmal des katholischen Humanisten Erasmus von Rotterdam.

Weiter geht es Richtung Elsass. Am 19. August treffen Mutter und Sohn in Kolmar ein, und Sophie übergibt den Jungen ihrem alten Freund Pfeffel, wobei sie nicht ohne mütterliche Rührung die Eleven betrachtet, »welche zu seiner Rechten und Linken so schön in Rangordnung standen, blühende junge Leute von allen Enden unsers Europa, welche nun Freunde und Cameraden meines Franzes werden sollten, ihn mit Neugierde betrachteten, er aber die Freude fühlte, unter Jünglingen zu leben und auch reiten zu lernen.« Sie nimmt im Gegenzug Pfeffels Tochter Peggi in Empfang, die für geraume Zeit bei ihr in Speyer leben soll.

Ein gutes halbes Jahr später – die *Pomona* ist eingestellt worden und Sophie verfügt wieder über mehr Zeit – ergibt sich die Gelegenheit zu einer weiteren Reise. Die Frankfurter Freundin Elise von Bethmann, eine gebürtige Französin aus Bordeaux, unterbreitet ihr den Vorschlag, sie auf einer Fahrt in ihre Heimat zu begleiten. Sophie stimmt ohne zu zögern zu. Endlich ergibt sich die Möglichkeit, das

Ursprungsland der Enzyklopädisten, das ihr aus Büchern schon so vertraut erscheint, selbst kennenzulernen. Am 10. März 1785 ist es so weit: Mit »der frohen und gütigen Bewilligung« Georg Michael von La Roches fahren Sophie und ihre Freundin Elise über Karlsruhe und Kehl nach Straßburg. Dort sieht Sophie ihren Freund Pfeffel und ihren Sohn Franz wieder und vernimmt mit mütterlichem Stolz »Zeugnisse von seinem Fleis und seinen guten Sitten«.

Es ist eine Zeit der Umbrüche und Verwerfungen. Die Aufklärung, die dem Menschen das helle Licht der Vernunft bringen wollte, ruft oftmals gerade das Gegenteil, das Irrationale, den Aberglauben, die Wunderheilung hervor. Abends gehen Sophie und Elise zur Vorführung eines physikalischen Experiments, dem man heilende Wirkung nachsagt und das damals groß im Schwange ist, dabei aber hauptsächlich allerhand Scharlatanen zur finanziellen Gesundung verhilft: das Magnetisieren. Eine »drollig-te Sache«, so urteilt die überraschend nüchtern-reservierte Sophie von La Roche. Der selbst ernannte Wunderheiler, so beobachtet sie belustigt, hält einen eisernen Stecken in der Hand und »bewegt bey jedem den kleinen Stab nach allen nur möglichen Richtungen, streicht aber den kranken Theil dabey mit seinen Händen, doch so, daß das Streicheln immer abwärts gehe«. Für Sophie von La Roche ist das lediglich Hokuspokus, darin zeigt sich ganz ihr pragmatischer schwäbischer Sinn und ihre Beeinflussung durch die Aufklärung: »Mich dünkt gewis, daß diese Kur sich mit Bemächtigung der Einbildungskraft anfängt, denn auf kalte ruhige Vernunft kann sie nicht würken.«

Nicht nur über das Magnetisieren wird eifrig gestritten. Ein anderes Thema aus der Welt der Literatur erregt die Gemüter. Der Dichter Pierre Augustin de Beaumarchais ruft mit seiner herrschaftskritischen Komödie *Die Hochzeit des Figaro* in ganz Europa Bewunderung und Furcht hervor. Bewunderung auf Seiten der Bürgerlichen, Furcht in den Reihen der Aristokratie. Sophie von La Roche erfährt in Straßburg, das Stück, das in Paris über achtzig Mal aufgeführt worden ist, sei nun verboten worden. Sie bedauert das zutiefst, aber nicht aus Empörung über die Knebelung der Kunst, sondern weil ihr zu Ohren gekommen ist, Beaumarchais habe beabsichtigt, »einen Theil des Ertrags dieses Zeitvertreibs der Reichen zum Besten der Armen [zu] verwenden«. Die Stimmung in Paris ist jedenfalls aufgeheizt. Sophie sieht der Stadt mit Spannung entgegen.

Über Lunéville und Nancy in Lothringen – Sophie weiß, dass wahrscheinlich hier die Wurzeln der La Roches liegen – reisen die Freundinnen nach Paris, wo sie am 25. März 1785 ankommen. Sophie, die eifrig ihr Reisetagebuch führt, ist von der Größe der Stadt zunächst wie erschlagen. Sie sieht voller Bewunderung die vielen Boutiquen und reich gestalteten Schaufenster, andererseits aber auch den Schmutz in den Straßen, die ärmlichen Häuser in den Bezirken der Innenstadt und das verlumpte Aussehen der einfachen Leute. Im Tagebuch schreibt sie: »[...] auch übersteigt die Armuth des Volks und der hohe Grad Unreinlichkeit, welche man hier überall antrifft, alle Vorstellung.« Das System reagiert lediglich mit simpler Verkleidung, um das Elend zu verbergen. »Im Winter 1784«, so hat man es Sophie erzählt, »wo viele tausend Arme für Kälte und Hunger starben, bezahlte man Jungen, welche masquirt die Strassen hin und her liefen, sangen und tanzten. Man begünstigte alle kleine Hekenwirthe und lustige Häuser, damit darinn recht gelärmt würde, um das Erzählen und Andenken an die armen Unglücklichen zu unterbrechen und zu verbergen.«

Andererseits sieht sie unerhörten Reichtum, Luxus, Verschwendung und Müßiggang. Für die Bürgersfrau und Schwäbin besonders verdammenswerte Laster.

Die Diskrepanz zwischen Arm und Reich und die Verelendung breiter Schichten, die bereits vier Jahre später zum Ausbruch der Revolution und zum Sturz des feudalen Systems führen werden, geben Sophie zu denken und empören ihren Sinn für Gerechtigkeit und Ausgleich: »Als ich nach meinem Gefühl darüber redete, antwortete man mir: ›O! Sie müssen hier das Ansehen des Elends nicht achten, sonst verderben Sie sich das Vergnügen Ihres Aufenthalts; Paris hat viele Hülfsmittel, es wird viele Arbeit und viel Allmosen gegeben.‹«

Auch hier, im Zentrum der Aufklärung, haben Wunderheiler, Magnetiseure, Geisterbeschwörer und andere Halsabschneider ihr williges Publikum. Sophie, die sich etwas darauf zugute tut, dass sie »die Physik und Mechanik immer liebte, und immer ihren Nutzen bewunderte«, besucht das Atelier eines, wie sie spöttisch schreibt, »sogenannten« Physikers, der einen Musikautomaten, eine von selbst spielende Orgel, erfunden hat. Das Instrument, so die enttäuschte Sophie, sei aber nur ein plumpes Ding, das mit einem solch furchtbaren »Gerassel« gespielt habe, »daß wir froh waren, als es aufhörte«. Außerdem habe der Physiker ein Pulver zum Putzen der Zähne angepriesen, »welches den Mund erfrische, die Zähne weis mache«. Für damalige Gemüter ein überflüssiges und unsinniges Brimborium, das auch die sparsame Schwäbin Sophie als »Geldmacherey« brandmarkt und das ihren Spott erntet: »Drollig wars, wie sogleich mehrere Lust dazu bezeugten, die Frau den Augenblick Wasser und ein Waschbecken brachte, einige ihren Mund und Zähne sogleich damit putzten, allerley Gesichter schnitten, und dann den übrigen ihren aufgesperrten Mund und blökende [bleckende] Zähne weißen [weisen; zeigen].«

Es gibt in der Weltstadt Paris viel Spektakuläres und Außergewöhnliches zu entdecken: Sophie von La Roche besucht – wie eh und je wissensdurstig und neugierig –

den Louvre, der sie schaudern macht, da sie der Ermordung der Hugenotten in der Bartholomäusnacht gedenken muss. Doch rühmt sie die im Louvre tagende Académie Française, »welche gestiftet wurde, um die Reinheit und Vollkommenheit der Sprache zu befördern«. Aber auch ihr erzieherisches und karitatives Interesse kommt auf seine Kosten: Sie besucht ein Findelhaus, eine Taubstummenschule, das Hôtel des Invalides und die Militärschule. Auch informiert sie sich über Handwerk, Landwirtschaft und Manufakturenwirtschaft und besichtigt die Porzellanfabrik von Sèvres, die Weinberge und Gärten auf dem Montmartre und das Atelier der damaligen Modezarin, einer Mademoiselle Le Bertin, »welche alle Kleider der Königin und der vornehmsten Damen bey Hofe macht, und wirklich jetzo alles verfertigt, was der Spanische und Portugisische Hof für die doppelte Vermählung zwoer Infantinnen braucht«. Sophie von La Roche sieht keine kleine Nähstube, sondern einen vorindustriellen Fabriksaal, in dem »an drey langen die Hauptseiten einnehmenden Tischen etliche zwanzig Mädgen« sitzen, »jede mit andrer Phantasie beschäftigt«. Begriffe wie Akkord und Gewinnmaximierung gibt es damals freilich noch nicht, und so kann die Besucherin aus Deutschland darin nur Vorteile erblicken. Für sie scheint hier die Utopie von der Verbindung von Fleiß, Arbeit und weiblicher Beteiligung am Nutzen für die Gemeinschaft erreicht.

Die Roben aus der Manufaktur der Mademoiselle Le Bertin sind den feudalen Kreisen vorbehalten, und mit ihnen kommt Sophie von La Roche bald in Kontakt. Nicht nur im Schauspiel und in der Oper (sie sieht Glucks *Iphigenie in Aulis*), sondern auch bei offiziellen Anlässen des königlichen Hofes. Einmal wacht sie »halb eilf Uhr Nachts« von den Schüssen der Kanonen auf, die von der Bastille zum Zeichen abgefeuert werden, dass Königin Marie Antoinette einen Sohn zur Welt gebracht habe. Die

Bürgerin La Roche, die in aller Herrgottsfrühe aufsteht und sich dafür zeitig schlafen legt, ist über diese Ruhestörung indigniert, die ihr »alle […] übrigen Ideen […] verstört« habe.

Tags darauf zieht König Ludwig XVI. mit allem Pomp zur Kathedrale Notre Dame, um Gott für die Geburt des Sohnes zu danken. Zehntausende Pariser und Pariserinnen haben sich auf den Straßen versammelt, um dem Monarchen zuzujubeln und vielleicht die eine oder andere Münze zu erbeuten, die von den königlichen Equipagen herab unters Volk geworfen werden.

Auch bei anderer Gelegenheit kommt sie mit dem Hof in Berührung. Sie wird zu einem Gartenfest nach Versailles eingeladen. Die Erscheinung Marie Antoinettes flößt Sophie von La Roche Achtung ein, sie begeistert sich für die astrale Schönheit der Königin:

»Die Musik begann und wir sahen die Königin aus einer Allee des Gartens herauskommen, schön und majestätisch, obschon einfach und leicht gekleidet, in einem violetten taffenten Leibrock, weisen Unterrock und Korset mit einem Rosenfarbnen Gürtel, einem großen Florhalstuch, einfachen gar nicht grosen Strohhut, leicht eingefaßt, und leicht liegende Bandschleifen, den Dauphin an einer, die Prinzessinn an der andern Hand recht schön mütterlich führend, und mit anmuthsvoller Sorgfalt, bald auf das Eine, bald auf das Andere blickend.«

Von bürgerlicher Kritik an den bestehenden absolutistischen Verhältnissen keine Spur, hier spricht ganz die von ihrem Herzen geleitete empfindsame Literatin. Umso verstörender wirkt auf Sophie ein öffentlicher Auftritt Marie Antoinettes. Als die Königin, ähnlich wie wenige Wochen zuvor ihr Mann, in einem großen, prachtvollen Konvoi zur Kathedrale Notre Dame zieht, schlagen ihr von der zum Jubeln zusammengetrommelten Menge Verachtung und kaltes Schweigen entgegen:

»Alle Strasen voll Menschen, und niemand ruft: Vive la Reine! Die todte Stille war auffallend im Vergleich des Rufens beym Einzug des Königs. Ein Mann von vielem Geist sagte mir: ›Sie sehen einen Zug des Volks, welches den Muth hat, sein Misvergnügen zu zeigen. Es trägt Lasten, aber es kriecht nicht, wie die Grosen: Man hat etwas gegen die Königinn, und zeigt ihr, daß man nur der Pracht des Zuges zuliebe kam, nicht für ihre Person.‹«

Sophie von La Roches Engagement für die Armen kennt das christliche Mitleid, auch das Verantwortungsbewusstsein der Bürgerin – aber nicht das Gefühl kämpferischer Solidarität. Sie begrüßt »Brot und Spiele« als Mittel zur Beruhigung des Volkszorns, ohne nach der Berechtigung des Zorns zu fragen: »Ich liebe die Feste der Grosen, an welchen der gemeine Mann seinen Antheil genießt. Goldene Kutschen und Kleidung blenden und freuen ihn bey Tag, die Beleuchtung und das Feuerwerk bey Nacht und jeder Feyertag ist ihm willkommen.« Andererseits scheut sie nicht die wohlwollende Begegnung mit dem Arbeiterstand. Sie unterhält sich angeregt mit ihrer Wäscherin, nicht ohne ihr gutmeinend Ratschläge zu erteilen: »Diesen Abend sprach ich noch lange mit meiner Wäscherin, wie sie ihre Arbeit anstelle und sich nähre? Die Frau antwortete mir mit so viel Verstand und Zufriedenheit über ihren Beruf, daß sie mich erbaute und rührte. Ich redete mit ihr von dem kleinen Recept, das ich einst erhielt, durch dessen Beyhülfe die Wäsche ohne viele Seife und Reiben weis wird, und schrieb es ihr auf; aber die gute Frau kann es nicht gebrauchen, weil sie wenig Holz haben, und meist alles kalt waschen.«

So erhält Sophie von La Roche manchen überraschenden Einblick in die Lebensverhältnisse des »vierten Standes«, ohne sich jedoch Gedanken zu machen über die Rechtmäßigkeit der Ständegesellschaft als solcher. Für sie ist das System, so wie es ist, gut, die Herrschenden regieren »von Gottes Gnaden«. Sophies Zorn wird erst dann entfacht, wenn die dienende Schicht hochmütig die gottgewollten Grenzen übertritt oder umgekehrt die herrschenden Klassen ihr Gottesgnadentum als Freibrief für Maßlosigkeit und Willkür sehen, nicht als Auftrag zu Gerechtigkeit, Güte und Verantwortung. Dieses festgefügte Gesellschaftsbild Sophie von La Roches wird vier Jahre später zerstört werden.

Kaum kann sie sich von Paris und Versailles lösen, doch Elise von Bethmann drängt, endlich nach Bordeaux zu ihren Eltern zu reisen. So brechen die Frauen auf und fahren über Orléans, Blois und Tours südwärts in das Poitou und gelangen schließlich nach Bordeaux. Auf der hier breit und mächtig fließenden Garonne fahren große Segelschiffe, die aus Übersee kommen, flussaufwärts. Sophie steht staunend am Ufer. Ein Plan reift in ihr: Sie will vor der Rückreise nach Deutschland unbedingt das offene Meer sehen!

Zuvor ist allerdings noch ein touristisches Programm zu absolvieren. Sophie von La Roche pilgert zu den Stätten zweier ihrer literarischen Idole. In dem nahen Dorf La Brède besichtigt sie das Schloss des Aufklärers und Staatsphilosophen Montesquieu, »wo er am liebsten sich aufhielt, und das unsterbliche Werk über den *Geist der Gesetze* [*De l'esprit des lois*] schrieb«. Sophie ist bei einer Führung durch das Schloss so frei, sich an Montesquieus Schreibtisch zu setzen und da ihre Reisenotizen zu verfertigen. Freilich tut sie das mit Ehrfurcht, »an heiliger Stätte«. Zurück in Bordeaux, besucht sie außerdem die Grabstätte von Michel de Montaigne, der einst auf seiner Deutschlandreise im Jahre 1580 über die Schönheit der schwäbischen Frauen wenig Schmeichelhaftes zu berichten hatte, aber das weiß sie offensichtlich nicht. Sie entziffert die Grabinschrift und ist gerührt, fühlt sich wohl selbst darin gespiegelt: »Mein Körper, meine Geburt, meine Reichthümer und Würden waren nicht ich, es waren nur vergängliche Spiele des Zufalls. Ich selbst bin göttlicher Keim, der aus dem Himmel [...] herab kam.«

Nachdem Elise von Bethmann ihre Eltern und Geschwister besucht hat und Sophie auch etliche Kirchen, Klöster, ein Brunnenhaus, eine Zuckerbäckerei und eine Glasfabrik besichtigt hat, geht es wieder nordwärts über das Limousin und das Berry nach Paris. Dort verbringen die beiden Frauen noch ein paar Wochen, die sie mit Besichtigungen und gesellschaftlichen Verpflichtungen füllen. Sophie von La Roche, vom technischen Eifer der Zeit angesteckt, lässt sich staunend eine Dampfmaschine zeigen, die man in einer Art Industriespionage den Engländern abgeschaut hat. Die Maschine betreibt ein Pumpwerk, das Wasser aus der Seine in die Stadt bringt. Begeistert und zukunftsgläubig notiert die deutsche Besucherin:

»Heute sah ich mit grosem Vergnügen und Aufmerksamkeit die Feuermaschine, welche in England erfunden und in Paris durch die vereinte Mühe der zween Brüder Perrier nachgeahmt wurde. Ich möchte bald sagen, diese Maschine allein verdiene eine Reise nach Paris; denn es kann einen denkenden Menschen wohl einige Stunden angenehm beschäftigen, über den glücklichen Augenblick nachzusinnen, in welchem die Gewalt der warmen Dünste berechnet und zum Dienst der Menschheit bestimmt wurde.«

Besuche bei dem berühmten Naturforscher Georges-Louis de Buffon und der gelehrten, damals jedoch durch die »Halsbandaffäre« um Marie Antoinette belasteten Gräfin Stéphanie-Félicité de Genlis, die in Montmorency bei Paris als »Verdienst- und Gütevolle Frau« ähnlich dem Fräulein von Sternheim eine gebührenfreie Schule betreibt, runden das Paris-Programm ab. Die Hoffnung auf eine Begegnung mit dem Chevalier Charles Geneviève d'Eon de Beaumont, einem stadtberüchtigten transsexuellen Salonlöwen, erfüllt sich leider nicht.

Dann hält Sophie von La Roche nichts mehr: Ende Juni reist sie seineabwärts nach Le Havre. Abends um neun kommt sie an und eilt zum Hafen, der zum offenen Meer hin liegt. Eben als die Sonne untergeht und ihr rotes Licht in die See gießt, steht Sophie am Ufer, aufgelöst in Glück. Das Erlebnis des Meeres bekommt für sie einen ähnlichen Stellenwert wie ein Jahr zuvor die Wanderung zum Mont Blanc. Wieder sieht sie darin die Allmacht Gottes und das Wundersame seiner Schöpfung bestätigt:

»Ich kann den Eindruck nicht beschreiben, welchen ich fühlte, als ich an die Brustmauer mich anlehnte, und zu meiner Rechten die Stadt mit der wie ein Amphitheater mit lauter schönen Häusern besezten Anhöhe, seitwärts die Berge mit den Leuchtthürmen, und vor mir das weite grenzenlose Meer mit der starken wallenden Bewegung der Fluth sahe. Linker Hand lagen die Küsten der niedern Normandie, wo man die bewohnten Städte und Schlösser nur an weißen Punkten erkennt, wenn die Sonnenstralen darauf fallen.«

Tags darauf besteigen die Freundinnen einen Leuchtturm. Überwältigt sinkt sie auf die Knie. Schmunzelnd vermerkt sie: »Meine Gesellschaft glaubte, ich sey schwindlich, aber meine Seele war vom grosen Anblick dieser Gegenstände so bewegt, daß mich nur das Hinknien beruhigte; denn ich war durchdrungen vom Gedanken der Allmacht, die alles dieß schuf.«

Die Zeit drängt. Die »gütige Bewilligung« Georg Michael von La Roches war auf fünf Wochen ausgestellt. Jetzt sind seit der Abreise von Speyer bereits mehr als fünfzehn Wochen verstrichen! Nochmals kehren die beiden Frauen kurz nach Versailles zurück. Am 29. Juni schließlich brechen sie zur Rückreise auf. Über Nancy und Lunéville geht es ostwärts.

Zu Hause ist nicht alles beim Besten. Georg Michael von La Roche kränkelt. Den Sommer 1785 muss er das Bett hüten, und Sophie verbringt lange Tage am Lager ihres Mannes. Ende August kann sie an Elise zu Solms-Laubach vermelden, ihr Mann sei wieder halbwegs gesund, doch habe er »in einem geschwächten Geist die Überreste des Wehs« behalten. Sie nutzt indes die Wochen, in denen sie an das Haus in Speyer gebunden ist und nicht einmal nach Mannheim kann, um die Tagebücher der Reisen in die Schweiz und nach Frankreich zu überarbeiten.

Noch ist sie nicht mit diesen beiden umfangreichen Projekten fertig, da bietet sich ihr im Sommer 1786 erneut die Gelegenheit, ins Ausland zu fahren. Christoph Philipp von Hohenfeld, der Speyerer Hausherr, will seine Schwester, die Freifrau von Erthal, nach Spa schicken, dem damals in Mode stehenden Kurort im Hohen Venn, nahe Lüttich. Für Sophie von La Roche die Gelegenheit, wieder auf Reisen zu gehen. Einem Brief an den Basler Freund Jakob Sarasin ist zu entnehmen, dass es bezüglich Sophies Reiselust zu einem Streit gekommen sei. Sie setzt sich allerdings durch und erhält von ihrem Mann erneut eine »gütige Bewilligung«. Diesmal soll es nach Holland und weiter nach England gehen, dem von Sophie in ihrer *Geschichte des Fräuleins von Sternheim* so gelobten Land. Bis an den Niederrhein soll Hohenfeld mitkommen, dann soll Sophies Sohn Carl, der in Preußen das Bergwesen studiert, sie begleiten. Bedingung für Sophie und Frau von Erthal ist, dass – so schreibt Sophie nicht ohne Augenzwinkern – »wir als gescheute Weiber uns aufführen, nicht kremplen [zanken], nicht delikat tun wollen«. Sie versprechen es hoch und heilig, und so kann in der zweiten Augustwoche 1786 die Fahrt rheinabwärts beginnen.

In intellektuellen Kreisen spottet man bereits über die Reisewut der nicht mehr jungen Frau. Herzogin Anna

Amalia von Sachsen-Weimar schreibt in jenem Herbst an Sophies alten Bekannten Johann Heinrich Merck: »Wie ich höre, so ist Madame La Roche nach England gereist; die Welt macht die Menschen, und es ist gut, wenn man in der Jugend sie kennenlernt, um im Alter Gebrauch davon zu machen, aber die gute La Roche fängt nur etwas spät an.«

Sophie von La Roches erste Etappe geht nach Bingen, dort trifft sie mit ihrem inzwischen zwanzigjährigen Sohn Carl zusammen. Stolz erfüllt sie; Carl, so schreibt sie, verfüge über »innere Kräfte und Grundsätze«. Nach allem Kummer mit den anderen Kindern hat Sophie in Carl doch einen Beweis für den Erfolg ihrer erzieherischen Grundsätze.

Sie kommen nach Koblenz, sehen vom Schiff aus mit Wehmut ihr einstiges Haus in Ehrenbreitstein. Inzwischen ist das neue kurfürstliche Schloss, dessen Bau Georg Michael von La Roche mit Rücksicht auf die Staatskasse einst verhindern wollte, errichtet, was in Sophie »tausend schlummernde, unangenehme Ideen« weckt. Sie betrachtet inzwischen jedoch den gesellschaftlichen Sturz als Prüfung, die sie gemeistert hat. In Koblenz sieht Sophie ihre Tochter Luise wieder.

Sie kommen ins preußische Kleve, dann über die Grenze in die Niederlande. Erste Station dort ist Nimwegen. Sophie bewundert »den Wohlstand und die Nettigkeit der Stadt«. Alles ist aufgeräumt und sauber, das erinnert sie an die Schweiz und entspricht ihrer schwäbischen Ordnungsliebe. Auf einem »Régulairschiff«, einem Linienboot, geht es auf der Waal weiter nach Rotterdam. Unterwegs sieht Sophie vom Schiff aus die Festung Louvestein und erinnert sich an die Geschichte von dem in Gefangenschaft geratenen Gelehrten Hugo Grotius, der durch die List seiner klugen Frau aus dem Kerker entkommen konnte. Immer wieder flicht sie in ihren Reisebeschreibungen die

Lebensgeschichten solch lebenskluger und tüchtiger Frauen ein, immer noch schreibt sie für »Teutschlands Töchter« und will ihnen Mut machen, anhand solcher Vorbilder eigene Fähigkeiten zu entdecken.

Von Rotterdam reisen Sophie und Carl von La Roche weiter nach Delft und Den Haag, einem »Dorf voller Palläste«, wie sie spöttelt. In Wahrheit hat sie großen Respekt vor den Niederländern. War sie ein Jahr zuvor noch voller Bewunderung für den Versailler Hof, kommt in Sophie nun wieder der alte reichsstädtische Bürgerstolz zum Vorschein, wenn sie die Niederländer rühmt: »Es ist erstaunend, wie der anhaltende Fleiß der Bewohner dieses Theils von Europa über das mächtigste Element siegte, Gränzen ihm setzte, das Joch eines übermüthigen Beherrschers abschüttelte, in fernen Welttheilen Königreiche sich unterwarf, und einen großen Theil aller Schätze der Erde sich eigen machte. [...] Wie äußerst angenehm ist es mir, stufenweise die deutliche große Idee einer Republik erlangt zu haben! Von dem wohlthätigen Schattenbild an, welches in Reichsstädten herrscht, zu dem der verbündeten Schweizer-Cantons, und nun bei den mächtigen Staaten von Holland – welch eine Stufenleiter!«

Sophie besichtigt in Scheveningen und Leiden wie üblich allerhand Bibliotheken und Naturalienkabinette und lässt sich von einem Maler Aquarelle von Tulpen und Hyazinthen zeigen, die er exakt nach der Natur malt, um die Blumenzüchtungen in einem Katalog anzupreisen, eine einzige Zwiebel für hundert Gulden, wie sie fassungslos schreibt. Seit je ist sie eine praktische Hausfrau und wünscht sich nicht teure Tulpen, sondern »eher einige von ihren Johannisbeersträuchen, welche so hoch wachsen, daß man Gartenlauben damit decken kann, und beinah so große Beeren geben, als die Weingrapen, welche man Rißling nennt«.

In Amsterdam staunt sie über den Reichtum der Stadt und die Vielfalt der Bevölkerung: Sie besucht mehrere Synagogen und besichtigt ein Kriegsschiff und einen Ostindiensegler. Den Reichtum bezieht die Stadt aus dem Handel mit Südostasien. In der Börse geht es laut zu: »In diesem Gebäude versammlen sich alle Tage von 11 bis 1 Uhr viele hundert Kauf- und Schiffleute, um ihre Geschäften in Wechsel, in Waaren, in Assecuranzen u.s.w. mit wenig Worten auszumachen. [...] auf den Säulen aber sind die Plätze angewiesen, wo die Kaufleute dieser und jener Nation der Erde sich stellen, so daß man gleich da Einen, welcher Geschäfte nach Japan, – dort Einen, welcher sie in Frankfurt am Main macht, antreffen kann.«

Sie ahnt aber, dass das nur die eine Seite des Handels ist. Der Reichtum des Landes beruht nicht nur auf dem Handel mit Stoffen, Gewürzen, Tee und Kaffee, sondern auch auf dem mit Sklaven. Ein Umstand, den die Vertreter der Aufklärung und der Empfindsamkeit keineswegs klar verurteilen. Man hat allenfalls Mitleid mit einzelnen Unglücklichen, stellt aber die Institution der massenhaften Versklavung von Menschen nicht in Frage, zumal es sich in den meisten Fällen um Schwarze handelt, die damals selbst bei den fortschrittlichen Geistern noch nicht als vollwertige Menschen angesehen werden. Man liebt »Mohren«, wie sie genannt werden, als exotische Diener, die den Sinn des Hausherrn für das Erlesene verdeutlichen. Zu trauriger Berühmtheit ist der Mohr Angelo Soliman gekommen, der zur damaligen Zeit in Wien lebte und den Kaiser Franz II. nach seinem Tod ausstopfen und ins Naturalienkabinett stellen ließ. Sophie von La Roche ist hierin in ihrem Denken nicht weiter. Sie fragt eine Holländerin nach den Sklaven und ihrer Behandlung und erhält zur Antwort: »Die Holländer behandeln die ihrigen unmenschlich, die Franzosen sind liebreich, und die Engländer edelmüthig gegen die armen Geschöpfe.« Diese unzureichende und absurde Bemerkung lässt Sophie von La Roche unwidersprochen und unkommentiert.

Schließlich schiffen sie und ihr Sohn Carl sich nach Harwich in England ein. Die Fahrt dauert achtundvierzig Stunden, die Sophie nicht vergessen wird: Die See ist rau, doch Sophies einzige Sorge ist – darin gleicht sie bereits einer professionellen Reporterin –, es nur ja auf dem Verdeck aushalten zu können, »um die Schiffsarbeit zu sehen« und darüber zu schreiben. Es kommt ganz anders. Die Passagiere liegen seekrank in ihren Kajüten. Sophie ist »die Erste [...], welche anfieng, und die Letzte, bei der es endigte«.

Endlich landen sie in Harwich an. England! Das lang ersehnte Land ihrer Träume! Noch vorsichtige Schritte machend »wie die eines Trunkenen«, geht Sophie an Land und liest sogleich »ein schwarzes Müschelgen auf, das einen Werth für mich erhielt, weil es auf englischem Boden war«.

Von London ist sie hingerissen, vor allem scheint ihr der Wohlstand breiter verteilt zu sein als in Paris, was sie mit der englischen Staatsform erklärt: »Sollte nicht diese gleichere Austheilung der Glücksgüter in England, und der viel minder merkbare Abstand unter Londons Bewohnern, dem mit der Monarchie verwebten republikanischen Geiste zuzuschreiben seyn?«

Sofort spult Sophie das ihr übliche Programm von touristischen Sehenswürdigkeiten und journalistischen Erkundungen ab: Covent Garden, British Museum, Westminster Abbey, das Ober- und Unterhaus, die St. Pauls-Kathedrale, mit wohligem Grusel den Tower mit seinen Hinrichtungszellen, allerlei Naturalienkabinette, die Werkstatt des Hofuhrmachers, die Wedgwood-Manufaktur, ein Waisenhaus, das Haus der medizinischen Gesellschaft, die Gärten von Hampstead und Kew. Hier sieht sie voller Bewunderung exotische Pflanzen, deren Setzlinge

James Cook und Georg Forster von ihren Südsee-expeditionen mitgebracht haben. Im Königlichen Museum zeigt man ihr die größten Diamanten der Welt. Das macht aber wenig Eindruck auf sie, ahnt sie doch die menschenunwürdigen Umstände, unter denen sie in den Minen gebrochen wurden: »Denn in der erst seit 170 Jahren entdeckten zweiten Diamantengegend im Königreich Colconda, wo man die größten Steine findet, sind von 60 tausend Menschen, welche in den Gruben arbeiteten, 57 tausend aus Hunger und Elend zu Grunde gegangen.«

Erbaulicher findet Sophie das »Tollhaus« von Bedlam; zwar rühren die Schicksale der Insassen sie an, doch überzeugt sie sich, dass die Kranken gut behandelt werden. Als sie sich beim Aufseher erkundigt, durch welche Schicksalsschläge Frauen denn am häufigsten den Verstand verlören, erhält sie eine Antwort, die ihr im Hinblick auf ihre eigene Jugend zu denken gibt: »Junge durch Trauer über Untreue eines Geliebten, über seinen Tod, oder über Härte der Eltern, welche die Einwilligung zur Heurath versagten.«

Nach so viel Leid ist sie ganz froh, wieder Beispiele für den Fortschritt in Aufklärung und Wissenschaft vor Augen geführt zu bekommen. Sie besucht etwas außerhalb von London den Astronomen Wilhelm Herschel, der zusammen mit seiner Schwester Caroline Lucretia mit Hilfe neuer Teleskope und Messgeräte systematisch den Himmelsraum nach bislang unbekannten Planeten und Gestirnen absucht. Herschel hat den Uranus entdeckt; ist er auf Reisen, versieht seine Schwester die Messungen. Sophie von La Roche ist von dieser geschwisterlichen Symbiose entzückt und sieht darin wieder ein Beispiel für die wissenschaftliche Befähigung des weiblichen Geschlechts. Staunend beschreibt sie Herschels neuestes Spiegelteleskop »von 40 Schuh in die Länge, und 5 Schuh im Durchmesser, [...] für welchen der tausend

Pfund schwere Spiegel bestimmt ist, welchen er goß und polirte«.

Eine andere bemerkenswerte Begegnung hat sie mit dem Grafen Alessandro Cagliostro, auch er einer der damals berühmt-berüchtigten Alchemisten und Wunderheiler, und auch er in die »Halsbandaffäre« um Königin Marie Antoinette verstrickt. Mit einem unklaren Gefühl des Schauders begleitet Sophie von La Roche eine Bekannte zum Haus des im englischen Exil lebenden Grafen. Der exotische Empfang lässt bereits auf einen Abenteuerroman hoffen, »als auf einmal die Thüre sich öffnete, und ein großer, prächtig gekleideter Mohr uns winkte, auszusteigen. Das beinah ganz einsam liegende Haus, die Gegend, und dieser ungewöhnlich große schwarze Bediente, brachte Ideen von Zauberschlössern in mein Gedächtniß. ›Der Himmel helfe uns glücklich zurück!‹ sagte ich bei dem Aussteigen. – Der Mohr gieng voraus, und wir bedächtlich, voller Erwartung ihm nach.« Doch dann stellt sich Cagliostro keineswegs als Abenteurer und Filou heraus, sondern nur als höflicher, etwas bedächtiger älterer Herr mit philiströsen Neigungen. Bei einem zweiten Treffen mit Cagliostro ist Sophie zu Tisch geladen. Ein aufwändiges Menü mit allen Raffinessen wird geboten, und Sophie ist belustigt darüber, dass der Italiener »nur eine erstaunliche Menge Maccaroni« vertilgt. Immerhin lernt sie bei dem Grafen den Dandy Lord George Gordon kennen, einen Kirchenfeind, mit dem sich die glaubensstrenge Protestantin auf ein Streitgespräch über Religion einlässt. Sie schlägt sich tapfer, nimmt kein Blatt vor den Mund und weiß gegen den englischen Zyniker die Schönheit von Gottes Schöpfung leidenschaftlich zu verteidigen. Noch mitten im Disput muss sie plötzlich »über das Spiel des Zufalls lachen, durch welches ein asiatischer Charlatan [sie meint Cagliostro] – einer deutschen Romanschreiberin – einen englischen Fanatiker vorstellte«.

Sophies Freimütigkeit wird bald auf eine Probe gestellt. Über ihre Übersetzerin Marie Elisabeth de La Fite – sie ist Vorleserin der Königin und hat die *Geschichte des Fräuleins von Sternheim* ins Französische übertragen – wird Sophie zu einer Gesellschaft bei Miss Francisca Burney geladen. Sie ist die Tochter des berühmten und weitgereisten Musikhistorikers Charles Burney und Autorin von Frauenromanen. Anknüpfungspunkte genug, möchte man meinen. Doch Sophie fällt unter den sehr distinguierten und reservierten Ladys durch ihre Offenherzigkeit und Gefühlsseligkeit unangenehm auf. Gewisse Floskeln nimmt sie leider wörtlich und versteht nicht deren gegenteiligen Sinn: »Die Damen sagten mir am Ende des Besuchs sehr höflich: sie hofften, mich in ihrem Hause zu sehen. Ich bat sogleich um Erlaubniß, ihnen morgen aufzuwarten, und erhielt den neuen Beweis, wie heilig den Engländern der Sonntag ist; denn sie sagten mit dem schönsten Ernst und Höflichkeit, daß sie Sonntags keine Besuche annähmen und gäben; ich möchte aber jeden andern Tag wählen, wie mir gefällig wäre.«

Trotz dieser verklausulierten Ausladung drängt Sophie von La Roche darauf, Miss Burney nochmals zu besuchen. In Sophies Augen verläuft dieses zweite Treffen vollkommen harmonisch: »Die ganze Unterredung mit Miß Burney war mir äusserst angenehm [...]. Bei meinen Betrachtungen über sie fand ich in dem wenigen Englisch, so ich spreche, doch den ihren Eigenschaften angemessenen Ausdruck: Darling of virtu! Liebling der Tugend!«

Miss Burney selbst sieht die Begegnung in anderem Licht. In ihren Erinnerungen *Diary and Letters* zeigt sie sich von Sophie von La Roches Sentimentalität abgestoßen. Mit der kühlen Würde einer Engländerin beschreibt sie das so:

»Madame La Fite kam dazu, und wünschte, wir möchten ein Trio der Freundschaft bilden, welches uns lebenslänglich verbinden solle. Und dann umarmten sie mich beide, und beide weinten voll freudiger Zärtlichkeit! Ich fürchte, ich erscheine sehr hartherzig; aber keine Quelle war bei mir geöffnet, aus der auch nur eine Thräne hätte fließen können.«

Die ebenso tränenselige Madame La Fite verschafft Sophie von La Roche auch Zugang zum königlichen Hof. König Georg III. stammt aus dem Hause Hannover, seine Frau Charlotte aus dem Hause Mecklenburg. Das Monarchenpaar empfängt die Autorin aus Deutschland wohlwollend. Sie haben bereits vom Erfolg der *Geschichte des Fräuleins von Sternheim* vernommen. König und Königin wechseln mit der Besucherin ein paar deutsche Worte. Sophie antwortet geschmeichelt: »Daß es mich für mein Vaterland freue, daß Ihro Majestäten seine Sprache noch liebten.« Der König darauf: »O! mein Herz wird nie vergessen, daß es von deutschem Blut belebt ist! Meine Kinder sprechen alle deutsch!« Sophie ist gerührt. Das königliche Paar erkundigt sich sogar nach ihrem Mann, und sie erinnert die beiden daran, Georg Michael von La Roche sei ihnen vor über fünfunddreißig Jahren in Hannover begegnet. Damit ist die Audienz beendet, Sophie ist in Gnaden entlassen. Für sie selbst ist diese Begegnung mit dem Königspaar jedoch der glänzende Höhepunkt ihrer dritten großen Reise, die Bestätigung ihres literarischen Ruhmes und ihres persönlichen guten Rufes.

Sophie von La Roche bleibt noch knapp drei Wochen in London, dann rüsten sie und ihr Sohn Carl zur Rückreise. Diesmal will sie ihren kränkelnden Mann nicht länger als nötig allein lassen. In der zweiten Oktoberwoche fahren sie von London nach Dover und setzen am 12. Oktober nach Calais über. Noch ein letztes Mal blickt Sophie zu den Kreidefelsen zurück: »Adieu England! Sey immer so schön, als ich dich sah – und so gut, als ich dich glaube!«

Am 25. Oktober 1786 trifft sie in Speyer ein. Ihre Reisenotizen enden mit den frommen Worten: »Abends war ich in Speyer zurück; dankte Gott für meine glückliche, und der edlen Freundschaft für meine vergnügte, lehrreiche Reise; und bat die Vorsicht: mich in der Erinnerung des genossenen Guten die Kräfte zum Tragen jedes noch bestimmten Übels finden zu lassen!«

Kräfte kann sie gebrauchen. Zu ihrem Entsetzen erfährt sie nämlich, dass Georg Michael in ihrer Abwesenheit mit Hilfe des reichen Schwiegersohns Peter Anton Brentano ein kleines Haus in Offenbach am Main erstanden hat. Die Gründe hierfür sind nicht ganz klar. Vermutlich war Georg Michael die räumliche Beengung im Hause Hohenfelds doch lästig, es gibt Hinweise auf ein Zerwürfnis der beiden Freunde; möglich auch, dass Brentano, der im Jahre 1786 bereits elf Kinder aus zwei Ehen hat, es ganz gerne sieht, wenn die Großeltern in der Nähe sind, damit sie sich hin und wieder um die Kleinen kümmern. Sophie selbst behauptet in einem Brief an Jakob Sarasin, das Offenbacher Klima werde ihrem Mann besser bekommen. Sie selbst scheidet ungern von Speyer, das für sie mit der erfolgreichen Zeit als Redakteurin der *Pomona* verknüpft ist, und wo sie sich nach dem gesellschaftlichen Sturz erstaunlich schnell wieder eingerichtet und ihre Kräfte bewiesen hat. Zudem muss sie befürchten, dass ihr in der Nähe zur Frankfurter Verwandtschaft manche der Freiheiten, die sie in den letzten Jahren hatte, beschnitten werden. Sie weiß, dass man über ihre späte Reiselust spöttelt und sie für nicht vereinbar mit dem Ruf einer älteren Dame hält. Vor einem Dasein als kinderhütende Großmutter graut ihr. Jedenfalls schwingt in einem Brief vom 9. Dezember an den Historiker Johannes von Müller viel Kummer und Abschiedsschmerz mit: »Sie sollen den letzten Brief haben, welchen ich in meiner lieben grünen Stube in Speyer schreiben werde, denn mein guter La

Roche ist überredet worden, in Offenbach zu wohnen, und ich will morgen früh zu ihm reisen. Ungern verlaß ich das einsame Speyer, ungern verliere ich den unterrichtenden Umgang und die erlesene Büchersammlung des Herrn von Hohenfeld.« Doch Sophie hat in ihrem Leben gelernt, ihre Pflicht zu erfüllen: »[...] ich verliere alles, was ich am meisten schätze, aber ich folge meiner Pflicht.« Das Hochgefühl, das sie während ihrer Englandreise empfunden hat, ist bereits wieder verflogen: »Meine englische Reise würde der schönste Punkt meines ganzen Lebens geworden sein, wenn nicht meine Entfernung von Speyer unmittelbar darnach gefolgt wäre.«

Tags darauf, am 10. Dezember 1786, bricht sie nach Offenbach auf, in ihre »Grillenhütte«, wie sie das Haus anfangs spöttisch, später immer liebevoller nennen wird. Sie ahnt, es wird das letzte Kapitel ihres erlebnisreichen Lebens sein.

»Die Erde ein Haufen Kot und die Menschen Ameisen«

Die Süße der Resignation (1787–1807)

So ungern Sophie von La Roche Speyer verlässt, so rasch lebt sie sich doch in die neuen Verhältnisse in Offenbach ein. Die Stadt, das Umland und die gesellschaftlichen Verhältnisse sind ihr keineswegs unangenehm. Offenbach gehört zum kleinen Fürstentum Isenburg-Birstein, das gegen Ende des 18. Jahrhunderts gerade einmal sieben Quadratmeilen mit etwa zweiundzwanzigtausend Einwohnern umfasst. Aber gerade diese Überschaubarkeit und Beschaulichkeit mag Sophie von La Roche an den einstigen Musenhof Stadions in der Herrschaft Warthausen erinnert haben. Auch jetzt findet sie schnell freundschaftlichen Kontakt zum Fürstenhaus und zu den tonangebenden adligen und bürgerlichen Familien Offenbachs. Nach wie vor gilt die Autorin der *Geschichte des Fräuleins von Sternheim* und Herausgeberin der *Pomona* in der Gesellschaft etwas. Die Enkelin Bettine, eine der Töchter Maximilianes, hat 1840 in ihrem Buch *Die Günderode* ein eher spöttisches Bild von den Stützen der Offenbacher Gesellschaft geliefert, die sich bei der Großmutter die Klinke in die Hand gaben: »Bei der Großmama ist ewiger Besuch, heute spazierte man zu siebzehn Fürstlichkeiten im Garten auf und ab, die Großmama zum Bewundern in Anmut und Würde alle überstrahlend, Isenburg, Reuß, Erbach und etliche Hessische Durchlauchten und nebenbei noch der Herzog von Gotha.« In einem Brief an Goethes Mutter beschreibt Bettine die Stadt am Main ebenfalls nicht ohne Ironie, doch so, dass man Sophie von La Roches behagliches

Gefallen am neuen Wohnort nachempfinden kann: »In Offenbach, dem zierlichsten und reinsten Städtchen von der Welt, das mit himmelblauseidenem Himmel unterlegt ist, mit silbernen Wellen garniert und mit blühenden Feldern von Hyazinthen und Tausendschönchen gestickt.« Ein Idyll, wie geschaffen für eine empfindsame ältere Dame.

Idyllisch ist auch die »Grillenhütte«, die so ärmlich gar nicht ist. Das Haus hat zwei Stockwerke in einer Breite von fünf Fenstern, darüber noch eine Etage mit Mansarden. Umgeben ist das Gebäude von einem lauschigen Garten, den die Hausherrin als Ausgleich zu ihrer Schreibtischarbeit selbst pflegt. Sophie liebt die Ordnung, vielleicht auch ein schwäbischer Zug, und auch hier wird die Enkelin Bettine zur liebevoll-spöttischen Beobachterin: »Wenn sie im Garten geht, da biegt sie alle Ranken, wo sie gerne hinmöchten, sie kann keine Unordnung leiden, kein verdorbenes Blatt, ich muß ihr alle Tage die absterbenden Blumen ausschneiden, gestern war sie lange bei der Geißblattlaube beschäftigt und sprach mit jedem Trieb: ›Ei kleins Ästele, wo willst du hin‹, und da flocht sie alles zart ineinander und band's mit roten Seidenfaden ganz lose zusammen und da darf kein Blatt gedrückt sein, ›alles muß fein schnaufen können‹, sagte sie.«

Das Leben in Offenbach könnte also ganz heiter sein, wären da nicht familiäre Sorgen: Georg Michael von La Roches Gesundheitszustand verschlechtert sich. Zeitweise lähmt ihn ein Schlaganfall halbseitig. Sophie teilt sich mit Franz, der aus Kolmar zurück ist und kurze Zeit wieder bei den Eltern wohnt, die Pflege des siebenundsechzigjährigen Mannes.

Diese Sorgen werden freilich kurz überstrahlt von der Nachricht, der älteste Sohn Fritz, der längere Zeit auf französischer Seite im amerikanischen Unabhängigkeitskrieg gekämpft hat, wolle sich mit einer reichen Amster-

Die ›Grillenhütte‹ in Offenbach

damer Bürgerin verheiraten. Elsina de L'Espinasse, geborene Merkus, ist eine junge Witwe, die aus erster Ehe eine Tochter mitbringt. Sophie freut sich umso mehr, als das Paar beabsichtigt, sich in Offenbach anzusiedeln. An die künftige Schwiegertochter, sie wird kurz Elsy genannt, schreibt Sophie von La Roche überschwänglich und voll herzlicher Empfindsamkeit: »Versichern Sie Ihrer Frau Mutter, daß ich vor Gott ihre Stelle einnehmen und ihre Pflichten erfüllen werde. Sie werden, meine liebenswürdige Tochter, eine schöne, lachende Gegend finden, einen schönen Fluß, der den Saum jenes Landstücks umspült, das wir zu Ihrem Garten bestimmen, eine Gesellschaft sehr ehrenwerter Leute.« Die Hochzeit findet im Sommer 1787 statt; Sophie kann nicht nach Amsterdam reisen, fährt aber dem Hochzeitspaar, das sich auf den Weg nach der neuen Heimat macht, ein Stück entgegen. »Meine Tochter Luise«, schreibt Sophie an Fritz, »wird hier bleiben, um Papa zu versorgen, ich werde mich [...] mit

Chevalier Franz auf den Weg machen, um meine Tochter Elsy einige Tage früher in die Arme schließen zu können.«

In diesem ersten Jahr in Offenbach lässt sich vieles gut an – trotz der Krankheit Georg Michaels. Carl erhält im preußischen Schönebeck bei Magdeburg die Stelle eines Bergrats im Salzbergbau. Maxe im nahen Frankfurt kommt 1787 mit dem achten Kind nieder, einem Mädchen, das auf den Namen Ludovica getauft und kurz Lulu genannt wird, im Jahr darauf mit dem neunten Kind, dem Mädchen Magdalena, Meline genannt. Sophies jüngster Sohn Franz geht nach Marburg, um dort Forstwissenschaft und Finanzwesen zu studieren. Der Literat und Kameralist Johann Heinrich Jung-Stilling, der seit 1787 eine Professur in Marburg innehat, versichert der stolzen Mutter: »Unser Franz bleibt, was er war, das Muster eines edlen Jünglings und Studenten, sein Fleiß ist ohne Grenzen und seine Aufführung ganz nach Wunsch.«

So scheint alles fester gefügt denn je, und schon regt sich in Sophie – trotz der Pflegebedürftigkeit des Ehemannes – wieder die Lust, eine Reise zu unternehmen. Italien, das – wie sie vernommen hat – Goethe zwei Jahre lang durchschweift hat, steht auf ihrer Wunschliste ganz oben. Sie schwelgt in Idealvorstellungen, und was wäre idealischer, als solch eine Fahrt gemeinsam mit dem Mann zu unternehmen, der die sentimentalen Gefühle ihrer frühen Jahre teilte? Sophie hat Wieland seit den Ehrenbreitsteiner Tagen nicht mehr gesehen. Sie vermisst ihn schmerzlich. Also schreibt sie im Mai 1788 nach Weimar, um ihren einstigen Verlobten – inzwischen auch ein angegrauter Herr und vielfacher Vater – zu ködern: »Warum geht alle Welt nach Italien, und warum Sie nicht?«, stellt sie dem Freund die rhetorische Frage. »Der Boden würde Sie gewiß gern tragen. Es ist das einzige wichtige Stück von Europa, das ich nicht sah; machen Sie die Reise dahin mit mir – auf einen Winter. Ich habe einen Freund in Neapel; wir gehören zu den Leuten qui voient ce qu'ils regardent [die sehen, was sie erblicken]. Ihr Geist ist schon lang mit dem Land bekannt, und in drei Monaten sind wir gemächlich hier und dort, wenn wir keine Zeit verlieren und das Unnütze lassen, wo es hingehört. Ein lieber, schöner Traum, eine Reise mit Ihnen!« Es bleibt beim Traum. Wieland geht auf den Plan, der ihm verwegen erscheint, nicht ein.

Als Sophie von La Roche wenige Jahre später nochmals in die Schweiz kommt und vor der Alpenkette steht, zögert sie einen Augenblick: Sie müsste nur jenen Pass überqueren, dann wäre sie im ersehnten Land. Doch sie besinnt sich eines anderen – auch weil sie die Ausgaben scheut. Noch Jahre später, in ihrem Buch *Mein Schreibetisch* aus dem Jahre 1799, bereut sie diesen unumkehrbaren Entschluss bitter. Sie gibt darin einen Traum wieder, der ihrem ungestillten Wunsch entsprang:

»Es war ein entzückender Traum, von welchem ich heute früh um fünf Uhr erwachte, und zu munter wurde um wieder einzuschlafen, aber doch die süße Erinnerung nicht verlieren wollte, welche die schönsten Hoffnungen meiner Jugend, und die innigsten Wünsche meiner vernünftigen Jahre in sich vereinte. Mir träumte an den Ufern von Baya in einem offnen Fahrzeug herum zu schiffen, ich sah das Meer, sah das Land und Bäume, da wurde mir gesagt, wenn wir um das kleine Vorgebirge herum sind, so erblickt man Neapel; da vor uns liegt Sorrento. Mein Herz klopfte wirklich vor Freude, ich machte eine Bewegung um aufzustehen, und die schöne Gegend zu betrachten, erwachte darüber in der lebhaftesten Stimmung des Geistes.«

Als Sophie von La Roche im Jahre 1788 gegenüber Wieland ihren Wunsch nach einer Italienreise äußert, scheitert das Vorhaben nicht nur an dessen Zögerlichkeit.

Mit Georg Michael von La Roche geht es in diesen Monaten dem Ende zu. Sophie ruft in ihrer Not alle Kinder zu sich nach Offenbach: Franz kommt aus Marburg, Luise aus Koblenz, Carl aus Berlin, Fritz aus Holland, auch Maximiliane, die drei Wochen zuvor das Töchterchen Meline zur Welt gebracht hat, schaut aus dem nahen Frankfurt immer wieder vorbei. »Es war eine erschütternde Szene«, berichtet Sophie ihrer Freundin Elise zu Solms-Laubach, »die Kinder freilich nach den Gesetzen der Natur alle blühend und der Vater hinfällig, die Mutter verwelkt, aber doch nur mit dem herbstlichen Ansehn einander umschlungen hielten.« Georg Michaels Sterben zieht sich über Monate hin. Die Kinder bleiben in jener Zeit in Offenbach versammelt und besprechen schon die Erbteilung. In diesen Monaten beweist Sophie von La Roche ein weiteres Mal ihren Pragmatismus, wie so oft in existenziell schwierigen Situationen. Sie will alles geordnet haben, kein Kind soll in der Erbteilung zu kurz kommen; andererseits muss für sie selbst gesorgt sein, und da sieht es schon schwieriger aus. Am 9. September schreibt sie an die Gräfin zu Solms-Laubach in ihrem liebenswerten, von schwäbischer Grammatik geprägten Deutsch: »Ich habe diese vergangne Wochen einen neuen Zirkel von Ideen durchloffen. Meine fünf Kinder waren versammlet, der eine Schwiegersohn [Peter Anton Brentano], die Schwiegertochter [Elsy von La Roche] auch. Es wurde alles verabredet, wie es nach dem Tod des guten alten Vaters gehalten werden soll.« Im selben Brief findet sich eine Äußerung Sophies, die vordergründig berechnend wirkt und gar nicht zu ihrer sentimentalen Einstellung zu passen scheint: »Doch das beste, was aus den Verändrungen, welche unter Lebenden vorgehen, und der, welche der Tod hervorbringen wird, entstehen kann, ist *meine Freiheit*, nach meinem Charakter zu leben, in der Tat nach ihm zu leben, wie bisher nur mit meiner Feder geschehen konnte. Einziger Erdentrost, einziger Ersatz für alles – Segen, bester Segen.«

Es dauert noch zehn Wochen, bis Sophie diese Freiheit antreten kann: Am 21. November 1788 stirbt Georg Michael von La Roche nach langem Leiden und wird auf dem katholischen Friedhof von Bürgel bei Offenbach beerdigt. Sophie spricht drei Tage später in einem Brief an Elise zu Solms-Laubach erneut von ihrer nun gewonnenen »Freiheit zu edlem Genuß meiner übrigen Tage«, die freilich »teuer erkauft« sei. Aus diesen Worten spricht nicht Gefühlshärte, sondern Pragmatismus und die Fügung in das Unabänderliche. Auch wäre es verfehlt, aus solchen Äußerungen auf ein schlechtes Verhältnis Sophies und Georg Michaels zu schließen. Nach den überlieferten Dokumenten zu urteilen, führten die La Roches eine sehr kameradschaftliche, von gegenseitiger Achtung geprägte Ehe, in der es Georg Michael – wenngleich er über die empfindsamen Runden im Salon seiner Frau spöttisch schmunzelte – nicht an Respekt vor Sophies literarischen und redaktionellen Leistungen fehlen ließ. Die Verbindung von Sophie und Georg Michael war keine Liebesheirat. Auch wenn in Erzählungen und Romanen Sophie von La Roches, Goethes und anderer die idealische Liebesverbindung propagiert wird, so hat speziell die Autorin der *Geschichte des Fräuleins von Sternheim* in ihrem eigenen Leben die Pflicht immer über die eigenen Wünsche gestellt und dasselbe auch von ihren Töchtern verlangt. Darin war sie denn doch zu sehr Kind ihrer Zeit, geprägt von der Erziehung im Elternhaus. Auch wurde im 18. Jahrhundert die Ehe zuerst als Vertragswerk gesehen – allerdings in ganz anderem Sinne als heute. Sie bestand aus wechselseitigen Pflichten und gegenseitiger Verantwortung, geschlossen zum Zweck der Fortpflanzung, der Mehrung und Weitergabe materieller Güter und zur Entfaltung gesellschaftlicher Repräsentanz. Liebe galt nicht als unabdingbare Voraussetzung, sondern als mögliche Konsequenz langjähriger Vertragserfüllung, eine Liebe allerdings, die sich in kameradschaftlicher Achtung zeigte, nicht in flammender Leidenschaft. Vor diesem Hintergrund betrachtet war die Ehe von Sophie und Georg Michael von La Roche ausgesprochen gut. Dass Sophie nach dem Tod ihres Gatten, also nach Ablauf des Vertragswerks Ehe, sich auf ihre persönliche Freiheit freute, ist nur verständlich und zeugt keineswegs von Undankbarkeit gegenüber dem Verstorbenen.

Alle Freiheit nützt wenig, wenn es an finanziellen Mitteln fehlt, sie zu genießen. So ergeht es auch der Witwe La Roche. Die materielle Sorge wird fast zwanzig Jahre lang wie ein Damoklesschwert über ihrem Kopf schweben. Die Pension, die Georg Michael aus der kurtrierischen Staatskasse erhielt, fällt nach seinem Tod weg. Das Prinzip der Mitversicherung von Ehefrauen gibt es damals noch nicht. Sophie, die aus ungeklärten Gründen nie selbst in eine der damals bereits vorhandenen »Witwenkassen« eingezahlt hat, steht mittellos da. Sie kopiert Zeugnisse und Dokumente aus Georg Michaels Dienstjahren in Koblenz und schickt sie dem immer noch regierenden Kurfürsten Klemens Wenzeslaus, der einst seinen Kanzler La Roche entließ. Diesen Mann, den Sophie unversöhnlich gar als den »Mörder« ihres Gatten bezeichnet, jetzt demütig angehen zu müssen, verbittert sie. In ihrem Schreiben bittet die Witwe um die gnadenvolle Weiterzahlung der Pension, nicht für sich, sondern für die Söhne, eine Bitte, die ihr schließlich gewährt wird. Mit diesen Bezügen (die bereits verdienenden Söhne überlassen der Mutter das Geld) und ihrer bescheidenen Pfründe aus der Zollstelle von Boppard allein kann Sophie von La Roche das Offenbacher Haus allerdings nicht halten. Zudem hat sie sich bereit erklärt, eine verarmte alte Verwandte ihres Mannes, Cordula, gnadenhalber zu beherbergen und mitzuversorgen. Deshalb nimmt Sophie in den 1790er Jahren zahlende Kostgänger bei sich auf: den Sohn ihrer Frankfurter Freundin Elise von Bethmann, und nach 1797 auch drei ihrer Brentano-Enkelinnen, Bettine, Lulu und Meline.

Finanzielle Not veranlasst Sophie auch, in ihren letzten Lebensjahren die literarische Produktion mit eiserner Disziplin anzukurbeln. Mit der Regelmäßigkeit einer Maschine schreibt und veröffentlicht sie umfangreiche Bücher und leistet daneben Erstaunliches in der Anwerbung von bisweilen mehreren hundert Subskribenten. In den Offenbacher Jahren erscheinen drei umfangreiche Berichte über die Reisen in die Schweiz, nach Frankreich, Holland und England (1787/88), und weitere Bände über Fahrten, die sie in jenen Jahren noch unternimmt: über eine dritte Schweizer Reise (1793), eine Reise nach Sachsen (1796) und eine Reise nach Thüringen (1800); es erscheinen Fortsetzungen der Lina-Kolumnen in drei Bänden (1788/1795/1797); Erzählungen unter dem Titel *Geschichte von Miß Lony und der schöne Bund* (1789) und die Romane *Rosalie und Cleberg auf dem Lande* (1791), *Schönes Bild der Resignation* (1795/96), *Erscheinungen am See Oneida* (1798) und *Fanny und Julia* (1801/02); außerdem mehrere umfangreiche Bände, die teils autobiografischen, teils feuilletonistischen und erzählerischen Charakter besitzen und als Mischformen anzusehen sind: *Briefe über Mannheim* (1791), *Mein Schreibetisch* (1799), *Liebe-Hütten* (1803/04), *Herbsttage* (1805) und schließlich noch – posthum von Wieland herausgegeben – *Melusinens Sommer-Abende* (vordatiert auf 1806, erschienen 1807). Bedenkt man, dass einige dieser Werke zwei oder gar drei Bände umfassen, einige mit einem Umfang von über siebenhundert Seiten, so bekommt man eine Ahnung vom Fleiß und der Disziplin der in ihrer Grillenhütte an ihrem alten Warthausener »Schreibetisch« arbeitenden, oftmals vom Gelächter der Enkelinnen unterbrochenen alten Dame.

Aller Fleiß hilft Sophie von La Roche nicht aus den Nöten ihrer stets klammen Haushaltskasse. Ihre Bücher verkaufen sich schleppend und werden auch von der Kritik kaum mehr wahrgenommen. Sie selbst ist sich in ihren Themen – die empfindsame und zugleich aufgeklärte Erziehung von »Teutschlands Töchtern« und die Ehrfurcht vor Gottes Schöpfung – treu geblieben, aber die Fragen der Zeit haben sich angesichts der gesellschaftlichen Umwälzungen der Französischen Revolution verschoben. Dennoch gönnt sich Sophie – noch ganz im Schwange ihrer Witwenfreiheit – 1789 und 1791 zwei weitere Reisen zu den Freunden in die Schweiz. Schnell kommen aus der Frankfurter Verwandtschaft der Brentanos, die geradezu im Geld schwimmen, Vorwürfe, die Großmutter sei verschwenderisch und wisse sich nicht standesgemäß zu verhalten. Sophie muss sich häufig gegenüber Dritten verteidigen: Ihre Reisen, so schreibt sie mehrfach, hätten zu großen Teilen wohlhabende Freunde finanziert, etwa Elise von Bethmann, auch der durch seine Heirat zu Geld gekommene älteste Sohn Fritz schießt etwas zur dritten Schweizer Reise hinzu.

Als jedoch im Jahre 1795 das französische Revolutionsheer das Rheinland besetzt und de facto der kurtrierische Staat zu existieren aufhört, fallen sowohl die auf Gnadenbasis gewährte Pension als auch der Zoll von Boppard mit einem Schlag weg. Sophie steht finanziell vor dem Nichts. Seit 1789 hat sie zudem die Tochter Luise im Haus, die es bei ihrem trunksüchtigen Mann nicht mehr ausgehalten hat. Neun Personen hat Sophie nun in ihrer Grillenhütte durchzubringen: die Tochter Luise, La Roches Nichte Cordula, Bethmanns Sohn und dessen Hofmeister, zeitweise die drei Enkelinnen Bettine, Lulu und Meline, sich selbst und eine Magd. Von Freiheit kann da keine Rede sein. Sophie übernimmt sogar noch Übersetzungsarbeiten aus dem Französischen und erteilt Unterricht. Was sie mühselig mit ihrer Schreiberei verdient, steckt sie zum Teil in Carls Familie, der auf seinem Posten als Bergrat schlecht bezahlt wird und zwei Kinder zu ernähren hat. Einem Freund vertraut Sophie an, dass Peter Anton Brentano, der wohlhabende Schwiegersohn, gegen sie knauserig sei und ihr wegen ihrer Freigebigkeit Vorwürfe mache: »[...] (denn der reiche Mann [Peter Anton Brentano] gibt mir nichts) und will, ich soll meinen etablierten Söhnen auch nichts mehr geben von dem, was mein ist, für meine Schwester [Cateau] zu retten keinen Pfennig Wohltat.«

Viel Bitternis klingt aus solchen Zeilen. Bitternis, die sich auch aus der Trauer nährt. Sie verliert in jenen Jahren etliche Verwandte und Freunde und erlebt die Vereinsamung des Alters. Ende Juni 1791 begeht ihr alter Freund aus Ehrenbreitsteiner Tagen Johann Heinrich Merck in Darmstadt Selbstmord. Sophie ist doppelt entsetzt: über den Verlust des Weggefährten wie über die Tat, die sie als Tabubruch und Sünde wider Gott begreift. Darin denkt sie noch ganz im hergebrachten christlichen Sinn. Die wertfreie Darstellung des Freitods als Akt des mündigen Menschen, wie sie etwa Goethe in seinem frühen Roman *Die Leiden des jungen Werther* eingebracht hat, ist Sophie stets fremd geblieben. An Elise zu Solms-Laubach schreibt sie am 20. Juli 1791 geradezu mit eiferndem Zorn, wenn sie Mercks Tat als »elende[n] Austritt [...] aus der Welt« bezeichnet. Und weiter: »Ist es nicht ein elender Ertrag von fünfzig Jahren des Lebens, von einer so großen Summe Geist, Kenntnis, Erfahrung und edlen Freunden, in der Verlegenheit des Ehrgeizes mit einem Pistolenschuß zu enden, zwei unmündige Söhne, eine hochschwangere Tochter und die Frau mit allen Bekannten so zu verlassen?«

Schwierig in ihr Weltbild einzuordnen ist auch ein Schicksalsschlag, von dem sie sich innerlich nie recht erholen wird. Ihr Lieblingssohn Franz hat in Marburg mit Erfolg Forstwissenschaft studiert. Im Frühjahr 1790 verwendet sich Sophie für ihren Sohn beim Landgrafen Ludwig von Hessen-Darmstadt. Ihr Sohn habe »von seinen Lehrern die beste Zeugnisse von Fähigkeiten, Wissenschaft und Fleiß erhalten«. Ihr Gesuch hat Erfolg. Der Landgraf ernennt den Zweiundzwanzigjährigen zum Assessor im gräflichen Oberforstamt, »mit Versicherung des *Avancements* [der Beförderung]«, wie Sophie stolz an Elise zu Solms-Laubach schreibt. Auch persönlich verbucht sie ihr Engagement als Triumph. Sie hat im Innersten dem kurtrierischen Staat nie den Sturz La Roches verziehen und sorgt sich nun, ihr Sohn Franz könnte genötigt sein, in die Dienste des Kurfürsten zu treten. Voller Genugtuung und Pathos vermeldet sie nun der Gräfin zu Solms-Laubach: »Mein Kind darf sein Brot nicht unter den Mördern seines Vaters essen.« Franz zieht Anfang 1791 nach Darmstadt, »als Jagdjunker und Forstassessor mit 300 Gulden und Fourage für zwei Pferde«, wie die Mutter stolz vermerkt. Als er sich auch noch mit der jungen Henriette von Bülzingslöwen verlobt, ist die Mutter überglücklich. Ihr jüngster und liebster Sohn Franz scheint seinen Weg zu gehen und die Erwartungen, die man in ihn gelegt hat, zu erfüllen. Doch im Herbst 1791 geschieht das Unfassliche: Fritz zieht sich auf einer Dienstreise eine fiebrige Erkältung zu. Er kommt nach Offenbach, schont sich nicht, es treten Komplikationen auf, eine »Entzündungskolik«, wie Sophie etwas unklar schreibt. Franz stirbt, erst dreiundzwanzigjährig, am 11. September im Hause der Mutter und wird neben seinem Vater auf dem Friedhof von Bürgel bei Offenbach beigesetzt.

Sie kann diesen schweren Verlust nicht mit dem gütigen Walten der göttlichen Vorsehung in Einklang bringen und ergeht sich über viele Jahre in bitteren Klagen. »Mein Schmerz ist unaussprechlich«, schreibt sie der Gräfin zu Solms-Laubach, »Ergebung ist eine schwere Tugend in so einem Fall.« Sie will mit einer Freundin in die Schweiz reisen, man redet ihr zu, die Fahrt zu machen, um Zerstreuung und Ablenkung zu finden. Aus Lausanne schreibt sie – immer noch untröstlich: »Diese Reise sollte mich zerstreuen, sie beweist mir meinen Verlust. Größe, Schönheit der Natur, Geist der Menschen, alles ist mir nichts mehr in der Schweiz, und ich sah dieses Land das erste Mal mit meinem Franz.« Sophie von La Roche, die im Leben alles immer geduldig ertragen hat, kennt nun die Anklage gegen Gott, die bohrende Frage an den Schöpfer: »Ewiger Gott, er ist tot, er, der mich über alles andere tröstete, schadlos hielt, der mich schützte, schützen wollte. Nun sieht er die Ursache, warum seine arme Mutter ihn verlieren mußte, sieht, daß ich leben muß und warum.«

Die Reise in die Schweiz wird ihr auch insofern etwas vergällt, als ausgerechnet ihr alter Freund Lavater ihr Vorwürfe bereitet, sie habe die unglücklichen Ehen von Maximiliane und Luise erzwungen. In einem ausführlichen Brief an Lavaters Bekannte Caroline von Keller verteidigt sich Sophie von La Roche. Was Maxes Heirat anbelange, so habe man sich ganz auf den alten Freund Damian Friedrich Dumeiz in Frankfurt und dessen Einschätzung von Peter Anton Brentanos Charakter verlassen. Bei Luises Heirat mit dem kurtrierischen Hofrat Joseph Christian Möhn habe sie, Sophie, sich widersetzt, aber dann dem Wunsche Georg Michaels nachgegeben. »Hier, kann ich sagen«, so bekennt sie wohl nicht ganz objektiv-abwägend, »entstund eine Entfernung zwischen la Roche und mir; nie habe ich mehr gelitten, nie mehr geopfert und in nichts mehr getragen als an diesen Vermutungen, da allein *ich* genannt, *ich* verdammt wurde, als die Verbindung unglücklich war und Tadel erhielt [...]. Lassen Sie Lavater diese Blätter lesen, sagen Sie ihm, daß mich seine Verurteilung über mich wegen der unseligen Heurat außerordentlich schmerzte.«

Sorgenvoll sieht Sophie bisweilen nach Frankfurt, zum Handelshaus zum Goldenen Kopf. Maximiliane bringt im Mai 1793 ihr zwölftes Kind zur Welt. Wenige Monate später, am 19. November 1793, stirbt die einst so vielbegehrte, schöne Frau mit nur siebenunddreißig Jahren an der Auszehrung. Sie hinterlässt ihren Mann und zwölf Kinder und Stiefkinder (einige sind bereits in jungen Jahren gestorben). Peter Anton, ein noch sehr viriler Mann von Ende fünfzig, heiratet zwei Jahre später ein drittes Mal, die vierundzwanzigjährige Friederike von Rottenhoff, mit der er noch zwei Kinder zeugt.

Sophie ist über Maxes Tod bestürzt; freilich liegt in ihrer Klage an Elise zu Solms-Laubach auch viel Resignation, denn es gehört zum weiblichen Schicksal – auch Sophie wurde darin ja nicht geschont –, Kinderreichtum als Ehesegen zu nehmen, auch wenn damals durch das Kindbettfieber bei jeder Geburt das Risiko des eigenen Todes besteht. »Meine Tochter Brentano ist den 19. gestorben«, schreibt Sophie der Gräfin, »und sieben ihrer [noch nicht volljährigen] Kinder sind trostlos um mich.« Dieser Tod hat auch Tröstliches an sich, das weiß Sophie gerade als Frau: »Die liebenswerte Märtyrin ist glücklich bei Gott, leidet nicht mehr, weder an Leib noch Seele, kann nicht geplagt werden.«

Wenige Monate zuvor ist in Augsburg einsam und verlassen Sophies einst so schöne, von Wieland umschwärmte Schwester Cateau im Alter von neunundfünfzig Jahren an Brustkrebs gestorben. Sophie hat in den Jahren zuvor der kranken und mittellosen Schwester mehrmals Geld geschickt, soweit ihr das möglich gewesen ist. Jetzt ist auch diese letzte Verbindung zur Stadt ihrer Kindheit und Jugend gerissen.

Ein Jahr nach Cateau und Maxe stirbt schließlich auch noch Sophies treue Freundin und Übersetzerin Madame La Fite in London. Für Sophie sind diese Schicksalsschläge zunehmend Symbol für die allgemeine geistig-moralische Verwirrung der Zeit. Immer sucht sie dem Unglück einen Sinn zu geben, indem sie es in das große Weltgefüge einbaut. 1789 brach in Paris mit der Erstürmung der Bastille die Revolution aus. Anfangs von vielen Intellektuellen – auch in Deutschland – begrüßt, wandelt sich das Regime unter den Jakobinern bald zur Terrorherrschaft. Tausende Unschuldige werden in Paris hingerichtet. König Ludwig XVI. und seine Gemahlin Marie Antoinette – beide hat Sophie von La Roche wenige Jahre zuvor in Versailles gesehen – werden zum Tode verurteilt und 1793 geköpft. Um das Schlachten der Gegner effektiver zu gestalten, verwendet man bald die erste Tötungsmaschine der Menschheitsgeschichte: die Guillotine. So pervertiert das lichte, fortschrittsgläubige Jahrhundert der Aufklärung, das neben der Philosophie und den Naturwissenschaften auch die Technik als Beweis menschlicher Vervollkommnung gefeiert hat, indem sich die Erfindungen des menschlichen Geistes gegen diesen selbst richten.

Der alliierte Feldzug gegen Frankreich unter dem Oberbefehl des braunschweigischen Herzogs Karl Wilhelm Ferdinand im Herbst 1792 scheitert kläglich – Goethe, der den Feldzug im Dienste seines Weimarer Herzogs Carl August begleitet hat, publiziert im Jahre 1822 darüber einen Bericht. Die entfesselten revolutionären Kräfte scheinen unbezwingbar. Binnen weniger Jahre besiegt die republikanische französische Armee die Truppen der Feinde in Deutschland, Holland und Italien und besetzt das Rheinland und die Niederlande. Für Sophie von La Roche scheinen persönliches Unglück – der Tod Madame La Fites

– und der Wegfall ihrer Pension und des Bopparder Zollgelds nur zwei Seiten der gleichen Medaille zu sein. An Jean André de Luc schreibt sie im Januar 1795: »Sie [Madame La Fite] verdiente es wohl, aus einer verkehrten und mit Unglück erfüllten Welt herausgenommen zu werden, ja ich danke Gott sogar dafür, ihr den Schmerz erspart zu haben, den sie bei der Nachricht von der Invasion Hollands verspürt haben würde. O mein Freund, was für ein Ereignis! Und die Zerstörung des irdischen Glücks scheint der Verderbnis der Sitten und Grundsätze auf dem Fuß zu folgen.«

Der Krieg greift auch auf die rechtsrheinischen Gebiete über. Nachdem die »Campagne« gegen Frankreich im Sommer und Herbst 1792 gescheitert ist, strömen die ungeordneten, versprengten Überreste der alliierten Truppen nach Deutschland zurück. Die Disziplin ist gebrochen, überall kommt es zu Plünderungen. Mehrfach muss Sophie Zwangseinquartierungen von Soldaten erdulden. Dazu dringen aus dem nahen Mainz verstörende Nachrichten und Gerüchte. Im Oktober 1792 rückt die französische Armee unter General Adam Philippe de Custine nach kurzer Belagerung in Mainz ein. Der Mainzer Kurfürst Friedrich Karl Joseph von Erthal hat mit einigen Getreuen kurz zuvor die Stadt verlassen, das erzbischöfliche Wappen am Wagenschlag war ausgekratzt, damit man den Flüchtigen nicht erkenne. Als die aufgebrachte Bürgerschaft das Bischofspalais erstürmt, wird offenbar, dass der Kurfürst die Staatskasse mitgenommen hat. Die Wut ist groß; es kommt zu Übergriffen gegen Adel und Klerus. Unterdessen wird – mit Wohlwollen der französischen Besatzung – in Mainz nach französischem Vorbild die erste Republik auf deutschem Boden ausgerufen. Es ist eine Republik der Bürgerlichen und Intellektuellen, die sich in einem Jakobinerklub formieren. Dessen Präsident ist der Schriftsteller und Naturkundler Georg Forster, ein alter Bekannter Sophie von La Roches. Sie hat seine *Reise um die Welt* gelesen, den Bericht über die Südsee-Expedition unter James Cook, die Forster in Begleitung seines Vaters Johann Reinhold Forster als Sechzehnjähriger unternommen hat. In Kew in England hat Sophie außerdem die Pflanzensammlung bewundert, die Cook und Forster aus Tahiti mitgebracht hatten. Erst wenige Jahre zuvor hat sie von Georg Forster einen Brief erhalten, worin er schrieb, er sei schon sehr gespannt auf ihre Erzählung *Miß Lony*, seine Frau Therese (die später als Romanautorin noch berühmt werden wird) habe ihm viel davon vorgeschwärmt und ihn auf die Lektüre »noch lüsterner gemacht, als ich es schon war«.

Jetzt, im Herbst und Winter 1792, hört Sophie von den Mainzer Jakobinern und von Forsters führender Rolle und versteht die Welt nicht mehr. Anfangs war sie den Vorgängen in Frankreich nicht gänzlich abgeneigt, in Briefen an Freunde bekundete sie ihre Einsicht, Teile des Hochadels hätten sich durch Willkür, Verschwendungssucht und Hochmut schuldig gemacht. Doch der Terror, der jetzt in Frankreich wütet und auf Deutschland überzugreifen droht, erregt in Sophie Abscheu und bringt ihren Weltglauben zeitweise ins Wanken. Anfang Dezember 1792 erobern alliierte Truppen das mit Mainz sympathisierende Frankfurt am Main. »Franzosenfreundliche« Bürger werden erschossen. Sophie hört nur Ungenaues von einem Blutbad, von Plünderungen und Brandschatzung. Sie fürchtet um ihre Verwandten, ihre Tochter und die Enkelkinder, ist tagelang im Ungewissen. Dann erfährt sie, Peter Anton Brentano und seine Familie hätten rechtzeitig die Stadt verlassen, da der Schwiegersohn wegen seiner Geschäftsverbindungen zu Franzosen mit Racheakten der alliierten Truppen rechnen musste.

Im Januar 1793 wird Ludwig XVI. von Frankreich öffentlich hingerichtet. Für Sophie kein Akt der Gerechtigkeit, kein Tyrannenmord, sondern blindwütige Bluttat des Mobs. Dann hört sie, Georg Forster habe Mainz verlassen und sei nach Paris gereist, um dort als Deputierter des Mainzer Nationalkonvents in der französischen Nationalversammlung den Anschluss des Rheinlandes an Frankreich zu fordern. Für Sophie Verrat am deutschen Vaterland. In jenen Jahren wandelt sie sich, die früher eine Zuneigung zum Land der Aufklärung empfand, zur erklärten Patriotin. An die Freundin Elise zu Solms-Laubach schreibt sie im März 1793: »Sie haben Forster mit so viel Vergnügen gelesen; ach, ich kenne ihn persönlich, ich liebte ihn. Was soll ich nun, da ich die Falten seines Innern kenne und den niedrigen Neid des Stolzes über *Größere*, den noch niedern über *Reichere* und den schwärzesten Undank gegen den treuesten, größten Freund in ihm weiß? Ach, es ist nur zu wahr, daß Teutschlands Unglück in der Klasse seiner gelehrten Söhne entstand.«

Sophies Lektüre jener Jahre besteht nicht mehr aus den Schriften der Aufklärer und Enzyklopädisten, sondern aus kulturpessimistischen historischen Abhandlungen, die die Menschheitsgeschichte nicht als beständiges Voranschreiten begreifen, sondern als eine wellenförmige Abfolge von Aufstieg und Niedergang, von Blüte und Dekadenz, von Licht und Finsternis, von sittlich-moralischem Glanz und geistiger Zerrüttung. Besonders beeindruckt ist sie von Edward Gibbons *Über den Zerfall der römischen Monarchie*, worin sie ein Gleichnis für den Niedergang des aufgeklärten Jahrhunderts sieht. Bei der Lektüre, so schreibt sie, denke sie, »es sitzen in engen, vergessenen Kämmerchen Männer, welche die Fragmente des Zerfalls der französischen Monarchie sammeln und die Berechnung führen, wie viel unser Jahrhundert durch seine bereicherte Aufklärung gewonnen und wo der moralische Gewinst liegt«.

Sophie ist in jenen Jahren oft so uneins mit sich selbst, hin- und hergerissen zwischen tradiertem Fortschrittsglauben und vom Zeitgeschehen eingeträufeltem Skeptizismus, dass sie sich nur in Melancholie und süße Resignation flüchten kann. An die Gräfin zu Solms-Laubach schreibt sie im Oktober 1792, ihr Leitspruch dieser Zeit stamme von Klopstock: »Das Glück der besten Menschen besteht in Resignation und im Ertragen.« Sie stellt sich die quälende Frage, welchen Sinn und Nutzen, welche Wirkung denn alle ihre Schriften hatten, womit sie ein geistig-sittsames Menschengeschlecht heranzubilden hoffte. Sie sieht um sich herum nur Krieg und Mord, Zerfall und Umsturz, und muss sich in einem Brief an die Schwiegertochter Elsy bitter eingestehen: »Ich weiß, daß ich immer das Gute, Edle, Gerechte wollte; aber, meine Freundin, ich hatte niemals denselben Einfluß wie auf die Personen meiner Romane; ich werde ohne die Zufriedenheit aus der Welt gehen, meine Prinzipien bei denen wirksam zu sehen, die ich lieben wollte.« Lebenswege wie der des einstigen Freundes Georg Forster, dessen Handeln sie nicht nur als zeitgeschichtliche Verwirrung, sondern auch als persönlichen Verrat an ihren Idealen sieht, belasten sie doppelt.

Sie selbst hat immer noch das Ideal des aufgeklärten, menschenfreundlichen Fürsten vor Augen, ein Ideal, wie sie es etwa in Graf Stadion verkörpert glaubte. Den Umstürzlern und selbsternannten Menschheitsrettern redet sie in *Mein Schreibetisch* ins Gewissen:

»Wie ungerecht und undankbar vergißt die Eigenliebe der jetzigen Gewalthaber und Fürstenhasser, daß es Fürsten der ältesten Zeiten waren, welche die edelsten Vorzüge der Menschheit gleich vertheilt, in gleichem Maaße genossen wissen wollten, und deswegen so viele Schulen stifteten und Besoldung der Lehrer für ewige Zeiten gründeten, damit alle Klassen der Menschen nützliche Kenntnisse erlangen möchten, welche zu besserm Glück und Verschönerung ihres Lebens dienen könnten! Diese wünschenswerthe Gleichheit wollten große und edle Menschenfreunde allgemein machen, verwendeten ihr Vermögen zum Ankauf großer Büchersammlungen, und alle andre wurden zu dem Genuß der aus alten, schönen Zeiten der Menschheit übrig gebliebenen Schätzen des Geistes eingeladen.«

In ihrer Ansicht von der Wellenbewegung der Menschheitsgeschichte wird Sophie von La Roche auch durch die Lektüre von August Ludwig von Schlözers *Weltgeschichte nach ihren Haupttheilen im Auszug und Zusammenhang* bestätigt. Daraus zimmert sie sich eine Theorie von der immer gleichen Summe der physischen und moralischen Kräfte, die ihr die Gegenwart fassbarer und erträglicher macht. Der Freundin Elise zu Solms-Laubach setzt Sophie das so auseinander:

»Als Gott dieser Welt und ihren Geschöpfen das Dasein gab, goß er wirkende Kräfte in alles, gab ihnen ewige Gesetze, welche nun seit Jahrtausenden die physische Welt im Kreislauf halten; in die moralische gab er auch, auf alle Menschenalter, *Fähigkeiten* des Geists und der *Gefühle des Herzens*, die immer in tausend Gestalten der Kenntnisse, des Denkens und der Kunstwerke, edler, wohltätiger oder schädlicher Leidenschaften im Großen und Kleinen einen Kreislauf durch die Menschheit machen. Denn es ist nicht mehr Masse des Lichts, nicht mehr gärender Stoff der Empfindung in der Welt als ehmals; sie zeigen sich nur in andrer Gestalt und andren Ecken, wirken durch Jahrhunderte wie die Kraft, die Pflanzen, Tiere und Steine erhält. O die Geschichte der alten Zeit, besonders die, welche den Namen griechische Geschichte, bis zu dem Erlöschen dieses Namens, trägt, unter welchem höchste schöne Kultur in allem, und als die Hefe erschien, das schrecklichste Schauspiel zeigte, wie unsere lang als Modell gepriesene Franzosen getan haben – o sie [sind] nichts, als ewiges Wirken der gegebenen Kräfte.«

Dieses Wirken der »Welthefe« mag die gegenwärtigen Umwälzungen vordergründig erklären, doch erleichtert es nicht, die Negierung althergebrachter bürgerlicher und aufklärerischer Tugenden und des empfindsamen Glaubens in den guten Willen des Menschen anzunehmen. Sophie sieht, wie französische und alliierte Truppen hin und her fluten und dabei unter der Zivilbevölkerung Gräueltaten begehen. Das lässt sie bisweilen verzweifeln. »O was sind Menschen für Menschen!«, schreibt sie fassungslos an Lavater. Und noch drastischer, beinahe zynisch, in einem Brief an Georg Wilhelm Petersen vom August 1800: »Die Erde ein Haufen Kot und die Menschen Ameisen.« Freilich folgt dem gleich die Rückversicherung im religiösen Trost: »Ich weiß mir mit nichts als Frömmigkeit zu helfen.«

Die Aufklärung jedenfalls, so Sophie von La Roches Resümee in den Jahren der Franzosenkriege, ist gescheitert. »Schreckliches philosophisches Jahrhundert!«, so fällt sie in einem Brief an Elise zu Solms-Laubach das Urteil über »le siècle des lumières«, das »Jahrhundert des Lichts«, wie die Aufklärer stolz und selbstbewusst ihr Zeitalter genannt haben. Doch Sophies Verdikt betrifft nur die Gegenwart, nicht die Zivilisation als solche. Ihre Resignation wandelt sich nicht in Zynismus und Nihilismus. Sie hofft gerade im Glauben an das Auf und Nieder in der Menschheitsgeschichte auf eine bessere Zukunft. In jenen Jahren liest sie viel in den Werken des Rousseau-Epigonen Jacques-Henri Bernardin de St. Pierre, in ihrem letzten Buch *Melusinens Sommer-Abende* paraphrasiert sie über weite Strecken dessen Schriften. An Elise zu Solms-Laubach schreibt sie im Juli 1800 einen bekenntnishaften Brief, worin sie die christliche Tugend der Hoffnung mit

Bernardins Naturphilosophie verbindet: »Als nichts da war, sprach der Ewige: *Es werde*, und alles war; nun ist allgemeine Verwirrung, nur der Ewige kann sagen: *Ordnung entstehe wieder*. Und bis dorthin dulde ich und bedaure ich. Alle Lesebücher sind mir odios geworden; die Geschichte allein, mein St. Pierre Bernardin, sind mir was neben der Mathematik und schönen Romanen.« Einzig *einem* Herrscher schenkt Sophie um 1800 kurzzeitig ihr Vertrauen, weil sie hofft, durch ihn ende die Herrschaft des Pöbels und entstehe eine neue zivilisierte Ordnung: Napoleon Bonaparte. »O wenn ich diesen Menschen denke«, ruft sie schwärmerisch aus, »der die Ruhe, den Segen und die Verehrung von ganz Europa in seinen Händen hat und nur *Gerechtigkeit* und *Güte* ausüben dürfte, um der größte Sterbliche zu werden.« Als sich Bonaparte zum Diktator wandelt und ganz Europa mit Krieg überzieht, erlischt in Sophie von La Roche auch dieser Glaube an einen gerechten Herrscher und guten König. Die protestantische Grundtugend der Hoffnung, die zuletzt stirbt, beispielhaft dargelegt in der Anekdote um Martin Luther und das Pflanzen eines Apfelbäumchens, offenbart sich gleichwohl auch in Sophie. Als eine Bekannte, Frau von Steinberg, einmal verbittert ausruft: »O Liebe! Was ist es für eine dreckige Sache um Menschen!«, antwortet Sophie trotzig: »Excepté les âmes blanches.« – »Die weißen [reinen] Seelen ausgenommen.«

Es gibt immer noch genug Dinge, die Sophie von La Roche Kraft schenken und Freude bereiten. Da ist zum einen ihr Garten hinter der Grillenhütte, mit seinen Bäumen, dem Geißblattspalier, mit seinen Blumen und den Gemüsebeeten. Der Garten ist für sie nicht nur Hort der Muße und Anschauung, sondern auch überlebenswichtig. Sie zieht Möhren und Kartoffeln, Bohnen und Kraut. Die Preise für Lebensmittel sind durch Krieg und Missernten eklatant gestiegen, und Sophie versucht sich zum Teil selbst zu versorgen. Die Enkelin Bettine sieht manches, etwa die gütigen Gespräche der Großmutter mit der Geißblattranke, als liebenswerte Marotte einer alten Dame, doch stecken dahinter auch Not und eine gewisse Vereinsamung, aber auch der Glaube, im Kleinen die gleiche Pflicht und Sorgfalt walten zu lassen wie im Großen. So sieht es auch Bettine in einem Brief an den Bruder Clemens: »[...] – es gibt doch keine edlere Frau wie die Großmutter! – Wer den wunderschönen Blitz ihres Auges verkennt, wenn sie manchmal sinnend mitten im Garten steht und späht nach allen Seiten, und geht dann plötzlich hin, um einem Zweig mehr Freiheit zu geben, um eine Ranke zu stützen! – und dann so befriedigt in der Dämmerung den Garten verläßt, als habe sie mit der Überzeugung alles gesegnet, daß es fruchten werde.«

Sophie von La Roche
Stich nach dem Ölgemälde (1799) von
Georg Melchior Kraus

Sophie von La Roches Gemüt ist in jenen Jahren von Trauer durchzogen; Trauer um Menschen, die sie an den Tod verlor, aber auch Trauer, die entsteht, wenn Nahestehende einen bitter enttäuschen. So ergeht es ihr mit dem ältesten Sohn Fritz, um den sie, als er im Krieg kämpfte, mehr als einmal Todesängste litt. Nach der

Hochzeit mit Elsy de L'Espinasse scheint Fritz endlich einen Ruhepunkt gefunden zu haben. Die junge Familie siedelt sich sogar in Offenbach in unmittelbarer Nähe der Mutter an. Doch Fritz, der die Züge eines Abenteurers und Hasardeurs hat, hält es nicht lange in der bürgerlichen Beschaulichkeit des winzigen Fürstentums. Er drängt wieder nach Amerika, in die junge Republik der Vereinigten Staaten. Mit dem Geld seiner Frau hofft er dort zu reüssieren – ohne viel arbeiten zu müssen. 1792 verlässt Fritz mit seiner Familie Deutschland und siedelt nach Amerika über. Sophie ist erschüttert, sie fürchtet, Sohn, Schwiegertochter und Enkel nie mehr wiederzusehen. Fritz indes kauft mit dem Geld seiner Frau im Staate New York »25 000 Morgen Lands«, wie Sophie schreibt. Wenn man annimmt, dass sie die in Frankfurt und Umgebung übliche Maßeinheit des Morgens meint (in jeder Region Deutschlands gelten damals für die gleichen Maß- und Gewichtsbenennungen eigene Werte), so umfassten Fritz von La Roches Ländereien etwa fünfzig Quadratkilometer, eine Fläche in etwa gleich der des Starnberger Sees. Doch Fritz' Träume eines Großgrundbesitzers zerrinnen bald. Er veruntreut Geld seiner Frau, ist in undurchsichtige Geschäfte verwickelt und verlässt im Streit seine Familie. Elsy – um ihre ganze Erbschaft gebracht – zieht mit ihren drei Kindern – eines aus erster Ehe, zwei aus der zweiten – zu ihrer Schwester nach Philadelphia.

Als Sophie von La Roche von den Machenschaften ihres Sohnes hört, schlägt sie sich auf die Seite der Schwiegertochter und bricht mit Fritz. Er wird für Sophie geradezu zur Unperson, deren Namen sie nicht mehr in den Mund nimmt. Ein Entschluss, den sie zwar vor ihrem Gewissen verantworten kann, der sie aber dennoch im Herzen trifft. An Elsy von La Roche schreibt sie in heiligem Zorn: »Sie und Ihre Kinder in einer so grausamen Lage, durch meinen Sohn! O meine Elsy! Nichts kann ausdrücken, was ich durch Ihre Situation und meine Machtlosigkeit leide. [...] O wie recht hat die Königin von England, die sagte: ›Es ist süßer, um ein totes Kind zu weinen als um ein lebendes.‹ [...] Ich weiß noch nichts von – wie soll man ihn nennen, denjenigen, der Sie ins Unglück brachte, der mir mein Grab schaufelt; [...] alles ist verloren, alles ist zerstört durch diesen Unglücklichen.«

Immerhin gelingt es Sophie mit Hilfe ihrer weitgespannten Beziehungen, Elsy von La Roche die Stelle einer Erzieherin in Düsseldorf anzubieten. Doch die Schwiegertochter scheut sich, sie hat von der in Vorschlag gebrachten Familie nichts Gutes gehört. Sophie bittet sie in Briefen inständig, darauf einzugehen. Sie selbst kann der Schwiegertochter finanziell nicht unter die Arme greifen, da ihre eigene Lage ebenfalls prekär ist. Fritz indes kehrt später nach Europa zurück. Sophie hört hin und wieder noch von ihm, und aus ihren Briefen klingt immer noch die Sorge der Mutter, trotz ihres Zorns über den missratenen Sohn. »Ach liebe Freundin!«, schreibt sie im Juni 1800 an Sophie von Pobeckheim und eröffnet ihr, wie sehr sie verwundet sei: »Ich war es doch sehr tief, als ich hörte, daß mein ältester Sohn in Paris arretiert [eingesperrt] sei. Er ist wieder frei. O wieviel Geist, Talent, Erfahrung, Glück, Schönheit und Herz, durch Eigenliebe zernichtet in diesem Sohn!« Fritz geht später als Holzhändler nach Russland, ist zeitweise verschollen; seine Spur verliert sich nach 1814, aber wenigstens das muss die Mutter nicht mehr miterleben.

Zumindest *eine* literarische Frucht trägt das Amerika-Abenteuer des verlorenen Sohnes Fritz. Sophie von La Roche hat mit Neugier seine Berichte und die der Schwiegertochter gehört und gelesen und bisweilen bedauert, dass sie zu alt und mittellos ist, um selbst einmal die junge Nation in Übersee zu besuchen und die Entstehung einer neuen, von Idealen geprägten Gesellschaft anzuschauen. Wo könnte man die Instrumente der Menschenerziehung besser ansetzen als in einer sich erst formierenden Gemeinschaft? 1798 erscheint in Leipzig Sophies dreibändiger, mehr als siebenhundert Seiten umfassender Roman *Erscheinungen am See Oneida*, der in Nordamerika spielt. Es ist das vielleicht bedeutsamste und außergewöhnlichste Buch ihrer späten Schaffensphase, und es feiert Amerika als die tatsächlich Neue Welt eines neuen Menschengeschlechts, jenseits der geistig-sittlichen Verwirrung und Desillusionierung, worin sich das gegenwärtige Abendland befindet. »Nordamerika war mir nahe«, so der Erzähler in dem Roman, der der Autorin Sophie von La Roche aus der Seele spricht, »eine Art Sympathie zog mich an, die Wesen dieses Welttheils kennenzulernen; müde des Denkens und Nachsuchens, über das was seyn könnte, da ist und da war; – überzeugt in Amerika Anfang und Fortgang des Anbaues der Vernunft und der Erde zu sehen.«

Im Roman wandert der Erzähler aus Deutschland nach Amerika aus. Im Staate New York, am See Oneida, kauft er sich ein großes Stück Land, um dort eine Kolonie aufzubauen. Er begegnet dem Ehepaar Carl und Emilie Wattines, französischen Emigranten, die vor der Revolution in ihrem Heimatland in die Neue Welt geflüchtet sind. Das Ehepaar hat vier Jahre lang auf einer einsamen Insel im See Oneida gelebt. Es ist die klassische Situation, sich als zivilisierter Europäer in der ungebändigten, aber auch unverdorbenen Welt der Natur und der Naturvölker zu beweisen und dadurch zu größerer innerer Freiheit zu gelangen. Carl und Emilie Wattines sind in der Einsamkeit nicht nur aufeinander angewiesen, sie lernen auch die Fähigkeiten des anderen schätzen und gelangen so zu gelebter Gleichberechtigung in der Ehe. Emilie wird von ihrem Mann sogar in der lateinischen Sprache unterwiesen und lernt die klassischen Autoren verstehen – worin sich

wieder einmal Sophie von La Roches alter, unerfüllter Traum bekundet.
Als Emilie schwanger wird, bekommt sie tatkräftige Hilfe von den in der Nähe siedelnden Indianern. Der Topos des »edlen Wilden«, beliebt in der Literatur der Aufklärung, wird hier erneut variiert, erhält aber eine erweiterte Bedeutung vor dem Hintergrund der Gräuel der Revolutionen und Kriege des ausgehenden 18. Jahrhunderts. Einer der Indianer nämlich grenzt sich harsch von den eigentlichen Wilden der Zivilisation ab – es sind Worte von gleichbleibender Aktualität:

»Ich ein Wilder! O, ich habe lange genug bey den Weissen gelebt, um überzeugt zu seyn, daß sie, nicht die Menschen im Walde, Wilde genannt werden sollten. Haben wir Gefängnisse und Prozesse? Sind wir nicht frei wie die Vögel, und sie Sclaven wie Hunde? haben wir so viel Leidenschaften, Laster, Krankheiten und Kummer als sie? Nein, wir ehren das Alter und sie verachten es. Ihre brennenden Wasser machen uns oft toll, aber ich und die Meinigen sagen: das Land, wo der Tag anfängt, ist ein böses Land, die Sonne geht nur vorbey, es ist nicht so gut wie das Unsere, wo sie zur Ruhe geht. Hört ihr! ein Jesuit sagte mir in meiner Jugend, daß unser Leben zu leer sey. Ich weiß jetzo, daß der Europäer ihres zu voll ist.«

Dennoch bleibt es Aufgabe und Pflicht der europäischen Siedler, ihre Zivilisation als humanistisch-christliche Gemeinschaft zu begreifen und entsprechend sittlich zu erfüllen und mit den Erkenntnissen des Verstandes anzureichern. Eine Rückkehr zum unverdorbenen Naturzustand der Indianer ist ihnen nicht möglich und wäre eine fatale Illusion. Hingegen müssen die Empfindsamkeit des Herzens und die vernunftbetonte Aufklärung eine Vereinigung erfahren, die den Menschen in der Verantwortung der Schöpfung sieht. Einseitige Hervorkehrung der Vernunft führt zu menschlicher Hybris, die Verwirrungen in der Folge der Französischen Revolution sind das beste Beispiel hierfür. Am Ende der Jahre auf der Insel steht für das Ehepaar Wattines die Erkenntnis, in die Zivilisation zurückkehren zu müssen, wollen sie nicht in einem zwar naturnahen, aber geistig begrenzten Zustand stehenbleiben. Das Ehepaar Wattines findet – geläutert in der Einsamkeit – wieder in die Gemeinschaft zurück und dient der Kolonie durch Vermittlung ihrer im Naturzustand erworbenen Fähigkeiten und Erkenntnisse. Der Erzähler, den das Heimweh nach Europa zurücktreibt, geht als ein veränderter Mensch, er ist erst in der neuen Gesellschaft Mensch geworden: »Wie tief ist dieses alles in meine Seele gegraben! Wie heilig, wie lieb werden diese Erinnerungen mir mein ganzes Leben seyn! [...] wie viel kann der gute, fleißige Mensch thun! und wenn ich die Encyclopädie sah, wie viel kann unser Geist denken, wissen und entdecken!«

Der Roman *Erscheinungen am See Oneida* ist auch ein Lob der Freundschaft. Zwar sterben Freunde Sophie von La Roches, andere wenden sich von ihr aus politischen, kunstanschaulichen oder persönlichen Gründen ab; dennoch besitzt sie noch im Alter die Gabe der Freundschaft und weiß den Bund seelisch verwandter Menschen hochzuhalten. Sie bemüht sich bei Elise zu Solms-Laubach um eine Stelle für den verarmten Literaten Christian August Vulpius (den Bruder von Goethes Lebensgefährtin und späterer Frau Christiane), sie empfängt in ihrer Grillenhütte Besuche von Caroline Böhmer (die später August Wilhelm Schlegel heiratet) und Germaine de Staël, geborene Necker, der Sophie auf ihrer ersten Schweizer Reise kurz begegnet ist, ohne sie jedoch anzusprechen. Jetzt, im Jahre 1804, ist Madame de Staël eine gefeierte Literatin und Intimfeindin Bonapartes. Sie befindet sich auf Deutschlandtour, um Materialien für ein Buch zu sammeln, das 1810 unter dem Titel *De l'Allemagne* erscheinen wird. Sophie, von alters her die leicht perlende Konversation gewohnt, ist von dem Temperament der Französin gleichwohl überrannt. Etwas ratlos schreibt sie an Friedrich von Gotha-Altenburg:

»Sie werden schon wissen, edler Prinz, daß die Verfasserin der Aufsehen erregenden *Delphine* zweimal in meiner Hütte war und daß ich nicht den Mut hatte, mit irgendeiner Frage oder einer Bemerkung mich diesem Strome der Beredsamkeit zu nähern, dessen Goldinhalt ich wohl zu würdigen weiß. Aber was ist es auch, sich eine halbe Stunde lang zu sehen und zu sprechen. Überhaupt trennte uns, Madame de Staël und mich, mein hohes Alter und unsere verschiedene Denkungsart.«

Gerne hätte sich Sophie von La Roche länger mit der reisenden Französin unterhalten; besonders über die Weimarer Verhältnisse hätte sie sich Informationen aus erster Hand gewünscht. Sie erinnert sich jetzt, im Jahre 1804, an ihre letzte Fahrt nach Thüringen – und ein quälender Schmerz des Verlusts durchzieht sie.

Mehrmals sandte Sophie von La Roche aus ihrer Grillenhütte in Offenbach Briefe nach Weimar, worin sie den sehnlichen Wunsch äußerte, ihren Jugendfreund Wieland wiederzusehen. Immer kam etwas dazwischen. Am 11. Juli 1799 endlich ist es so weit. Gemeinsam mit ihren zweiundzwanzig- und neunzehnjährigen Enkelinnen Sophie und Gunda Brentano besteigt die alte Dame die Kutsche. Sophie von La Roche hat tags zuvor noch ihr Testament abgefasst, denn in ihrem Alter und bei der Unzulänglichkeit der Wege kann solch eine Reise die letzte sein. Unterwegs betrachtet Sophie ausgiebig die ihr gegenübersitzende Enkelin, die ihren Namen trägt. Das Mädchen könnte als Schönheit gelten, wäre da nicht ein Fehler: Sie hat sich als Kind beim Spielen ein Auge eingestoßen. Jetzt trägt sie darüber eine schwarze Augenklappe.

Sophie Brentano (1776–1800)
Anonymes Gemälde, um 1798
(Freies Deutsches Hochstift, Frankfurter Goethe-Museum, Frankfurt a.M.
Foto: U. Edelmann)

Sophie von La Roche ist um ihre Enkelin besorgt. Sie weiß, dass das Mädchen sich nach Anlehnung und einem Heim sehnt. In Frankfurt ist der Patriarch Peter Anton Brentano zwei Jahre zuvor gestorben. Der zweitälteste Sohn Franz, aus der ersten Ehe Peter Antons, hat das Geschäft übernommen und ist Vormund der jüngeren Geschwister und Halbgeschwister. Die Enkelin Sophie, das weiß die Großmutter, wird im Haus zum Goldenen Kopf nicht mehr recht gelitten. Sie soll baldmöglichst heiraten, um der Familie nicht länger zur Last zu sein. Sophie gilt als gute Partie; Peter Anton Brentano hat jedem seiner Kinder ein beträchtliches Erbe hinterlassen. Sie hat sich vor einiger Zeit in Wien mit einem Grafen Joseph Anton Franz von Herberstein verlobt; aber der Graf verschiebt den Heiratstermin immer wieder und vertröstet seine Braut. Sophie von La Roche ahnt Schlimmes. Es erinnert sie zu sehr an die Jahre in Biberach, als sie – vergebens – auf Wielands Rückkehr aus der Schweiz wartete. Das ist fast ein halbes Jahrhundert her. Sophie muss nachsichtig den Kopf schütteln, über die vergangene Zeit, über ihre schwierige Freundschaft mit Wieland, und über ihre Courage, den Jugendfreund jetzt nochmals zu besuchen.

Mühsam geht es voran. Sophie ist erbost über Schlaglöcher und fehlende Wegweiser. In ihren Reisenotizen schreibt sie: »Und ich würde mich bey Bacha sehr gefreut haben, wenn eines von Deutschlands Reichsgerichten die Obergewalt hätte, diese Zurechtweisung einzuführen, besonders da ich hörte, dass die liebenswürdige Königin von Preußen auf diesem Wege zweymal umgeworfen wurde.« Die Fahrt geht über Eisenach und Gotha nach Weimar. Doch in der herzoglichen Residenzstadt lässt Sophie nur kurz anhalten. Sie will Goethe, der nur wenige hundert Meter entfernt in einem prächtigen Haus am Frauenplan wohnt, erst in ein paar Tagen besuchen. Jetzt fragt Sophie nur nach dem Weg nach Oßmannstedt. Es liegt wenige Meilen außerhalb der Stadt, Richtung Tiefurt, wo die Herzoginmutter Anna Amalia sommers in einem kleinen Lustschloss wohnt.

Wieland, der als einstiger Prinzenerzieher eine Pension bezieht, hat im Jahre 1797 das Rittergut Oßmannstedt gekauft, um hier fern dem städtischen Getriebe und höfischen Geschwätz ganz seiner Schriftstellerei und dem Genuss der Naturschönheit zu leben. Das Herrenhaus wird von einem üppigen Park umgeben, an einer Seite begrenzt durch das Flüsschen Ilm. Hier in Oßmannstedt arbeitet er an seinem großen Alterswerk, dem philosophischen Roman *Aristipp*. Doch von eigentlicher Ruhe, wie sie dem Dichter vorschwebte, kann keine Rede sein. Das Gut ist überschuldet, das bereitet Wieland manch schlaflose Nacht. Außerdem herrscht im Haus eine stete Unruhe; neben Wieland und seiner Frau Anna Dorothea bewohnen vier Kinder und Schwiegertöchter, sechs Enkel und das Gesinde das »Oßmantinum«, wie Wieland sein Haus antikisierend nennt, und machen aus dem beschaulichen Rückzugsort oft genug einen Taubenschlag. Wielands

Zeitgenosse Karl August Böttiger hat das belustigt beschrieben:

»Eine Scene in Osmanstädt. Wieland sitzt in den Visionen seines *Agathodämons*. Der kleine Enkel, ein wilder stämmiger Bube, der gar nicht zu bändigen ist, schießt auf einmal unten im Hause eine Flinte los, daß das ganze Gebäude erdonnert. Wieland springt mit Entsetzen auf. Alles läuft beim Vater zusammen. Man glaubt, der kleine Liebeskind habe sich erschossen. Wieland wird pathetisch, beklagt das Elend, mit solchen Rangen geplagt zu sein, erkennt den Kleinen gar nicht für seinen Abkömmling, decantat iras tragicas [leiert tragische Zornausbrüche herunter]. Niemand will zur Thür hinaus, um das Unglück zu beaugenscheinigen. Endlich wagt die eine Tochter das Hinabgehen. Man findet die Flinte des Jägers (für die Hasen im Garten) im Hause, ein Loch in die Thüre geschossen. Der Schütz ist über alle Berge. Neue Declamation von Wieland. Dies dauert drei Stunden. Die Frau, die Töchter versuchen vergeblich Besänftigung. Nur nach und nach ingens detumet ira [schwillt der gewaltige Zorn ab].«

Sophie von La Roche hat sich in ihren Tagträumen ein eigenes Bild vom Oßmantinum geschaffen. Obwohl sie selbst einen kinderreichen Haushalt führte, blendet sie jetzt doch gerne aus, was nicht in ihre Vorstellung von einem Dichterelysium passt. Der Empfang in Oßmannstedt ist herzlich. Sophie von La Roche hat den Eindruck, als seien seit der letzten Begegnung mit Wieland nicht beinahe drei Jahrzehnte, sondern erst wenige Wochen verflossen. Gleichwohl ist das Alter auch an Wieland nicht spurlos vorübergegangen: Unter seinem Käppchen schaut schütteres weißes Haar hervor; der lange, bequeme Hausmantel lässt ihn altväterlich aussehen.

Sie haben einander viel zu sagen, schwelgen nicht nur in der Vergangenheit, sondern erzählen sich auch den neuesten Klatsch aus Weimar und Frankfurt, und diskutieren über ihre jüngsten poetischen Projekte. Die alte Dame ist vom Zauber des Hauses und des Parks umfangen, die Alltäglichkeiten finden erst gar nicht den Weg in ihr Bewusstsein. In ihrem Reisebericht schreibt sie verzaubert über den ersten Morgen in Wielands Haus:

»Mein Erwachen war heitere Freude bey dem Gedanken, daß die Tage in Wielands Hause mich für Jahre voll Kummer schadlos halten würden. – Die Ansicht aus dem Fenster war mir feyerlich. Zwey große symmetrische Wohngebäude, welche auf einer Seite durch eine dichte Reihe hoher schlanker Bäume verbunden sind, auf der andern an die Mauer des Vorhofes sich anschließen, der ein schönes Wasserbecken in der Mitte hat, welches unter dem Schutz einer Syrene den Ablauf eines doppelten Springbrunnens erhält; die tiefe Ruhe, und auch die einsame Lage dieses Wohnsitzes rührte mich, als ich dachte: ›Dieses Ganze ist Sinnbild von Wielands Geist, alles groß, und seine Thätigkeit, wie diese Quelle, von dem frühen Morgen seines Lebens bis an den Abend seiner Tage, unerschöpflich fortströmend.‹«

Sophie betrachtet das Leben in Haus und Garten und glaubt hier die sinnvolle Verbindung von tätigem und beschaulichem Dasein gefunden zu haben:

»Dieser Wechsel von Büchern und ländlichen Auftritten war äußerst angenehm. – Wieland und sein ältester Sohn legten bald dieses bald jenes neue Werk auf meinen Tisch, worüber gesprochen wurde; dann kam eine Tochter mit Gläsern voll köstlicher Buttermilch – eine andere den Tag nachher mit einem Teller voll Kirschen – die gute Julie mit einem Korb voll Rosen. – Dann sah ich sie auch unter der Leitung der besten Mutter, mit Sorge für die Wäsche, für die Küche und den Keller, mit Bereitung des Flachses, mit der Milchkammer und Leinwandbleiche beschäftigt. Es würde jeden klugen Mann gefreut haben, uns zu begleiten, als Wieland mich in den Wirtschaftshof führte, mir

Scheunen und Stallungen zeigte, und wir mit ihm seinen Schaafen entgegen giengen; ich aber bey jedem Schritt seine Liebe zum Feldbau und seine Einsichten darinn bewunderte. Aber welche Worte können den Morgen bezeichnen, an welchem der große Mann mir freundlich den letzten Theil des siebenten Buchs seines *Agatho-Dämon* vorlas, und mich da gleichsam mit dem Resultat alles Denkens und Forschens seines Geistes bekannt machte!«

Weit lieber als mit seiner Jugendfreundin ist Wieland mit deren schöner Enkelin Sophie beisammen. Nachmittage lang sitzen der alternde Dichter und die junge Frankfurterin auf einer kleinen Lichtung am Ufer der Ilm, fernab des häuslichen Getriebes. Dort liest Wieland der jungen Frau Teile seines neuen Romans *Aristipp* vor – später verleiht er seiner Figur der geheimnisvollen Lais Züge der Frankfurter Kaufmannstochter. In jenen Tagen entsteht eine tiefe Freundschaft zwischen beiden. Sophie Brentano sieht in Wieland eine Art Vater; er hört ihr zu, wenn sie von ihren Ängsten und Nöten spricht, und tröstet sie durch den Schatz seiner Lebenserfahrungen. Doch Wielands Zuneigung trägt nicht nur väterliche Züge. Ein wenig entsagungsvolle Liebe schwingt mit, bisweilen glaubt er seine »englische Sophie« aus Biberacher Tagen neu auferstanden.

Besuch meldet sich an: Goethe – auch er inzwischen ein würdiger älterer Herr mit Ansatz zur Dicklichkeit – schaut in Oßmannstedt vorbei und begrüßt Sophie von La Roche, die er seit den Tagen in Ehrenbreitstein, als er sich ein wenig in Maximiliane verschaute, nicht mehr gesehen hat. Jetzt ist Goethe gerührt, in Sophie Brentano die Tochter der bereits verstorbenen Maxe zu erblicken, und auch sein Blick ruht wohlgefällig auf der jungen Frau.

Immer noch gilt Sophie von La Roches Name in den geistigen Kreisen Weimars etwas. Sie, ihre Enkelinnen,

Wieland und Goethe sind einmal zum Essen bei der Herzoginmutter in Tiefurt geladen, und Sophie von La Roche nutzt die Gelegenheit, ihre empfindsame Seite zu zeigen und gemeinsam mit Anna Amalia vor dem Denkmal des frühverstorbenen Prinzen Constantin zu weinen – sie weiß ja nur zu gut um den Schmerz, dem eigenen Sohn ins Grab schauen zu müssen.

Man hofiert die Autorin der *Geschichte des Fräuleins von Sternheim* und reicht sie in der Gesellschaft herum, aber doch mehr wie eine Koryphäe aus längst vergangenen Tagen. Die geistigen Köpfe Weimars haben sich in all den Jahrzehnten in ihrem Denken stark verändert, haben neue Fraktionen gebildet und alte Bündnisse gelöst. Davon weiß Sophie zu wenig. Auch tut man ihr das Unrecht, sie auf das bequeme Bild der gefühlsseligen alten Dame festzulegen, deren literarische Zeit vorbei ist. Die jüngsten Publikationen, allen voran die *Erscheinungen am See Oneida*, werden von den bisweilen hochmütigen und ignoranten Weimarer Größen übersehen.

Jedenfalls ist es nicht verwunderlich, dass hinter Sophies Rücken ein Briefwechsel zwischen Goethe und seinem Jenaer Freund Friedrich Schiller geführt wird, worin sich beide spöttisch über das drohende »Ungewitter« Sophie von La Roche auslassen. Schon zu Beginn von Sophies Aufenthalt bei Wieland schreibt Goethe an Schiller: »Madame la Roche ist wirklich in Oßmannstedt angekommen, und da ich mich gegenwärtig im Stand der Erniedrigung befinde, so brauche ich den Beistand der Unglücksburgemeisterin nicht, um diesem Besuch gehörig zu begegnen.« Schiller pflichtet ihm bei: »Mir ist bei dieser Nähe der betagten Freundin schlecht zu Mute, da ich für alles, was drückt und einengt, gerade jetzt sehr empfindlich bin.« Und Goethe wiederum, bereits nach der Wiederbegegnung mit Sophie: »Frau v. la Roche habe ich zweimal [...] gesehen und sie eben gerade wie vor zwanzig

Jahren gefunden. Sie gehört zu den nivellierenden Naturen, sie hebt das Gemeine herauf und zieht das Vorzügliche herunter und richtet das Ganze alsdenn mit ihrer Sauce zu beliebigem Genuß an; übrigens möchte man sagen, daß ihre Unterhaltung interessante Stellen hat.« Auf solch »interessante Stellen« der Konversation verzichtet Schiller freilich gerne. Erleichtert ist er, dass nur die Enkelinnen Sophie und Gunda Brentano nach Jena kommen, denn Sophie von La Roche fürchtet die »Schnecke«, einen steilen, gewundenen Weg, der sich von den Höhen ins Jenaer Tal hinabzieht. Schiller berichtet Goethe von dem Besuch der beiden jungen Frauen: »Die zwei Damen haben mich neulich wirklich besucht und für sie zu Hause gefunden. Die kleine [Sophie Brentano] hat eine sehr angenehme Bildung, die selbst durch ihren Fehler am Aug nicht ganz verstellt werden konnte.«

Zurück in Oßmannstedt, werden Großmutter und Enkelinnen von ganz anderem Besuch überrascht. Der knapp einundzwanzigjährige Enkel Clemens Brentano, der damals in Jena wohnt, macht eine Visite. Erst vier Monate zuvor hat der äußerst begabte, aber wankelmütige junge Mann seiner Großmutter geklagt: »Ich bin gut, ich werde verdienen glücklich zu ein, aber ich werde es nie sein. Dies ist keine Jünglingsmelodie aus moll-Ton, keine idealisierte Verrechnung, es [ist] Folge aus Gründen, die außer mir sind, und an denen ich zerschellen werde in der rauschenden reißenden Flut meiner Schicksale.« Die Großmutter, gerührt über das Vertrauen, das Clemens ihr entgegenbringt, und zugleich unnachsichtig gegenüber dieser – wie sie glaubt – Koketterie mit der Schwermut, sprach dem Enkel bereits früher Mut zu: »Wirklich wäre Anlage zu abenteuerlichen und artigen Geschichten in dir, wenn eine solche Arbeit nicht anhaltenden Eifer foderte. Romanestoff, der nach deinem Feuerkopf paßte, liegt nicht unter meinen grauen Haaren. Dein dich immer treibender Geist wird dich schon zu einer Quelle führen. Ob es Freund Hein tun wird, der neben deinem Sitz hängt, zweifle sehr; ehender der öftere Anblick der edlen Dichterin Mereau. Ich würde es eine schöne Stunde nennen, diese liebenswerte Frau zu sehen, und würde mich freuen, wenn ich wüßte, daß ihr etwas von mir gefallen hat.«

Ein Name ist gefallen: Sophie Mereau. Sie ist eine junge, talentierte Dichterin, die in den Jenaer Intellektuellenkreisen verkehrt und bereits mit einem Roman unter dem Titel *Das Blütenalter der Empfindung* und verschiedenen Gedichten und Erzählungen in Schillers Zeitschrift *Die Horen* hervorgetreten ist. Schiller fördert die junge Frau und bezeichnete sie in einem Brief an Goethe als hoffnungsvolle Dichterin, von der noch etwas zu »erleben« sei.

In Jena, wohin Clemens im Sommer 1798 zum Studium kam, hat er die schöne und unglücklich verheiratete Dichterin kennengelernt. Bald sind sie ein Paar. Sophie von La Roche, die zeitlebens eine gewisse kupplerische Neigung nicht abgelegt hat, ist neugierig auf die Geliebte des Enkels. Jetzt, da in Oßmannstedt eine Kutsche vorfährt und Clemens aussteigt, ist er nicht allein: an seiner Seite die knapp dreißigjährige Sophie Mereau (sie ist acht Jahre älter als ihr Geliebter). Sie ist schön und strahlt Klugheit und Selbstbewusstsein aus. Auch sie hat schon viel von der legendären Autorin der *Geschichte des Fräuleins von Sternheim* gehört und auch einige ihrer Bücher und die Zeitschrift *Pomona* gelesen. Sophie von La Roche ist der Jüngeren stets ein Vorbild gewesen, weniger ästhetisch als in der Art und Weise, wie die Ältere den jungen Frauen durch ihre Schriften Mut zum Gefühl und zur tätigen Selbstbehauptung gemacht hat. Jetzt stehen sich die beiden Frauen gegenüber. Die anfängliche Scheu ist schnell verflogen, die Grenzen des Altersunterschieds fallen. Die beiden namensgleichen Frauen schließen einander ins

Herz, sie verbringen heitere Tage, lachen viel, diskutieren über Literatur und Reisen, über die wahre Liebe, über stete Freundschaft und die Rolle der Frau in der Ehe. Durch diesen Umgang, so Sophie von La Roche, seien die »Tage verschönert« gewesen, »wie ihre [Sophie Mereaus] vortrefflichen Gedichte trübe Stunden erheitern und mit Blumen bekränzen«. Ein Brief Sophie von La Roches an Sophie Mereau hat sich erhalten, worin sie die junge Frau vertrauensvoll bittet, Geduld mit Clemens zu haben. Zudem bezeugt sie der jungen Dichterin neidlos Achtung vor deren literarischem Talent: »Mögen Sie, liebenswürdige Frau! lauter Tage sehen, die so reich an Wohlergehen für Sie sein als Ihre Gedichte an Schönheit und Größe des Geistes und Empfindungen, so erfüllt das Schicksal einen Wunsch Ihrer ergebenen Freundin Sophie v. laRoche.«

Im Jahre 1803 heiraten Clemens Brentano und Sophie Mereau und ziehen einige Zeit später nach Heidelberg. Dort stirbt Sophie am 31. Oktober 1806 im Kindbett. Die alte Sophie von La Roche, die in der jungen Dichterin glaubte ein Ebenbild gefunden zu haben, ist darüber arg betrübt.

Der Aufenthalt in Oßmannstedt im Jahre 1799 ist noch ganz unbeschwert. Mitte August verlassen Sophie von La Roche und ihre beiden Enkelinnen Wielands Gutshaus und fahren weiter ins Anhaltinische, nach Schönebeck. Dort besuchen sie Sophies Sohn, den Bergrat Carl, und seine Familie, besichtigen die Anlagen zur Salzgewinnung und fahren auch nach Magdeburg. Mitte September geht es über Leipzig und Naumburg erneut nach Oßmannstedt zurück, dort verbringen die Frauen noch einige Tage. Am 4. Oktober verabschiedet sich Sophie von La Roche von ihrem Jugendfreund. Sie ahnt, dass sie sich nie mehr sehen werden, und nimmt doch das Wort Abschied nicht in den Mund. Wehmütig schreibt sie in ihrem Reisebericht:

»Von Abschied wollte ich nicht sprechen, nur auf der Thürschwelle von Wielands Zimmer bat ich den Himmel ganz stille, ›alle, alle seine Wünsche für sich und seine Familie in allem zu erfüllen‹, und gieng noch einige Zeit allein in den Garten, bis ein kleiner Regen mich aus der mir so lieben Lindenallee verjagte.«

Christoph Martin Wieland und Sophie Brentano haben eine tiefe Zuneigung zueinander gefasst. Zurück in Frankfurt, schreibt die junge Frau dem väterlichen Freund oftmals und erhält von ihm verständnisvolle, beinahe zärtliche Antworten. Für das folgende Jahr lädt er die junge Frau wieder in sein Oßmantinum ein. Im Juli 1800 fährt Sophie Brentano dorthin, diesmal ohne die Großmutter La Roche. Doch nach wenigen glücklichen Wochen auf dem Land erkrankt Sophie an einer Hirnhautentzündung und stirbt in Wielands Haus am 20. September, erst vierundzwanzig Jahre alt. Wieland ist untröstlich und lässt Sophie im Park an der Ilm, dort, wo er am liebsten mit der jungen Frau gesessen ist, beisetzen. Sophie von La Roche, die ebenfalls sehr an der Enkelin hing und in ihr nicht zuletzt eine Art Wiederholung der einstigen zärtlichen Zuneigung zu Wieland sah, ist tieftraurig. An Wieland schreibt sie: »Haben Sie Dank, mein Freund! für die Tränen der Wehmut und Dankbarkeit, welche ich bei Ihrem Brief weinte; ich fühlte eine Art Glück bei der Überzeugung, daß *Wieland mich bedaurte*. Es ist herb, mein Schicksal, seit Jahren nahm es mir ein Gutes nach dem andern und nun auch in Sophie den Ersatz, in welchem mein Herz sich schadlos gehalten achtete.«

1801 stirbt Wielands Frau Anna Dorothea und wird ebenfalls im Park an der Ilm bestattet. 1803 muss Wieland das überschuldete Landgut verkaufen. Er zieht zurück nach Weimar. Doch vom Grab der beiden geliebten Frauen kann er sich nicht trennen. 1807 lässt er dort einen dreiseitigen Obelisken aufstellen. Die dritte Seite bestimmt

Wieland für sich selbst. Er wird dort im Jahre 1813 beigesetzt.

Das Alter hat Sophie von La Roche und Christoph Martin Wieland weise werden lassen. Die einstige heftige Zuneigung, aber auch gegenseitige Vorhaltungen und ein zeitweiliges Konkurrenzverhalten sind einer abgeklärten Dankbarkeit gewichen. Am 20. Dezember 1805 gratuliert der Weimarer Dichter seiner Offenbacher Freundin zum fünfundsiebzigsten Geburtstag – und vertut sich dabei um zwei Wochen. Sein Brief ist eine späte Huldigung an die Schriftstellerin Sophie von La Roche und eine innige Freundschaftserklärung. Ohne seine Sophie und die Jugendliebe in Biberach, so gesteht Wieland ein, wäre er nie zum Dichter geworden. Was die Zukunft anbelangt, so glaube er, dass er vor Sophie sterben werde: »[...] eine innere Ahnung sagt mir, daß Sie sich, während *meine* Kräfte unvermerkt abnehmen, in der seltenen Jugendkraft des Geistes, welche alle Welt an Ihnen bewundert, noch lange erhalten werden.«

Wieland irrt. Sophie besitzt freilich eine eiserne Gesundheit. In einem Brief der letzten Lebensjahre gesteht sie, sie fühle sich wohler denn je. Nur ein »Nervenfieber« – vielleicht Rheuma? – macht ihr hin und wieder etwas zu schaffen. In ihrem letzten Lebensjahr 1806 schreibt sie wie eh und je an einem Buch. Immer noch fühlt sie sich geistig und körperlich rege. Aus dem nahen Frankfurt kommen die Enkel und Enkelinnen sie hin und wieder in ihrer Grillenhütte besuchen. Franz Brentano steckt der alten Dame bisweilen Geld zu, und sie quittiert es stolz mit einem Schuldschein, wohl wissend, dass sie es nie wird zurückzahlen können. Nach ihrem Tod wird man die Schuldscheine säuberlich gebündelt in einer Schatulle finden.

Die einstige Bedeutung Sophie von La Roches freilich erkennen die schreibenden Enkel nicht mehr so recht.

Bettine nähert sich in jenen Jahren der Großmutter besonders an, ihr hat sie in ihren späteren Büchern *Clemens Brentanos Frühlingskranz* und *Die Günderode* ein zärtliches Denkmal gesetzt, wobei sie die alte Dame nicht ohne Klischee als zwar liebenswürdig, aber doch arg verschroben gezeichnet hat. Vor allem Sophie von La Roches moralische Weisungen mögen den jungen Leuten etwas aufgestoßen sein. Eher kritisch äußert sich Bettine in einem Brief an den Bruder Clemens: »Und Du predigst mir immer Pietät gegen die Großmutter! – Wo und wie soll sich das alles zusammenfinden, ohne daß heuchlerische und kleinliche Furcht sich drein mische!«

Bettine Brentano (1785–1859)
Anonyme farbige Miniatur, 1809

Anfang Februar 1807 wird Sophie von La Roche krank. Der Freundin Elise zu Solms-Laubach schreibt sie am 9. Februar vom Krankenlager in von der Schwäche diktiertem Telegrammstil: »Alte La Roche leidet seit sechs Tagen an heftigem Magen- und Rückenweh.« Sie stirbt am 18. Februar, abends gegen sieben Uhr, im Alter von sechsundsiebzig Jahren. Luise Möhn berichtet der Gräfin: »Sie war auf ihrem Krankenbett so, wie sie lebte: ruhig, sanft, geduldig, ergeben. Schmerzen hatte sie in den letzten acht Tagen gar keine, gänzliche Entkräftung war ihr Tod.«

Etwas persönlicher wirkt der Bericht der Enkelin Meline: »Die Entkräftung der Großmutter nimmt immer zu; doch behielt sie ihren völligen Verstand; sie erbaute jedermann, sprach mit allen, und ihre große Gutmütigkeit hat sich in ihrer Krankheit sehr gezeigt. Den Dienstag war ich wie gewöhnlich morgens bei ihr, sie zog mich zu sich aufs Bett und küßte mich mehrmals sehr zärtlich, doch ohne so wie sonst, wenn sie krank war, Abschied zu nehmen. Den Mittwoch war sie viel schwächer, aber immer noch bei sich. Die Tante [Luise Möhn] verließ sie keinen Augenblick. Wir schickten abends noch einen Boten hinaus, da war sie noch kränker. Diesen Morgen schreibt die Tante, die gute liebe Großmutter sei um 7 Uhr gestern [18.2.] abend auf ewig eingeschlafen. Sie hatte ein ruhiges unendlich schönes Ende, bewies recht durch ihr Sterben, wie gut sie war.«

Sophies letztes Buch *Melusinens Sommer-Abende*, eine Art Vermächtnis, wird posthum von Christoph Martin Wieland herausgegeben. Ein letzter Freundschaftsdienst, und merkwürdiger Abschluss der literarischen Karriere Sophie von La Roches, die 1771 mit Wielands Herausgabe der *Geschichte des Fräuleins von Sternheim* begann.

Sophie von La Roche wird in Bürgel bei Offenbach neben ihrem Mann und dem Sohn Franz beigesetzt. In ihrem Buch *Schattenrisse abgeschiedener Stunden in Offenbach, Weimar und Schönebeck im Jahr 1799* hat sie sich den folgenden Grabspruch gewünscht, der – wenngleich er nicht das Grabmal ziert – ziemlich scharfsinnig ihr Wesen und Selbstverständnis umreißt:

»Sie war gut und aufrichtig, liebte und ehrte die Menschheit. Sucht ihre Verdienste nicht weiter zu entwickeln, und ziehet ihre Schwachheiten nicht aus ihrem dunkeln Wohnorte hervor. Da ruhen sie beyde in zitternder Hoffnung in dem Schooße ihres Vaters und ihres Gottes.«

Auswahlbibliografie

Werke Sophie von La Roches (Erstausgaben)

Geschichte des Fräuleins von Sternheim. Von einer Freundin derselben aus Originalpapieren und andern zuverlässigen Quellen gezogen. Hrsg. von C. M. Wieland. Theil 1. 2. Leipzig 1771.

Der Eigensinn der Liebe und Freundschaft. Eine engländische Erzählung nebst einer kleinen deutschen Liebensgeschichte. Aus dem Französischen übersezt. Zürich 1772.

Rosaliens Briefe an ihre Freundinn Mariane von St**. Von der Verfasserinn des Fräuleins von Sternheim. Theil 1. 2. 3. Altenburg 1779–81.

Pomona für Teutschlands Töchter. Jg. 1783, H. 1–12. Jg. 1784, H. 1–12. Speyer 1783–84.

Moralische Erzählungen der Frau Verfasserin der Pomona. Sammlung 1. 2. Speyer 1783–84.

Briefe an Lina. Speyer 1785.

Neuere moralische Erzehlungen. Altenburg 1786.

Tagebuch einer Reise durch die Schweiz, von der Verfasserin von Rosaliens Briefen. Altenburg 1787.

Journal einer Reise durch Frankreich, von der Verfasserin von Rosaliens Briefen. Altenburg 1787.

Briefe an Lina als Mädchen. Ein Buch für junge Frauenzimmer die ihr Herz und ihren Verstand bilden wollen. Leipzig 1788.

Tagebuch einer Reise durch Holland und England von der Verfasserin von Rosaliens Briefen. Offenbach 1788.

Geschichte von Miß Lony und der schöne Bund. Gotha 1789.

Rosalie und Cleberg auf dem Lande. Offenbach 1791.

Briefe über Mannheim. Mannheim 1791. Zürich 1791.

Erinnerungen aus meiner dritten Schweizerreise. Meinem verwundeten Herzen zur Linderung vielleicht auch mancher traurenden Seele zum Trost geschrieben. Offenbach 1793.

Schönes Bild der Resignation. Theil 1. 2. Leipzig 1795–96.

Briefe an Lina als Mutter. Ein Buch für junge Frauenzimmer die ihr Herz und ihren Verstand bilden wollen. 2 Bde. Leipzig 1795–97.

Meine Reise im Wonne und Brach Mond 1792. Berlin 1796.

Erscheinungen am See Oneida. Bd. 1–3. Leipzig 1798.

Mein Schreibetisch. An Herrn G. R. P. in D. Bd. 1.2. Leipzig 1799.

Schattenrisse abgeschiedener Stunden in Offenbach, Weimar und Schönebeck im Jahr 1799. Leipzig 1800.

Fanny und Julia oder die Freundinnen. Theil 1. 2. Leipzig 1801–1802.
Liebe-Hütten. Theil 1. 2. Leipzig 1803–04.
Herbsttage. Mit einem Kupfer von [Johann Georg] Penzel und mit Musik. Leipzig 1805.
Melusinens Sommer-Abende. Hrsg. v. C. M. Wieland. Halle 1806 [eigtl. 1807].

Briefe und Tagebücher

Bräuning-Oktavio, Hermann (Hrsg.): Aus Briefen J. H. Mercks an Sophie von La Roche aus den Jahren 1771–1774. In: Goethe 19 (1957) S. 298–317.
Ebart, P. von (Hrsg.): Briefe der Sophie von La Roche an den Prinzen Friedrich von Gotha-Altenburg. In: Westermanns Illustrierte Deutsche Monatshefte 89 (1900/1901) S. 771–781.
Elbin, Günther (Hrsg.): Sophie von La Roche. Niederrheinisches Tagebuch. Duisburg 1985.
Hassencamp, Robert (Hrsg.): Aus dem Nachlass der Sophie von La Roche. Briefe von Arndt, G. Forster, W. Heinse, W. von Humboldt, Just. Moeser, C. F. von Moser, G. Konr. Pfeffel und Seume [zwischen 1782 und 1803]. [18 Briefe.] In: Euphorion 5 (1898) S. 475–502.
– (Hrsg.): Briefe von Johann Heinrich Jung-Stilling an Sophie von La Roche. [Aus den Jahren 1779–1805.] In: Euphorion 2 (1895) S. 579–587.
– (Hrsg.): Neue Briefe Chr[istoph] Mart[in] Wielands. Vornehmlich an Sophie von La Roche. Stuttgart 1894.
– (Hrsg.): Über die Briefe der Julie von Bondeli an Sophie von La Roche. [5 Briefe zwischen 1763 und 1777.] In: Euphorion 4 (1897) S. 579–586.
Kampf, Kurt (Hrsg.): Sophie La Roche. Ihre Briefe an die Gräfin Elise zu Solms-Laubach. 1787–1807. Offenbach 1965.
Lenz, Jakob Michael Reinhold: 9 Briefe an Sophie von La Roche zwischen 1775 und 1776. In: Euphorion 3 (1896) S. 529–540.
Loeper, Gustav von (Hrsg.): Briefe Goethe's an Sophie von La Roche und Bettina Brentano nebst dichterischen Beilagen. Berlin 1879.
Maurer, Michael (Hrsg.): Ich bin mehr Herz als Kopf. Sophie von La Roche. Ein Lebensbild in Briefen. München 1983.
Schelle, Hansjörg (Hrsg.): Neue Quellen und Untersuchungen zum Kreise Sophie von La Roches und C[hristoph] M[artin] Wielands. [1754–1798.] Tl. 1. [Mit einem Literaturverz.]. In: Lessing Yearbook 20 (1988), S. 205–291.

Schelle, Hansjörg (Hrsg.): Unbekannte Briefe C. M. Wielands und Sophie von La Roches aus den Jahren 1789 bis 1793. Wielands häusliches Glück und seine Freundschaft mit Sophie von La Roche in den beiden letzten Jahrzehnten des 18. Jahrhunderts – Handschriften und Kommentar. In: Modern Language Notes 86 (1971) S. 649–695.

Schulz, Ursula (Hrsg.): Briefe von Heinrich Christian Boie und Luise Mejer an Sophie La Roche, 1779–1788. In: Wolfenbütteler Studien zur Aufklärung. Bd. 3. Bremen 1976. S. 67–99.

Seiffert, Hans Werner: Ein empfindsamer Briefwechsel. In: Beiträge zur deutschen und nordischen Literatur (1958) S. 153–174.

Seuffert, Bernhard: Der älteste dichterische Versuch von Sophie Gutermann-La Roche. [Abdruck eines Briefes an Wieland mit Schilderung der Eindrücke beim Lesen von Bodmers *Jacob und Joseph.*] In: Euphorion 13 (1906) S. 468–473.

Wielands Briefwechsel. Hrsg. von der Akademie der Wissenschaften der DDR. Berlin 1963 ff.

Personalbibliografien

Becker-Cantarino, Barbara: Sophie von La Roche (1731–1807). Kommentiertes Werkverzeichnis. In: Das achtzehnte Jahrhundert 17 (1993) S. 28–49.

La Roche, Marie Sophie von. Bibliographie. In: Goedekes Grundriß. Bd. 4, I. ^{3}1916. S. 591–593.

Vorderstemann, Jürgen: Sophie von La Roche. Eine Bibliographie. Mainz 1995. (Bibliographische Hefte. 2.)

Biografische Untersuchungen (auch zu einzelnen Lebensphasen und Beziehungen)

Adam, Wolfgang: Die Schweizer Reisen der Sophie von La Roche. In: Helvetien und Deutschland. Hrsg. von Hellmut Thomke. Amsterdam 1994. S. 33–55.

Assing, Ludmilla: Sophie von La Roche, die Freundin Wielands. Berlin 1859.

Bach, Adolf: Aus dem Kreise der Sophie La Roche. Köln 1924.

Becker-Cantarino, Barbara: »Muse« und »Kunstrichter«. Sophie La Roche und Wieland. In: Modern Language Notes 99 (1984) S. 571–588.

Fielitz, Wilhelm: Goethe und Sophie La Roche. In: Archiv für Litteraturgeschichte 10 (1881) S. 83–96.

Gebele, Eduard: Sophie von Laroche. In: Lebensbilder aus dem Bayerischen Schwaben. Bd. 7. München 1959. S. 276–300.

Haag, Klaus / Vorderstemann, Jürgen (Hrsg.): Meine liebe grüne Stube. Die Schriftstellerin Sophie von La Roche in ihrer Speyerer Zeit (1780–1786). Speyer 2005.

Jansen, Heinz: Sophie von La Roche im Verkehr mit dem geistigen Münsterland. Nebst ungedruckten Briefen Sophies an Sprinckmann. Münster 1931.

Koenig-Warthausen, Gabriele von: Sophie La Roche, geb. Gutermann. Schriftstellerin, Jugendliebe Wielands. 1730–1807. In: Lebensbilder aus Schwaben und Franken. Hrsg. von Max Miller und Robert Unland. Bd. 10. Stuttgart 1966. S. 101–125.

Milch, Werner: Sophie La Roche. Die Großmutter der Brentanos. Frankfurt a. M. 1935.

Minder, Robert: Geist und Macht oder Einiges über die Familie Brentano. [S. von La Roche, C. Brentano, B. v. Arnim]. Abhandlungen der Klasse der Literatur. Jg. 1971/72, Nr. 3. Mainz 1972.

Nerl-Steckelberg, Charlotte / Pott, Klaus: »Das wahre Glück ist in der Seele des Rechtschaffenen«. Sophie von La Roche (1730–1807). Museum Sophie La Roche, Bönnigheim. Katalog zur Ausstellung. Bönnigheim [o. J.].

Ottenbacher, Viia / Bock, Heinrich: »... schönere Tage sah ich nie ...«. Sophie von La Roche in Warthausen. Marbach a. N. 1997. (Spuren. 38.)

Plato, Karl Theo: Die Brentanos. Einige Betrachtungen zur Familiengeschichte. (Vortrag, 1.4.1979). Koblenzer Hefte für Literatur. Nr. 1. Koblenz 1979.

– Sophie La Roche in Koblenz-Ehrenbreitstein. Mittelrheinische Hefte. Nr. 1. Koblenz 1978.

Steiner, O.: Sophie von La Roche in Schönebeck. In: Schulschriften aus der Provinz Sachsen. Zehntes Programm der Realschule zu Schönebeck a. E., 1885. S. 5–14.

Strohmeyr, Armin: Die Frauen der Brentanos. Porträts aus drei Jahrhunderten. Berlin 2006.

Sudhof, Siegfried: Sophie Laroche. In: Deutsche Dichter des 18. Jahrhunderts. Hrsg. von Benno von Wiese. Berlin 1977.

Ulrich, Conrad: Begegnungen mit Zürich im ausgehenden 18. Jahrhundert. Zürich [1962] [S. 1–44: Sophie von La Roche].

Vorderstemann, Jürgen: Sophie von La Roches Speyerer Jahre. In: Euphorion 86 (1992) S. 148–170.

Literatur zu Einzelaspekten

Albrecht, Wolfgang: Sophie von La Roches Beitrag zur spätaufklärerischen Reiseliteratur der achtziger Jahre des 18. Jahrhunderts. In: Wissenschaftliche Zeitschrift der Martin-Luther-Universität Halle-Wittenberg 41 (1992) H. 6. S. 79–81.

Asmus, Rudolf: G[eorg]. M[ichael]. De La Roche. Ein Beitrag zur Geschichte der Aufklärung. Karlsruhe 1899.

Becker-Cantarino, Barbara: Sophie von La Roche. In: Deutsche Dichter. Hrsg. von Gunter E. Grimm und Frank Rainer Max. Bd. 3. Stuttgart 1988. S. 247–253.

Boehmel-Fichera, Ulrike: »Wir und unsere Fähigkeiten wurden immer nur zu der Hausdienerschaft gerechnet«. Sophie von La Roches literarische Frauenzeitschrift *Pomona.* In: Annali dell'Istituto Universitario orientale di Napoli. Sezione Germanica 29 (1986). Studi tedeschi 1–3. S. 7–47.

Dane, Gesa: Sophie von La Roche: *Geschichte des Fräuleins von Sternheim.* In: Romane des 17. und 18. Jahrhunderts. Stuttgart 1996. S. 171–195.

Dedner, Burghard: Sophie La Roche: *Die Geschichte des Fräuleins von Sternheim* und *Rosaliens Briefe*: Die Umdeutung der Tradition im Bereich »realistischen« Erzählens. In: B. D.: Topos, Ideal und Realitätspostulat. Tübingen 1969. S. 54–87.

Ehrich-Haefeli, Verena: Individualität als narrative Leistung. Zum Wandel der Personendarstellung in Romanen um 1700 – Sophie La Roche, Goethe, Lenz. In: Physiognomie und Pathognomie. Zur literarischen Darstellung von Individualität. Festschrift für Karl Pestalozzi. Hrsg. von Wolfram Groddeck und Ulrich Stadler. Berlin 1994. S. 49–75.

Giesenfeld, Günter: Die Leiden des papiernen Mädchens. Sophie von La Roche, Wieland und die Anfänge des Trivialromans. In: Erfahrung und Ideologie. Studien zur massenhaft verbreiteten Literatur. Hrsg. von G. G. [u. a.]. Berlin 1983. S. 7–16.

Grunenberg, Dorothea: *Die Geschichte des Fräulein von Sternheim* oder wie sich eine edle Seele in bösen Lebenslagen gut benimmt. Informationsgespräch über den ersten deutschen Frauenroman. Stuttgart 1985.

Heidenreich, Bernd: Sophie von La Roche. Eine Werkbiographie. Frankfurt a. M. 1986.

Hohendahl, Peter Uwe: Empfindsamkeit und gesellschaftliches Bewußtsein. Zur Soziologie des empfindsamen Romans am Beispiel von La Vie de Marianne [Marivaux], Clarissa [Richardson], Fräulein von Sternheim [Sophie von La Roche] und Werther [Goethe]. In: Jahrbuch der Deutschen Schillergesellschaft 16 (1972) S. 176–207.

Lange, Victor: Visitors to Lake Oneida: An Account oft the Background of Sophie von la Roche's Novel *Erscheinungen am See Oneida*. In: Deutschlands literarisches Amerikabild. Hrsg. von Alexander Ritter. Hildesheim 1977. S. 92–122.

Langner, Margrit: Sophie von La Roche – die empfindsame Realistin. Heidelberg 1995. [Mit Bibliografie.]

Loster-Schneider, Gudrun: Sophie la Roche. Paradoxien weiblichen Schreibens im 18. Jahrhundert. Tübingen 1995. (Mannheimer Beiträge zur Sprach- und Literaturwissenschaft. 26.)

Manger, Klaus / Reemtsma, Jan Philipp (Hrsg.): Wielandgut Oßmannstedt. München/Wien 2005.

Maurer, Michael: Das Gute und das Schöne. Sophie von La Roche (1730–1807) wiederentdecken? In: Euphorion 79 (1985) S. 111–138.

Meise, Helga: Politisierung der Weiblichkeit oder Revolution des Frauenromans? Deutsche Romanautorinnen und die Französische Revolution. [Über *Die Familie Seldorf* von Therese Huber und *Die Erscheinungen am See Oneida* von Sophie von La Roche]. In: Inge Stephan / Sigrid Weigel (Hrsg.): Die Marseillaise der Weiber. Hamburg 1989. S. 55–73.

Naumann, Ursula: Das Fräulein und die Blicke. Eine Betrachtung über Sophie La Roche. In: Zeitschrift für deutsche Philologie 107 (1988) S. 488–516.

Perretta, Vanda: Alte und neue Schreibtische. [Über die Bedeutung eines eigenen Schreibtisches, besonders bei Sophie von la Roche, beschrieben in *Mein Schreibetisch*]. In: Annali dell'Istituto Universitario orientale di Napoli. Sezione Germanica 32 (1989). Studi tedeschi 3. S. 63–72.

Petschauer, Peter: Sophie von La Roche, Novelist Between Reason and Emotion. In: The Germanic Review 57 (1982) S. 70–77.

Radspieler, Hans: Christoph Martin Wieland 1733–1813. Leben und Wirken in Oberschwaben. Katalog zur Ausstellung der Stadtbibliothek Ulm. Weißenhorn 1983.

Ridderhoff, Kuno: Sophie von La Roche und Wieland. Zum 100jährigen Todestag der Dichterin. Hamburg 1907.

Riemann, Carl: Die Sprache in Sophie La Roches Roman *Geschichte des Fräuleins von Sternheim*. Ein Beitrag zur Geschichte der Schriftsprache im 18. Jahrhundert. In: Wissenschaftliche Zeitschrift der Friedrich-Schiller-Universität Jena 8 (1958/59) S. 173–193.

Riley, Helene: Tugend im Umbruch. Sophie Laroches *Geschichte des Fräuleins von Sternheim* einmal anders. In: H. R.: Die weibliche Muse. Sechs Essays über künstlerisch schaffende Frauen der Goethezeit. Columbia (South Carolina) 1986. S. 27–52.

Ritter, Heidi: Eine Frau entwirft das Bild einer Frau. Sophie La Roche und ihr Roman *Geschichte des Fräuleins von Sternheim*. In: »Wen kümmert's, wer spricht«. Zur Literatur- und Kulturgeschichte von Frauen in Ost und West. Hrsg. von Inge Stephan, Sigrid Weigel und Kerstin Wilhelms. Köln 1991. S. 167–175.

Spies, Bernhard: Sophie von La Roches *Geschichte des Fräuleins von Sternheim* und die moderne Trivialliteratur. Das moralische Vorbild als psychologische Kompensation. In: Literatur für Leser (1991) S. 80–89.

Stern, Guy: Wieland als Herausgeber der *Sternheim*. In: Hansjörg Schelle (Hrsg.): Christoph Martin Wieland. Nordamerikanische Forschungsbeiträge. Tübingen 1984. S. 195–208.

Stock, Edith: Die Darstellung des Gefühls in drei Romanen des achtzehnten Jahrhunderts. [Christian Fürchtegott Gellert, *Das Leben der Schwedischen Gräfin von G****; Sophie von La Roche, *Geschichte des Fräuleins von Sternheim*; Friedrich Heinrich Jacobi, *Eduard Allwills Papiere*.] Ann Arbor (Mich.) 1977. (University Microfilms.) [University of Kansas, Phil. Diss. 1974.]

Voss, Ernst Theodor: Erzählprobleme des Briefromans, dargestellt an vier Beispielen des 18. Jahrhunderts. Sophie La Roche *Geschichte des Fräulein von Sternheim*, Johann Wolfgang Goethe *Die Leidcn des jungen Werther*, Johann Timoth. Hermes *Sophiens Reise von Memel nach Sachsen*, Christoph Martin Wieland *Aristipp und einige seiner Zeitgenossen*. Bonn 1960.

Wiede-Behrendt, Ingrid: Lehrerin des Schönen, Wahren, Guten. Literatur und Frauenbildung im ausgehenden 18. Jahrhundert am Beispiel Sophie von La Roche. Frankfurt a. M. [u. a.] 1987. (Europäische Hochschulschriften. Reihe 1. 997.)

Winkle, Sally: Woman as Bourgeois Ideal. A Study of Sophie von La Roche's *Geschichte des Fräuleins von Sternheim* and Goethe's *Werther*. New York / Bern / Frankfurt a. M. 1988. (Studies in Modern German Literature. 16.)

Zimmermann, G.: Sophie de la Roche, ihr 1. Roman und ihre Umgebung in der Wertherzeit. In: Illustrierte deutsche Monatshefte. [o. J.]

Stammbaum der wichtigsten Mitglieder der Familien La Roche / Wieland / Stadion / Brentano

Georg Ludwig
RAUH (1654–1739) ꝏ Anna Maria
BUCK (1656–1693)
| (8 Kinder, u. a.)

ꝏ
Maria Jakobina
RAUH (1681–1754)
ꝏ
Johann Adam
GUTERMANN (1673–1759)
|
Georg Friedrich
GUTERMANN
v. GUTERSHOFEN
(1705–1784)
ꝏ (1. Ehe) ꝏ (2. Ehe)
Regina Barbara
v. UNOLD
(1711–1748)
| (13 Kinder, u. a.)

Ursula
WACHTER
geb. EBERLE

Maria Christine
RAUH (1689–1765)
ꝏ
Johann Christoph
KICK (1663–1741)
|
Regine Katharina
KICK (1715–1789) ꝏ Thomas Adam
WIELAND (1704–1772)
|
Christoph Martin
WIELAND
(1733–1813) ꝏ Anna Dorothea
v. HILLENBRAND
(1746–1801)

Anton Heinrich Friedrich
v. STADION (1691–1768)
(ꝏ) (wahrscheinlicher Vater
Georg Michaels)
Anna Catharina
»LA ROCHE«
(geb. um 1690) ꝏ Johann Adam
FRAN(C)K
(1657–1720)
|
Georg Michael
FRANK
v. LA ROCHE (s. u.)
(1720–1788)

Sophie **GUTERMANN** **v. GUTERSHOFEN** **verh. v. LA ROCHE** **(6.12.1730–18.2.1807)** ꝏ Georg Michael FRANK v. LA ROCHE (1720–1788) | | (8 Kinder, u.a.)	Katharina Christine (Cateau) GUTERMANN v. GUTERSHOFEN (1734–1793) ꝏ Johannes v. HILLERN (gest. 1765)	Jakobina Barbara GUTERMANN v. GUTERSHOFEN (1737–1777) ꝏ Dr. GMELIN	Jakob Imanuel GUTERMANN v. GUTERSHOFEN (1744–1783?)

Maximiliane v. LA ROCHE (1756–1793) ꝏ Peter Anton BRENTANO (1735–1797) | | (12 Kinder aus der Ehe | mit Maximiliane, u.a.) |	Friedrich (Fritz) v. LA ROCHE (1757– nach 1814) ꝏ Elsina (Elsy) de L'ESPINASSE, geb. MERKUS | (1 Kind aus 1. Ehe, 2 aus 2. Ehe)	Luise (Lulu) v. LA ROCHE (1759–1832) ꝏ Joseph Christian MÖHN (1754-1804)	Georg Carl v. LA ROCHE (1766–1839) ꝏ Frl. v. STEIN | (2 Kinder)	Franz Wilhelm v. LA ROCHE (1768–1791) (ꝏ verlobt) Henriette v. BÜLZINGSLÖWEN

Sophie BRENTANO (1776–1800)	Clemens BRENTANO (1778–1842) ꝏ (1. Ehe Cl.') Sophie MEREAU (1770–1806)	Gunda BRENTANO (1780–1863) ꝏ Friedrich Carl v. SAVIGNY (1779–1861)	Bettine BRENTANO (1785–1859) ꝏ Achim v. ARNIM (1781–1831)	Ludovica (Lulu) BRENTANO (1787–1854) ꝏ Carl v. JORDIS (gest. 1839) ꝏ Richard Peter v. DES BORDES (gest. 1831)	Meline BRENTANO (1788–1861) ꝏ Georg Friedrich v. GUAITA (1772–1851)